U0115746

天知道

[美国] 约瑟夫·海勒 著

史国强 译

译林出版社

图书在版编目（CIP）数据

天知道 ／（美）约瑟夫·海勒（Joseph Heller）著；
史国强译. —南京：译林出版社，2023.4
（约瑟夫·海勒作品）
书名原文：God Knows
ISBN 978-7-5447-9559-3

Ⅰ.①天… Ⅱ.①约… ②史… Ⅲ.①长篇小说－美
国－现代 Ⅳ.①I712.45

中国国家版本馆 CIP 数据核字（2023）第 019002 号

God Knows by Joseph Heller
Copyright © 1984 by Skimton Inc
This edition arranged with ICM Partners in association with Curtis Brown Group Limited
through Bardon-Chinese Media Agency
Simplified Chinese edition copyright © 2023 by Yilin Press, Ltd
All rights reserved.

著作权合同登记号 图字：10-2018-364 号

天知道 ［美国］约瑟夫·海勒／著 史国强／译

责任编辑 蒋梦恬
特约编辑 李玲慧
装帧设计 韦 枫
校 对 孙玉兰
责任印制 颜 亮

原文出版 Simon & Schuster, 2004
出版发行 译林出版社
地 址 南京市湖南路 1 号 A 楼
邮 箱 yilin@yilin.com
网 址 www.yilin.com
市场热线 025-86633278
排 版 南京展望文化发展有限公司
印 刷 徐州绪权印刷有限公司
开 本 850 毫米 ×1168 毫米 1/32
印 张 12.375
插 页 4
版 次 2023 年 4 月第 1 版
印 次 2023 年 4 月第 1 次印刷
书 号 ISBN 978-7-5447-9559-3
定 价 75.00 元

人独自怎能得暖？

目 录

第一章　书念[1]的少女亚比煞

　　书念的少女亚比煞像往常一样洗净双手,胳膊上涂满香粉,然后脱去长袍,走到床前躺到我的身上。她用纤巧的四肢轻柔地缠抱着我,用小而丰满的腹部和芳香四溢的双唇贴紧我,但我知道这对我毫无用处。[2]我仍旧是浑身颤抖,她也会为再次的失败而担惊受怕。折磨我的颤抖来自我体内,而亚比煞是美丽的。他们告诉我,这孩子还是个处女。处女又怎样?我以前也试过美丽的处女,那同样是白费时间。我和我一生中最喜爱的两个女人相遇时,她们都已经结了婚。她们在与前夫的生活中学会了怎样来讨我的欢心。那两次我都很走运,因为恰好那时她们的丈夫刚刚去世。书念的少女亚比煞举止得体,喜欢整洁,她天性柔顺安详,体态优雅。她每天早中晚三次沐浴,而洗手净足的次数比这还要多。每当她来喂我或者上床替我暖身子之前,她都要仔细地清洗胳膊下部,然后洒上香水。她正值豆蔻年华,又苗条又标致,一身滋润的深色皮肤,充满光泽的黑发整齐地披在脑后,发梢均匀地卷起,垂到肩上。大大的眼白儿和乌檀影子般的黑眸子,闪出温柔

1　书念是《圣经》中的村庄,属于以萨迦支派。
2　据《圣经·旧约·列王纪上》记载,大卫王年老时"虽用被遮盖,仍不觉暖",臣仆们给他找童女同睡一室保暖。

惑人的光来。

即使这样，我也宁愿选择我的妻子侍候我，现在她每天至少两次求着见我。但她总是焦虑不安，担心许多事情，比方说我百年之后她的生活，她儿子的安全和将来的高官厚禄。她对我毫不关心，也许她从来就没关心过我。她希望自己的儿子继承王位，这几乎是不可能的。当然，她的儿子也是我的儿子，但我还有许多别的儿子——我想比我能记住的还要多。无论如何，我也不可能把他们的名字都列出来。我越是衰老，就越对孩子们不感兴趣，因为这个缘故，我对其他任何人、任何事也不感兴趣。谁为这个国家尽一点责任了？我妻子肥大的臀部，几乎在任何一个方面都和亚比煞形成了鲜明的对照。跟亚比煞不同的是，她习惯用不友好的目光盯着人，一双眼睛又蓝，又小，又刺人。她的皮肤很白，她还把藏红花和黄莲花混制在一起，把头发染黄。这混合剂是她在很久以前用了几十年的时间调制成的。她身材肥大，厚颜无耻，自私自利，叫人难以对付。那位性情腼腆的女仆哪里是她的对手？她常常对女仆摆出粗野的主人嘴脸。她本能地感到自己是天生的行家里手，对什么都不屑一顾的眼睛曾经充分显示出她的自信：关于男人，她知道的总要比亚比煞多。也许现在也这样，也许未来会一直这样。不过，她不与男色亲近已经有很长时间了。

跟往常一样，我妻子知道自己需要什么，而且总是毫不脸红地讨要。她无所不要，现在就要。她紧张地把罪恶的目光从我的视线里挪开，进而掩饰某种隐蔽的动机和欲望，对各种允诺都摆出一副漫不经心的天真神态。其实我俩都知道，我并没许诺过什么。同以往一样，她全部心思都集中在她的目标上，欲望强烈，又非常着急，恨不得马上得到想要的一切，甚至连好一点的办法都来不及想。比如说吧，她不相信我可能仍然爱她，需要她，想请她继续睡在我身边。她觉得我们两个都太老了。我可不那么想。正因为这样，我才用亚比煞代替她侍候我，暖我的身子，亚比煞把香气扑鼻的洗液涂在胳膊上，涂在娇嫩的棕色的乳房上，又在脖子、耳朵和头发上擦上香料。亚比煞尽心竭力，却不能成功，她一旦从我的床上走开去，我就感到与以前一样寒冷，一样孤独凄凉。

我的房间整天笼罩在阴郁低沉的氛围里，光线暗淡，好像充满看不见的尘埃。油灯上的火苗儿无精打采地摇曳着。我总是合上双眼，不知不觉飘进一个短暂的梦幻。眼里常觉得像有沙石似的，发涩，而且火辣辣的。

"我的眼睛红吗？"我问亚比煞。

她告诉我红得很厉害。她用一滴一滴的凉水和从白羊毛中挤出来的甘油为我冲洗，以解除我的痛苦。那非常神秘的寂静充满房屋和窗外的大街，仿佛要用一种令人丧失感觉的方式去控制住城中所有刺耳的噪声。我的卫兵和仆人在大厅的四周，踮着脚来回踱步，悄悄地猜测着。他们也可能在打赌。耶路撒冷从没有像今天这样繁荣昌盛，可是老百姓却被谣言和令人惊恐的猜测搅得人心惶惶了。日益暴露的野心、欺诈和如狼似虎的投机钻营，使整个耶路撒冷充满了不断增长的恐惧。我不再为此感到不安。人民分裂成了对立的阵营，让他们分裂去吧。大屠杀的阴影正在夜晚的海风中骇人地抖动。管它呢！我的孩子们在等着我死去，谁能谴责他们？我度过了充实、漫长的一生，不是吗？你尽可以去查找。《撒母耳记》，《列王纪》，还有《历代志》。[1]那也不过是些矫揉造作的粉饰，那里面把我一生中最富活力的部分当作无关紧要或毫无价值的东西给舍弃了。我因此讨厌《历代志》。在《历代志》里，我是个伪善的、令人生厌的人，像涮碗水一样平淡无味，像自以为是的贞德[2]一样唠唠叨叨，让人腻烦。上帝知道那根本就不是我。上帝知道，我艳福不浅，又身经百战，有过许多令人振奋的好时光，那些日子我一直做着那两件事，直到我坠入情网，那个婴儿死去。那以后我就开始背运了。[3]

上帝无疑还知道我一直是勇于进取的人，情感强烈，生气勃勃，对生活

1　都是《圣经·旧约》中的卷名。
2　贞德（1412—1431），法国民族英雄，在英法百年战争中抗英保法，后被出卖烧死。
3　大卫与乌利亚的妻子拔示巴私通，又谋害其夫，被上帝怪罪，并导致那个他跟拔示巴私通所生的婴儿也死去。

充满渴望。可是从那一天，我在歌伯的战场上累得半死，我就不能再自我欺骗地夸耀了。我被我外甥亚比筛救了出来。我已经过了身强力壮的年龄，再也不能指望在战斗中保护自己了。在日出日落之间我就衰老了四十岁。清晨我还感到自己是个不可战胜的人，到了下午，我就知道我已经不行了。

我不喜欢说大话——我知道我这么说的时候已经说了大话——但我诚实地以为，在《圣经》里我有最好的故事。能同我的故事匹敌的故事在哪里呢？《约伯记》吗？算了吧。《创世记》吗？那种宇宙论不过是哄小孩儿的玩意儿，是摇头晃脑的老奶奶编造的离奇古怪的幻想故事，而这位老奶奶也在排解了无聊之后打起瞌睡。老撒拉的笑话——她嘲笑上帝、欺骗上帝[1]，我仍能从中得到乐趣。撒拉的慷慨大方，她勇敢高尚的美好品质，当然还有女人独具的妒忌，几乎使她成为活生生的人了。当然啦，亚伯拉罕也曾达到那种完美无缺的境地，顺服、公正、明察且勇敢，他总是完美的绅士和聪明睿智的族长。但是以撒和夏甲遭受厄运的时候，你是怎么做的？[2]就像古老的传说告诉我们的那样，雅各出现了。约瑟[3]十分活泼，因为出生得晚，是溺爱孩子的父亲最为娇惯的对象。但是当他长成了大人，消失得不是也有点太突然了吗？不久前他还以法老的杰出代理人身份在埃及施舍玉米，分配土地，可是几段[4]之后，他就躺到了临终的病榻上，在弥留之际希望自己的尸骨有一天能从埃及运回迦南。这是四百年后叫摩西[5]头痛的又一件事。

---

1 上帝告诉撒拉的丈夫亚伯拉罕，要让他们生一个儿子，撒拉在门口听了就偷偷地笑，那时她丈夫九十九岁，她也九十岁了。上帝问她笑什么，她否认笑了。见《圣经·旧约·创世记》第18章。
2 以撒是亚伯拉罕和撒拉所生之子，上帝曾试验亚伯拉罕对自己是否忠诚，让他把以撒做燔祭献给上帝，亚伯拉罕便去照办，上帝又派天使阻止了亚伯拉罕。夏甲是撒拉的侍女，撒拉先前不生育，她就让夏甲与亚伯拉罕同寝，生了孩子后，夏甲反而瞧不起女主人，上帝让亚伯拉罕把她赶走，亚伯拉罕就照办了。
3 雅各之子。
4 指《圣经·旧约·创世记》中关于约瑟的段落。
5 古希伯来人的先知，《圣经·旧约·出埃及记》记载他曾领导以色列人脱离了埃及的奴役。

我得承认，摩西不坏，但他活得太长了。[1]在他率领人们逃出埃及后，人们急切希望生活发生变化。那以后的故事[2]一篇接一篇都是关于法律的，即使用上四十年时间，又有谁能把这么多戒律全都记在心里？就算能记住，又有谁能把它们逐条写下来？要写出这些，他这一生还有时间干别的事吗？但他必须将这些法律传诸后世。要是知道摩西言语迟钝，不擅辞令，就没人怪他用了这么长时间。米开朗琪罗[3]为我们两个塑了塑像。摩西那一尊要好一些。我的塑像看上去根本就不像我。摩西手拿《十诫》，这是真的，可我有比他好得多的诗行。[4]我有诗歌和激情，有野蛮的暴力，有朴素的闪烁着原始文明光辉的伤心故事。"以色列啊，你尊荣者在山上被杀。"[5]这是我的诗句，下面这句"他们比鹰更快，比狮子还强"，也出自我的笔下。我写的挽歌传诵不衰。如果不是因为我已经年迈，行将就木，仅是这些闻名遐迩的挽歌就足以使我永享盛誉。我还经历了战争，迷狂的宗教崇拜，猥亵的舞蹈，暗杀，惊魂落魄的出逃，还有令人振奋的追击场面。有些孩子夭折了。"我必往他那里去，他却不能回我这里来。"[6]这两句是为一个早夭的婴儿写的，这婴儿的死，责任可能在我，也可能在上帝，或者在我们两个——随你决定好了，反正我知道该责备谁。应当责备祂。"我儿！我儿！"[7]，是写给另一个孩子的，他正值壮年就死去了。在摩西那里你从什么地方能找到这些呢？下一个当然是我的心爱之作，那首无与伦比的凯歌，头几次我听到它时，它那逐渐激越高亢的韵律使我笑逐颜开，我昂首阔步向前走去，那会儿我正年轻，精力充沛且天真纯朴。但这种愉悦很快就变得索然无味了。不久，当我

1　据《圣经·旧约·申命记》第34章记载，摩西死在摩押地时，是一百二十岁。

2　指《圣经·旧约·申命记》中的故事。

3　米开朗琪罗（1475—1564），意大利雕刻家、画家、建筑师和诗人。

4　《圣经·旧约·诗篇》共150篇，近一半标注为大卫所作。

5　见《圣经·旧约·撒母耳记下》第1章。

6　见《圣经·旧约·撒母耳记下》第12章，大卫与拔示巴私通所生的婴儿死时，大卫说了这两句话。

7　见《圣经·旧约·撒母耳记下》第18章。这个孩子指大卫的儿子押沙龙。

听到这支可爱的凯歌的头几个音节时,就吓得畏缩起来,满心恐惧地回头观望,仿佛要避开从身后袭来的致命伤害。我对那些献给我的令人振奋的颂词是多么害怕啊!但是当我的第一批死敌被处决之后,我发现自己竟然又无耻地珍爱起这些别人得不到的赞誉来。即使现在,我已老态龙钟,哆哆嗦嗦,可是那个场面还会使我因骄傲而容光焕发,我还会因为性的欲念激动不已。那是些全裸着腿的姑娘和妇女,她们身着艳丽的裙服,裙子随风飘舞,有猩红的,天蓝的,还有紫色的,被太阳晒成棕色的双膝不住地摇来晃去。她们兴高采烈,敲着手鼓和其他乐器,从一个又一个山村和城镇涌出来,一遍又一遍地狂喊着那令人欢欣鼓舞的叠句,迎接我们的凯旋:

> 扫罗杀死千千,
> 大卫杀死万万。[1]

在原文中它甚至更妙:

הִכָּה שָׁאוּל בַּאֲלָפָו
וְדָוִד בְּרִבְבֹתָיו:

想一想扫罗听到这些会做何反响。我是想象不出来。以后我所知道的就是躲避投枪,护住屁股,然后逃命。你想想,你与丈人、丈母娘有摩擦吗?我却想杀死我的老丈人。为什么?就因为我太好了,就是这些。那些日子我装作老老实实、谨小慎微的样子,即使努力去做坏事也干不来,想给别人留个坏印象也留不下——唯独扫罗对我不好。甚至他的女儿都爱上了我,后来成了我的十三个、十四个或是十五个妻子中的第一个泼妇。米甲[2]曾救过我一命,这是千真万确的,但这并不能说明我后来所受的一切刻毒的嫌言

---

1 见《圣经·旧约·撒母耳记上》第18章,扫罗当时是以色列王,也是大卫的岳父。
2 扫罗的女儿,大卫的妻子。

恶语都是顺理成章的。

不管扫罗让我到哪儿去打仗，我都去了。我在打击非利士人[1]的战斗中越是为他卖力，他因为妒忌和猜疑对我就越是凶狠，他怀疑有人拥戴我去夺取他的王位，怀疑我已经在筹划着推翻他。难道这公平吗？人民喜爱我，这是我的过错吗？

当然那时扫罗已经被撒母耳[2]抛弃，上帝也把他投入空旷可怖的超自然的寂静之中。这种惩罚权力，只有真正的全能者和像上帝那样重要的人才有。这里就我的个人经历而言：我不再与上帝对话，并且上帝也不再跟我交谈了。

扫罗被杀死的前一天夜里，在隐多珥发出了动人的哀诉，可是上帝没再回答他。我听说这些后，强烈的感情使我的心软了下来。这是在我被撒母耳用油膏秘密地涂了以后很久很久才发生的事情。撒母耳在伯利恒我父亲家为我涂油前说道——不管这消息有什么价值——我被上帝选为日后袖在以色列的国王。当然扫罗的死关系到我的既得利益，但我发誓我也为他伤心过几回，我的双手也总是干净的。我从没做过比努力加深我对他的爱慕敬仰之情更邪恶的事。在我杀死歌利亚[3]的那天，他就把我迎进了他的怀抱。可是他喜怒无常，专走极端，几乎没有预兆显示我们这位高尚的备受创伤的将军和第一个国王何时会再次变得疯狂起来，进而要我的性命。好像有许多次，他想杀死每一个人，要杀每一个人哪，甚至包括他自己的亲生儿子约拿单！

现在你感到迷惑不解了，是不是？一个岳父花费大好时光和精力去要你的命，晚间把杀手派到你的家里，为的是第二天早晨暗杀你；他率领数以千计的最强悍的士兵把你从旷野赶到洞穴里去，而不用他们去把非利士人赶回他们的沿海平原。他将女儿嫁给我，是出于狡猾的目的：让我为弄到他提出的荒唐而不值钱的彩礼死于非命。这彩礼就是一百张非利士人的

1　地中海东岸的古代居民。

2　以色列士师与先知。

3　非利士的一个巨人勇士。

阴茎包皮！他也备受疯子般的妄想之苦，以为连他的女儿和儿子都同情我。他算是猜对了。我从这里悟出一个道理，它能适用于任何人，但对每一个人又可能毫无实际用处：疯狂之中有智慧，而任何责难中都极大可能蕴含了真理，因为人是完整的，是什么事情都可以做的。扫罗狂暴的心中唯一的一件事，大约就是想在不可思议的疯狂中杀死我。这个可怜的该死的疯子。你们自己去想象判断这个人吧。

我可以夸耀我所经历的战争、征服、反叛和追逐。我建立了缅因州那么大的帝国，领导人民从青铜时代进入了铁器时代。

我有一个爱情故事和一个关于性的故事，都是和同一个女人的。两个故事非同一般。尽管上帝现在可能死去了，我还是继续无休止地与祂疏远，就像墨西哥人一样。[1]上帝是死是活几乎没有多大关系；无论怎样，我们还是一如既往地待祂。上帝应该向我道歉，可是祂不让步，我也就不让步。上帝知道我的缺点，我甚至可能是首先承认自己缺点的人之一，但在此时此刻，我知道我天生是个比上帝好得多的人。

实际上尽管我从未与上帝同行过，我还是跟祂谈了不少。直到我第一次冒犯祂之前，我们的关系一直很融洽。从那以后，祂也得罪了我。后来我们互相得罪。即便如此，祂还答应保护我。祂确实这样做了。但是保护我什么呢？保护我长命百岁？让我的儿子免于死亡，还是保护我女儿不被强奸？[2]上帝使我长寿，给我许多儿子来继承我的名字——尽管他们都有自己的名字——可这又怎么样？今天天气特别热，还那么潮湿，可我还是暖不起来。即使那个书念的少女亚比煞舔我，抚弄我，用她柔软弯曲美丽纤巧的身子覆盖我，我还是暖不起来。作为一个长得小巧、身材纤细的人，我的书念女郎亚比煞算是屁股宽大了。

试想一下——我曾是被人追赶的逃犯，加在我头上的"被通缉者"名

1　墨西哥人信奉太阳，不知上帝为何物。

2　大卫的女儿他玛被她的异母哥哥暗嫩所污辱。见《圣经·旧约·撒母耳记下》第13章。

号,传遍了整个犹大,没有多少人谈到这些。我是逃亡的罪犯,手下有六百名混杂之众,他们全是些饱经风霜的骗子和无赖。你知道六百名受过战火考验的人所组成的队伍能干些什么吗?任何军队都会欢迎一支强悍善战而又守纪律的力量,亚吉[1]和他领地迦特的非利士人也一样。在他们动员起来与以色列交战时,就邀请我们与他们结成联盟。我们接受了邀请,真的出发与以色列对垒了,这些都该归罪于扫罗。对于这些,知道的人并不太多,但是,当非利士人成群结队地参加基利波的战斗时,我们确实站到了非利士人一边。那个基利波也是扫罗的葬身之地。值得庆幸的是,在战斗展开之前我就被非利士人给打发走了。

如果我曾经偷盗抢劫,或是敲诈勒索过犹大人乃至以色列人,使他们成为受害者——我并不是承认我干过这些——那是因为扫罗没有给我留下任何选择。扫罗把我从他的身边赶走,使整个国家几乎都反对我,要我怎样生存呢?西弗人告发我;玛云人为他通风报信,泄露我休息的地方。然而这期间我所盼望的一切就是继续爱他。我把他视同父亲。

"我父啊。"我从石山后面低矮的灌木丛中喊他,在这之前我曾经到过他的身边。那会儿他正在隐基底的洞穴中酣睡,我从他的长袍上割下一片来证明我到过这里。"看看,我没有杀你。"

"我儿大卫,这是你的声音吗?"他说着哭泣起来,"我不会再设法伤害你了。"疯子的诺言与女人的一样,不能毫无防备地轻信。

后来他死了,非利士人割掉了他的脑袋,把剩下的尸身钉在伯珊的城墙上。

光辉的事迹?我都品味得腻烦了。自杀、杀君、杀父、杀人、杀兄害妹、杀婴、通奸、乱伦、绞杀、砍头,我比扫罗经历得多。听着。

我有许多儿子。

我有许多妃嫔。

---

1 亚吉是迦特王,他曾收留大卫。

我有个儿子，他竟在光天化日之下，在我宫殿的顶上跟我的妃嫔交欢。[1]

我有一颗星星，1898年在英格兰伦敦以我的名字命名的，但谁听说过叫撒母耳的星星？

我的一个儿子暗杀了另一个儿子[2]，我对这又能怎样？该隐和亚伯的故事？[3]那是过去，而这是现在。上帝亲自处置该隐："开始跋涉吧。"

就这样，该隐上路，亚当也就解脱了。而我呢，却被整个拥挤不堪的耶路撒冷城紧紧盯住，看我在押沙龙杀死暗嫩之后怎么做。

同样的事情如今又要发生，我要做出选择，哪个该做国王，哪个该去死，是亚多尼雅，还是所罗门。这是痛苦的选择吗？除非我还在关心我的孩子或是国家社稷的未来。事实是，我并不关心这些。我憎恨上帝，我憎恨生活。我越是临近死亡，就越是憎恨生活。

尽管我还没有老得不能做一个丈夫，还想让我的妻子拔示巴回到我的床上与我共寝，但我却感到，做一个父亲我是太老了。我认为在这个世界上我是第一个带着真诚、热情、性欲、浪漫和伤感去爱的成年人。实际上是我创造了爱。雅各在哈兰井边第一眼见到拉结就爱上了她。可雅各还是个孩子，与我的爱相比，那不过是少年之恋。为了得到拉结，雅各给人家干了七年活。在他举行婚礼的晚上，拉结那个双眼无神的姐姐被硬塞给了他，顶替了拉结的位置，雅各不得不接着再干七年。[4]我见到拔示巴的第一天就得到了她。我与她云雨缱绻，这使我在那辉煌灿烂的几年中，如醉如痴。我喜欢一天又一天地和她待在一起，早晨、中午、晚上、夜里，我想不出有比这更好的事情，一心只想飞回到她身边，用我的双臂、双唇、大腿根儿还有我整个灵

1　这个儿子指押沙龙，见《圣经·旧约·撒母耳记下》第16章。

2　指押沙龙和暗嫩，暗嫩强奸了押沙龙的亲妹妹，所以押沙龙把他杀了。

3　该隐和亚伯是亚当和夏娃的儿子，该隐杀了他的弟弟亚伯，见《圣经·旧约·创世记》第4章。

4　拉结是雅各母舅的小女儿，她的姐姐叫利亚。雅各向拉结求婚，母舅的条件是要雅各给他干七年活，但结婚时又被母舅所骗，只得答应再干七年才娶到拉结。

魂再一次紧紧地贴住她的肉体。哦，真的！我曾经缠着她不放！我们喜欢亲吻、谈心，我们秘密地幽会，在去寝处的路上紧紧依偎在一起，轻佻的玩笑之后便是开怀大笑，尽情地享受着种种惬意而亲密的狂欢，直到那一天那个惊人的消息传来：她怀孕了。

"真他妈糟透了！"这是从我嘴里迸出的第一句话。

不知是谁出的主意，把她的丈夫赫人乌利亚从对亚扪的拉巴的围城战上召了回来，目的是要使我和他妻子通奸的产物变成他个人的东西，使其合理合法。可我知道这个主意不会奏效。

"乌利亚，回家去吧。"我慷慨地怂恿道，又派人给他家里送去一大块肉和其他食品，帮助放荡的拔示巴加点燃料，她需要长久的耐力。我早就为乌利亚筹划好了，对他说："你尽情地玩乐吧，你给我带来了战场上的好消息。"

他没有回家，而是像我的仆人们一样睡在宫里的地板上，幻想通过心灵感应与他的战友们团结一心，他的战友们仍在亚扪城外的旷野里安营露宿，毫无意义地遵守着摩西关于清洁与战斗的法律。法律上说，在与女人同床之后，至少要三天才能参加神圣的战斗。由于摩西法律的缘故，与男人睡觉也不能参加神圣的战斗，甚至与一只绵羊、山羊，或是火鸡在一起都不行。希望逃避兵役的人常常在号召下达之前不久，就与他们的妻子、情妇，或他们的火鸡睡在一起。我把这叫作有意识的抗拒。但是乌利亚连个犹太人都不是，那就只好把他看作是赫人来劝劝他吧。

"乌利亚，回家吧。"第二天的一整天里，我都在向他提议。我暗示他，命令他，甚至几乎是不能自制地恳求他："回家吧，乌利亚，请回家吧。也许你妻子正在盼望你。我听说你妻子是个很性感的女人。你跟她亲近亲近，跟她来一两回。搂她上床吧。你以前曾经尝到过那种乐趣。"

他又一次睡到了我的地板上。这杂种觉察到什么了吗？我感到自己要疯了。又不知道是谁出的主意，把他派回战场去送死。姑且说是拔示巴的主意吧。

拔示巴祭悼完自己的亡夫之后，马上就搬进我的宫里，成了我的第八个妻子。

她立刻要求当王后。我们那会儿没王后。这答案能让我心爱的人儿不再提要求吗？拔示巴在进宫后的一个小时里，查看了我所有其他妻子的房间、衣柜和化妆用的瓶瓶罐罐，然后她要求她自己的这一切比别人的更好更多。而那可爱的孩子一开始就成了我的心头肉儿。我从对拔示巴的爱中得到了更多的乐趣。我爱她甚至超过了爱亚比该。亚比该是个品德高尚、文雅漂亮的女人。亚比该过去喂过我的扁豆汤、大麦面包和韭葱，是我一生中吃过的最好的东西。如果她还在人世的话，一定还会心甘情愿地为我做。而拔示巴呢，我跟她在一起时她连涮碗水都不愿沾，但凡能躲就一定躲开。自从我娶她为妻子之后，她就更不为此操心了。

现在她每天都来看我，竭力要我保证她的安全。天生的自私仍能蛊惑人心。能意识到一些事情永远不会发生变化真叫人精神振奋。我不是说过世界上根本就不存在什么新鲜玩意儿吗？她对做爱倒是很在行，但对男人了解不多，对我们内心深处可能隐藏的东西也缺乏兴趣。她几乎从不关心我心里的东西。相反，总是纠缠着让我立所罗门为王储。

“毫无办法，”我从他一降生时就笑着告诉过她，“他前面还有十多个兄长呢。”

可现在却只剩下亚多尼雅了。

“我并非为我自己打算，”她说，“我是为人民和国家的前途着想。”

她就是为自己打算。她对国家人民的前途命运不比我更关心。她还坚持说，立所罗门为王储的事我曾答应过她。

“我敢肯定你准在什么时候向我许过诺，”她说道，“我是不会编造这种谎言的。”

拔示巴总能编造出自己需要的谎言，并立刻就相信那是真的。她的口是心非、表里不一是显而易见的。可千万不要低估女人的这种本事。看一看《列王纪上》里所发生的事儿吧。我在《列王纪上》中也是最好的一个。写所罗门的篇幅可能要比我的多些，但是在他的一生中，有能与我一生中的任何一部分相媲美的东西吗？他说过的最精彩的几句话——命令比拿雅把约押杀死在帐幕之中的话——也是从我这儿抄去的。《箴言》里所有的佳句都是我的，《雅歌》里最好的诗句也是我的。研究研究我最后的训令，它们真是妙语横生，情趣诙谐活泼而又高潮迭起，扣人心弦。我巧妙地对付了示每。[1]对于我的亲戚约押，我更是坚决果断。在我的整个事业中，约押几乎率领过我所有的军队。他与我终生为伴，忠贞不渝，是一位勇敢无畏的军事将领。他从未动摇过对我的忠诚，即使现在他已近垂暮之年，仍然绝对忠诚，他用果敢的手段和强有力的权威来保卫我最后的统治，进而确保我的王冠平安地传给唯一的能合法继承它的人。

对于刚毅、忠诚、勇敢的约押，我的判决是："杀死他！废了他，把这个杂种干掉！"

我尽干些使人惊讶的事，是不是？对所罗门你得把一切都讲清楚才行，我足够聪明，知道得这样做。这也说明了我的睿智。我泄露给你一个我儿子所罗门的秘密：他一本正经地建议把那个婴儿一分为二。[2]我向上帝发誓，这个愚蠢的狗崽子不过是想尽量公平些，而不是什么足智多谋。

"我跟你谈了约押，你明白我的意思吗？"我双眼紧紧地盯着所罗门问道，等他那好像灌了铅的脑袋点了一点之后我又强调了一句，"别让他那颗灰白的脑袋寿终正寝，平平安安地入墓。"

所罗门在泥板上做着记录，抬起眼睛问道："什么灰白的脑袋？"

我没回答他，而是喊："亚比煞！"

亚比煞把他送出门，不停地轻抚我一起一伏的前胸，直到她觉出我的暴怒消退之后，才住了手。接着她去沐浴了，然后，她擦干身子，在手腕和腋窝

[1] 示每是扫罗家族基拉的儿子，大卫去玛哈念避难时，曾被他辱骂过。大卫遗命所罗门将他杀死。
[2] 两个妓女住在同一个屋内，各有一个儿子。有一个夜间一人压死了自己的孩子，就偷偷跟另一个调换了。两人为此争吵，求所罗门王给断是非。所罗门王命人把孩子劈开，一人一半。孩子真正的母亲心疼孩子，便不再争了，假母则不在乎，所罗门王由此判断了真假。

处洒上香水，然后，她脱去长袍，露出了奇妙的处女裸体。她在我面前站了一会儿，优美地抬起一条腿，弯下棕黄色的膝盖跪立在我的床上。她又一次躺到我的身边。这自然又是无济于事。我仍得不到热量。我以前需要我妻子，现在还需要我妻子。拔示巴不相信这点，即使她相信，她也会认为这是无关紧要的。

"我再也不干那样的事了。"每次我求她，她都是这样坚定地回答我。如果她情绪不佳，还会再补上一句："我对谈情说爱厌烦透了！"

当她意识到上帝为她做的安排之后，就失去了淫欲之念，她的头一个想法就是做王后。真遗憾我们没有王后。下一个念头是要做母后，至高统治者的寡母，这在我们的历史上还是第一次。我拒绝做交易，我拒绝卑躬屈膝。当然了，我可以命令她与我同床，她也一定会应召而来。但那无异于乞求。我可是大卫王，我要尽力不去乞求。可是上帝知道，通过某种途径，在我死去之前，在我讲完这个绝妙的故事之前，我至少还要与她共寝一次。

第二章　关于书的编纂[1]

关于书的编纂的事那是说也说不完的。我越是反思我自己的故事，就越是确信杀死歌利亚是我一生中犯下的最该诅咒的错误。就在同一天，扫罗把我征入了他的军队。从那时起，我的一生几乎都是在刀光剑影中度过的。与拔示巴叠股交欢，然后一次又一次，接二连三地欢媾不已。我把她紧紧地抱在怀里，直到我不能再占有她时还舍不得放开。与她的片刻分离也让我无法忍受——这可能是我犯下的第二大的错误。拿单的确愚弄了我，使我陷入了尴尬的境地[2]，后来婴儿也死了。爱真是一种烈性药物，难道不是吗？我当初对拔示巴的爱就像一队蒙古兵那样恐怖，就像月亮患心脏病时一样苍白，就像太阳处于最辉煌的时刻一样欢快明亮。在上帝杀死那个婴儿之前，祂与我的关系相当不错，那以后，我与祂疏远了。我敢肯定祂现在已经注意到这一点，因为这种疏远也已经有三十多年了。

在我与祂疏远之前，有一次，在频繁的征讨间歇，我的骄狂使我决定为

1　指《圣经》一书的编纂，尤其指其中涉及大卫的篇章。
2　拔示巴的丈夫死后，上帝派拿单去见大卫。拿单讲了一个富人夺穷人羊羔的故事，问大卫该怎么决断。大卫说这个富人该杀，拿单说这个人就是你大卫王（因他夺了乌利亚的妻子）。

自己建造一座堂皇的神殿。可是上帝说,不要这样做。上帝知道我建庙宇的内心动机。传道者说:"虚空的虚空,凡事都是虚空。"上帝用不着《传道书》来告诉祂虚空是什么。

我也不需要《传道书》来给我讲什么虚空,从年轻时就不需要,因为我比那三个在战场上被激怒的兄长更清楚,当我发现自己有机会与歌利亚一对一地搏斗时,我就被自己的骄傲自大弄得热血沸腾了,迸发出一股强烈的激情,想要显示一下自己。机不可失,时不再来啊!

父亲让我给战场上的三个哥哥送吃的,送到后,他们就命令我回伯利恒家里去,可我对他们的话根本就不理会,不但这样,我还从一处跑到另一处,为了完成煽动教唆的使命,我一路上厚颜无耻且大胆直率地挑动沿线人们的好奇心。我的厚颜无耻在家中就颇不得人心了。但是,一个来自犹大那穷乡僻壤,毛手毛脚满脸稚气的小伙子,这么巧合地出现在人们中间,而又显得这样心甘情愿地去出战,谁不想对他多了解点呢?

扫罗不愿意,他当然不想了解我。扫罗良好的意识感觉与众不同,他拼命要建立一支职业化的常备军队,来取代以往那种难以摆布的自愿军。自愿军是从单独的家庭(像我的那种家庭)或分开的家族和部落里挑选的参战人员,每当战事告急,他们就被选去参加战斗或者是准备参加战斗。扫罗正在建立集权政府。他在基列雅比击败了亚扪人,在他儿子约拿单的必不可少的帮助下,在密抹又狠狠地抽了非利士人的屁股。他还把沙漠上的亚玛力人赶到了南部。正是由于骚掠亚玛力人,扫罗才与撒母耳疏远了,从此再也没能言归于好,因为他将那个国家的君王当作人质押了起来,把最好的牲畜当成了战利品;而他从撒母耳(他替上帝说话)那里得到的使命是要彻底地摧毁一切,不论男人女人,婴儿少年或公牛绵羊,骆驼驴子,统统杀掉。扫罗的智力过分低下了,就连唯一能够安慰我们这个暴怒的圣人的一句谎话"我忘了"都没能说出口。他咕咕哝哝、拙嘴笨腮地找借口说,捕掠牲畜是为了祭祀。

那个阴郁的撒母耳曾先后是扫罗和我的恩人,他生硬地反驳说:"服从要大于祭祀。因为你违背了上帝的旨意,所以祂也抛弃了你这个国王。"

我本想告诉扫罗，他的话屁用不顶。撒母耳亲自把亚扪人的国王亚甲砍成了碎片，盛怒未消就回到了他在拉玛的家中。一直到扫罗死的那天也没再来见他。对扫罗来说，与撒母耳的决裂意味着极大的痛苦和忧伤，它像一块沉重的石头压在心上，让他难以承受；同时使他深深地陷入了永远不能彻底摆脱的窘境。但这让我得到了喘息的机会。

我对扫罗征集新兵的办法了如指掌，每当他看见一个强壮的男人或勇敢的男人，他就像对待雇佣兵一样，把他编入长期作战的队伍，据为己有，用大量掠夺品来犒赏他的英勇和热情。决斗之后，我带着歌利亚的脑袋、短剑和盔甲返回阵地——你想象不出，在无人帮助的情况下，把这些废物拖上山去要费多大的力气——当天扫罗就把我召到他的身边，再也不让我回到父亲的家中了。

我们野蛮地追杀非利士人、亚扪人、摩押人和亚兰人，把他们打得落花流水。对于我们来说，胜利唾手可得，拼杀也是常事，这已是可以预见的规律了。那时我不得不承认，戎马生涯并非总是令人生厌。但是，与押尼珥、示巴、亚玛撒、押沙龙，甚至与扫罗的战争，则是截然相反的另一种冲突。他们都是同胞，有些人还与我有血缘关系，亚玛撒是我的外甥，押沙龙是我的儿子。在我说下面这句话时，我是心口如一的："押沙龙，哦，我的儿子押沙龙啊，若不是因为上帝，我愿为你去死！"可是无论是上帝还是约押，都没给我这个机会。因为某些微不足道或可以原谅的违法行为，就毁掉自己的亲生儿子——就像扫罗要对约拿单做的那样——这对于某些父亲来说，可能是一种令人陶醉的款待，可我这样的父亲却怎么也办不到。我甚至不让自己去责备我的任何一个儿子。我想我对他们管得松了，宠坏了他们——他们中的大多数不是胡作非为，就是干尽了蠢事，尤其是我宠爱的那些儿子们。押沙龙死时，我放声痛哭，好像心都碎了。

我的婴儿病情日甚一日，慢慢死去，我悲痛欲绝，伏在地上整整七天不起来，一口面包也不吃。尼布甲尼撒[1]成了疯子，像公牛一样在地上吃泥咽

1　尼布甲尼撒二世（约前635—前562年），巴比伦王，曾将犹太人囚禁于巴比伦，破坏耶路撒冷。

土，我神志虽然清醒，但所作所为几乎与他一模一样。我希望用禁食和哭泣来感动上帝，使祂发发慈悲。但是毫无希望，指望祂发慈悲要比搬山还难。

这是我性格中的缺点——我怜爱我的孩子们，至少是儿子们。我不大考虑那些女儿，这是我的又一个缺点，我为此付出了昂贵的代价，现在说起来还是那么复杂，很难完全说清楚。我的爱女他玛被她的异母哥哥暗嫩强奸后，我自然非常不安。我主要是为自己的尴尬处境而恼火。我希望这种境况能够自然化解，所以也就没采取什么行动。我指望这件事能被淡忘掉，初看起来的确有这种可能。可是两年之后，我又为暗嫩的惨死，为放逐复仇的押沙龙而悲痛不已，押沙龙杀了暗嫩后就逃到了基述。

三年过去了，约押劝我准许押沙龙回来。这之后又过了两年我才允许押沙龙回到宫殿与我见面。押沙龙向我鞠了一躬，我也吻了吻他。没过多久，他竟然举兵造反，迫使我放弃了耶路撒冷城，逃到了约旦河的对岸。

"记得那些诅咒吗？"在我和拿单步行从城后择路前往汲沦溪时，他乎是兴高采烈地提醒我。押沙龙的反叛几乎算是彻底成功了。一叶落应知天下秋。[1]我是个有权有势的国王。我身后留下十个妃子为我打扫宫殿。

我当然记得上帝通过拿单传达给我的判决，拿单现在把它叫作诅咒。我着了什么魔，敢设想把赫人乌利亚派去送死而不受惩罚？我清楚地知道逃不过惩罚，这跟拿单故意编造的寓言故事自然是一模一样——寓言中的那个穷人仅有一只羊羔还被拥有一大群羊的富人给夺了去。

"我指着永生的耶和华起誓，"我大声断言，胸中的怒火直冲着那个目中无人的罪犯，"行这事的人该死！"

拿单尖声尖气地宣布说："你就是那人！"因为他的诡计得逞了，他高兴地拍起了巴掌。

这个狗杂种真把我搞得罪证确凿。他背诵的报复性祷文确实充满了诅咒的味道。

1　意思是大卫通过押沙龙一事应该知警，因为上帝对大卫的惩罚还有许多，包括让他的妻子跟别人在光天化日之下胡来。

"有三种惩罚让你后悔莫及，声名狼藉，"他开始说，"不，是四种。是的，这四种惩罚会给你带来无穷的痛苦。"拿单的说教如同粘到牙上的芥末、熏入眼中的黑烟一样令人难受。与拿单相比，波洛涅斯就如同斯芬克斯一样少言寡语了。[1]可是现在随着他往下说，我的担忧和恐怖也渐渐加剧起来。

一是刀剑之光永远离不开我的房子。我对此可以说毫不在乎，因为从古至今，乃至以后，居住在这个介于阿拉伯沙漠与地中海之间的富庶的土耳其帝国上的任何一个人，有过多少太平日子？在我们知道的世界其他地方，又有多少和平？我对这可以感到满足，在他开始详述惩罚我的奥林匹斯判决[2]的第二款时，我的注意力险些溜号儿，因为这条判决也没什么惊人之处。

邪恶要从我自己的家里产生，给我找麻烦。这又怎样？任何一个犹太父母都认为这是顺理成章、迟早要发生的事。你看哪个父亲能避免孩子们带来的烦恼？我们的士师们[3]也同样不能幸免。撒母耳的儿子们接受贿赂，他的前辈以利与女人躺在以色列人的神殿里睡觉。我有数不清的孩子，他们中谁知道什么叫感恩戴德？一个无情无义的孩子比一颗毒蛇的牙齿还锋利。

第三条判决相当遥远：因为我与另一个有夫之妇睡了觉，我的妻子也将从邻居那里给我带来同样的羞辱。如果这事真的发生了，倒也公平。可是谁能从拿单这句令人难以捉摸的话里预见到这个"邻居"竟然是我的一个儿子！他竟在光天化日之下跟我妻子一起扮演着我与乌利亚的妻子在没人看得见的地方所秘密扮演的角色。谁能猜到暗嫩要强奸污辱他的异母妹妹？拿单给我列举的一连串的惩罚，并不是孤立的，而是有着相互连带的因果关系，这些因果关系又以我的儿子押沙龙的突然造反为契机，汇成一个包

1　波洛涅斯是莎士比亚《哈姆莱特》中的御前大臣，说话啰唆。斯芬克斯是埃及、西亚和希腊神话中的生物，在希腊神话中，她常给过路人出谜语，而无他言，猜不中者即吞之。

2　奥林匹斯山是希腊神话中诸神的住所，此处指至高的判决。

3　以色列王国建立前的以色列人领袖，撒母耳是以色列的最后一位士师。

容一切的天网,可是拿单的话里哪有一点线索呢?

拿单冗长的独白满是德尔斐式[1]的奇谈怪论,即使我真的用心去听,很可能也不会从他的预言中发现任何蛛丝马迹,意识到押沙龙是完成这个惩罚的主要执行人。上帝十分狡诈,竟选择了像拿单这样的糊涂虫。上帝知道我对拿单的话会听而不闻,否则我会把一切都倒个个儿。我会猜出祂的手段,并且找到防范措施。我是大卫,不是俄狄浦斯,我会把命运砸成齑粉。为了拯救我的孩子,我能从天穹拖下雷霆。可是上帝,这个鬼鬼祟祟的家伙,就是不让我知道。这次祂胜我一筹,但这样的时候并不多。

最后预言全都成了现实,不是吗?甚至连这些惩罚中最荒唐的第三条也实现了,尽管在弃城之后被强奸的是我的妃子而不是我的妻子。但是,我从不认为我的儿子就是邻居,也不认为我的任何一个妃子就是我的妻子。跟你说实话吧,我甚至没把我大多数的妻子当成妻子看待。米甲、亚比该和拔示巴,不过是我的生活中不同时期具有特殊重要意义的女人罢了,就像现在的亚比煞一样。这个黑发少女脱光身子后美得出奇,特别是她大腿根上长着黑毛的结合处——就连拔示巴也这么说——如果在我的病榻上我们相互看的时间再长些,我倒想要娶她为妻。但这都是题外话了。我还记得当拿单在他冗长的独白中出人意料地插进了一个欢快的音符时,我在那个瞬间是多么感激他呀,这个音符好像预示了一个令人满意的结局。

"不要急,不要急嘛,"他令人快慰地耸了耸肩膀,安慰我说,"上帝把罪孽从你身上拿走了。"这倒不错。"你不会受到任何伤害了。"这就更好了。接着便是那句令人震骇的话。"可是这孩子,"拿单说,"一定要死。"

要相信上帝能施行这样的转折。

一瞬间我同时失去了上帝和我的婴儿。

1　德尔斐,古希腊城市。德尔斐式,指一种神秘的模棱两可的方式。

上帝把罪恶从我身上拿走，加在了我孩子身上，在这之前，上帝与我亲密无间，友谊甚笃。凡是我希望祂指路的时候，我就提出请求。也总是可以信赖祂给我答复。我们的谈话既友善亲密又明白准确，没有一句废话。

"我应该到基伊拉去拯救这座城吗？"我在犹大流亡时这样问祂。

"到基伊拉去吧，去拯救这座城。"祂支持我说。

"我应该到犹大的希伯仑去让那里的长者加冕我为王吗？"在听到扫罗的死讯并完成了我那首著名的挽歌之后，我问道。

"为什么不去呢？"也是上帝允许我前去的。

有求必应，我从祂那里得到的回答，都是我最想要听到的，常常就好像是我在对自己说话。我从未尝受到摩西所遭受的那种火山爆发似的威吓，自从上帝带着这种威吓闯进摩西的生活，他就给毁了。我甚至从未遭受过扫罗所受的那种源于空旷深奥的难以打破的寂静之苦，是这种痛苦驱赶扫罗去见隐多珥的受禁女巫[1]，通过她，他使自己在绝望中与撒母耳的灵魂交谈。对于扫罗一天坏似一天的心境，撒母耳要比任何其他人负有更大的责任。因为自从撒母耳与扫罗破裂，他就把扫罗抛进了我们这个悲惨的世界，任其飘荡，扫罗只能靠他自己微不足道的智力来拼命挣扎，撒母耳从上帝那里永远拿走了扫罗的希望。再也没有一句话或一个信号告诉扫罗，天上有什么人在注视或关心他。烤熟的祭品也只能被当作剁好的肉，因为没有哪个神灵会来享用的。

被痛苦的需要所驱使，扫罗来找隐多珥的女巫，想借助她向撒母耳询问基利波战斗的胜负，也就是非利士人和希伯来人正准备下一天进行的战斗。撒母耳告诉了他，面临的结局就是：扫罗第二天要被杀死，约拿单要死掉，他的其他两个儿子也要死掉，以色列人将一败涂地，被赶出房屋和帐篷，流落四方。

扫罗急不可待地需要知道这些。他的士气本就很低沉了。上帝本来可

---

1 扫罗曾下令从国中剪除交鬼的和行巫术者。

以给扫罗出点好主意。告诉扫罗不去打这一仗,对撒母耳又有什么害处?让那些非利士人穿过耶斯列平原他们还能跑多远?从山上狠狠地揍他们,不断地骚扰袭击,从前面阻击,从背后猛攻,再从侧翼袭击,就这样一次又一次地惹他们发怒,看他们还能支持多久?

但是扫罗的大限已经临近,我的命数将尽也注定为期不远了。当命运和你同行时,接受它也不是件坏事。如果它没来,就别称它为命运,叫它不公,背叛,或更简单点,背运。

现在我的日子快结束了,亚多尼雅和所罗门在为王位钩心斗角。拔示巴替她的儿子游说,怀着露骨的邪恶动机来看我,这些都是拿单在后院传授给她的。拿单总能在非常微妙的地方正确无误地设想自己。如果我明天死了,拿单的寿数也不会比我长多少。这些日子上帝好像一直置身事外。奇迹已经一去不复返了。

对于拔示巴来说,要对别人的幸福表现出兴趣,那得需要意志,而她的意志大约只能持续两分半钟。自我抑制对于她来说是不大自然的,机智圆滑与她更不沾边。她让我看了她最新的内衣,她不时地设计这些东西,只是想让自己别闲着。在亚比煞侍候我的时候,她就阴郁不快地在一旁看着,不时提出一些批评性建议,就像个退役的老兵以局外人的身份出出点子。

“他从来不喜欢那样,”她可能告诉乐意听命的侍女,一只手托住懒洋洋的脸,嘴唇不耐烦地半张着,“过去这样做对他好一些。你为什么不用滑溜的东西弄湿指尖,亲爱的?蜂蜜不错,橄榄油最好。上好的橄榄油。”

“你自己来弄吧。”我建议道。

现在她是一个成年人的母亲了——像她反复说的那样,是一个适合做国王的成年人的母亲了,一想到与我有性接触她就厌烦。她过去可从不认为这是讨厌的事儿。

她如今心烦意乱,因为竞争对手亚多尼雅听从了约押的劝告,到我这儿来,要求我允许他举行一次公开的午宴,宴会上他显然要以东道主和继承人的身份出现。亚多尼雅是显而易见的继承人,他相信他将继承我的王位,我也没做任何事去打消他的幻想。亚多尼雅容易上当受骗，缺少外交手腕，他不怎么聪颖。我不愿意去充当那个毁坏他的人。另一方面，也是出于邪恶的念头吧，我真希望能看到两个人中的一个会犯下不可饶恕的错误。亚多尼雅已经接近了这一点，可是拔示巴和所罗门也同样不远了。

如果我允许亚多尼雅召开宴会，我出席宴会，就会使他得到荣誉。他为什么不能得到荣誉呢？拔示巴极力用另一个邀请做对抗，想讨好我。

"所罗门愿意就在宫殿里为你举行一次小型宴会，这对你更方便，而且会更节俭。所罗门最讨厌奢侈和铺张了。让我把他带进来向你禀告吧。"

"不要带他进来！"我尖声地警告说，"我要是见到他，就会厌恶他的，就什么也不会给他留下了。亚比煞！亚比煞！"

书念的少女亚比煞把拔示巴送出门去，然后一面触摸我，一面甜蜜地亲吻我，为我平息怒气。房内再一次只剩下我们二人。拔示巴总是忘记我有骄傲，还有脾气。记住：是我停止和上帝谈话的，而不是相反。是我割断了我们的友谊。在直接的对话中，上帝从未对我不高兴过，也从未对我粗暴地发过脾气，祂对待摩西就不是这样。从上帝那里来的纵横字谜和批评建议，只是通过我的先知才传给我的，我总是有保留地接受它们。我禁不住想，如果我再次和上帝直接对话又会怎样呢？祂能听到我的声音吗？祂能回答我吗？我觉得如果我原谅祂，祂可能会回答我的。我怕祂不会这么做。

与我不同，可怜糊涂的摩西听到了来自冒着火焰的灌木丛[1]中的声音向他传达的惊人的使命，就在这一瞬间，摩西觉得上帝的全部暴怒都泻到他身上了。上帝敦促他去执行这一使命。

"为……为……为什么选择我？"这个头脑简单不讨人喜欢的人在米甸沙漠明智地向来自灌木丛的声音问道。那个声音说，祂是摩西父亲的上帝，是亚伯拉罕、以撒、雅各的上帝。"我结……结……结巴。"

从上帝的言外之意就可以看出，此时此地祂的愤怒已经烧向了摩西。

1　上帝故意让灌木丛冒火焰而灌木又不被烧毁，以此引摩西前往观看，以便告诉他把以色列人带出埃及的使命。(见《圣经·旧约·出埃及记》第2章)

上帝可能犯了错误，找错人了；那可以建造地球根基的力量，那可以用钩子拖出利维坦[1]的力量，有可能要被小小的口吃这样微不足道的东西给难住了。上帝给了摩西一个叫亚伦的哥哥，好把要说的话装在他的嘴里。摩西被这突如其来的不能讨价还价的命令搞得手足无措。没有妥协的余地。摩西是个非常软弱、缺乏勇气的人，对自己受到的这种粗暴的待遇，只能可怜巴巴地提出点不同意见。

"谁说我应该和蔼？"上帝质问道，"哪里写着我必须善良？"

"祢不是善良的上帝吗？"

"哪儿说我必须善良了？难道我是上帝还不够吗？摩西，不要浪费时间做白日梦了。亚伯拉罕已经是成年人的时候我还命令他行割礼[2]呢，难道那是善良人的作为吗？"

"我还没有行……行……行割礼。"摩西突然想起来了，吓得浑身颤抖。

"别急嘛。"上帝说道，放声大笑起来。

转眼之间，摩西的米甸人妻子西坡拉手持一块锋利的石头来到他身边，为了他们孩子的性命，嘴里狠狠地责骂着摩西。他让她把阴茎包皮切掉了。[3]我可绝不会让我的哪个妻子拿着刀子这样靠近我的生殖器，连亚比该也不行，米甲就更不行了。西坡拉割下包皮，扔到摩西的脚下。摩西对上帝一连串的责难竟能如此心领神会，西坡拉又采取了这样的行动，这确实是令人迷惑不解。

"这下你真是我的血郎了，"她让摩西知道，"行了割礼！你就是我的血郎了。"

"哎哟，疼……疼啊。"摩西呜咽着抱怨。

"谁说这不疼了？"上帝问道，"哪儿写着这不痛不痒了？"

1　《圣经》中象征邪恶的海中怪兽。

2　切除阴茎包皮，是犹太人的一种宗教仪式，通常在男婴出生后第八天施行割礼。

3　据《圣经·旧约·出埃及记》第4章，西坡拉把儿子的阴茎包皮割掉来顶替她丈夫摩西的。

"祢让我们活得好难啊。"

"生活为什么要安逸呢?"上帝道。

"真是个艰难的世界啊。"

"它为什么要容易呢?"

"我们为什么要热爱祢奉拜祢?"

"我是上帝。我是自有永有的。"

"我们爱祢拜祢,这能给我们带来好处吗?"

"这能给你们带来坏处吗? 现在到埃及去,告诉以色列的孩子们,他们父辈的上帝要你把他们集结在你的周围,把他们全都带出埃及去。"

向来毕恭毕敬的摩西对能否成功缺乏信心。"他们怎么会相信我呢? 他们怎么会跟随我呢? 要是他们向我问起祢的名字,我该怎么回答?"

"我是自有永有的。"

"我是自有永有的?"

"我是自有永有的。"

"祢让我告诉他们祢的名字是我是自有永有的吗?"

"我是自有永有的,"上帝反复说道,"我责令你们,"祂继续说,"从法老那里得到允许去荒野中跋涉三天,为我奉献牺牲。告诉法老让你的人民去。"

"让我的人民去?"

"让我的人民去。"上帝更正道。

"法老能让我的人民去吗?"

"我要让他的心肠变得刚硬。"

"这样他就不会让我的人民去了,是不是?"

"现在你明白了。我要拿出我的神通来,我要让以色列的孩子们看看我的本事。"

"这不会管用的,"摩西坚持说,话里充满了忧郁,"他们永远不会相信我。"

"他们会相信你的,他们会相信你的,"上帝向他保证,"他们为什么不相信你呢？"

以色列的孩子们相信了，男孩子也——愿他们不惋惜悲伤。[1]对一些人来说，到旷野中待上三天的请求似乎是合理合法的，可是对法老来说，这却证明了犹太人还有闲暇闲心，正在酝酿些愚蠢的主意。

"尔等闲逸懒惰，尔等无所事事，"法老责骂他们，"因此尔等才有时间去祭祀。让更多的劳动压在尔等身上吧！"

"我们的日子比以前更糟了。"那些以色列的孩子们在不断增加的劳动负担和污辱打骂中呻吟着。他们愤怒的眼睛里流出威胁的光来，逼视着摩西。"你为什么领我们开这个头？"

摩西感到迷惑不解，回到上帝那里抱怨起来："祢对这些人为什么如此阴险？难道祢就是为了这个才派我到他们那里去的吗？祢没使他们的日子好过，他们也没能逃脱法老的魔掌。"

"我在使他的心肠变得刚硬。"

"祢还嫌不够吗？他的心为什么必须变得这么硬？"

"因为要显示我的力量大于他的术士和其他的神，让世界永远记住你们这些人是我选择的宠民。"

"这就跟从前大不相同了吗？"

"一点也没有。"

"那么道理何在？"

"谁说过我要让它有道理了？让我看看哪里说过我必须讲道理？我从未向什么人许诺过，但他偏要弄明白道理。我给他牛奶，给他蜂蜜，但没有道理可给。唉，摩西呀摩西，为什么谈论道理？你的名字叫希腊人，可现在还没一个希腊国呢。你却要讲道理。如果你想要弄明白道理，你就不会有宗教了。"

"我们没有宗教。"

---

1 上帝杀死了除以色列人以外的所有埃及人第一个降生的男孩。(见《圣经·旧约·出埃及记》第11章)

"我会给你们宗教的。"上帝说,"我把你们从未听说过的法律给你们,我要把你们从埃及的奴役下解救出来,带到一块美好的土地上。那里有小溪、喷泉和泉水,在峡谷小山中流淌。那里有小麦、大麦和漫山遍野的葡萄。那里有无花果树和石榴树,还有橄榄树和蜂蜜。在这块土地上,你们有吃不完的面包。"

这就是祂答应的,这就是祂给我们的全部赏赐,其中还包括一套严格复杂的饮食法,这套法规并没有使生活变得更容易。祂给非犹太人的是咸猪肉、甜猪肉、果汁牛腰肉和少有的上等小牛排,而却只给了我们五香熏牛肉。在埃及,我们弄到了肥肉,可是在《利未记》中,祂又禁止我们吃肥肉。祂立下了永恒的法律,我们既不能吃肥肉又不能饮血。因为血中包含着生命的灵魂,所以只能属于上帝。肥肉对我们的胆囊没有好处。

麻烦如此之多,还没等摩西把人们从埃及带到西乃的旷野,人们就在饥饿干渴中小声低语,开始反对他,并且要用石头砸他。摩西和我——我们两个都曾面临被追随者用石头砸死的危险。但这些追随者很快又吹捧起我们。一面是喋喋不休地闲扯了四十年的上帝,一面是抱怨恫吓他的人民,怪不得他那尊在罗马的雕像看上去那么衰老,仅仅一百二十岁就入了土。

要记住,在我与歌利亚搏斗的那天之前,我就已经与扫罗见过一面,为他歌唱弹奏。他那不安的灵魂一直被第一次天罚折磨着。祂把扫罗搞得极度沮丧,一筹莫展。他的下半生将一直在这种痛苦的煎熬中度过。离奇的巧合使人们相信神秘的超感觉现象,魔鬼的神灵借助这种巧合附到了扫罗身上。而在同一天里,撒母耳出现在我的家门口;这一天,扫罗正在基比亚,我在伯利恒。撒母耳怕扫罗猜到他到我这儿来的目的,所以来时手里牵了头小红牛犊,好像他正要去杀牲祭祀。他脖子上用长长的带子拴着一只牛角,牛角里装着橄榄油。他把油涂在我身上,膏了我。几乎是同一时刻,扫罗在基比亚极度忧郁消沉,连自己的家门都不肯离开半步。

"给他苹果吃,解除他的烦恼,"押尼珥建议说,他是扫罗的全军统帅,

"把大酒壶给他，让他提提神。"

苹果和大酒壶都没奏效。一个侍臣又建议弹奏音乐，据说音乐是一种良药，有平息野兽暴怒的魔力。

"不是信口胡说吧?"押尼珥问了一句，同意试试。

这样，他们中有一个人推荐了我，因为我年轻，又擅长弹奏竖琴，此外我还非常勇敢，谨慎，且标致，并且出自伯利恒体面的耶西家族。我从不怀疑我精湛的弦乐技艺和惊人的诗歌天赋总有一天要为我敲开成功的大门。

我们那时确实有音乐，喜欢跳舞，也喜欢服饰，颜色越是华丽，我们就越是感到欢快惬意。与歌利亚搏斗时我穿的紧身束腰外衣就是上好的漂白亚麻布做的。衣服从上到下斜织着紫蓝色锯齿形花纹，衣边四周和接缝处都是天蓝色的。我腰上缠了一条小山羊皮染成的朱红色腰带。腓尼基人一使金箔粘着剂技术臻于完善，我就在基列西弗开了印染厂，生产朱红色的丝线和纱线。这些线在红、绿和蓝色的长袍上产生了极好的装饰效果。那些颜色连同推罗[1]的紫贝色在男人和女人中十分盛行，迦南因此而出了名。我们喜欢斑驳陆离的漂亮装束，我们也总能制造出这些装束。参孙为衣服而赌博，约瑟为自己花哨的外衣大夸海口，险些被妒忌他的那十个异母哥哥要了性命。[2]这十个哥哥没要他的命，而把他卖到埃及去当奴隶，真是我们大家的幸运。

我们还有珠宝装饰——戒指、耳环、胸针和饰铃。女人也佩戴一些装饰品。游牧的亚玛力人给我带来的王冠和臂环把我吓得心惊肉跳，因为这些人要置扫罗于死地。亚扪的拉巴城陷落后，我从城中国王那里夺到了另一顶王冠。除了战斗用的头盔外，这些王冠不过是脑袋四周的装饰品。在非利士我们不戴帽子，光着头到圣殿去朝拜也不碍事，因为我们那时还没有

1　古代腓尼基的一个海港城市。

2　约瑟小时候很得父亲雅各的宠爱，雅各给他做了一件彩衣，他的众兄弟嫉妒他，把他卖到了埃及，把那件衣服剥下来沾上羊血交给他父亲，让雅各以为他被野兽吃了。(见《圣经·旧约·创世记》第37章)

圣殿。

我喜欢我的女人们穿黄色、蓝色和粉红色的服装，我喜欢大红色的口红、碧蓝色的眼影，还有黑的染眉油。随着我们的经济发展，我们进入了一个奢侈、悠闲和腐化的时代，这些东西也随之开始流行。感谢上帝，我所有的妻子关心的只是佳容美貌。她们把大部分时间都花到了服装、化妆品、梳子、镜子和卷发器上面。只有拔示巴野心勃勃，要得更多。她的藏衣室总也装不满——你知道，她发明了灯笼裤，这是她相继短暂投身的几项事业之一——她对服装款式的偏爱已经到了异想天开、否定传统的地步。我其余的妻子忙着把头发染成红色，拔示巴则在试验黄色与金色掺在一起的混合染发剂。当这种染发剂不上色或不能均匀地涂到头发上面时，她看上去就活像个魔鬼。据我所知她是第一个戴假睫毛、假指甲，在眼睑上涂黑眼影的女人。继女式灯笼裤之后，她又设计了紧腰长袍[1]和迷你超短裙。书念少女亚比煞则用惹人喜爱的披肩、束发带和紧身长袍讨我的欢心。我越来越喜欢她，一天甚似一天，就我这把年纪，在我这样的条件下，我可能是爱上她了。可是突然有个念头震动了我，亚比煞一定认为我是搞同性恋的，因为跟她在一起时我的那个东西一直没能勃起过。她大概听到了那些古老的毫无根据的谣传，这些谣传全是对我和约拿单的中伤。

最初的印象往往消失得很慢，而坏印象则需要更长的时间才能忘却。我那首著名的挽歌在接近尾声时有一行诗句写到了约拿单、爱情和女人。那些无耻下流的谣传指责最多的就是这句诗。心胸狭窄的人们为了从我们身上找出瑕疵竟反复吟诵这行猥亵下流的诗句，但却没有人谈论这句诗的前一行。在前一行诗里我明确地指出我不过是把他看作兄弟。[2]我的诗歌是严肃的。我不能用公开忏悔的方式来贬低自己，那样最让人讨厌。我是

1　本是中东地区的男子装束。

2　原诗是："我兄约拿单哪，我为你悲伤！我甚喜悦你！你向我发的爱情奇妙非常，过于妇女的爱情。"（见《圣经·旧约·撒母耳记下》第1章）

大卫王，不是奥斯卡·王尔德[1]。如果我找不到更好的词句来替换它们，今天我可能还会继续用诗中原来的词句，即使我预见到这些词句会招来许多污蔑嘲笑我的故事。但生命毕竟是短暂的，而艺术是长久的。

我所有的妻子和一些妃嫔的另一个特点是她们特别嗜好浓郁芬芳的香水、胭脂口红、身体软膏，还有皮肤清凉剂和空气清新剂。就这一点而言，我当然要向上帝或好运气致敬了。在温暖的气候下要把整个后宫保持得完美如新很不容易。而我的宫中其他地方发出的恶臭和大街上烦人的嘈杂声并没有得到治理。我曾经徒劳地谋求亚多尼雅和所罗门的支持，以期解决清扫垃圾和排除脏水的问题。可是亚多尼雅对此漠不关心，仍旧热衷于他的社交生活，所罗门则致力于春宫护身符。两个人都把行政注意力集中在皇家财政收入的来源与培养我们军事将领的良好意志上面去了。亚多尼雅培养约押，所罗门培养比拿雅。我曾希望我可爱的耶路撒冷城能像花朵一样成为中东的一个光彩照人的游览胜地，其秀美的风光和声誉能同哥本哈根、布拉格、维也纳和布达佩斯这样的首都相媲美。可事与愿违，不久正如米甲指出的那样，耶路撒冷变成了另一个科尼岛[2]。米甲是我年轻时候的妻子。她一刻不停地卖弄自己的皇族血统，以此炫耀。应该承认她确实是皇室中令人讨厌的家伙，不幸的是，她竟能活那么长时间。我永远不会忘记人们把她快死的消息告诉我的时候，我高兴得大叫起来。

约书亚率领我们穿越约旦，把筑有高墙的耶利哥夷为平地，开始了对迦南的征服。在此之前，我们四周的邻居交相混杂，各不相同。总体上看，在和平时期希伯来人、迦南人和非利士人还能和睦相处。推罗的腓尼基人十分友好，我们从他们那里获得了染料和纺织知识，这使我们最后能把我们自己著名的服装中心建立起来。在我从耶布斯人手里夺下耶路撒冷之后，我又从推罗王希兰那里得到了建造宫殿的雪杉、木匠和整石机。美中不足的是，在整个地区没有一个阿拉伯人，也没有谁想去找一个来。在我出生之

1　奥斯卡·王尔德（1854—1900），英国小说家、剧作家，曾因身为同性恋而入狱。
2　位于美国纽约布鲁克林区，以犯罪、贩毒著称。

前，我们已经在使用从非利士人那里买来的铁制工具，从迦南人那里我们学会了耕耘播种；我们已经生活在用石头砖和木梁建造的房子里了。我们有牧场、园林、葡萄园和种大麦小麦的耕地，我们还有自己的乡镇和城市。房屋狭小，当然没有过性生活的隐蔽处所，但这与过去游牧时撑的羊皮帐篷相比不知要好上多少倍，与我们在外跋涉、裹在皮斗篷里的野外露宿相比就更不知要体面舒服多少倍了。身裹斗篷睡在户外是所罗门的又一个习惯，人们普遍认为他这习惯既吝啬又贪婪：如果他清早把人家的斗篷作为抵押拿走，夜幕降临前他绝不会给人家送回来。

富裕的家庭夏天在乡下仍然保留了帐篷；其他人则把帐篷安在房顶上，享受夜里从海上吹来的清爽的凉风。房顶上的空间要比屋里大。为了摆脱米甲一次又一次的唠唠叨叨的讽刺挖苦，我独自在宫殿的顶上沉思踱步。正在这时，我的目光落到了拔示巴美丽的身体上，当时她正在自己的屋顶上洗澡。我停了下来，邪恶在逗引我。我情欲难熬，派人把她叫来，当天就占有了她。次日早晨和接下来的晚上我跟她亲近个没完，就这样一次又一次，一天又一天，一旦开了头，我就禁不住要抚摸她，禁不住要看她，我是多么需要她啊！这就是爱。我完全沉浸在她的里面——我恨不得把她吞了下去。我不能控制自己，非要看着她不可。我想天天跟她干那件事，现在就想。从第一夜以后，我们做了这样的安排，凡是我不能和她在一起的时间，她早晨、晚上都到自己的房顶上洗澡，这样我随时可以自由地看到她。当她发觉我在注视她，她就做出些挑动性欲的姿态动作。

毫不掩饰的下流行为在迦南人和非利士人那里比我们这里多得多。我们到达他们那里之后，他们丰富多彩的生活对于我们封闭的经济文化起到了强烈的催化作用，异性交欢很快便在我们中间风行起来。尽管在摩西和他的人从埃及到迦南的那段坎坷不平的路途上，摩押的女人也曾向他们卖弄风骚想要求欢，但是他们还从未见过这么多的男女欢配呢。我们在那里安家之后，就有果子酒、羊毛、粮食和水果，迦南人有自己的宗教偶像和寺庙妓女，非利士人则有海货、啤酒，还垄断了制铁的秘密。对于制铁术，非利士人严格保守秘密，绝不向外人泄露分毫。他们卖给我们铁制的工具，却不告诉我们怎样使刃器锋利，或者干脆就不让我们得到铁制的武器。在和平的时期旅行很安全，商业贸易发达，关系也很和睦。我得承认，我们有时很可能遭遇非利士人的反犹主义，但这看上去不过是一种对教区差异的认同罢了。可是，反过来我们也用另外一种说法诽谤他们：他们没有受割礼。这一点，我们绝不能让他们忘了。

相互受益、相互依存是我们关系中的一个突出的特点。孩提时我们就常常见到非利士的工匠背后挂着磨轮，步履艰难地去给妇女们磨菜刀和剪子，给地里的男人磨犁铧和放牲口的刺棒。我们对这些景象是那么熟悉。我们经常去迦萨、迦特或亚实基伦去买些器皿用具，或是去锉光犁刀、鹤嘴锄和斧子，而有时到那里去只是为了吃点海鱼喝点啤酒，高兴地度过一个晚上。在往返的途中，我们可能在迦南的寺庙停下，与神职人员一起参加一种叫寺庙性交的宗教活动，以此为集体的幸福做贡献。在寺庙的地上与未婚女子或已婚女子性交，是不是真的能加速庄稼早熟和牲畜繁衍，无从知晓，但迦南人对农业的了解比我们要多得多，这样做当然不会有什么害处。

我们有耶和华和涤罪仪式，迦南人和非利士人有纤巧美丽的女神阿斯塔蒂[1]。这个女神的画像总是袒露着丰满的乳房和大腿间的私处，肥大的屁股几乎胖成一个圆圈。在这一片喧闹骚乱之中，不同的东西不时地被搅到一起。我们吃到了猪肉，有了偶像，他们学去了我们的法律和涤罪仪式。对于赫人乌利亚，我让他与拔示巴同床。如果他这么做了，他就会感到自己不干净，进而不能参加战斗。这就是上帝授予摩西的法规之一，可这法规并没有使我们活得更快活些。与女人睡觉的男人不干净，与另一个男人同床的男人就更不干净：简直就是件令人讨厌的事。上帝说，与动物睡觉的男人肯定要死的。我本想反驳他一句，要是不与动物睡觉他就不死了吗？

在这个不同民族聚合的熔炉里，异族通婚是司空见惯的。拔示巴嫁的

1　与丰饶、生育、性爱和战争有关的女神，是古代中东广泛崇拜的女神。

不是犹太人，约瑟娶了个埃及女人，摩西则娶古实人和米甸人为妻。见了女孩就发疯的参孙自然是诡计多端的非利士女人的囊中之物。甚至我曾祖母也不是犹太人：她就是那个刚才提到的摩押女人，寡妇路得。她同拿俄米一起回到犹太，选择了我们的上帝和人民，后来与我祖父的父亲波阿斯结为夫妻。那个满头长发的以扫竟娶了两个赫人女子为妻，这惹得以撒和利百加二人十分伤心，因为他们肯定希望举行一次盛大的犹太人的婚礼晚会。尽管我们没有结婚仪式或婚礼之类的其他形式，男女双方也用不着说什么，但我们却有婚礼晚会。男人该做的就是向女子的父亲交出她的身价钱，然后把她领回家做妻子。庆祝活动可能有也可能没有。我记得在我娶公主米甲为妻的庆祝会上，我兴高采烈，又是跳舞又是喝酒，但我确实感到她举止粗俗，语言下流。这使我追悔莫及，觉得在米甲身上失去得太多，尽管她的身价不过是扫罗象征性提出的一百个非利士人的阴茎包皮。我多扔给扫罗一百个包皮是想让他知道我是个讨人喜欢的小伙子。后来我发现米甲是个势利小人，是个整天搅得四邻不安的泼妇，连一个非利士人的包皮都不值。

关于非利士人我要说的是，在我们与他们第一次相遇时，他们比我们有文化，其文明程度要比我们高。我们在那时无论遇到谁，他都会比我们文明。约书亚刚刚率领我们到达约旦河西岸，去征服那里的迦南人，并从他们那里学会了如何耕耘，如何建造和利用房屋，我们就发现非利士人才是这一地区真正的左右一切的军事力量，这太令人沮丧了。如果回溯到参孙时代，情况就更是如此。参孙，那个傻瓜，那个遁世者，那个满头长毛的类人猿[1]，哦，参孙这个呆子、蠢货，这个四肢发达、目不识丁的乡巴佬，刚愎自用，像傻子一样一次又一次地惹起非利士人的愤怒。谁能驾驭他？他们已经称他为士师了！一天，他爱上了一个非利士姑娘，与姑娘的邻居们玩谜语游戏，为的是赢三十个床单、枕套和衬衫之类的替换物，接着他就把他们全杀了，然后又在三百个狐狸的尾巴上拴上火种，把他们的田地、葡萄园和橄榄树林付

1　参孙以力大和长发著称，故有此语。

之一炬。唉，他就想不出一个比这更容易、更令人接受的办法吗？犹太人曾经千百次地恳求他规矩些。

"参孙啊参孙，你要把我们弄成什么样子？"老人们和他争辩说，"非利士人是骑在我们头上的统治者，他们能像从前一样把我们变成他们的仆人，这些你难道就不知道吗？"

唉，他们简直是在对牛弹琴。他们总想把参孙捆起来送到非利士人手里。最后参孙让他们这样做了。可是就在他们似乎要把他根除掉的时候，他却从非利士那些捕获者手中挣断了绳索，用一只驴的下腭骨杀死了一千多非利士人。接下来的事你们是知道的，还没用一眨眼的工夫，他又爱上了大利拉，一个非利士荡妇。他把他最宝贵的秘密泄露给她，作为回报。于是他失去了头发、力量和双眼。弥尔顿《力士参孙》的描述远不够准确。我们记忆中的那个参孙太粗鲁太愚钝了，根本不能为自己做这样的描述："在迦萨失去双目，磨坊边与奴隶为伍"或是"激情耗尽"[1]，就要死去。但是参孙临终前自己说的一番话却很不错："上帝啊，求祢赐我这一次的力量，使我在非利士人身上报那剜我双眼的仇。"[2]

尽管约翰·弥尔顿常常做不到完美无缺——他的"四音调"十四行诗中的第一首简直不值一读；第二首也挺糟糕——我恳求给他同样的宽恕，就像平时我为自己所要求的宽恕一样。我们的艺术是第一位的。他和我都是诗人，不是历史学家和记者。因此，要用公平的眼光对待他的《力士参孙》，就像对待我为扫罗和约拿单的死所写的著名挽歌，还有那些诗歌、箴言和其他出众的作品一样。把它们作为诗歌来欣赏，欣赏它的美而不是陈述事实的准确性。关于这一点从我的事迹中可以找到例子："不要在迦特报告[3]，不要在亚实基伦街上传扬；免得非利士的女子欢乐。"如果事实和常识就是决定因素的话，那就无从解释这甜美流畅的妙语怎么能享有如此盛名，

1　见弥尔顿《力士参孙》第41行和第1758行。

2　见《圣经·旧约·士师记》第16章。

3　指扫罗和约拿单之死。

并且经久不衰。因为迦特人和亚实基伦人知道扫罗在基利波的战败和死亡比我要早足足两周半。这种与事实相背离的现象一般可以从美学中得到解释。弥尔顿是个能力超凡的人。谁敢肯定他的作品不能像我的作品一样长久流传，也许有朝一日它会拥有与我那著名的挽歌一样众多的读者呢？

在重压之下我一时冲动作出了多么漂亮的挽歌啊！客观地说，我写的挽歌的确像胜利和狂欢的颂歌一样充满了激情。扫罗的死为我打开了方便之门，为我扫清了道路。看到我写的诗句，我作为自己的最严厉的批评家，得出了这样的结论：我用不着换一个词或删一行诗。此时我是多么喜悦啊！我承认我长久以来无法再直视自己写下的"约拿单哪！我甚喜悦你！你向我发的爱情奇妙非常，过于妇女的爱情"。就是这句诗引起了人们毫无根据又令人讨厌的猜测。这样猜测的人寻机诋毁我，或者希望给他们那些歪门斜道的嗜好提供有力的佐证。这句诗错在何处？我的意思与我写它时一样清楚，一样诚恳，一样完整。如果约翰·弥尔顿先想到了这句话，他也会这么写的。

但是弥尔顿是生活在寒冷气候里的阴郁的清教徒，而我们却生活在温暖丰裕的环境里，对两性多偶关系毫无忌惮！我们喜欢近亲通婚，近亲繁殖，远亲繁殖，我们总是这么做，我们大家的第一个父亲亚伯拉罕就这样做了。我们开始长出短胡须、直鼻子——这你可以从壁画中看到——谁知道呢？要不是在游牧和性交中有少许不同的基因闯了进来，我们今天很可能完全像丹麦学童一样，碧眼金发，漂亮可爱。难怪我们从古至今的道德家们总是显得闷闷不乐，喜欢吹毛求疵，主张苦行禁欲。弥尔顿是个道貌岸然、假装正经、卖弄学问的人，竟迫使他女儿学习希伯来语。我可从没让我的女儿学习英语。我在哀悼扫罗和约拿单的挽歌中所选的主题要比他的《力士参孙》的主题高尚得多。参孙是头凶狠、惹是生非的公驴，他欺侮自己的父母，让他们为他安排他们不同意的婚姻，他自己的那个家伙总是离不开非利士妓女。然而他们为这样的人写出一篇《士师记》，在《圣经》中用我的名字命题的反而连一篇也没有。更让我气恼的是撒母耳有上下两篇，尽管他在上篇中就死了，下篇对他只字未提。这公平吗？撒母耳的那两篇书应该用上我的名字，而不应该用他的。撒母耳有什么了不起的地方？

"谁说我是公平的？"如果我向上帝发问，我预先就知道祂会这样回答的。"哪里说的我必须公平？"

"祢总是知道祢在干些什么吗？"要是我真能咽下我的傲气再一次和祂说话，我相信我会这么问祂。

"知不知道又有什么两样？"我可以听到祂以不可摧毁的自信这样反驳。

如此冷言冷语，谁需要祂这样的上帝？我是瞎子吗？五十多年前我自己就悟出了这样一个道理，赛跑的优胜者并不总是跑得快的人，战斗的胜利也并不总是属于强者，而是要看我们每一个人的时间和机遇。太阳东升又西落，这些法则对善者恶者都一视同仁。面包不总是属于聪明的人，财富不总是属于智者，恩宠不总是属于乖巧的人，但是我们的结局却都一样。聪明的人不会比傻瓜结局更好或死得更聪明些。那么聪明人的聪明在哪里呢？因此，我开始憎恨生活，并得出这样的结论：对人来说，在地球上最好的事情就是吃呀，喝呀，玩乐呀。当然了，如果能得到的仅仅是一块熏牛肉，那么就这些也不是容易办得到的。上帝给我们的仅仅是牛和羊的前槽肉。剩下的肉我们应该怎样处理呢？

可是参孙就想要那些衬衫，约瑟视自己的外衣为珍宝，我则喜欢我的王冠和手镯。以色列的姑娘们除了别的乐趣之外，特别爱穿猩红色的衣服，佩戴金子装饰品。我不知道我们那些来自东欧的后裔从哪儿弄来这么个主意，浅黑色宽檐帽子和毫无装饰的深黑色羊驼呢或者华达呢长外套成了我们传统的一部分，祈祷者偏爱悲悲戚戚的黄褐色。这主意很可能来自以赛亚和耶利米的悲伤，来自亚述人、巴比伦人、希腊人和罗马人对以色列的侵略和破坏，来自散居各地的犹太人，来自中世纪欧洲的迫害，来自波兰和俄罗斯对犹太人的大屠杀，来自阿道夫·希特勒。

时至今日，几乎任何人都懂得用稀奇的小摆设、奇特的毯子、袍子或裙子等贡品，或者是送亚比煞衣物和珠宝之类东西来讨我的欢心。亚比煞十分高兴地接受这些礼品，快乐中不掺杂虚伪和贪婪。拔示巴贪得无厌，亚比煞却不是这样。我喜欢看着亚比煞用惹人喜爱的新鲜东西打扮自己。我喜欢我们今天的妇女在走路时扭扭捏捏、卖弄风情的样子，一双挑逗的眼睛不住地转动，从她们手里的小镜子中反射出来。我喜欢她们头上闪闪发光的束发带、耳环、大檐帽、头巾和卷曲的饰针、手指上的戒指以及踝骨上的铃铛，还有她们的手镯、项链、罩衣兜帽和面纱。我爱女人，我总是能得到她们，我欣赏她们为了把自己打扮得迷人而绞尽脑汁做出的充满野心的努力。她们甚至把鼻子都装饰上了珠宝。我们也有自己的萨伏那洛拉[1]；我们刚一进入某一阶段，想要放松一下休养生息，享受我们进步的果实，立刻就有人预言我们要垮台要毁灭——那些人不愿意我们享乐和幸福，他们预言我们将遭厄运。

"必有臭烂代替馨香，"街头巷尾的人们这么说，"绳子代替腰带，光秃代替美发，麻发系腰代替华服，烙伤代替美容。"

不管怎样，我们决定碰碰运气。谁愿意放弃富裕生活呢？

应该记住的是，在我背着奶酪、面包和烤苞米从伯利恒向梭哥进发时，也就是与歌利亚搏斗的那天之前，就被撒母耳选作扫罗国王的继承人了，因此我比以往任何时候都确信，我没必要再听哥哥姐姐们的废话了；此外，因为我被选作一国之王，我也没必要再听父亲母亲的废话了，尽管他们没给我添太多的麻烦。后来发生了这样的事，我的哥哥以利押、亚比拿达和沙玛在我把补给品送给他们和他们的首领之后，就命令我火速回家，而我由于过于高兴，恶意地冷淡了他们。我无论如何也不想离开以拉谷为界对峙的两军，那场面太壮观了。我一旦窥见成为英雄的良机，我就绝不放弃它。

撒母耳为了骗过扫罗的探子，用绳子牵了头小红牛犊，神不知鬼不觉

1　萨伏那洛拉（1452—1498），意大利宗教改革者，反对教会道德堕落，后被绞死。

地出现在我们的门前。他简洁地命令把男孩们按年龄顺序带到他面前。我一听说小红牛犊立刻就好奇起来。接下来发生像似灰姑娘辛德拉的故事，因为我这个在家中最小最不起眼的男孩当时正在外面放羊，在那个历史性的时刻，任何人的脑袋里都不会想到我。

"进来吧。"我父亲殷勤地让着这位客人，客人脸不带笑，一脸坚定的表情，他是遵上帝的旨意带着他的小红公牛从拉玛来到伯利恒的。"脱掉鞋子进屋来吧，洗洗脚，坐在地上吃点东西。你愿意到房顶上休息一会吗？"

撒母耳准备即刻选定长子以利押为继承人，可上帝不同意，并告诫撒母耳说，书不能根据封面装帧定高下，而人也不能以皮相定好坏。我的哪个哥哥都比我高。亚比拿达和沙玛先后被淘汰下去，剩下的七个哥哥也同样被淘汰。

"再没有了吗？"撒母耳不满地问道，"你的孩子都在这儿吗？"

他们派人出去找我回来。

我到家后发现一个满脸阴郁的瘦高个儿男人正在等我。他的确是满身长毛。如果你相信以扫是个长毛男人，你真该看看撒母耳。他身着长袍，可是从他身上任何可以见得到的地方都有暗灰色的长毛散落下来。除了深深凹陷下去的炽热而忧伤的黑眼睛和窄窄的充满皱纹的黄色额骨之外，分辨不出哪里是脸上剩下的肉和骨头，也弄不清头皮和两颊的肌肉纤维开始于何处。尽管我与他待在一起时从未舒服过，我也不能说我喜欢他，但自从我对他有更多的了解之后，他的长相倒没怎么令我讨厌。他母亲哈拿像个醉汉似的在以利圣殿的祭坛前咕咕哝哝，曾发誓说如果上帝许诺她生个儿子，那么任何剃头刀都不会落到他头上。你可以放心打赌，上帝从不食言。

撒母耳与我相见的那天，举止傲慢，脾气暴躁，嗓音沙哑，对我这个他被派来寻找的该涂油的人，举止中根本就没表现出丝毫愉悦的东西。他在做自我解释时说的话一点韵调都没有。有的旅行者可能善意地开个玩笑，或者为了友谊待上一会儿，闲扯几句，可撒母耳绝不是这种人。

"上帝因误选扫罗为王而悔恨不已，"他说着打开了盛油的牛角盖子，

"因其未遵上帝意旨、严守上帝戒律之故，上帝现将王国自扫罗之手转给别一同胞，此人之善良超过扫罗，必能切合上帝心意。此同胞就是你。"

知道我被吹捧，你会很感兴趣。可是撒母耳已经离开走了。我跑出去追赶他。

"这就是说，"我喊道，"我用不着再放羊啦？或者我用不着让家里人差来遣去啦？这是不是意味着不论我怎么说，你和其他所有人都要按我的命令去行事？"

"这就是说，"传来一句严厉尖刻的反驳，"你和其他所有人都要听命于我和上帝，因为上帝和我比地球上任何东西都强大，比扫罗的所有武力都强大。扫罗总是对所有的命令都不服从，所以我们才抛弃他，选择了你。"

我被面前突然出现的他的小红母牛吓了一跳。"这头小母牛，这头小母牛，"我像鲁莽的异教徒一样脱口说了一句，这是我性格中不谨慎的一面，"你这头小红母牛。你要它干什么？如果上帝和你真的掌握了所有的权力，你们怎么反而被扫罗吓成这个样子？"

"不许混为一谈，"撒母耳粗声答道，"你想不想做以色列的国王？"

你当然知道我对这句问话所做的回答。"我什么时候开始做国王？这事要多久才能发生？"

"当它发生的时候。"

"我可以告诉百姓吗？"

"告诉谁也不行，"他警觉起来，脸色苍白，"你的话会使我们两人陷入险境。"

我告诉了所有的人。

"要是你还不住嘴，继续谈这事，"我的兄长们威胁道，"我们就把你投到井里或者卖到埃及去做奴隶。"

甚至像我哥哥姐姐这样目不识丁的人对约瑟的故事和那划时代的埃及之行也略知一二，并从我和那故事主角的处境中看出相同之处来。

在整个童年中我忍受着连续不断的威胁。假如我没留心羊群和我的举止，假如叫我睡觉我不睡，而当别人要睡时我又在房子周围弄出响动，那我就会落得和约瑟一样的下场。他们打算休息时，对我的玩闹声和歌声真是烦透了。不论是我的哥哥还是姐姐都对我的音乐和写作不感兴趣。在他们各自的晚年，我那首著名的挽歌竟没给他们留下任何印象。他们对我所创作的许多诗篇和箴言中所表现出的善行美德和伟岸之美无动于衷。与约瑟一样，我是个闪耀着智慧之光的神童，但却出生在一个古老、原始、由一群毫无鉴赏能力的乡巴佬组成的大家庭里。管他们叫非利士人可能是一种诽谤——是对非利士人的诽谤，因为非利士人确实是先进的。尽管他们没行割礼，可他们是先进的。毫无疑问约瑟和我的虚荣心、势利眼不断地刺激我们去憎恶其他人。但我却从没像他那样孩子气十足，我相信我不只有一件彩衣，不只有释梦一个办法，以至于仅以此为根据构筑我早年对于自身优越性的设想。[1]

约瑟还是我的旁系祖先，这一点我可以轻而易举地证明。甚至在他幼年最不幸的时候，我也能同情他。尽管在大灾荒中他的哥哥们跋涉到埃及去买粮食，他发现他们的命就攥在他的手心里时，他确实使他们受到一番磨难[2]，但我还是同情他。他认出了他们，而他们没认出他。但是对约瑟来说复仇也并不那么愉快。迟来的希望使心里很不好受，但我想他没有察觉到这一点。

他一面与始终不可遏止的柔情做斗争，一面精心安排，长时间捉弄他的哥哥们，最后才说出自己是他们早就失去的弟弟，并在埃及给他们提供了避难之地。这样做意义何在？他并没有从中得到快慰。假如你记得在那种年月从迦南步行到埃及，然后再艰苦跋涉一个来回要用多少时间，你就会意识

---

1 约瑟少年时曾做过两个梦，一个是他跟他的哥哥们一起在田里捆麦子，他哥哥们的麦捆围着他的麦捆下拜；另一个梦里，他梦见太阳、月亮和十一个星星向他下拜。他被卖到埃及后，又曾为法老释梦。

2 约瑟少年时被他的哥哥们卖到埃及，后遇大灾荒，他父亲派他哥哥们去埃及买粮，当时约瑟已经深得埃及法老宠信，做他的宰臣。他见了哥哥们假装不认识，故意说他们是奸细，监禁三天，让他们回去把最小的弟弟带来；又诬陷他们是盗贼。后来才相认了。

到在差不多半年的时间里由于约瑟出其不意地以盗窃罪诬陷他们,指控他们刺探军情,又失去常态地乱发命令,约瑟一定会把他的兄弟们弄得汗流浃背,提心吊胆。约瑟一心想做的就是再看看他的父亲,借以得到慰藉。同时他也想见一见亲弟弟便雅悯,亲吻他,拥抱他。他长时间制造悬念,吓唬他们,毫无必要地拖延了他自己渴望实现的与哥哥们言归于好的时机。这有什么好笑的。每次约瑟捉弄完自己的哥哥们,便泪如泉涌,奔回到自己的屋里独自垂泪。他甚至把自己所尊敬的年迈的父亲也推向了痛苦与恐惧的深渊。他坚持要便雅悯做人质,这要求几乎使他的白发苍苍的老父丢了性命。

"约瑟不在了。"雅各在预卜吉凶,此时他已别无选择,只得把便雅悯和他别的儿子们一起送到埃及。"我与拉结生的孩子只有这一个儿子了,如果夺去我的孩子,我就孤苦伶仃了,痛苦忧伤很快就会把我这个白发老头儿送进坟墓的。"

犹大谦卑地向约瑟说明了把便雅悯押作人质会对他们的父亲造成可怕的恶果,他主动提出要代便雅悯做囚犯。听到这些,约瑟的心都快碎了。这个欺骗再也不能继续了。约瑟亲吻了哥哥们,与他们抱头痛哭。雅各刚刚死去,约瑟便把他的尸体用香料保存起来。这些没见过世面的游牧人第一次目睹了埃及的这一习俗,他们一定惊得瞠目结舌!但对约瑟来说,用香料防止尸体腐烂早已司空见惯了。

家庭里有什么大不了的事竟使得兄弟们同胞操戈又如此歹毒?上帝知道我一生中作孽很多,但我从没有造过这样的孽。我的孩子们相互间干的事和对我的所作所为,与雅各的孩子们一样歹毒。好像我们中间娇生惯养的孩子永远也不能长大成人似的。约瑟对他父亲和哥哥们的感情,与扫罗对我或对他亲生儿子约拿单的感情一样朦胧暧昧,令人迷惑不解,或者说,约瑟对他父亲和他哥哥们的感情,与我对扫罗或我对上帝或上帝对我的感情相比,没有半点明朗,也没有减少人们的迷惘:我们好像都下不了决心。我过去一直为扫罗感到惋惜后悔,现在还是如此。我敬佩他,把他当作偶像来崇拜,因为他最后向我许诺,在一小段时间里,他要毫不勉强自己地尽情爱我。此后,出于疯子般的不信任,他开始毫无道理地憎恨我,最后我被迫从他那充满杀机的愠怒之下逃了出来。激励我的动力是胜过他而不是颠覆他,我不相信自己有意说过一句话或做过一件事去削弱他的统治。

我敢肯定我几乎从没有像约瑟那样对付自己的哥哥们;当然了,他们也没像约瑟的哥哥们那样对待我。我的哥哥们嘲笑我捉弄我,对我发号施令,找碴儿训斥,还批评责难,指东道西,但他们对我从未动过杀机,从未把我投到井里、关起来,也从未把我卖给从基列途经迦南到埃及去的商人大篷车队当奴隶。他们没把我的血衣拿给大吃一惊的父亲看,谎称我给野兽吃掉了。那段故事是丑陋可憎的。我杀死歌利亚时年纪还轻,那以后我就不在哥哥们的掌握之中了,相反,他们却要受制于我。当谣传扫罗正打算与我们整个家族结下世代血仇之时,我的哥哥们吓得逃出伯利恒,一路艰险来到了我设在亚杜兰洞的指挥部,我竭尽全力为他们提供了庇护。我把父母安顿在约旦另一侧的摩押国王那里,自己则带着哥哥姐姐、剩下的所有家人,连同我新娶的两个妻子[1]和六百名战士投奔了迦特国王亚吉和他的非利士人。

"你曾为非利士人效劳,为他们作战吗?"今天的人提起这个还觉得吃惊。

"你他妈的算说对了,我就是这么做的,"我会愤怒地回答说,"要是我不投靠非利士人,我手下的人准会用石头把我砸死。"

这是我与扫罗斗争中的又一段不错的经历,可你在《历代志》中不大可能找得到,对不对?他们把我们二人都删除了。可是到了今天这又对我有什么呢?用着我的时候就把我写进书里,不是吗?约瑟和摩西也有同样的遭遇。上帝应该感谢我们三人帮祂实现了对亚伯拉罕的诺言。[2]我是用刀剑帮祂的,而约瑟则是通过为法老释梦帮助上帝实现其诺言的。法老的梦

1　当指亚希暖和做过拿巴妻子的亚比该。

2　上帝派天使向亚伯拉罕保证:赐福给他,令他子孙繁衍,多如天上之星和海岸之沙,他的后代必能占领敌城,各国都因他们得福。(见《圣经·旧约·创世记》第22章)

里满是麦秸秆、肥母牛和瘦母牛，使法老困惑不解。[1]约瑟把它释为二字箴言，这箴言也许能从西格蒙德·弗洛伊德那儿为约瑟赢得一个悭吝的奖赏，或者能从每一个关心商品前景的商人眼里激起钦佩的火花。这二字箴言是什么呢？

"买粮。"约瑟说道。

"买粮？"法老不解地问道。

"这梦，"约瑟说，"这梦是要你买麦子。"

饥馑袭来时，只有法老的粮仓是满满的。埃及和非利士四周的饥民为了活命就带着钱来这买他们需要的粮食。钱花光了，他们就用牛羊、马匹和驴子来换粮食。牲畜也用光了他们就用土地换，用他们自己换。除了祭司们的土地，法老拥有了一切。约瑟决定，法老从生产的所有东西中来个五抽一。瞧啊——在埃及文明中除了其他的惊人之举外，埃及人还首创了封建社会和作物分成制。

五抽一？就连我也没拿那么多，或者曾想望过得到那么多，所罗门想过五抽一，但后来也不得不满足于十二抽一。他不知羞耻，极度虚荣地征讨，险些断送了他的王国。他贪得无厌，伸手攫取一切，自己又尽情挥霍。所罗门那个低能的傻瓜儿子在所罗门死后，刚刚接过王位就嘲弄公众意志，把恢复了的民族和睦的所有希望都给砸了个粉碎。

"我的小拇指头比我父亲的腰还粗。"奢侈昏庸的罗波安这样愚蠢地对百姓说。这些百姓由于残酷的剥削已经骚动不安了。"我父亲使你们负重轭，我必使你们负更重的轭；我父亲用鞭子责打你们，我要用蝎子鞭责打你们。"

还要用蝎子鞭，这个傻家伙。他智力平平，与参孙相差无几，文明程度

---

1 法老曾做二梦，其一梦见七头肥壮好看的牛在苇丛中吃草，又来了七头瘦弱难看的牛，把先前的七头给吃了；其二梦见一株麦子先长出七个饱满好看的麦穗，后又长出七个细小焦干的麦穗，把前者给吞了下去。约瑟为法老释梦说这是同一个事，指七个丰年和七个荒年。(见《圣经·旧约·创世记》第41章)

还不及参孙一半。他以为自己在跟谁说话？一夜之间，约瑟、摩西、上帝和我的劳动成果竟四分五裂，变成一片爆炸性的骚乱，彻底毁了。内战再次爆发，我创建的整个帝国又一次分裂成两个独立国家。

摩西除了受到来自四面八方的责难外，一无所获，这些责难又都源于他自己带来的麻烦。约瑟至少为雅各儿子们的每个家庭成员从法老那里求得准许，让他们进入埃及，去享受那里为他们准备的一切好东西。可是这些从迦南来的牧民衣衫褴褛，睡惯了帐篷，必定逃不过另一个使他们沮丧的惊讶。他们赶着牲畜进入埃及后，立刻就意识到，与这个有教养的社会融为一体是不可能的。埃及人不肯与他们同桌吃饭。这并非因为他们是犹太人，请听着——他们自己对此很难理解。他们所知道的只是他们是雅各的儿子。他们被人家疏远，抛在一边，因为他们是牧民，牧羊人。对开化的埃及人来说，每一个牧羊人、每一个流浪汉都是讨厌的家伙。埃及的任何酒馆都没他们的位置，直到后来约瑟请求法老，在歌珊为他们提供了一块舒适合意的牧场。在这块牧场上，雅各的儿子们，他们此时又被称为以色列人[1]，与他们的妻儿、帐篷连同牲畜一起安顿下来。令人感激的法老允许他们吃本地产的肥肉。约瑟释梦的天才使这个国家免于饥饿，使法老成了连自己做梦都难以想象的富翁。

四百年后，埃及又崛起了一个新法老，他竟不知约瑟为何许人。埃及人很健忘，是不是？他把以色列孩子们的后裔抛到了狠毒监工的奴役之下。率领我们走出埃及的使命就落到了可怜的摩西肩上。他没请求过这事，也从没从中得到任何乐趣。"脱掉你的鞋子，"这是摩西从火红的灌木丛中听到的第一句话，"你正站在圣地之上。"

他的下半生就从这里开始了。请求法老把他们从埃及放出来已经够难的了，要组织协调一致的抵抗运动，劝说希伯来人跟他走出埃及就更不容易了。跟着他走？也许会吧。不争吵不找碴儿？那不可能，就像用手捕捉大

---

1 雅各又名以色列，其后裔亦称为以色列人。

风一样不可能。

"谁……谁……谁……谁……"

"住嘴,摩西,"上帝说,"我不是纠正过你的结巴了吗?"

"我……还是他们应该继续信任的人吗?怎……怎……怎样……"

"摩西!"

"他们问祢的名字我……我可以回答吗?"

"我是自有永有的。"

摩西满面痛苦地退缩了,说:"祢还叫我是自有永有的吗?"

"为什么不叫?"

"现在他们恶毒地看着我,已经开始小声咒骂我了。他们会怎……怎……怎样……"

"你还要结巴吗?"

"如果困难继续增多,他们会怎么说呢?"

"vey is mir"[1]是困难不断增多后人民的抱怨,这句话翻译过来就是"我真不痛快"。他们继续在田地里拼命干活,继续凿臼制砖,可法老仍在不停地给他们加码。

"我还要使其心肠再硬些,"摩西提出反对时上帝这样答道,"你说这没有意义,真是胆大包天。这是戒律。我要对付法老,你去对付百姓。我想还有很多事等着你去做呢。"

这不是说说而已,要是摩西不遵从,还不知道会发生什么事呢?

好像给需要加说明的对话做记录一样,上帝真的给了摩西一个叫亚伦的哥哥,他们可以把要说的话先塞进他的嘴里,之后又让亚伦的姐姐米利暗暗地里给他当先知,去积极参与。不然的话,那十次灾难可能会增到二十次,四十年的流浪生涯会变成四百年。[2]

---

1 意第绪语短语,表达惊愕或恼怒。

2 出埃及后,以色列人多次因困难而失去对上帝和摩西的信任,上帝用十次灾难来惩罚他们。摩西率以色列人出埃及最后到达迦南,共历时四十年之久。

出埃及一路上他们十分聪明，没有取道走非利士人的领地，而是向南进发，穿过通往红海的不毛之地。摩西带着约瑟的灵骨。一路上人们牢骚满腹，七嘴八舌乱出点子，摩西对这些非常痛恨，从一开始就被激怒了。除此之外，还有那个以反问句形式出现的特殊反语，我们犹太人发明了这种反语，从该隐回答"我岂是看守我兄弟的吗？"[1]那天起，我们就跟这种语言形式结下了不解之缘。

"这究竟是怎么啦？"当人们看见埃及人的双轮战车从后面追赶他们时，便咆哮着把责难倾泄到了摩西头上，"难道埃及没有墓地，偏要把我们带出来葬身在荒郊野外吗？"这又是一个不错的反问句。

到了从埃及出走的第二个月中旬，所有以色列人都在饥饿中低声细语，反对摩西和亚伦，怀念从前在埃及受奴役时的好日子，那时他们坐在肉锅旁，面包可以吃个够。摩西是有防卫的。上帝送来了吗哪[2]。可是这些以色列人偏喜欢吃锅肉和面包。上帝就给了他们一些鹌鹑，让他们吃后中毒。

然后上帝说话了。祂跟摩西说了许多，那以后一次又一次地说个没完。一路上尽说话了，可摩西还有时间赶路，这真是怪事。但上帝从来没有一句感谢和赞扬的话，从来就没有过一句。摩西死后上帝也没对任何人说过一句怀念他的话。仁慈的上帝从来厌倦和摩西的对话，他一会儿为这事翻脸，一会儿又为那事大发脾气，威胁着要把以色列人统统杀掉。又在《出埃及记》、《利未记》、《民数记》和《申命记》中一天接一天地制定法律。上帝用手指把法律写在石板上，这对他来说是易如反掌的事，但摩西却不得不把这些石板背下西乃山。当摩西看到金牛犊时他把石板摔了个粉碎，之后他又得重新上山再取一套。伴随着上帝的暴怒和斥责，百姓执拗、硬挺脖子表示不服从，类似这样的事四十年里就没断过。直到他的末日终于来临，他爬到尼波山上的毗斯迦山顶，隔约旦举目眺望上帝赐予的福地。然而由于某种

1　该隐害死其弟亚伯，当上帝问他亚伯在哪时，他这么回答上帝。

2　出埃及过荒野时上帝送给以色列人的食物，色白而呈片状，微似种子。（见《圣经·旧约·出埃及记》第16章）

秘密的禁律，他却没能进入这块应许之地。不论是我还是其他人都猜不出这是条什么禁律。我敢打赌，摩西此时准是疲劳极了，想彻底洗手不干了。此后不久，尽管他的眼睛并没有暗淡下去，他的体质也没有减弱，但他却一命呜呼了，时至今日也没人知道他的尸骨葬在何处。

好一块应许之地。那里有蜂蜜，不过奶却是我们带去的羊产的。上帝赐给了加利福尼亚人一条壮观的海岸线、电影工业和贝弗利山庄，却只给了我们沙石。他赐给了夏纳一个热闹的电影节，我们得到的却是巴勒斯坦解放组织[1]。我们冬天淫雨连绵，夏天又赤日炎炎。对那些不知道如何给手表上发条的人，他给了大量的地下石油；而对我们他给的却是疝气、绒毛和反犹主义。那些从迦南回来的机警狡猾的探子们看了迦南一眼之后，就把这块土地描述成吃人的土地，一块完全由巨人居住的土地。这些报告纯属无稽之谈，但也多少沾点边儿，那里确实有两个人用粗扁担才能抬回来的无花果、石榴和一串串的葡萄。这块土地就想要吞噬它上面的人民。但这也是给我们的最好的土地了，我们要把它紧紧握在手里。

只有约书亚和迦勒两人对上帝宣布的命运坚信不疑，希望继续前进。他们二人是第一次二十四人探路队中的成员。百姓们在其他人所描绘的景象面前畏缩不前了。

"继续前进，继续前进，"上帝发现他们陷在惊恐的泥潭中止步不前，就想办法让他们振奋起来，"我要在你们面前放上大黄蜂。以东的族长们会大吃一惊，摩押的巨人会瑟瑟发抖，迦南的居民将四处逃散。害怕与恐惧要落在他们头上，他们吓得像石头一样呆立不动。你们将希未人、迦南人、赫人和比利洗人连同耶布斯人一起赶走，他们会掉头就跑的。没有什么能阻止你们，我向你们保证。"

没人动弹。上帝决心把他们就地弄死。祂气得面色铁青，祂真被激怒了。

1　1964年5月，巴勒斯坦各游击组织和各界代表在耶路撒冷组成的联合组织。

"我要把他们都杀死！"祂对摩西吼叫着，"你以为我在开玩笑吗？你以为我在这些人的冒犯之下还能听之任之、长久忍耐吗？在他们相信之前，我还要给他们多少征兆？我以前这样做了，一次是通过洪水，一次是用大火和硫黄。靠后点，摩西。"

"我们不能一起讲讲道理吗？"摩西急切地阻止上帝，指出如果祂引导他们走了这么远，做了这么多许诺之后，再把自己的选民毁掉，祂可能成为埃及人的笑料，"他们会告诉其他地方的人，这些人也会嘲笑祢，不再惧怕祢了。他们会说祢杀死我们是因为祢不能把我们带出去，而不是因为我们不能跟随祢。他们会认为是祢失败了，而不是我们。"

"好吧。"上帝温和地说，祂不希望自己成为埃及人的笑料。可祂把拇指向肩后用力一指，命令道："继续行走，立刻上路。"

就这样，他们又用了三十八年走回了加低斯-巴尼亚附近的巴兰旷野中，一直待到那些细语低声地反对上帝的人都死光了，一代人过去，又一代人接了上来。如果上帝还没被忘记的话，当然不是因为祂的耐心和人类的善意，难道不是这样吗？在所有从埃及跋涉过来的人中，约书亚和迦勒是唯一被准许进入应许之地的人。当上帝说："听着，哦，以色列人，你们今天就要跨过约旦了。"约书亚和迦勒领着自己的队伍穿过约旦到了耶利哥，开始征服非利士，而这次征服除我之外没人能够完成。非利士如今仍然是个生机勃勃的地方，有着千差万别互相影响的各种文化，所不同的是，现在整个非利士都是我的了。

但是，不要产生这种想法，以为是上帝替我把事情变得容易了。上帝给我们选择的那种生活从来就不是一簇玫瑰花。问问亚当，问问夏娃吧；瞧瞧祂对摩西干的一切，再看看扫罗的下场。上帝可能为我与歌利亚的相遇做了安排，但我总得亲手去杀死歌利亚。在我一生中，我不得不像狗一样去忙碌、去受罪。在我统治耶路撒冷之前，我差不多是四十岁的人了，我得到的一切都是用我额头上的汗水换来的。

约瑟为我们提供了避难的地方，收留保护了我们；摩西把我们带到了应许之地的边缘；约书亚领我们进入了应许之地。但我却是最后完成上帝使命的人。我想上帝知道我为了帮祂达到这一目的所扮演的角色，至少在这点上，祂还欠我的情呢。

设想一下，假如在我们没到达迦南或者我们到达后就被彻底根除了，上帝今天会怎样大发雷霆吧。当然祂也知道我希望死前受赏而不是死后。祂应该向我道歉——最低限度也应如此。我不是说我不应该因自己的罪过受罚，我是说祂所选择的惩罚是非人道的。我不知道我想要什么恩赐。我想我可能不敢要恩赐。我担心祂不会答应给我恩赐，但我更担心祂会恩赐。要是发现上帝无时不在，这难道还没有悲剧色彩吗？

上帝确实有这种自私自利的习性，因为自己的过错，就把责难发泄到别人头上，难道祂不是这样做的吗？祂选择人时刚愎武断，不管你是否愿意，也就是说，祂给你来个猝不及防，把困难重重的使命强加在你头上。而对我们来说每项任务几乎都难以胜任，于是祂就因为自己择人不当而指控我们。祂有意忘记我们并不是像祂那样一贯正确。祂是这样对待摩西的，也是这样对待我的。祂对扫罗大失所望。但祂却选对了亚伯拉罕——我们的第一个族长，不是吗？

现在亚伯拉罕是获奖者了，我为是他的后代而感到自豪。这倒不是因为他和上帝订立了契约，或者因为他是我们的第一个族长。亚伯拉罕自己也很少夸耀自己。他的妻子撒拉也是我喜欢的人。这是因为她嘲笑上帝，对上帝说谎。亚伯拉罕也笑了，听上帝说撒拉要给他生个儿子，他笑得太厉害了，竟然直不起腰来，因为撒拉那时已九十多岁了。垂暮之年的撒拉早与那些事不沾边了。当上帝问撒拉为什么笑时，她对上帝撒了个谎。这使我想起了拔示巴在最高兴时的笑声和谎言，想起了她对欢笑的嗜爱和对活灵活现的欺骗的嗜爱。年轻时，撒拉是个欢快无忧的美人，但是轮到了捍卫自己利益时，她就像泼妇一样对付其他的女人。拔示巴的情形与撒拉相同。我真想再一次用胳膊抱住她的腰，把脑袋依偎在她身上。

亚伯拉罕非常轻松地完成了一件困难得无法想象的技术表演，这事把我惊得目瞪口呆。他切除了自己的阴茎包皮。现在这可不是件容易的事——什么时候你们试一试，见识见识。我这么说是由于我对切除包皮的技艺有着丰富的不可辩驳的经验，这些经验是在我与米甲订婚的日子里得来的。为了从扫罗那里娶到米甲，我兴致勃勃地同我的外甥约押和一群口里唱着歌的勇敢的自愿者们从小山上漫步下来，去收取一百张非利士人的包皮。我们算了算，从一个活着的非利士人身上切下包皮需要六个强壮的以色列人。在我习惯了先杀死非利士人再切下包皮之后，这项工作就简单多了。我头脑单纯，没有想到扫罗正在为我设陷阱。他也没料到我能活着回来。我们彼此都低估了对方。从那以后，他比以前更警惕我了。我得到了一个妻子，他却占了更大的优势：他知道他要杀死我，而我却不知道这些。

即使过了这么多年，即使我知道米甲曾经帮助我躲过了扫罗暗杀的刀剑，我还是不能从与她的长期婚姻中找到丝毫美好的回忆；相反，每次我想起她的名字，涌上心头的都是同样的刻骨仇恨。这种情感从她毁了我凯旋之喜的那天我就体验到了。那一天，在举国上下神圣的欢庆中，我把约柜[1]带进了耶路撒冷，除了她以外，所有以色列人都欢腾雀跃，感到光荣。那是多么欢快的喜庆日子啊！我率领的队伍是多么雄壮威武啊！可她是个恶毒的人，她毁了我的大好时光，却为我倒霉的日子高兴。她不让自己赞美或崇拜我，或像大多数人做的那样把我看成神话中的英雄国王，或者把我看成高大的丰碑式的人物，被刻在巨大的白色大理石像基上，永垂不朽。这是我讨厌米开朗琪罗在佛罗伦萨为我塑的雕像的另一个原因。他竟让我没受割礼就站在那里！他妈的，米开朗琪罗以为我是什么人？

在罗马的那座米开朗琪罗所刻的摩西雕像甚至要比佛罗伦萨那座不知反映我生命中哪个时期的雕像更接近于全盛时期的我。大家都这么说。按着实物比例，我没有那么高大，我也不是大理石制成的。我的皮肤上没有

1　约柜是古代以色列民族的圣物，内装两块刻有十诫的石板等物。

伤痕，脑袋上也没长出犄角来。[1]现在我的身体由于年老而逐渐衰弱，在他们不再让我出外征讨之前，我也有与他们相同的高大超群的体魄和无可争议的不朽的伟大气概、力量。

我的体重早就开始减轻了。头发稀疏，胡须花白，在反复发作的寒冷控制下，我的手指不住地颤抖；寒冷常常使我下颚打战。每当寒冷在我的体内狂怒地奔跑时，连书念的少女亚比煞那处女的、坚定的、合我心意的爱抚也无法减轻我的痛苦，尽管她用整个身体轻柔地覆盖我，用她双手和细嫩的脸揉擦我的全身。我不知道她是不是成熟了，能否看出在我肌肤因年迈而枯萎之前，我是多么威武雄壮，充满活力。亚比煞用菖蒲和肉桂洗剂擦拭身子，仆人们则把芦荟和樟皮香水洒在我床上。我能从中嗅到女人特有的那种自然的令人神往的分泌物的气味。我想要她。我想要她，但我却硬不起来。从她汗毛孔里释放出来的热量不能全部流入我的体内。她那结实的身体长得完美无缺，她的乳房是那么细嫩，那么丰满，上面长着又长又黑的乳头，她的皮肤在闪烁不定的油灯前，显得更加光滑，连一个斑点也没有。他们从哪儿为我找到了这么奇妙的皮肤？连最微小的痣和最不显眼的雀斑都没有？亚比煞。亚比煞。亚比煞？

"亚比煞！"

近来，即使我不冷，我也愿意把她唤来和我躺在一起。我与人待在一起比一人独处感觉好些。既然我已经习惯她了，我就开始注意她了。她的吻当然是甜蜜的，她的嘴上涂了蜂蜜。我喜爱她微微隆起的健美腹部。最近，我第一次，也是唯一的一次，伸手去触摸她。我伸出的手最后放到了她臀部。她真光滑，全身没一点多余的肉，坚实、光滑，与我设想的一样。拔示巴则随着时间的推移而发生了正常的变化，身体肥胖了，和她年轻时相比，脸和身体都缺少了清晰的轮廓。她嘴里仍然长着令她自豪的门牙，这些牙齿又小又弯，一个压着一个，牙齿间还有小缺口。很遗憾，在我们犹太人如

1　摩西雕像的头上有两个短小的犄角。

此泰然地喜欢畸齿整形术之前,她还是个孩童。倘若她少了门牙,这对我也无所谓,因为我爱拔示巴,与从前一样,我渴望得到她的爱胜于得到葡萄酒。拔示巴还能温暖我,用她奔流的血液把热量送到我的血管里。如果拔示巴愿意做的话,她可以十分容易地使我兴奋起来,可是她不相信她能那样,她也不想去相信。她不想这么做,因为她不相信她能成功。假如我七十岁,她大约在五十二到六十岁之间,依据这个年龄,她习惯说的谎言中倒有一个是真的。她像个以自己为中心的名妓一样狭隘主观,一点也不相信,我虽有书念的少女亚比煞在身边,仍想和她睡觉。事实是我不能和亚比煞睡觉却很可能和她睡觉。当她和我在一起或者我发现自己希望她为她自己的生活再次恳求我时,我才多少感到勃起的冲动。遇到这样的时候,她总是通过间接的方式向我恳求,在我这里坐上一会儿,假装若无其事地把脑袋稍稍低下,同时,尽力想些话来延长见面的时间。我发现她不知所措时就给她说点逗乐的见闻帮她解脱窘境。她总是咬嘴唇和手指的侧面。我常常认真地希望她多待上一会儿。举个例子吧,是我掩饰着心中隐匿的邪恶的快慰把亚多尼雅举行公开宴会的主意告诉她的,她无精打采地坐在垫椅上,又长又细的腿向不同的方向随便伸着,手指漫不经心地梳拢着黄头发,可她却竖着耳朵全神贯注地听着,不时地换换姿势。恶人虽无人追赶也逃跑,玩世不恭者唯见他人玩世不恭,诡计多端者于无诡计处亦见诡计。

尽管我的死期正在逼近,但它到来之前不会没有警示,不会不给我留下足够的时间做最后的宣告。我们两人都认为这是合情合理的。能使我一直活到改变主意会使她占很大便宜。[1]这一周,她的长发又变成了金黄色;但几乎每天都有一层接近纸灰色的影子罩在她头上。纸灰色才是她头发的本来颜色。为了抹去这种灰色,她立刻决定漂白整个脑袋,使它发出光泽。她巧妙地染发或者用细丝刷子精心地为头发润色,并不是为了变成我所喜爱的那个拔示巴。有时三四天里听不到她的任何消息,有时,她又带着一头

1　指改立所罗门为王的事。

闪闪的金发——微风一般地飘进来；她的金发在基督世界可是独一无二的了。她非要把手臂上淡淡的卷毛也染得看不见了。腿上的汗毛被她用熔化的蜡粘掉了。腋下的毛也用剪刀剪掉了。

她还像过去那样疯狂，那样自私自利，可我还爱她。如今我不相信她曾爱过我，尽管过去她常常说她爱我，我倒确信她以为她爱过我。我总是相信她更爱我们爱情中的理念，当然了，特别是与大卫王相爱过程中的理念。她承认了这些，她说每次黄昏站在自己房顶上洗澡，并且让我能够从自己的房顶上看得见她，都是为了一个预想好的目标，想挑起我的好奇心，让我派人找她。我的目光第一次落在她身上时，这个姑娘就逗起了我的欲火。

直到乌利亚和我的婴儿接连死去，她又生了所罗门之前，我们一起度过了一段激动人心的大好时光，在那疯狂的三年里，令人恐惧不安的恶竟然难以置信地与无忧无虑、狂风暴雨般的善搅到了一处。后来一切都过去了。她的淫荡之心也日渐冷淡。她没有找到她追求已久的生活目的，而是找到了她一直渴求的事业，她一直不知不觉地为干这一事业做着准备。

"让我们指定他为国王吧。"在我们第二个孩子，一个大胖小子顺利地生下之后，她真的提过这样的建议。

上帝曾经仁慈地宽容了我们。但我却不宽容祂，也不原谅祂。

我的第八个妻子拔示巴能十分娴熟地把爱的术语与通常的语汇融合在一起。据我所知仅有两个人有这种本领，她就是两人中的第一个。在她那里，即便是令人作呕的陈词滥调或者骇人听闻的猥亵言语也很快会变成一连串双方都能理解，具有准确含义，又有欣赏价值的词语。我是那两个人中的第二个。拔示巴恬不知耻地给我传授这种本领。她教我怎样说话，怎样揭露秘密，怎样羡慕地低声叹息，甚至还教我对第一次感兴趣的事情怎样做出热烈的反应。她还教我怎样泰然自若地打探关于女人的事，而那些事从来都是神秘而令人难以启齿的，是藏在心灵最深处的秘密。她证明我可以学会男人做不来的事，如果不学习就干这事，会冒很大的风险。这件事就是我有一天能学会毫不犹豫地说"我爱你",学会说"我爱你"而不掺杂任何畏缩和傻笑,不会感到软弱无力,以至于两个膝盖骨都要碰到了一块儿。这样我就会勇敢地对她说"我爱你",直到我说这话时不因为尴尬、害怕、耻辱、羞涩而踌躇畏缩。

"我爱你,拔示巴。"记得在我们刚刚开始不久,我一片真诚地对她这么说,那是在一个下午,我们互相搂抱着躺在一起休息。"我多么希望我没有爱上你呀!"

"说得不错。"她微笑着,像是对各种程度的进步都感到自豪的导师一样。

"我爱你,拔示巴,"我后来用一两声低语告诉她,"我真高兴我爱上了你。"

"说得更好了。"她评论道,一双明亮的蓝眼睛闪着欢悦的光芒。她对我大加奖赏。

这类回忆要比书念少女亚比煞现在所能奉献给我的全部的少女温柔体贴更炽热地温暖我的心骨。感谢上帝,我那个炮筒子外甥约押从未亲耳听我对拔示巴说过"我爱你",对我的这类韵事也一无所知,这样一来他就不会用添油加醋的胡乱猜测贬损我了。他那些猜测起初是由于我献身音乐而滞留在他心里的,那时我们还是孩子,一起在伯利恒长大。后来,由于我跟约拿单的友谊以及围绕着我们的友谊而产生的五花八门、猥亵不堪的流言蜚语,如同一个被污染了的花园生满杂草一样,他更加对我猜疑起来。可是坦白地说,我应该把约押杀了,难道我还能不杀他吗?他从来没像我自己那样把我看作至高无上的人。仅这一条原因就够了。他不尊敬我,这是一个国王不能容忍的。在我一生中这件事一直都在啮咬着我的五脏六腑。对拿单又要做何处置?拿单,那个伪君子,那个先知,肯定一开始就知道我跟在拔示巴屁股后头向她求欢,肯定知道我每天早、午、晚三次跟她一起颠鸾倒凤。可是在拔示巴的丈夫被杀死和他发现我的隐私之前,拿单从没劝阻过我一句。耶路撒冷是个非常小的城镇,并且拔示巴又是个非常招风的女人,恐怕连乌利亚也听说了。

拔示巴消除了我心里的压抑,强迫我说些花言巧语,这倒把我潜在的富于浪漫的表达天赋挖掘出来了。在以后许多年里我成功地用它来使别人销魂入迷,甚至拔示巴本人。在此之前她绝不让我对她来这套。可是一旦她教会我如何去做,我便为掌握了这套本领而扬扬自得,总是能用些辞藻——纯洁而富有诗意的、使人心醉神迷的辞藻——使拔示巴变得飘飘然;我用这些言辞作为回报,改变拔示巴的反对态度,而对她的要求不做实质性的让步。我乐于用她赋予我的才能肆无忌惮地拓展她身上原有的嗜癖。我用大河奔流一样的谈吐,瀑布倾泻一般的言语去感化、去战胜她冷淡疏远我的直率的决心和自私的情感。

"大卫,稍等一下,靠后点,你靠后点。"在她下决心从我这里得到有意义的允诺时,她总是用早已习惯了的严厉口吻向我发号施令,幻想从我这得到许诺。"如果你想让我爱你,你就要谈点实质性的东西,我想得到不折不扣的许诺。"

"想要一块紫水晶吗?"

"我要所罗门做国王。"

"这是我的挚爱。"我总是这样答道。我尽可能快地跟她谈话,以便以攻为守。我放在她肩上的双手也同时向后推她。"她在百合花中牧放群羊,"我可能会这么说,"我的挚爱属于我,我也属于她。你的乳房像一对孪生的牝鹿,你的头发像一群山羊,你的牙齿像修剪整齐的绵羊。你真美,我可爱的,看哪,你真漂亮。哦嗬嗬哦哟,你这个杂种。哦嗬嗬哦哟,哦嗬嗬哦哟,哦嗬嗬哦哟,你个杂种。"我所做的一切都是为了让自己说真话。

"哦,大卫,大卫,"她总是像着了魔一样吃惊地大声叹息,眼睛斜在眼眶里环视左右,身体主动软下来,退到椅子上,"你从哪里学的这些话?"

"我自己编的。"

"你想把它插进来吗?"

拔示巴是我妻子和妃嫔中唯一能够达到性高潮的人。据我目前的体验，如果我特别走运，能把意志和体力聚集在一起的话，亚比煞将成为第二个。亚比该喜欢我靠近她，在孤独、恐惧、冷落之后她又像花一样绽开了。我绕在她身后的一双大手宛如一堵坚实的保护墙，把孤独、恐惧和冷落挡在外面。亚比该欢迎我每晚都与她同床，但是她过于体贴人了，从未提过要求。亚比该是我一生中真正爱过我的女人。我真想她啊。如今我每天清早起来都发现我越来越怀念她。早晨是我最坏的时光。要是亚比该知道我睡得这么少，这么孤单，她准会发疯的。她会想方设法把我从折磨我的无声的抑郁中解脱出来。当我不能入睡或睡着以后又被沉闷乏味的朦胧梦幻弄醒时，这无声的抑郁便不断地困扰我。梦中虽然没有发生什么不幸的事，却使我非常绝望。在我三个真正的妻子中，拔示巴像个迦南人，像个嘶叫的猴子，像个摩西从营地里赶也赶不走的淫荡的摩押女人，像米甸女人一样在床上翻江倒海。头几回，那一阵阵突如其来的山洪般的响声与失去控制的喘息以及痛苦的扭动使我非常惊慌。"哦嗬哦哟，哦哦，哦嗬哦哟，你个杂种！"这个快乐的富有诗意的表达方法，我是从她那里第一次听到的。

"你是从哪儿学会做这些事的？"我天真地问道。

"我最早的女友中有几个是妓女。"

现在亚比煞侍候我时，如果拔示巴也在场，她一点也不嫉妒。她也从没有过撒拉的那种魄力。这种魄力曾使无子的撒拉为了给亚伯拉罕养个后代，主动把自己的侍婢送给亚伯拉罕，让他们两人在帐篷外面结下了果实。给予的本性不是拔示巴的，索取的本性倒是她的。我这个妻子为此感到自豪，我也为她骄傲。当一个人被冲昏头脑时，总会把别人视为错误的东西，看成是可亲可爱的。鉴于拔示巴对我的冷淡态度，其他人可能会希望把她打死。别人不能像我这样理解她，珍爱她。

"你今天感到暖和些了吗？"对我衰坏的身体状况，她尽力才使自己说出了这么多，"你好像越来越瘦了。我看她能做的一切都不管用。关于那些人要举行的宴会你说过什么？有什么新消息吗？开宴会到底要干什么？"

这个女人与我从前带进宫的那个有强烈占有欲的女人不同了。我真希望她还能像以前一样妒火中烧。为了保持风俗习惯，拔示巴进宫时向我献出了她最美丽的侍女作为我的妃嫔与我同寝。可是她又带着一种能看出严肃目的和坚强决心的神色补充说，要是我接受了这个姑娘，她就把我的睾丸割去。

"我不会让她贪婪地看着我。"

当我想去寻找与我妻妾们不同的女人，寻找能使我片刻就销魂入迷的女人而路过拔示巴的房间时，她都成功地把我拦住，我也同样感到高兴。她双手叉腰，装饰华丽的脑袋像公鸡一样竖着，她在她的门口用迫使别人尊敬的粗暴声音突然喊住我。

"你知道你在往哪儿走吗？"她很可能会要求道，"你马上进来，撩起衣摆。"

我们总是在里面云雨一番，然后把衣裙都撩到脖子上，在她的褥垫上颤颤簸簸地再来一次，融为一只有两个背的疯狂野兽。

现在拔示巴常常给亚比煞提建议。当她注视我把手放在亚比煞身上时，我窥见了一种关注的表情从她脸上一闪而过。她向近处稍稍倾下身子，目不转睛地盯着，这目光比她从前看我或我的侍寝处女的目光还要刺人。她偶尔也用单调的懒洋洋的声音简略地问问亚比煞的想法和她的过去，以此来满足她那时隐时现的好奇心。

亚比煞对拔示巴又敬又畏，总是睁大眼睛恭敬地看着拔示巴，好像在看一个传奇中的偶像。她这么黑，亚比煞答道，是被太阳晒的，因为她母亲让她在书念的家中看守葡萄园。她最大的愿望是让这里的每个人都高兴，她也竭力去博得大家的欢心。我妻子依旧用手托着脸，冷冰冰地说，尽力使别人高兴并不是达到这一目的的最佳办法。

"你想和我这样一个老太婆干什么？"上次我向她建议时，她就用这话拒绝了我，"你身边不是有一个漂亮姑娘吗？"

自从我认识她那天起，她就制订了一系列过于复杂而不能付诸实践的计划和取得成功的时间表。那些成功太遥远了，根本就不可能实现。确切地说，她的思想缺少约束，应该使她说的谎话前后一致起来。我对她前后不一的谎言记得比她本人还清楚。拔示巴什么事儿都撒谎，又什么事儿都说真话。每当我用她那灾难性的相互矛盾的谎言弄得她进退维谷时，她白净的脸就一下子变成鲜艳的猩红色。我巧妙地把她引进自相矛盾的境地，接着，她照例大笑一通，整个身子都跟着笑了起来，没有一点不安的痕迹。她这种既顽固又令人钦佩的样子使我再次想起了亚伯拉罕的妻子撒拉好争吵的形象。但拔示巴却并不像撒拉那样大胆、那样善良。

撒拉有良好的精神境界。她不能生育，就把夏甲给了亚伯拉罕去生儿育女。夏甲有了孩子以后，却轻视自己的女主人，向女主人炫耀自己的身孕。撒拉认错了人。她痛骂了这个盛气凌人的女仆，把她赶进了沙漠。直到上帝出现，作了保证，哭哭啼啼的夏甲才敢回去。这就是你们的撒拉，我们第一个犹太母亲，我真喜欢她，为她自豪。

亚伯拉罕也了不起。上帝说要使他成为许多国家的父亲，国王们要从他的后代里产生。他的子孙要像天上的星星那么多，要占据敌人的城门。但上帝却忘了加上一句，那将是很久以后的事。尽管亚伯拉罕性情宽厚稳重，他还是拿起了武器要从绑架者手里救出自己的侄子罗得。在毁灭所多玛城之前，他恳切地劝说上帝，甚至和上帝争辩，让祂放过这个正义的人，而不至于使好人与坏人同归于尽。上帝在幔利的平原上装扮成三个陌生人的模样出现在亚伯拉罕跟前时，大热天里他正坐在自己的帐篷门口。这时，亚伯拉罕已拥有了许多牲畜、金子和银子。假使这三个陌生人仅仅是过路的牧民，毫无疑问，他也会用出于本性的友善招呼他们的。当他邀请他们洗脚时，他就成了有教养、讲究礼节的楷模了。

"请诸位在那棵树下休息，我去弄些水来。"

他跑回帐篷，对撒拉做了指示：

"快快准备三份好饭，揉出面来，放在火上烤面包。"

然后他又跑进羊群，选了一只肥嫩的羊羔，烹调停当后与黄油和奶汁一起端了上去。那时，配着黄油和奶汁吃肉还是允许的。他们在橡树荫下吃饭时，亚伯拉罕就站在他们旁边。吃过饭后，他们擦擦嘴，向亚伯拉罕重复了他们先前告诉过他一次的那条消息：撒拉将要给他生个儿子。亚伯拉罕在一旁做忏悔祈祷。撒拉在帐篷里听他们说话，也听到了这个预言。她笑了，上帝听到了。

"撒拉为何发笑？"上帝问道。

"我没笑。"撒拉撒了个谎。

"你确实笑了，"上帝坚持说，"我知道你笑了。怎么啦？你以为任何事情对我来说都太难了，做不成吗？"

基督知道我本可以笑一次。我现在也能笑一次。但是我比任何人都清楚我与亚伯拉罕那样的人相比还差得远呢，我也不是那么心甘情愿、那么驯服的仆人。我猜想亚伯拉罕是圣徒式的人物，或者是个傻子。当上帝用一道圣旨考验他，让他把小男孩以撒带到山上，建一个祭坛，把孩子作为祭品放在上面的时候，他就准备好了要一直跟着上帝走。

"爸爸，"以撒问道，手里抱着木柴，"瞧，我们火有了，木柴有了，可是从哪里弄羊羔来做燔祭的祭品呀？"

亚伯拉罕接着说："我的儿，上帝会自己准备个羊羔来做燔祭的。让我们一起去吧。"

亚伯拉罕做了一个祭坛，把木头放在祭坛之上，然后伸手去拿刀，要用它杀死自己绑着的儿子。只是到了这个时候，上帝的天使才从天上呼唤他，指给他那只被灌木丛缠住角的公羊，替这男孩做祭品。现在上帝知道我不会像亚伯拉罕那样做，不管有没有契约，我都不会那么做。当祂想到要杀死我的婴儿时，祂不得不自己去干全部工作。祂知道我不会帮祂一指头。我用整日的祈祷和斋戒来感化上帝，想使祂放弃这个念头。但祂并没有因此改变主意。我不像摩西和亚伯拉罕，他们天生就有影响上帝的才能。可是摩西和亚伯拉罕都是把自己全部献给上帝的虔诚的人，而我从没那么虔诚地奉献过。我现在也没把自己奉献给祂。如果上帝想改变我们之间的紧张状态,祂得先退一步才行。我有我的原则。我并不健忘。

他们为自己的婴儿取名以撒,这名字的意思是"他笑了"。以撒娶了利百加,生了对孪生子。以撒宠爱以扫,可是利百加却喜爱雅各。虽然以撒因为白内障而视力衰弱,但他有对用香薄荷烹调的野味咂嘴品尝的嗜好。他意识到自己受了蒙骗,把留给以扫的祝福错给了雅各,因为雅各披着山羊皮装成自己满身是毛的哥哥。我不相信以撒此刻还会大笑起来。以撒不得不倾听以扫肝胆撕裂的绝望哭喊,在我看来,这哭声准会刺透所有人的心。

"祝福我,你也祝福我吧,哦,我的爸爸啊,"以扫哭着大声地哀求,"你没给我留下祝福吗? 你连一个祝福都没有了吗? 哦,我的爸爸呀,祝福我吧,你也祝福我吧。"

有多少次我自己就想说出与这相同的话。

以扫冲着雅各愤怒地吼叫,发誓要杀死他:"我要砸碎他的双脚,我要折断他的骨头!"

然而他却没这样做,他们第二次相见时,这个天真的人竟带着爱的泪水和丝毫未减的手足之情拥抱了盗用他出生权[1]和祝福的弟弟。兄弟俩的这次相见,发生在雅各惊恐之下把自己的四房妻小送走之后,独自一个人整夜待在溪水边安全的一侧之时。他在那里与一个神秘的天使角力,直到破晓未分胜负。这个天使打伤了他的臀部,临走前告诉雅各,他的名字不再是"雅各",而是"以色列"[2]了。

可我们还是叫他雅各。

以扫是个多毛而性格粗鲁的人,而雅各光滑没毛,性格也很圆滑。[3]新婚之夜一觉醒来,雅各发现披纱下睡服里的那个和他躺在婚床上的女孩子竟不是他为之劳苦七年的拉结,而是她双眼无神的姐姐利亚。我一点也不

1　雅各曾让以扫把长子的名分给他。(见《圣经·旧约·创世记》第25章)

2　"以色列"一词在希伯来语中意为"他与神角力"或"神斗"。

3　形容以扫的hairy一词既有"多毛"的意思,又有"粗鲁"的意思,形容雅各的smooth一词既有"光滑"的意思,又有"圆滑"的意思。这里是一语双关。

相信此时的雅各还能大笑起来。拉结美丽动人,身材标致,雅各在井边一见钟情。在雅各得到拉结之前,和舅父拉班再签订个服役七年的契约是很必要的。

利亚生孩子的速度快,拉结一个孩子也没有。这有点像重演撒拉和夏甲的故事。拉结被妒火弄得憔悴不堪,把自己的使女辟拉硬是推到了雅各的床垫子上代替自己怀胎。利亚则用她的婢女悉帕与之对抗,把她给了雅各做妾。哈兰的那些逞强好胜、容易激动的女人在竞争里扮演了积极的角色。这位可怜的族长发现自己无能为力,每天被迫性交四次,他没有变得痴呆愚钝倒是个怪事。很久很久以后,拉结生了约瑟,后来又生下了便雅悯。在他们离家之前,那位疲倦不堪的老人发现四个女人竟为他生了十二个儿子和一个女儿。把雅各的尸体涂上香料是当时满足他那神圣请求的唯一办法,他请求把自己的遗体运回迦南与他的先辈们一起安放在希伯仑幔利的麦比拉洞里。亚伯拉罕和撒拉、以撒和利百加还有利亚都已长眠在那个山洞里了。如今在这第一代家族中只缺少令人敬慕的拉结了。她在生便雅悯时,死在沙漠里。她被一条条亚麻布缠起来,埋到了荒沙之中。

约瑟是他父亲晚年得的宠儿。他父亲把一件彩衣给他时,他已经十七岁了。就这个年纪来说,他该知道在他那些傻头傻脑的哥哥面前炫耀这件彩衣不是上策。由于约瑟备受宠爱,兄长们大为恼火。他们对这个宠儿实在难以忍受。约瑟做了一个梦,梦中他和哥哥们一起捆麦子,他自己的麦捆直立在当中,其他人的都顺从地倒向他的麦捆。我做过更糟的梦。约瑟还做了另一个梦,梦中象征他父母的太阳和月亮,连同十一颗代表他哥哥们的暗淡的星星都在空中倾斜着,向他躬身致敬。又一个不错的梦。但他的确是个蠢货,因为他为此扬扬得意,竟然自吹起来。换作是我也会杀死他的,而且——立刻就把他杀死! 一眨眼,他们把他投到一口井里。奇迹来了!突然间再看一眼:他竟成了显赫的大臣,法老让他来统治整个埃及。

于是,一切都莫明其妙地发生了,不是吗? 仿佛上帝知道自己在干什么:只是因为他们把他卖去做奴隶,他才能有办法在埃及拯救他们。

在约瑟弥留之际，他也请求把自己的灵骨运出埃及，送到上帝赐给亚伯拉罕、以撒和雅各的土地上。摩西把他的尸骨运了回去。在《出埃及记》的最后一章里，约瑟活到了一百二十岁，他的尸体也涂了香料。当时给尸体涂香料并不违反摩西法典，因为四百年以后才有了这个法典。我们当时所拥有的仅仅是与上帝订下的契约，每个世纪开始时都将有一次虐待。亚伯拉罕继续扮演着讨价还价的角色。

但是上帝为了达到实现契约的目的，一直行动诡秘，不让人们察觉。直到有一天他把摩西召唤到火红的灌木丛前，对摩西说：

"脱掉鞋子。"

摩西正站在圣地上。

在全部历史人物中我最想与之交谈的就是他。我与约瑟的亲密关系没有掺杂任何移情、敬畏和尊敬的崇拜，但对于摩西我就感到了这些。"为……为……为什么选择我？"这正是米甸沙漠上惊愕、谦恭的逃亡者嘴里提出的问题。不管怎样，在漫长的四十年中，摩西把人民团结起来了，在上帝仁慈的恩赐下同难以想象的艰难险阻抗争，难道不是这样吗？上帝的选民们一次次冒犯上帝。他们嘀嘀咕咕地怨天尤人，反对摩西：祭司们则指责摩西把自己抬到不应有的地位；那些罪人们未婚私通，拜奉偶像；摩西的姐姐和哥哥也因为他娶了埃塞俄比亚女人而藐视他的权威。据记载，摩西与这个埃塞俄比亚女人的婚姻是美满和睦的，只有一次她大声骂摩西是肮脏的犹太人，而这还是因为摩西先骂了她是黑鬼。

沙漠上的骚动不安竟是如此之多。红海的水刚刚堵住随后追来的法老战车，他们就马上把埃及的那些刻薄严厉的工头忘到了脑后，这些工头很苛刻，强迫他们劳动，用沉重的枷锁把他们的生活变得痛苦不堪。可是他们还念念不忘肉锅，不忘管吃管够的面包、韭葱、甜瓜和黄瓜。在利非订，人民因为没有水喝就又低声反对起摩西来。

"这就是你带我们出埃及的目的吗？"他们严厉地责怪摩西，"从埃及出来就是为了用干渴把我们、我们的孩子和牲畜杀死吗？"

上帝将他们领到水源处，从天上给他们带来了吗哪，每个男人每天一俄梅珥吗哪，等于十分之一伊法[1]。但是四十年中每天吃一俄梅珥吗哪的人又一次抱怨起来，吵着要比吗哪更多的东西。

"除了吗哪什么也没有了，"他们喊叫着，"我们还记得在埃及可以随便吃的鱼，还有那些黄瓜、甜瓜、韭葱以及洋葱和大蒜。谁能吃这么多吗哪？你把我们从埃及带出来就为了这些吗？"

上帝又给他们提供了鹌鹑。可是，等他们要吃鹌鹑肉时，祂又在肉里放毒，引起一场大灾难。去猜一猜上帝吧。建这个，又造那个；用这种木头制这种东西，又用另一种木头造那种东西；不要用羊奶煮食小羊羔。为什么？上帝不说。如果你问我的话，我会回答说是报复性虐待。问上帝吧。在人们围着金牛犊跳舞的时候，他们竟像异教徒一样一丝不挂。一个老人因为在安息日[2]里捡木柴而被石头活活砸死。可拉与他的利未家族一起造反，为的是在祭司职务上得到更重要的地位，他们想得到点香的权利。流便人也造了反。许多以色列的子孙一次又一次地信奉别的神。一个男人把一个米甸女人径直带到自己的帐篷里睡觉，这个帐篷正好在全体以色列人中间，两个人都被祭司亚伦之孙、以利亚撒之子非尼哈剖开了肚子，他的善良之举使大家避免了一场灾难。[3]米利暗死了，亚伦也死了，而摩西终于把人民带了出去。从一个人可能具备的能力来说，摩西几乎是完美无缺了。他没为自己索取任何东西，也没得到任何东西。我太骄傲了，竟希望像摩西一样谦虚；我太谦虚了，竟知道这是骄傲。摩西拜谒上帝后，满脸发光，走下山来，人们吓得不敢靠前。他曾经好几次反驳上帝。有一次，当他听到各家各户的人都为缺少吃食哭泣，男人都站在自己的帐篷门前，他同上帝发了脾气。

摩西怒火中烧，他盘问上帝："真他妈的！我该到哪儿弄肉给他们吃？

1　都是古希伯来的质量单位。

2　安息日，或称主日，犹太教为星期六，基督教为星期日。上帝规定在安息日不可干活。

3　按上帝的戒令，与人妻妾或女子行淫要处死，否则罪恶则归到全体以色列人头上。

你为什么对我做这些？我做过什么错事惹得你把率领这些人的担子压在我肩上？谁还需要这个？他们又不是我的孩子，他们是吗？我还得照顾他们，没饭吃时还得听他们的哭叫。我何时才有出头之日？这还要持续多久？"

"我告诉过你我要一点一点地完成，"上帝提醒道，"直到你们增多了。不然的话，等地上的虫子和野兽繁殖多了对抗你，土地就荒芜了。我警告你，在一年内我是不会做完的。"

"这么说要用二十年、三十年、四十年了？"摩西满腹狐疑，抗议说，"我一点儿也不在乎。这太多了，太多了，我忍受不了啦。饶恕我们吧，立刻把我们送出去，我求你了，如果不把我们送出去，就从你写的书上把我抹掉好了。我宁愿死了，也不愿走这条路了。如果我曾使你高兴过，那你就立即把我杀死吧，别让我再看见更多的罪恶。"

"摩西，骂他一顿！"我一想起摩西说的话，就想为他鼓劲儿，"骂得好！"

上帝对那次妄想加在人民身上的灾难感到后悔。但那次灾难是对摩西引起的感情爆发的反应，上帝送来了鹌鹑，鹌鹑多得快要从人们的鼻孔往外钻了。接着，没等人们嚼碎鹌鹑肉，就又来了一场疾病。是谁胜利了？哪个是正确的？

我回答不上来。

我想和摩西谈谈。我非常愿意让他知道，我不喜欢我那尊在佛罗伦萨的塑像并不意味着我也不喜欢他在罗马的塑像，或者因为我的塑像而责怪他。他的塑像好极了。我可以听从他的忠告。我非常愿意提醒我几回，告诉我怎样与上帝更好地相处，怎样结束我和天国之间的沉默，而又不至于损害我的尊严。有一回，在最秘密的状态里，我回想起扫罗在基利波战斗前夕如何成功地通过隐多珥的女巫与撒母耳的魂灵交谈。我决定与摩西的魂灵碰碰运气。我又会失去什么呢？我知道在男巫、女巫和其他巫觋与熟悉的魂灵做了肮脏的交易后，追求偶像崇拜就会犯法，违犯戒律。可我是国王。我孤独寂寞，我不再拥有我的上帝了，我感到我正在失去祂。没有了上帝，你自然会转向巫术和宗教之类的东西。

就这样我到了巫师那儿，吞下那种药末儿，旋转身子，爬进洞里。我反复念着咒语。只有一盏灯亮着。我戴上古怪的帽子，按着巫师的指点我把头巾拽到了脸上，召唤摩西的魂灵。可出来的不是摩西的，而是撒母耳的。

　　"哦，他妈的，"我厌恶地嚷道，"你在这里做什么？"

　　"不是你派人找我来的吗？"撒母耳问道，两只空洞洞的眼睛盯着我。他的魂灵和他的肉体一样冷冰冰的。

　　"我找的是摩西，你不要插嘴。"

　　"你不愿意我告诉你将要发生的事情吗？"

　　"我要堵住耳朵，"我警告说，"我一句也不听。把摩西找来。我不要你。"

　　"他在休息。他仍然很疲倦。"

　　"告诉他我要和他说话。我敢肯定他知道我是谁。"

　　"他聋得像石头一样。"

　　"他不能看口形吗？"

　　"他现在几乎瞎了。"

　　"他死的时候视力并不差呀。"

　　"有时死亡把人变得更糟糕，"撒母耳悲哀而又严肃地说，"他又结巴了，跟过去一样糟。"

　　"告诉我，"我要求说，我甚至在提出问题之前就等着他的回答了，"他在哪？"

　　"坐在崖石上。"

　　"他在天堂里吗？还是在地狱里？"

　　"没有天堂，没有地狱。"

　　"没有天堂？没有地狱？"

　　"都在你心里。"

　　"他真的死啦？"

　　"就像门上的钉子一样真实。"

"那么那个崖石在哪儿？"我巧妙地询问，"刚才你从哪儿来？你不在这儿的时候待在哪儿？"

"别提这些愚蠢的问题了，"撒母耳答道，"你想不想让我告诉你将遇到什么事儿？"

"我决不听。"

"我的话可从来没错过。"

"我要把耳朵塞上棉花。我一句也不听。是不是你告诉扫罗他将在基利波被杀？你说约拿单还有扫罗的另外两个儿子也要被杀死，以色列人将七零八落，弃城而逃。"

撒母耳从喉咙里发出咯咯的笑声，"都应验了，是不是？"

"正因为这样我才不听你的。扫罗听完你的预言为什么不下山去战斗？为什么他不在山上等着，从那里打击他们？我们是善于打游击战的。他一定受了死神的祝福。"

"那是他的命运，大卫。"

"这是废话，撒母耳，"我告诉他，"我们是犹太人，不是希腊人。如果告诉我们再来一次洪水，我们将学会怎样在水下生活。性格即命运。"

弗里德里希·尼采会理解的。如果性格即命运，好人都要遭殃。更多的痛苦存在于这种智慧之中。如果我年轻时就知道我老了以后是这个样子，我想，那天我对非利士的斗士歌利亚就会敬而远之的，而不是杀死这个大杂种，然后快活地踏上成功的大路。这条成功之路最后使我陷进了这种情绪低落的心境里。除非现在和过去一样美好，否则过去就毫无价值。

第三章　我杀死歌利亚的那天

谁能相信？那天，当我牵着毛驴，带着奴仆，赶着一辆装满伯利恒的父亲送的给养品的小四轮马车，走进了梭哥，当我看到眼前发生的一切，有谁会相信好运气正在以拉谷等着我呢？我是不信。这根本不可能。如果这不是真的发生在我身上，就是在一百万年里我也不会相信。准是哪个英明人事先为我的到来做了安排，我一到，就把一切都推向了高潮。

我上战场时，给三个哥哥带去了面包和干麦子，还给他们的千人长带去了十块乳酪。这个千人长领导着大约五十二名从犹大北方来的自愿兵。以拉谷在犹大的北部。这一次我们家族被推举出来，从城里和乡镇派人去支援扫罗抗击非利士人的入侵。那一天我们这边主要的反击力量是数以千计被吹得神乎其神的便雅悯人。但是，他们中却没有一个人像我那样窥见了良机。本来便雅悯人就不是以智力著称于世，相反，他们倒是以疯狂野蛮、暴躁的脾气和狂热的激情而臭名昭著。有一次，不就是他们把那个过路的利未人的妾给轮奸死了吗？

老雅各在他那冗长古怪的临终祝福中曾经有个预言，这个预言一直伴随我们到了今天："便雅悯将像狼一样大嚼大咽。早晨他要吞掉猎物，晚上他要瓜分战利品。"

难道那个狂人扫罗，我的国王和未来的岳父不是个便雅悯人吗？

所有参战的以色列人和犹大人一见歌利亚的影子，或者听到他的叫骂声，就像大难临头一样。我见他们匍匐身子趴在地上，我既为他们感到脸红又瞧不起他们。难道我有这种感觉还奇怪吗？转眼之间，我就找出了整整四十天里两军僵持不下的根本原因。接着几乎以同样快的速度，我又为顺利地打破这一僵局想出了一个可行的办法来。什么也不能使我改变主意，退缩回去。我并不是完美无缺的裁判人类性格的法官，但当良机白白送给我时，我从不放过它。就像我发现发财的机会就在手边时，我向来都是要拼命攫取的。我意识到一切事情做起来竟是如此容易，我真是太惊诧了。

"要是与这个非利士人交手，并把他杀死了，"当我突然想到可能是命运把我挑出来做那个战败歌利亚的人时，我禁不住向哥哥们高声问道，"这位国王要赏赐什么？"

"这跟你有什么相干？"我大哥以利押回答说。他命令我回家去。他是个犟驴子。和他在一起的另外两个哥哥也不是好对付的。

可我并没有遵命回家，而是回到车边拿了一件羊皮斗篷，当天夜里睡在一个隐蔽的地方。在我的下面，有一群从迦得来的士兵蜷缩在一条天然通道上。他们前面的小山丘上探出一块黄色的岩石，把他们挡了起来。从他们小心翼翼的谈话中听得出他们已经吓坏了，这倒使我格外快活。我周围的形势看上去与巫医安排的一模一样。我越来越相信明天将是我交好运的日子。我开始怀疑，对于两年前撒母耳那惊人的预言来说，宇宙论的某种正确性可能也是子虚乌有的。那时撒母耳牵着头红色的小母牛，专程来到伯利恒，给我的脸上涂了香喷喷的橄榄油，告诉我上帝已经选我为王了。"扫罗下台你登场。"他给我涂油时说。尽管撒母耳的橄榄油里添了草药，可还是隐隐约约有股恶臭味。打那以后我什么事都没遇上。

我杀死歌利亚的那天早晨，晴空万里，又暖和又干燥。冬收已经完了，树木脱掉绿色，葡萄藤散发着芳香。一年又过去了，国王们四处征战的那种温暖惬意的大好时光再次来临。我天生有描写自然的天才，这种天才体现在我那组著名的婚礼之歌里，可是这组诗歌被错误地归到了我阴郁懒惰的儿子所罗门的名下。大雨过后，传来了百鸟的歌声。这景致对抒情天才来说怎么样？鲜花在地面上绽开。我们的花圃一片碧绿。所罗门能够勾勒这样的意象吗？我那个迟钝的儿子所罗门决不会的，即使他靠一只小鹿生活，也无法分辨公鹿母鹿。我们之间的一个区别是，他没有感情，而我又总是感情过于丰富。我第一次注视亚比该时——我沿着通往迦密的路进发，准备战斗，渴望复仇——我身上的那东西变得像核桃手杖那么硬，我局促不安，羞怯地用一张对折的报纸把它挡上，不让她注意到。

泥泞寒冷的冬季过后，陆地上传出乌龟的叫声，又预示着新的战斗时节的来临。噢，每到春天，我多么愿意竖起耳朵倾听啊。没有药剂能像战争或者任何吸引人全部身心的教义那样治愈内心生活强加给我们的对孤独的恐惧。相信我，我是知道的。我遭受的孤寂之苦是任何陪伴都不能治愈的。但是，只要一参加战斗，孤寂之感就会一扫而光。

记住在我漫长紧张的战斗生涯中，我从未打输过一场战争，负过一次伤。我从不知道失败的滋味。如果从我身上能找出一块敌人留下的疤痕，我愿意给你一块麦地或一打女人。在那个具有划时代意义的早晨，我一醒来，就急切地爬到一个小悬崖边上，从不大可能逆转的两军对峙中仔细寻找所有可能影响战争成败的因素。我所理解的一切都证实了前一天下午我的灵感是无懈可击的；我看不出任何纰漏来。

这景象本身是难以用笔墨描述的。大批非利士人在峡谷远处的小丘旁扎下营寨。扫罗把以色列人和犹大人布置在对面高于非利士人的山顶上。一条浅浅的小溪流过铺满黄沙的平原谷地，宛若一条分界线，几乎是均匀地把谷地分为两半。

天越来越暖和。阳光四射，这些都在一分一秒地加剧双方僵持的气氛。我们这一方都等着歌利亚再次出阵。从非利士营寨里射出的光把空气映得雪白。非利士人惯于披盔戴甲，我们却不习惯。初升的阳光很快就神奇地从各种擦亮的金属中反射出来，这些金属汇聚的光泽仿佛是一潭从迷人的冰冻中融化开来的湖水。非利士人带来这些金属是为了穿戴、炫耀和乘坐。这么多发光的金属，他们有这么多的铜铁，简直使人难以相信。我们在远处比他们高的小丘上列阵打仗是有充分理由的：非利士人把我们吓得要死，因为这战斗还是在那种年月里，以色列人还不能把任何拥有铁甲战车的居住者从谷地或平原中赶出去。

眼前就是铁甲战车，怒气冲冲，令人魂飞胆裂。一排排非利士弓箭手列在阵前。还有许多传令官，他们手持紫旗，背着硕大的由一块银片打制的军号。这一切都与我过去想象的战争一模一样。这种广阔壮观的景象使我充满青春活力的两颊激动得颤了又颤。我在惊奇的希冀中注视着非利士步兵金光闪烁的编队。这些步兵的自然身高要超过非利士的所有其他民族，他们手握双刃直铁剑，如同神一样可怕。他们的铁剑只要一下就可以把我们的棒子、斧子、狼牙棒和铜弯刀扫成碎片；我们的武器都安在容易折断的木柄上。我们可真幸运，是不是？真有智慧。尽管我们有传奇式的才能和知识，有上帝对亚伯拉罕、摩西和约书亚那些有用途的告诫，然而我们必须从和非利士人交往的痛苦经验中吸取教训，铁要比青铜坚硬，带尖的双刃直剑要比我们的仅在外面开刃的钩状短刀优越。在《圣经·旧约》的前五卷里，我们给敌人那么多打击，其中刺穿、投中和射中的却很少，这就是主要原因。你用斧头棒子或者只有外刃锋利的镰式弯刀只能重击敌人。我们仅有的几支长矛和标枪都是在小规模遭遇战中从非利士人手里缴获的；也有的是扫罗在密抹成功地打败敌人之后，敌人在溃逃时丢弃的。这一定是一场激烈的战斗！可是又有谁知道使用这些武器？扫罗三次寻机杀死我。我离他只有二十英尺远近，可他的标枪三次都没有刺中我，我当时又是毫无提防地坐着。他也没有击中约拿单，而那次仅仅隔着王室家宴的桌子。那天晚上约拿单站在我一边反对扫罗，千方百计地为我求情。也许扫罗的心里还有某种微弱的理智在发挥着作用。他并不是真心要杀死我们，或者说他不想亲手用那种办法杀死我们。我当了国王之后，我知道我总是喜欢让别人替我杀人。

毫无疑问,在以拉谷的那天,我们的势力要弱得多,根本不占优势。但是非利士人没有真正的山地战斗经验,他们的进攻计划自然缺少成功的可能。他们的铁战车离开平地就失去了威力。我们事先找到岩石和洞穴这些天然隐蔽物,在里面安歇,非利士人放箭时,我们就靠它们保护自己。要是他们的铁战车、弓箭手和铁甲兵敢愣头愣脑冲上前来,我们就会像豹子一样扑到他们身上。他们还不至于这么愚蠢。

但我们也没有进攻能力,因为非利士人确实拥有那些战车、弓箭手和一队队铁甲兵。在我上阵之前,以色列人在平地激战上从没赢过,除非以色列人采取某种秘密的智谋,搞点邪门歪道,借助超自然的帮助。

就这样,他们冲不上来,我们也杀不下去。每天上午和下午,他们都派力大无比的勇士歌利亚变着法儿地捉弄欺负我们,夸耀着要来一次单打。我第一次看见他时,我都不能相信自己的眼睛了。他步幅大得惊人,走起路来脚步特别重,狂妄自大,不可一世。因为他走得太快,给他抬盾的人太吃力,所以跟不上他的步子。他昂首阔步走出营帐,在小溪的那一边站住脚,仰起脑袋又开始侮辱叫骂,进行挑战。炎热的天气既干燥又无情,但是歌利亚却戴了一顶黄铜头盔,身穿一件黄铜铠甲。仅这件铠甲就差不多有五千舍客勒[1]重。他看上去不像离西乃山不远的布满沼泽的海边低地的南非利士地居民,而更像特洛伊的希腊勇士。他长矛的矛杆像是织布工的卷轴,杆的顶端有一个很大的铁头。我估计他立起身子准有六肘[2]高——甚至可能有六肘零一虎口[3]高。我这么说缺少证据,这只是我的猜测罢了。

我们怎么对付他呢? 扫罗和他的一班人马连续四十天被吓得畏缩不前。我们的弓箭手本可以把他赶回去,如果他不退回去就把他射死或射伤,但可惜的是我们没有弓箭手。那时我就发现,在你没有弓箭手的时候,要雇用技艺高超的弓箭手相当困难。何况即使我们有了弓箭手,也无用武之地,

---

1 古希伯来质量单位,1舍客勒约合11克。
2 1肘约合18～22英尺。
3 1虎口为0.5肘。

因为我们没有弓和箭。再退一步说，即使我们有了弓和箭，我们也不知道怎么使用。我当时就下决心，如果有朝一日我有人，有自己的弓和箭，我就要教他们怎样拉弓射箭。你可以发现这些都写在《雅煞珥书》[1]中——如果你真能找到《雅煞珥书》的话。那一天我得出的另一不可置疑的结论是：要对付非利士人，就得有铁。我为什么需要非利士铁？我会告诉你的。你可知道每次非利士人拿着铁器冲上来打聪明的犹太人的脑袋时发生什么了吗？犹太人脑浆迸裂，就是这些。你也可以从《雅煞珥书》中找到这些记载，如果你真能找到《雅煞珥书》的话。

歌利亚最后终于停下来说话了，他的声音打破了那种戏剧性的沉寂，这沉寂从他第一次上阵的那一刻起就一直笼罩着整个峡谷，人们可以清楚地听到他说的话。我在自己驻足的悬崖边上，听他千篇一律地重复前一个下午对我说过的话。我发现他没有即席演讲的天赋，而是把要说的话先记在脑子里，由此我对他的尊敬几乎全都消失了。不过，你还指望从一个非利士人那里得到什么呢？一个人从蛋清里还能品出什么味道来？

"你们干吗还要跑出来列阵与非利士人打仗？"他炸雷般喊叫着，对以色列军非常蔑视。他又开始重复起他那个挑战宣言来。在过去四十天里，每天上午和下午他一直在毫无变化地重复它。以色列全军上下惊恐万状。他们能想到的只是匍匐在地，紧紧地缩进自己的洞穴里或战壕中，手抓着泥土，好像怕身体飞上天似的。"我难道不是非利士人，你们难道不是扫罗的仆人吗？"他的辱骂声轰隆隆地传过来，像阵阵爆破声震得我们身后山中的小溪哗哗直响。如果我们是欧洲人或者亚洲人，在某一个满是冰雪的地方参加战斗的话，毫无疑问，这声音会引起阿尔卑斯山或喜玛拉雅山的雪崩。"选一个男子汉，让他下来与我交手。要是他能和我对阵，把我杀了，我们就全做你们的奴仆。但是，如果我把他打败，杀了他，你们就得做我们的奴仆，伺候我们。我今天向以色列全军挑战。挑选个男子汉，咱们来较量较量。

1　意为"义人之书"，是《希伯来圣经》中提到的书，多认为是已丢失的经卷。

不然的话,滚回你们的洞里去吧,滚回你们的帐篷里去吧,滚回你们的茅屋去吧,让我们愿意到哪儿就到哪儿。"

接下来是一片沉默,一只蚱蜢低沉的呼吸声,都成了能听到的最大声音。我应该承认第二次看见他时,我就忍不住快要笑出声来了。

在我们一侧的峡谷中有近七百名精选出来的双手全能的便雅悯人,他们都是投石手。他们左右手都能轻而易举地百发百中。从以法莲来了数以千计的聪明笨蛋,自命不凡,反对犹太人,从自己的葡萄园里带来了高傲自负,也带来了高贵者由于优越感而产生的虚荣。即使他们的生命再次受到威胁,他们很可能在读"shibboleth"这个词的时候,仍然不发"sh"音。[1]有玛拿西人,还有成千上万从我们北部和西部的其他家族或部落中来的人,这一次他们响应了扫罗的号召。我们这些上帝的选民也在那里。如果你能相信,那么我们中的每一个人至少有一部分基因遗传自精明的萨拉和能干的亚伯拉罕。不过基因里变坏的部分破坏了除我之外的每个人的思维程序,因为只有我的大脑还能清楚地想到,假如攻其短处,在一对一的搏斗中就很可能成功地战胜歌利亚。

老实说,在我看来,歌利亚并没有稳操胜券。这可怜的王八蛋是个快要完了的家伙。挑选来的每一个便雅悯人都能用任何一只手向五十码以外发丝粗细的目标掷出石块,而且从不落空。他们能飞起带锯齿的石片从葡萄藤上连根击落成串的葡萄。十次中有九次我自己也能在三十步外从树上打下一个石榴来。在他胸前的黄铜到他头上的黄铜之间,从他的脖子到发线有一块波斯西瓜那样大的皮肉露在外面。在扫罗为自己做的羊皮平顶帐篷里,我脱口说出的话几乎全是真的:我真杀过狮子,一头小狮子,我在外面看护爸爸的羊群时,它拖走了一只小羊羔。我先是掷出石头打瘸它的腿,然后就把它杀了;我还打昏过一头熊。关于这头熊我撒了个无伤大雅的小谎。

1　shibboleth 一词是基列人用来鉴别逃亡的以法莲人的检验用词,因为以法莲人的方言中该词发音为sibboleth。

就像舔阴一样，照看羊群真是件寂寞乏味的活，但总得有人干呀。赶着羊群，一离家就是几个星期。我常常连续几个小时把一片草叶放在牙齿之间，或把一片蒲公英叶放在舌尖上，练习拉我的七弦竖琴，创作歌曲，投掷石头打立在木栅栏上当靶子的泥瓶子，或者打生锈的锡罐盒子，甚至用一块石头去打另一块石头。吃完了冰冷的晚饭，裹着斗篷挨着灌木火堆睡在地上。在这之前，不但要拢回迷路的绵羊（那些和绵羊待在一起的山羊可比绵羊聪明多了，它们的本能帮了我不少忙），还要赶野兽，在夜幕降临时把绵羊和山羊赶进不同的羊栏里，这就是真正要干的牧羊活了。正是从整日的牧羊生活中，我偶然得到了那句被广泛引用的佳句："把绵羊和山羊分开，把大人和孩子分开。"这句话出现在我的不太著名的诗歌中，显得特别突出，也许是出现在我的某一句箴言中，可这些箴言的著作权却常常归了所罗门或其他人。我明确地知道我的"把绵羊和山羊分开"这句格言被英格兰那个名不符实的劣等文人莎士比亚在不只一个剧本中引用过，他的主要的天才在于从克里斯托弗·马洛、托马斯·基德、普鲁塔克、拉斐尔·霍林斯赫德和我的著作里剽窃最好的思想和诗行。[1]莎士比亚当然是从我和押沙龙这里得到了写《李尔王》的主意。你能说不是这样吗？除了我之外谁还能是地地道道的国王呢？你认为这个无耻的剽窃者要是从没听说过扫罗的事，能写出《麦克白》吗？

在创造新词语方面，就纯粹的声望而论，世界上任何人写的东西都不配与我那偶然得来的独具特色的"耶和华是我的牧者"[2]这一短语相提并论。我现在可以承认这个短语是拔示巴在努力试验流苏花边和绒线刺绣之后，把自己全部精力投入灯笼裤发明之前的短暂时间里偶然想到的。她实际上还认为自己能写出比我更好的抒情诗呢！

谁能说出这个佳句为什么经久不衰？因为上帝当然不是牧羊人，既不是我的牧羊人也不是别人的。称上帝是个牧羊人是我创造的一种修辞手

1　以上诸人除大卫本人外，普鲁塔克为希腊作家，其余都是英国作家。
2　此句也可译作"上帝是我的牧羊人"。

法。任何一个倒够了霉的牧羊人都知道把上帝叫作牧羊人并不是颂赞，而是亵渎。上帝怎么会是牧羊人呢？大半天的时间都在羊屎羊尿里走。剪羊毛是个令人沮丧的苦活，脏得要命，把你弄得汗流浃背，怪不得剪羊毛季节过后要有那么隆重的晚会呢！我的儿子押沙龙欺骗我的另一个儿子暗嫩去参加的正是这样的晚会，他想在晚会上把暗嫩杀了。要是上帝真是个牧羊人，我相信在这种乏味的工作中，他要比我遭更多的罪，还很可能成为我这样高超的投石手。思想活跃的人照顾羊群是不合适的。我自己就喜欢过城里那种堕落腐败的生活，而不喜欢在草原上悠闲地放牧。夜间感到寒冷，白天还得寻找藏身之处来躲避灼热烤人的太阳。你能到哪里去享受？我和其他的牧羊人怎么会有相同之处呢？他们对音乐很少或者根本没有兴趣，当我要对着他们歌唱时，他们就往我身上扔脏东西。

难道我不快乐还有什么奇怪的吗？为了消磨时光，我总是整个上午整个下午地练习使用我的投石器。我知道我是个善良的人，耿直的人，也是个勇敢的人。与歌利亚对阵的那天，我知道如果我能走到离这个大王八羔子二十五步以内的地方，我就能把猪膝盖骨大小的石头掷进他的嗓子眼儿，快速穿透他的后脖子，把他杀死。我还知道别的事儿：要是我没击中他的话，我也能转身飞快地跑掉，躲开敌人，跑回山上安全的地方。那些披盔戴甲从后面追赶我的人不会给我带来多大危险。

那天早晨，在我决定行动之后，我费了好一番心思考虑怎样才能到达那个距离。我把马车交给家人看管，回到了犹太人的营地，立刻闯进人群，大胆地喊叫，想把在场的每个人的注意力立刻集中过来。我知道自己希望给他们留下什么印象，我想要激起他们那种评论。我要羞辱他们，使他们感到震惊和恼怒，让沿线的人们不住地谈论我，直到能把我到来的消息传到扫罗那里。"要是有人出来跟这个非利士人交战，把他杀了为以色列雪耻，国王能给什么奖赏？"我扯着嗓子喇叭似的不住地嚷着。我甚至希望这声音能传到邻寨的人们那里。

"不要问。"我哥哥沙玛说道，脸色吓得苍白。

"昨天我就叫你回家去。"我哥哥以利押气恼地回答我。

"对呀，他昨天就叫你回家了。"亚比拿达说道。

"你在这儿闲逛，谁给你照管在荒野中的那几只可怜的绵羊？"

我假装感情受了伤害："我不过是想知道一个简单的问题。"

"不要把你那些简单的问题放在心上。"我哥哥沙玛插进话来，"你所有的简单问题我们都知道。"

"我告诉你简单的问题，"以利押瞪着眼睛对我说，"我知道你要到这来显示自己。滚回家去，给我滚，你这个虚荣的调皮孩子。"

"你看不见我们有这么多麻烦吗？"沙玛说道，向歌利亚的方向打了个手势。

"我或许能帮上忙。"我说。

"别逗我了，"以利押从牙缝里挤出了这句反驳我的话，"你就是想在这玩玩，观看打仗，对不对？我们知道你骄傲自大，又有一颗调皮的心。"

"什么骄傲？"我傲慢地回了一句，"什么调皮的心？我没有骄傲，我没有调皮的心。我不过是问一问，要是有人和这个非利士人战斗，把他杀死，为以色列雪耻，国王会给他什么赏赐？"

"国王要赏赐什么？"那个千人长怀疑地反问。我终于得到了我所盼望的话头。"国王要赏赐什么？"这个和蔼的人又说了一次，嘴里还嚼着早晨那份鲜枣和生蒜。这种多汁混合的食品馋得我直淌口水。"你最好问问国王不赏赐什么。可能国王要让他成为富翁，把自己的女儿嫁给他，让他父亲的家族在以色列免税。"

我当然感到满心高兴。

"没有假话？"我问道。

"没有。"他向我保证。

"那么为什么没有一个人下去和他对阵？"我满不在乎地吹嘘着，"这个没割包皮的非利士人是谁，胆敢向永生的上帝的军队挑战？"

听到这些，以利押、亚比拿达和沙玛捏着拳头向我冲来，要我立刻离开战场,回伯利恒的家去。

只是在这个时候我才轻蔑地对待了他们,我离开他们,像一束来回跳动的光一样在其他营寨里做起了我那恶作剧似的生意,张开嘴不停地叫问。我还是那样脸颊红润,轻松愉快,用豪爽的言辞从一个战斗队到另一个战斗队,不住显示自己。然而,尽管歌利亚看上去不可战胜,但在以色列的军队中竟没有一个人对永生的上帝的威力有足够的信心,在那个未割掉包皮的敌人身上试试自己的勇气和智谋。对这些我是多么迷惑不解啊。像我这样不谙世故的农家孩子要去相信什么呢?哦,我使人恼火,冒犯别人,我激起人们的好奇心。我像空气中的精灵飞下我们的战线。在那些日子里,我们每个年轻人都能在大山间飞跃穿行,在小丘上跳跃驰骋,那种敏捷的速度是身材肥胖、步履迟缓的非利士人所难以相信的。他们总是像公牛一样蹿进村庄掠夺我们的葡萄,然后徒劳地抵挡我们的攻击。我以同样的口吻从一个地方说到另一个地方。玛拿西人把我领进以法莲人的营地,后者又把我带到便雅悯人的一位百人长那里,他统领着二十四个人。

"要是杀死了那个非利士人,为以色列雪耻,国王会给什么赏赐?"我又提出了这个问题,这时我自己都开始厌烦了,"这个没割掉包皮的非利士人是谁,竟敢向永生的上帝的军队挑战?"

"你他妈的是谁?"那个百人长这样回答我。这个便雅悯人乖戾无礼,根据他们的坏名声,他抢劫一个男人或强奸一个女人,可能跟杀个人一样快,有的时候,他能同时干两样。

我的回答是谨慎考虑过的:"我是国王的仆人犹大伯利恒的以法他人耶西的儿子。"

"犹大。"他窃窃私笑起来。

"这就是我问你们的原因,"我板起脸来说道,"为什么我想打听点事就这么费劲呢?你们知道我们在犹大是多么愚笨。国王要给杀死那个非利士人的人什么赏赐?怎么就没有一个人去和他对阵,为以色列雪去耻辱呢?"

"你看不见他有多大个吗?"这百人长问。

"你愿意下去和那样的人战斗吗？"

"为什么不愿意？"我答道，"他向永生的上帝的军队挑战了，是不是？"

"把这个小子带给扫罗。"

"我不会让别人失望的。"我回头喊着。心里暗暗庆贺，因为我的收获已经不小了。

从扫罗的脸上看不出他从前曾见过我的迹象。我也巧妙地掩饰了从前的记忆。从他们带我离开伯利恒为他演奏到现在的两年时间，他衰老了许多，脸上刻满了深深的皱纹，鬓发和短方形胡子未到年龄就变得灰白了。他站在那儿抱着胳膊凝视我，仿佛在替我惋惜。他身材魁威健壮，要比长得像鹰一样的押尼珥和周围的其他人高出一头来。除了歌利亚，他是我见到的最高的男人之一。

"你还是个小孩子，"他最后评论说，"而歌利亚从小就是战争中的巨人。上阵和这个非利士人拼打你还不够格儿。"

"他们长得越大，摔得就越狠。"我答道，这句话效果相当不错。"你的仆人替自己的父亲放羊，"我极力说出自己的优点，"有一天来了一头狮子，又有一天来了一只熊，从羊群里抢走了羊羔。你的仆人把狮子和熊都杀死了，这个没割包皮的非利士人跟这两只野兽的下场一样。上帝把我从狮子爪中解救出来，把我从熊掌中解救出来，这个上帝同样也会把我从这个非利士人的手中解救出来。"

"我的国王陛下，为什么不派他去呢？"押尼珥劝谏说，"这当然值得试一试。"

扫罗告诉他为什么不派我去："这些非利士人已经声称，如果我们选一个人能和他战斗，并把他杀了，他们就做我们的仆人。但是如果歌利亚胜了，杀死了我们的人，那我们就要成为他们的仆人，侍候他们了。"

"我的国王陛下，"讲究实用的押尼珥凑到扫罗身旁缠住不放，继续进谏，"别当傻瓜啦。扫罗，扫罗，你真的相信要是我们胜了，那些非利士人就会做我们的奴隶吗？或者要是我们输了，我们就做他们的奴隶吗？多蠢呀！我们才不会呢，他们也没那么傻。如果这小伙子愿意就让他去吧。大不了丢了他的一条小命，我们还能失去什么呢？"

当扫罗最后让步的时候，他的不情愿变成了担忧。他像进退维谷、陷入窘境的父亲一样，把自己的铠甲、铜盔和锁子甲披挂在我身上，又给我佩上他自己的宝剑，他为我整装。披挂好光彩夺目的甲胄之后，我觉得自己动都动不了了，几乎什么也看不见。你知道我个子不大，他头盔的盔檐正好卡在我的鼻梁骨上，真疼啊。我解下佩剑递了回去，当时对扫罗说，因为我从没试过铠甲和宝剑，也没有用它们打仗的经验，所以我不想要他的铠甲或宝剑。我明白，我根本就不想走得离非利士人那么近，用剑去刺他，或者让他走到近前用剑来刺我，那不会有什么好处。只有傻到家的人才会拿上剑和盾牌，全身披挂与这个庞大的非利士人面对面地交手还想活下来。那个强壮的家伙一剑就会把任何武器从你手中打掉，第二剑就得把你劈个灵魂出窍。

"就让我这么去吧，"我非常严肃地要求道，一边换上我先前脱下的可爱的长到膝盖的束腰外袍，"因为上帝保佑不带刀剑和长矛的人。这战斗属于上帝，他将把这个非利士人送到我们的手心里。"

不信任的神情从旁听者们那些傲慢的脸上偷偷闪过，他们交头接耳，怀疑我的理智是否正常。我的理智完全正常。除了刀剑和长矛之外我不想再提别的武器了。我不希望扫罗或其他人来窥探我的心思。难道还要我提醒他们上帝也可能保佑投石者吗？让他们相信这是一个奇迹吧。

当然啦，在我准备就绪，正要离开扫罗的帐篷，有意放慢步子走向峡谷中的平原时，我已经感觉到自己差不多像个国王了。歌利亚正在平原上等我，他的两条大腿斜插在地上，像一座叉开两腿站在地球上面的巨像。难道两年前撒母耳没有把芳香的橄榄油涂在我脸上，为我行涂油礼吗？我回想起撒母耳告诉我上帝已经把王国从扫罗手中收回，并且要把它送给一个更合他心意的邻居时，我对他的话是多么坚信不移啊。

"那个人是我吗？"在我看来这好像是最合情理的推测了。

撒母耳答道:"还能有别人吗?"

但是,不论是那时还是从那往后,什么也没有发生,一件祝福的事也没有。喇叭没有吹响。没有智者带来礼物。我没听到赞美上帝的颂词,巴赫[1]也没有写大合唱的歌词,一首也没有。我的哥哥们幸灾乐祸地看着。怪不得我在伯利恒感到那么失望!仿佛不同寻常的事根本没发生。地球没有转动。赞美神的合唱队一个也没有。那整整的一天里我得到的只是一张满是橄榄油的脸。

当然,如果没人知道你是国王,做国王也没多少乐趣,不是吗?我可以看到,千方百计迫使我哥哥们或是其他人恭顺地鞠躬,是毫无用处的。但是多年以后情况就不大相同了,因为扫罗死了,以色列军队被非利士人打得七零八落,我迈着胜利的步伐走进希伯仑,让城里的长者们向我欢呼,拥戴我为犹大的国王。但我首先派我最年轻的外甥快腿亚撒黑去打探一下我的主意在他们中间反响如何。

"问问他们,"我指示道,"既然扫罗已经死了,他们是不是愿意拥戴我做国王?提醒他们我手下有六百名战士,以色列军队像无主的绵羊一样被赶到了四面的山上,这个国家剩下的战斗力量没有我强大。提醒他们我脸皮薄,非常容易被人激怒。"

我的主意很合希伯仑长者们的心愿。"他们非常想拥戴你为犹大的国王。"我的外甥亚撒黑回报说。

我那时刚满三十岁。

在杀死歌利亚的那天,我同样感到精神振奋,我最后从扫罗的帐篷里出来,走下小丘——一个善良的没穿军装的牧羊男孩,手里拿着根棒子,投石器挂在腰带后面不显眼的地方。在小丘的顶上我停住脚步,让每个人都好好看看我。我对自己制造的效果非常感兴趣。我唯一惋惜的,是我不能

---

1 巴赫(1685—1750),德国作曲家。

像别人看我那样看到自己。

我当然知道所有的目光都落到了我的身上。我沿着向下延伸的绿色斜坡走了过去。斜坡上点缀着斑驳陆离的紫罗兰、白菊花和黄色的甘蓝花。这时，在道路两侧的一大群一大群呆呆的旁观者中，有谁猜得出将发生什么？谁也猜不着，一百万年也不会猜着。歌利亚当然猜不出来。我们现在是知道了，可我那时通过观察就能说出来。我走到平地时，放慢了步子，隔着小溪向他望去。他注视着我步步逼近，眯起了眼睛，他的剑插在鞘里，在那里等着，仿佛被自己那种不可战胜的威严深深影响了一样。为他拿盾牌的人恭敬地站在他身后几步远的地方。歌利亚带着越来越古怪的表情，一边看着我往前走，一边揣摩这是怎么一回事。我又一次想大笑了。我长袍下面崭新的裙子十分简便，不用提腰就可以自由活动两腿。我不希望把外袍的折边卷进羊皮腰带里，从而打搅他扬扬得意的情绪。我的整个外表并不比一只蜗牛吓人。我想让他把我看成微不足道的人——一个可能是带来投降消息的信使，或者，把我看成个当地的年轻人，偶然闯入了战场，寻找丢失的羊羔或小孩。

如果你想要相信你听到的，那么我从小溪中只选出五块光滑的石头。这不过是做做样子。任何一个够格的投石手总是随身带着自己的石头。我蹲在水里时，顺便从皮囊里拿出两块石头放在腰间，然后，用右掌把它们挡了起来。两块石头就足够了。如果我不能用第一块石头打倒这个大个子勇士，就可能来不及投出第二块了。当我站起身来蹚过这条浅溪时，我把牧羊杖换到了左手。歌利亚好像没有察觉。我不得不强压住笑脸。我用右手悄悄地从腰带上解开投石器的绳索，随后弄好搭环。

让我们把他称作巨人。他的牙齿，和拔示巴的不一样，像一群整齐地剪过毛的绵羊。把这种比喻用在拔示巴身上，不过是吹捧她。可是，歌利亚身上的一切都比正常人要大。当歌利亚终于开始明白我为什么在那儿出现时，他变得狂暴起来，甚至到今天我一想起那情形还要忍不住大笑。惊慌中他的眼睛鼓得有多么大呀。他的大脸由于痛恨和暴怒，一会儿变红，一会儿变紫。当他终于从开始的短暂震惊中醒过来时，他是怎样地号叫，怎样地狂吼啊。你会以为是长矛戳进了他的肝脏。四十天里，他不断地要求以色列人派去一个值得跟他那样勇敢的非利士勇士交手的人来一次较量。他没有得到那样的对手，相反，却来了一个满面红光、长相漂亮的年轻牧羊童。他盼望和阿喀琉斯[1]交手，而得到的却是我。更有甚者，我正扛着一根木棒。

因为他让我步步逼近却不拿出武器来，所以能不能杀死他的疑虑也就渐渐地消失了。我注意着他对我的一连串反应：他先是感到迷惑不解，进而感到奇怪，接着开始惊诧了，然后，哦，伙计，那不是愤怒的巨人吗！

当歌利亚悟出我接近他的目的时，他那满是狐疑、渐渐发紫的面孔又受了一惊，我现在回想起这些仍然感到好笑。他目瞪口呆，一动不动地站在原处，仿佛被震慑了。为他扛盾牌的人在他身后犹豫困惑，徘徊不定。我猜想歌利亚并非真是巨人，只不过足够庞大。阳光照在他的铠甲上，红光四射。他的眼睛像是黑煤块，下巴上没有胡须，满脸斑点，唇边是黑乎乎的短髭。当歌利亚自己咕哝时，我看见他的嘴唇在动弹。我一分一秒也不必怕他了。他最后吸进一口气，咧开他的嘴说话了。此刻在他肌肉暴凸的脖子上血管和肌腱明显地膨胀起来。他的声音震耳欲聋。他那狂吼的言辞不只是对我，更多的是冲着我身后高山下那些以色列军队。他们惊恐万状，提心吊胆，用手紧紧抓住灌木丛、岩石和凹地。

"我是一条狗吗？"他发了狂地高声吼叫，又深深地吸了一口气，为了再吼一阵。

我假装耳聋，立刻打断他的话。"你说什么？"我向他喊了一句。

我把两块石头中大的一块滑进投石器的凹洞，此时，投石器正空着，偷偷地顶在我的大腿根上。

"我说的是，我是不是条狗？"他不耐烦地怒吼了一声，"你是聋子还是什么东西？我是狗吗？你为什么带条棍子到我这来？"在我坚定地朝他

1　希腊神话中刀枪不入的英雄。

走去时，他开始用自己的神祇来诅咒我——用大衮[1]和摩洛[2]，巴力[3]，还有彼列[4]。哦，这个巨人长的是什么嘴！他现在摇动两只胳膊，发狂地挥手招呼我往前去。"我要把你的肉喂天上的老鹰、地上的野兽。"

"什么？"我又一次假装听不见。

我逐字重复他吓唬我的话，一边光着脚偷偷地向他走去，越来越近。现在他只跟我一个人说话了。我选定在这时候给他回答。

"你要把我的肉喂天上的老鹰、地上的野兽吗？"我感到自己受了侮辱，"我会给你肉，我要让你看看到底是谁喂谁的肉。我要拿你的肉喂天上的鹰和地上的野兽。你带上剑，拿上矛，端起盾牌冲过来呀。"

"盾牌在哪里？"他轻蔑地说道，举起双手，告诉我他两只手都是空的，"我的矛在哪儿，我的剑在哪？"

"我以万军之主耶和华的名义和你交手，"我继续说话，并不回答他，"这上帝，就是你向祂挑战了的以色列军队的上帝。"我的话语中充满了正义感。即使今天问我，我说"万军之主"时是怎么想的，我还是不能清楚地表述。我说过许多短语，那意思我也搞不清楚，但修辞归修辞。"今天就是上帝把你送到我手上的日子，"我雄赳赳地告诉他，"我要杀死你，割下你的脑袋。我今天还要把一大群非利士人的尸体喂天上的老鹰、地上的野兽，让天下都知道以色列有个上帝。让这里所有的人都知道上帝不保佑拿矛拿剑的人，因为这次战斗是属于上帝的，上帝要把你们送到我们的手心里。"

尽管当时这些话中隐含的情感可能是我的，可现在平心而论，这些话听起来根本不像我在正常场合下说的。那是在我青春年少的日子里，当时我还不善于分析问题，信仰了许多我今天正怀疑的东西。我信仰未来，信仰上帝，甚至还信仰过扫罗。我一生中有三个父亲——耶西、扫罗和上帝。这

1　大衮，古代非利士人和腓尼基人崇拜的半人半鱼的神。

2　摩洛，古代迦南人崇拜的神，以儿童为祭品。

3　巴力，古代腓尼基人等崇拜的主神。

4　彼列，《圣经》中邪恶的化身。

三个父亲都使我失望了。现在我有很长时间没和上帝在一起生活了，我也可能学会离开上帝，自己去死。

当我对歌利亚傲慢地宣布时，他的反应出人意料。他用一只手拢住耳朵，问道："什么？"想象一下当我发现这个非利士巨人歌利亚听力确实有障碍时，我是多么惊诧呀。怪不得他说话那么大声呢。

我摇了摇头，一个字也不重复，把拇指按在鼻子上对他擤鼻涕，然后又伸出了舌头。我憋了一口气，打算在一瞬间就突然跑开。

这一次在歌利亚用那些异教神诅咒我时，把阿斯塔蒂和基抹还有别的神都搅到了一起，但他从来没能说全自己神祇的名字。在我开始进攻时，他还在诅咒呢。当我离他五十步远的时候，我甩掉了牧羊杖。我预先没有警告就冲向他了。我用最快的速度径直朝他跑去。我扬起投石器在头上旋转。那力量要比我过去所能聚集的任何一次都要大。投石器凹洞中石头的质量，仿佛立刻增大了一倍。歌利亚张着大嘴，像个死东西一样，一动不动地站在原处。我感到好极了。没人能用言语来表达。旋转产生的离心力不断增大，搜动我的肌肉，这种拉力中蕴含的乐趣比我以前体验过的和可能梦到的任何感觉都要微妙。一种过于自信的狂喜使我越来越靠近他了，我的理智有被一扫而光的危险，幸运的是我控制了自己。我觉得三十步的距离够近了，在我达到这个距离时，突然停住脚，双腿戳在地上准备投石；我使出全身的力量，把胳膊抡了两圈，瞄准他的又大又可憎的牙齿间那张着的洞。我最后一次转动胳膊，让搭环从拇指上脱去。我感觉到射出的石头并没有和发石器一起滚动，射出的石头一点未晃就从口袋里飞了出去。我心里明白这不能击不中他。但是我打偏了，没有射中他的前额，却击中了他的左眼上端。在他站在那的一两秒里，鲜血喷到他前面几码远的地方。然后，他如同一块巨石，向下倒去，轰隆一声栽到地上。为他拿盾牌的人逃了。歌利亚躺在地上，鲜血把沙土染成了褐色。他甚至连动一下的力气都没有了。我真是喜出望外。

除了喊叫声一切都过去了。上帝知道从哪来了这么多的喊叫声。当非利士人看到自己的勇士竟这样突然死去，他们悲痛地号啕大哭，乱作一团，准备拔营逃走。与此同时，犹大人和以色列人狂叫着从山里涌出，手里拿着斧头、棒子和各种砍削武器，从我身旁冲过去打击溃逃的非利士人，他们又继续追歼去沙拉音、去迦特和以革伦路上的非利士人。

我没有再去冒险。我警惕地注视着倒下的这个巨人。整整一分钟以后，从他身上看不出一丝活着的迹象，我纵身向前一跃，跑到僵尸跟前，从鞘里拔出他的剑，然后又稳了稳心绪，割掉了他的脑袋。这时我至少可以肯定他被杀死了。野蛮吗？管它呢！别忘了那是在原始时代。当非利士人发现扫罗和约拿单还有另外两个儿子倒在基利波山上时，他们干得不是比这还要野蛮吗？他们把扫罗的头颅系在他们的大衮神庙上，又把他的四肢钉在他们伯珊的城墙外面，直到勇敢的基列雅比人夜间取下了他们的尸体，恭恭敬敬地焚烧了，把骨头掩埋起来，才结束了这场亵渎。和这相比，实事求是地说我更多一点人类的同情心。我想把歌利亚的脑袋作为战利品拿回去。当然啦，剩下的部分就留着喂天上的老鹰和地上的野兽吧。难道他没说过要对我这样做吗？

歌利亚不会带来危险了，我把一只脚踏在他的胸上，心满意足地放松下来。更脏的工作还在后头，从他粗壮的大腿上解下他的胫甲，从粗壮的双肩上解下黄铜小圆肩甲。他的铠甲战袍多是黄铜做的，有五千舍客勒那么重。我怎样才能抬走如同纺织机横梁一样的长矛呢？我还得想法子对付他的脑袋，头盔上还镶着很多黄铜。他的那颗脑袋能有一吨重。

在此之前我并没有指望显赫名声带来的魅力帮助我。幸运的是，如潮似水的以色列之子在抢掠了非利士人的营地，扫荡了他们的帐篷之后很快便把我淹没了。这倒帮了我的大忙。在一片欢呼和祝贺声中，他们帮我抬走了这些战利品，又把我举到他们的肩膀上。随着狂暴的喊叫和胜利的歌声，他们把我抬到山顶，在扫罗的营中把我放了下来。扫罗的表情有些冷淡，令人迷惑不解。他奇怪地凝视着我，眼睛眨了眨，水汪汪的，他又一次以陌生人的目光看着我。

他望着身旁的统帅问："押尼珥，这个年轻人是谁的儿子?"

"我是你的仆人伯利恒人耶西的儿子。"在押尼珥回答之前，我便大胆地回了一句，然后等着我祈求的东西能随之而来，我这会儿把心都提到了嗓子眼儿。

我得到了我想得到的。扫罗把我带到他的军中。

毫不奇怪，在回基比亚的整个路上，人们向我欢呼喝彩。有这样的业绩，谁能不受这样的殊荣？他们把我放在一头驴上，使我高出众人，甚至高出扫罗，好让所有的人都能看得见我。我很高兴让别人注视我。我两颊通红，脖颈像座象牙塔，鬓发黑得像渡鸦的羽毛，脑袋像块金箔。我大获全胜的消息早就传进了城里。米甲在脸上擦了脂粉，靠窗户坐着。你能想象得出，当我从她眼前经过，她发现我是多么漂亮啊，那时她感到自己得到了双倍的祝福，不，是三倍。我对自己所摆出的那种威武神气的样子并非一无所知。我高兴得像头拉屎的猪一样。我想起了我青年时代的造物主，当祂创造了我时，我热爱祂的一切！

第四章　我的青年时代

那是我一生中最辉煌的时期。而现在的大多数日子我都觉得糟透了。我的宫殿虽然空气流通，可还是弥漫着令人不快的刺鼻的气味。我要是亚多尼雅，我会把后宫所有的混账娘儿们都用香熏一熏。一想到迄今拔示巴都忽略了的事——亚多尼雅将要继承的后宫妃嫔中也有她一个——我心里就美滋滋的。我有点不放心亚比煞。我想，除了我之外，我可不愿她被搂进别人的怀里——到现在还是这么想。那是多么不熟悉的爱呀，就像一支打着各种旗号的军队一样可怕。

我杀死歌利亚的那天，还没有如此恼人的关于女人和妻妾们的忧虑遮在心头，还没有以我为对象的嫉妒和猜疑，没有敌意，没有恐惧，没有像无可逃避的命运之神的枪尖一样的危险阴影向我袭来，前途也没有显示悲惨命运的征兆。回溯到那时，谁能想象像我这样的国王有一天竟会发现自己被痔疮和前列腺肥大所困扰呢？谁能想象一个开始如此强壮矍铄、一帆风顺的人最终会日复一日地陷入一阵阵孤独绝望和忧虑衰老的境地呢？谁需要它？谁能承受得了它？当寒冷控制我时，我的牙齿一分钟打上百次战，欲望已经消失了。我扶着那个该死的矮木凳才能站起身来。我既不能保持清醒的头脑，又不能入睡。在早晨我希望它是晚上；在晚上我又希望它是黎明，由于我始终都是这种样子，所以我才有这种沮丧的心情。一个人到了生命的终点时感受如何，他所感到的是他从前活得怎样。谁能相信一个人，一个像我这样的人，会认为死比生好的时刻可能来临呢？

成功是最大的失败。

相信我，难道我不知道吗？我获得了我个人的全部成功之后，发现我们不得不长成大人并变得悲哀起来，不得不老态龙钟，衰弱不堪，并总有一天要走进地下，我们永久的栖息地，就连金发小伙儿和秀发女郎也要像烟囱工一样同归于尘土，这是多么令人沮丧啊！我一直怀念着扫罗，也一直怀念我那不会惹是生非的年迈的父亲。我梦见了他们，在梦里，两个人你可以是我，我可以是你，扮演着同一个角色。我需要他们的爱，可他们都死去了。最有讽刺意味的是，我又不自觉地捡起我曾经认为是徒劳无益的著名箴言：就像一个想得到赞誉的人得不到赞誉一样，一个需要爱的人也得不到爱。没有任何需要被满足过，因为我还不知道是敬畏上帝并遵守祂的戒律，还是诅咒上帝去死。幸运得很，我以前既不这样做也不那样做，一直能巧妙地蒙混过去。

那时还轮不着拿单用寓言来申斥我通奸和谋杀。让约押去杀死乌利亚是我非常轻率的举动。约押知道了我犯的罪，而且我也知道他知道。我们互相之间都知道得太多了。那时我的女儿还没被奸污，儿子也没有被杀害。顽固不化的押尼珥也没用七年时间来阻挡我对犹大联合以色列及非利士的命中注定的统治。每天我都希望那个满脸麻子的狗娘养的儿子死掉。当我要他活的时候，约押却把他杀了，就在第五根肋骨下，他用剑把他杀了。

约押肯定喜爱第五根肋骨，不是吗？

曾经有一回，在一种奇怪的心境里，我想建议约押把剑从我第一个妻子米甲的第五根肋骨下刺进去。永远摆脱那个狠毒的巫婆，对我疲惫不堪的神经该是多么大的抚慰啊。我不该在扫罗把米甲嫁给另一个丈夫之后还一直想要她回来。有些性情温和的男人生来就是为了给飞扬跋扈的泼妇们欺侮的，我认为我可不是他们当中的一员，因为处在我这样地位的人要受制于吹毛求疵的泼妇是极不正常的。我把米甲索要回来以后，她就经常地用嫉妒和讽刺向我进攻，这实在让人不能忍受。住在房顶的角落里比和一个吵吵闹闹的女人住在宽绰的房子里要好些；住在像西弗、玛云或者隐基底这样糟糕的旷野里，比跟一个喜欢斗嘴的暴怒的妻子在一块儿强多了。即使对一个国王来说，这话也一点不假。一个像亚比该那样善良贤惠的女人对她丈夫来说就是荣誉的花冠，可是一个像米甲这样给丈夫招惹羞耻的女人却像她丈夫骨头上的腐烂物。当他们告诉我米甲就要死了的时候，我是多么高兴啊，你们对这还感到奇怪吗？她当时甚至还在病痛之中！"上帝太神圣了！上帝太宽厚仁慈了！"我叫喊道，当天我就奉献了一只羊羔。

我没向约押建议把剑捅进米甲的第五根肋骨下的一个原因，就是我毫不怀疑他会那么做的。

在我杀死歌利亚的那天，这般粗俗的争吵还没有使我消沉，泼妇们还没有把我的生活搅得一片混乱。我连妻子都没有，没有死去的婴儿。为了那个我不认识的小孩儿[1]的死亡，为了那个我特别疼爱的大孩子被残忍地杀戮，我颤抖的记忆仍使我痛苦不已。可怜的孩子。当那个孩子病了的时候，我脸伏在地上祈求上帝发发慈悲，让那个呻吟着的婴儿能够活下来。他的焦干的皮肤灼热滚烫。我可能一直在自言自语。我又发现了我以前就知道的事：从上帝那里永远不要，永远不要期望得到任何怜悯。我仍然不原谅上帝以那种方式报复我，而且我知道我将来也不会原谅祂。无论祂怎样向我乞求，即使祂向我乞求一百年，即使能够证明祂一开始就对此事毫不知情，我也不会原谅祂的。瞧瞧祂一直怎样做祂想做的事而不是你想做的事吧，瞧瞧祂怎样把罪咎从我身上取走却杀死那个无辜的孩子吧。现在你还有一种原罪，不是吗？瞧祂现在给了我一个怎样的天使般多情的处女，她眼睛黑得像葡萄，皮肤呈微暗的深栗色。心形的脸庞使我总想用颤抖的体贴的温暖的手掌捧起它。但这时我已经太老了，不能完全享受她了，而且我恐

---

1 指他与拔示巴私通时所生的那个婴儿。

怕也没有力气再进入一个处女了。再看看他怎样在一种令人痛苦的挫折里使我重新渴望起我的妻子拔示巴,可她却告诉我她厌恶做爱,并总是以可以想象的最卑下的方式拒绝我:她对我的欲望无动于衷。她不相信那会给我造成多大的伤害。她不在乎。

我相信我不厌恶她,因为她老是品尝我碗中剩下的食物并常常把它吃掉,一边抱怨着每夜的消化不良和不断增加的体重,一边用手指把自己填了个沟满壕平。

"你放在他面包和蚕豆炒莴苣丝里面的红东西是什么?"她带着一种朦胧的被搅动起来的好奇心问亚比煞,她既对这个少女好奇,又对这个少女精心为我准备的膳食感兴趣。

"红色干辣椒。"亚比煞说。

"你为什么不叫我殿下?"

"他告诉我你不是王后。"

"你放在他碎羊肉里的绿东西是什么?"

"绿色干辣椒。"

"你做的是什么?"

"炸玉米饼,炖好的绿辣椒羊肉、油炸蚕豆和酸牛奶。"

"炸玉米饼?"

"炸玉米饼。"

"我能吃点吗? 这东西看上去挺可口的。我饿了。你为什么给他做这么多活儿呢? 不该干的时候拼命去干,那可太傻了。"拔示巴盛了满满的一叉子,放到嘴里一尝却做出一副苦相,把碗放到了地上。亚比煞优美地跪下,拾起来拿走了。她移动起来像个芭蕾舞女演员——你可能以为她上过模特学校。"如果你继续为他这么干,就把你的美貌给毁了。"拔示巴接着说道,"你会弄坏你的皮肤,手也将要皱裂。当天气这样燥热时,你应该用润肤剂把全身都润一润。我就这么做,瞧我!"拔示巴毫无顾忌地敞开她的长袍,露出她那涂了油的四肢和肋腹。她穿着白色的灯笼裤。我感到我的阴部轻微地跳了一下。拔示巴，我的金发妻子还用黑色眼影粉和锑把她小而机敏的双眼四周的突出部分涂黑。她懒散地用鸽子羽毛管制的牙签剔着牙齿，另一只手使劲地但又心不在焉地搔着宽大臀部的一侧和半边屁股，然后又搔大腿根的内侧，好像给跳蚤咬得不大舒服。她的腿和腰一直保持得很纤巧秀美。从我们在一起纵欲的时候，我就熟悉了她粗俗的性格。我现在又想得到她。她以一种亚比煞一直不能做到的方式引起我内心的情欲。我盯着我妻子的大腿根和那种中年人的肉乎乎、肥胖隆起的腹部肌肤，盯着她圆滚滚的骨盆，我感到只要她到我床前来，向我敞开她的肉体，我就会再一次跟她性交的。那种感觉对我大有好处。我，一个国王，能对我冷漠无情的妻子这么说吗：只要她允许我再同她温存，我就把我所创建的以色列帝国给她的儿子所罗门，并且允许她成为她梦寐以求的真正的母后？《传道书》可能说，既然我后来能轻易地违背诺言，为什么就不能这么说呢？但是我不会为了她或这个世界上任何其他人付出如此可耻的代价，只为供认对她另一半屁股的如此绝望的渴求。

在过去的日子里，也就是我年轻的时候，我能使她极度兴奋起来，而且每次我都争取跟她性交，哪怕是在她行经的时候。我用一套套令人心醉神迷的甜言蜜语让她迷迷乎乎，心满意足，引得她脸上泛起一阵阵激动的红晕。哦，凭着那种大胆的技巧我始终能征服她，我的话毫无阻碍地喷涌而出：

"向我敞开吧，我的爱人，我亲爱的，我的小鸽子，我纯洁的天使。用你的双唇亲吻我吧。你的爱比酒还醇美，我将记住你的爱胜过美酒。啊，你这众女子中最美丽的人儿，你飘扬在我上空的旗帜就是爱情，我把你比作一队法老战车上的骏马。"

你以为我始终知道我在谈论些什么吗？那没有什么关系。每次她都在一阵叹息声里仰面躺下，分开她的双腿，抬起两膝，在一种神魂颠倒的狂喜状态里张开双臂，好像要把我紧紧地拥进她的身体。

"噢，大卫，大卫，"我听见她的呻吟，"你从哪儿学来这么美妙的言辞？"

"突然想到的。"

"突然想到的?"

"它们完全是突然出现在我嘴边的。"

"哦,那同样是太漂亮了。"

而今我在暗淡凄凉的没有朋友的渴望中僵卧在这里,浑身颤抖着。每当她烦透了我,我那自私自利的妻子所做的一切就是抬起经过描画的困倦的眼睑盯着亚比煞,提一些鄙俚粗俗的问题,扯一些女人知识中的家常琐事,死乞白赖地缠着那个纯洁的姑娘。

"不要做一个这么好的厨师,"拔示巴劝告我的侍女,"当你不必干的时候,你为什么那么拼命干呀?不要那么仔细地梳理他的头发,或者让他那么干净。偶尔伤害他一回,让他变脏。不要做这么好吃的膳食,不要把屋子的周围收拾得这么好。谁需要这个?无论你给他什么他从来都不吃完。让他的灯偶尔灭一会儿。只学会做好你喜欢做的事情就行了。你想要失去你的容貌吗?"

亚比煞回答:"我喜欢为他做饭和洗澡,我愿意看见他头发梳理得好好的。我一直喜欢干家务活儿。"

"太可惜了!太浪费了!"拔示巴同情地皱皱眉,停了一会儿,显得很有礼貌。"好多男人都尽力要找你这样深肤色的小巧女人。你看上去有点像朝鲜人。我常常感到苦恼,因为我这么高大,长着我不能忍受的苍白皮肤,还有一双古怪的蓝眼睛。你不会相信这些吧,但是许多人绝不可能理解他从我身上看到的东西,绝不可能明白为什么他让我做王后,对吗?"

"我从没想让你做王后。"

你以为当她提问时她总是等着答复吗?或者当我给她答复时她始终留神听吗?她已经在跟亚比煞讲话了:"你还这么年轻貌美就被关在这恶臭难闻的宫里,真是一件遗憾的事。你闻到过这么多的气味吗?我敢肯定这气味没一样是我的。你穿着这些一样款式的五颜六色的袍子——你知道,那是我每天到这儿来寻找的第一样东西。我要告诉你一些事儿。只要你是个处女,你就能出去。你不是他的妻子,也不真的是他的妾。强迫他让你出去。不断地找他的碴儿,让他不得安宁,惹他发火,把热茶水溅在他身上。一个这么好看的姑娘,长着这么一对漂亮的奶头,还有这么美妙的长满黑毛的阴阜,你应该到外面快活快活,从别的男人或迦南妓女那里学点哄人的把戏。迦南的女人知道怎样得到满足,也知道怎样给别人乐趣。可惜的是你必须到这儿来做侍女。一个像你这么可爱的姑娘,为什么还是个处女呢?我像你这么大时,我最亲密的朋友都是些妓女。这就是我变得这么精明的缘故。我第一次结婚,乌利亚不知道是什么使他兴奋得神魂颠倒。当我们最初开始干那事儿时,这个人也不知道,你知道吗?并且国王已经结过七次婚了,可在遇到我之前,他的那个东西从来都没得到过什么好处,你能想象得出吗?我一搬进来,家务活儿就一点儿也不用干了,我的手就再也没沾热水。亚比该是个傻瓜蛋,就知道干呀干。她简直是一夜的时间就变老了,头发也变成了难看的灰白色。"

"她的头发像白镴一样,非常好看。"

"那么你怎么会一直跟我睡呢?他会到她那儿去吃,去倾诉他的苦恼。我很快得到了一个雪花石膏浴缸,象牙制的药膏盒子和一套宫中最大的屋子,不是吗?从开始我就面朝西住,每晚都有从海上吹来的绝妙的微风。"

当然了,正是从拔示巴那里我得出了放之四海而皆准的格言,那就是坏名声从不伤害任何人。

"别打扰她了,"我现在插嘴,对那个无耻的母亲、我死去的婴儿和所罗门的母亲说,"她非常漂亮地做着她希望做的一切。她想要帮手的话,所有的侍女和厨娘就会来帮助她。你一个劲儿打搅她是安的什么心?"

"你本该等一等,然后以王后的身份进宫里来,"拔示巴对亚比煞说道,"在给他洗澡或做下一顿饭之前,你至少该让他娶你,那么你也会是王后,不必再干活了。如果他不想娶你或者想要你走,就让他发抖去吧,让他挨饿,让他得褥疮吧。"

"我们没有王后,"我提醒她,"谁说你是王后了?"

"我是国王的妻子，"她告诉我，"你认为国王的妻子是什么？"

"就是国王的妻子，"我教训她说道，"如此而已。你以为你在什么地方，英格兰吗？你现在说话有点像米甲。"

"这正是我所做的。"拔示巴平静地向亚比煞述说，对我刚才强有力的反驳不予理睬，"我是作为王后进来的，你本来也该作为王后进宫的。不久我就要做国王的母亲了。"

这种厚颜无耻使我活跃起来，伴随着一阵我现在不常体验到的冲动。"是吗？"我说，"你怎么想象出自己会做国王的母亲呢？"

"所罗门。"她答道，眼睛盯着我。

"所罗门？"我话音里的嘲笑实际上变成了一阵狂笑。

"他不能当国王吗？"

"根本不能。"

"为什么？"

"你是在故意让我发笑吧。"

"那样对这个国家的前途不是更好吗？"

"只要我不死就不会同意的。"

"那是顺序，"拔示巴说，"子承父位通常是按顺序进行的，难道不是吗？亚多尼雅除外。他是你的骄傲和欢乐。他不愿意等到你死后再做国王，是不？亚多尼雅认为他不必等。"

"这关亚多尼雅什么事，"我关切地问，"你在说些什么？"

随着拔示巴发出的夸张的愤愤不平的叹息声，她的双乳在金黄色的袍子里肉感地晃动着。她的乳房因为年龄关系变得更加丰满，也更加匀称而下垂。我的手特别想握一握它们。"你不知道吗？"她问，带着一种装模作样的轻蔑，"我必须做那个告诉你一切的人吗？你说我不是王后？你的儿子亚多尼雅以到处宣称他要做国王来抬高他在全城的地位，没人告诉你这事吗？他们说你现在一点也不想得罪他，也不问问他为什么这么做。你问没问他为什么这么做，扫扫他的兴呢？"

"亚多尼雅不过是希望举行一次野外宴会，来庆祝一下这个事实，即他要成为下一个国王，他已经立志要代我理政了。"拔示巴刚才的几句话使我很不安，为了不使她察觉出来，我做出了这非常软弱无力的解释。

"押沙龙不正是打着你的幌子才开始反叛的吗？"顽固的拔示巴头脑敏捷，又一次击中了要害，这在过去她为获得自己的利益时就已经表演过了。"噢，大卫啊，大卫，不要当傻瓜，你还没领教过吗？亚多尼雅将在他那个铺张的午宴上说他要当国王了，摆出国王的架子，好像他现在就已经是了一样，以此再一次抬高自己。所罗门会这么做吗？你的臣民将要变成他的臣民了。你有没有问问他为什么这么做，以便扫扫他的兴呢？"拔示巴坚持问。

"我为什么要使他不满意呢？"我回答说，"亚多尼雅将做国王，而所罗门却只能看着。亚多尼雅现在是最年长的。"

"那倒不一定作数，"她敏捷地反驳我，这敏捷使我恼火地意识到，她被指导过。"你自己也不是最年长的，对吗？"

"你认为我现在得到的位置是我父亲的礼物吗？"

"你以为雅各是最大的吗？"她以质问的口气回答，向我进攻，"约瑟是吗？[1]他的儿子以法莲是吗？但是以法莲不是得到了雅各的祝福吗？尽管约瑟想把这祝福给玛拿西。你的祖先，那个大人物犹大也不是最年长的，对吧？他的孪生子，那个你也特别喜欢夸耀的法勒斯也不是。你们家族里边儿还埋藏着犹大干的惊人丑闻[2]，不是吗？别担心我了，也别担心我结婚前跟我的那些迦南人的狂野聚会了。犹大跟他自己的儿媳妇干那种事？噢，好家伙！一个人是不该跟他儿子的妻子同寝的，他难道不知道吗？"

---

1 雅各临死前祝福约瑟的两个儿子，他把右手放在年幼的以法莲头上，而把左手放在了年长的玛拿西头顶上（右为尊），约瑟想换过来，雅各不同意。（见《圣经·旧约·创世记》第48章）

2 犹大的儿子死后，他曾对他的儿媳他玛说，要把她嫁给他的另一个儿子，可犹大迟迟不办，所以他玛就戴了面纱，装扮了一番在道上等着犹大。犹大以为她是妓女，就与她亲近，她怀孕生下了这对孪生子。（见《圣经·旧约·创世记》第38章）

"她是个寡妇，"我大声抗议，"而且她把自己打扮成妓女来骗他。听着，你怎么会突然知道这么多？你一辈子也没读过一本好书。"

"我已经在重新学习了，我一直在读我的《圣经》，没别的事可做。"

"胡说，"我对我这个最亲爱的宝贝太了解了，所以才不会信她的胡说八道呢，"这是无耻的谎言，你是听拿单说的，是不是？就是他派你到这儿来说这些的，对不对？"

拔示巴脸上泛起了红晕，瞧起来就更迷人了。"那么谎言在哪里？"她最后回答说，"听拿单说比读《圣经》更难不是吗？"

"说得太对了，"我表示同意，很欣赏地注视着她，"说这话倒使我想起为什么我仍然爱你。亲爱的，到我这儿来。"

拔示巴坚决地摇了摇头说："我讨厌谈情说爱。"

"那么就告诉你的儿子所罗门往绳子上浇尿去吧。"

"就因为我拒绝这么大年纪跟你干那些埋汰事，你就要惩罚这个王国吗？"

"那些事怎么就埋汰了？你过去可不认为它们埋汰。"

"我始终认为它们猥亵下流，要不然我们以前怎么喜欢那样呢，你是个傻瓜。男人啊总是这么天真。"

"这些跟惩罚王国又有什么相干？"我迟钝地盘问，"亚多尼雅是个很错的人，也很得人心。"

"所罗门聪明。"

"聪明得就像我的脚一样。"

"苹果落下来不会离树太远。"

"别奉承我了。如果你认为他那么聪明，就让他跟亚多尼雅学吧。别一直带着尖笔和泥板围着我的门厅鬼鬼祟祟地走来走去，试图要进来见我。他为什么要把各种事都记下来？他不能记住吗？人们相信亚多尼雅将做国王，因为他四处走动时举止行为就好像他现在已经是国王了。"

"所罗门怎么能凭着说他将要做国王来抬高自己？"拔示巴争辩道，"亚多尼雅不是比他大吗?"

"你懂了吧?"我以温柔的胜利口吻回答,"长子继承制是不是确实很有关系?让所罗门试着干点别的吧,如果你是那么坚决的话。他为什么不发动反叛呢,所罗门那么吝啬,他现在攒的钱可能足够一次大叛乱的开销了。"

拔示巴不高兴地耷拉着脑袋:"所罗门不受人欢迎。"

"就是这样嘛。"

"他太爱你了,"她突然间又编出了一句说,"在任何事情上都没反对过你。"

"我是个刚下生的小孩儿吗?"

"真的。所罗门活着就只是为了知道你想要什么并确保它成为现实。"

"要是那样的话,他就决不会让我再见他了。"

"今晚跟他一起进晚餐吧,亲爱的大卫,听听他亲口对你说他爱你。"

"不。"我用冗长的话和蔼地回答她。在说话啰唆这一点上拿单比我更厉害。"就是给我所有的中国茶叶、阿拉伯的香料、隐基底的凤仙花和巴西的咖啡,我也不想再跟这个吝啬的蠢货一同吃饭了。"

"他会付饭钱的。"

"那要在当天。"

"我要让他下保证,他母亲告诉他做什么他就做什么。"

"我不能忍受他。"

"他是我们的血和肉呀。"

"不要净说些别人不爱听的事儿。"

所罗门小心翼翼地保存记录。他很少微笑,从不大笑。他有一颗地主的毫无生气而又节俭的灵魂,这个地主进行各种各样吝啬的投资,把每一个细小的挫折都看成是他自己的独一无二的灾难。"一个讨厌的家伙,"我那个勇敢的押沙龙就曾这样描述他,"最糟糕的家伙。他从来不大笑。他咒骂聋子,在瞎子走的道上设置障碍,即使到了这时他也不笑,只是旁观。无论给出去什么东西,他总要取回来。昨天,我在街上拦住他,求他分给我点葡萄干。等我到家的时候，他早已端着杯子等在我的门口，要借点小扁豆。"要是那个时候有个表示鸡巴的词，我们可能就这么叫他了。

"所罗门，"我过去常劝告他，那时我还假设——真荒谬，就像结果表明的那样——每一个活着的人都有某种有益智力变化的潜在能力，"在人世上，一个人该做的事情真没有比吃呀、喝呀、快乐呀更好的了，因为谁能断定什么时候那银链会折断，那金罐会破裂[1]，我们的肉体也将像它从前那样重归于尘土？"

那个鸡巴家伙认真地把这记了下来，记录的时候，在他请求我重复一遍银链的话之前，先停顿一下，舌尖从嘴角伸了出来。很快他就把我的话当成他自己的在城里四处嚷嚷开了。所罗门不是抛开各种影响来拓展自己的精神并使它快乐，而是把我说的一切都记在他的陶制的分类账上，好像获得这些分门别类的知识就是贪婪地挣来了节俭使用的钱币。

"小所。"我亲切地对他说。我怀着沉重的心情试图给他灌输些他听得懂的东西："生命短暂，人越早开始花费他的财富，就用得越好。你应该学会花钱。"

接下来我特别荣幸地看到他的脸上露出了喜色，这是我们二人一生中少有的几次中的一次。"上个星期，我的陛下，就在上个星期我花了许多钱从摩押买了些银质护身符和大理石雕刻的偶像，这些东西现在的价钱已经涨了三倍了。"

"那是节省，小所，"我解释说，好像是对一个没有学习能力的小孩子讲话一样，"你似乎不能享受花费和节俭之间的差异所带来的乐趣。"

"我享受过，我太享受过了，"所罗门庄重地说，"我是压价把它们购买下来的。"

"你做什么了？"

"我是压价把它们买下来的。"

1　银链和金罐都指生命，语出《圣经·旧约·传道书》第12章。

"所罗门，"我被迫停了一会儿，"小所，你母亲告诉我说你非常聪明，你相信苹果落下来不会离树太远吗？"

"我不知道那是什么意思。"

"不管怎么样你把它记下来吧，把各种事都记下来，放进你的箴言书中。每个聪明人都应该有本箴言书。"

这个鸡巴家伙不停地记着。

所罗门所知道的一切，就是我根本不把他放在心上。他一见我的面就感到窘迫难堪，可他还是不顾一切地寻找机会见我。每当他看见我独自露出笑容时，他就为了自己的安全而紧张起来，就像毒蛇爬到了脚上。有的时候我可能是故意对自己笑笑，其实我没什么值得笑的，不过要看看他那张惊慌失措的脸，从中得到预想的乐趣罢了。他自然是怕得要死，因为他不无道理地猜想，我是为他木头一样的迟钝和绝顶的愚蠢感到痛心。他是那些性情冷漠的犹太人之一。这些人从不想带犹太姑娘或者个矮的姑娘出门。他特别喜欢那些陌生的基列、亚扪、摩押和以东的女人，她们的诱惑力并不比犹太姑娘更大，为这事他已经有点臭名远扬了。别人说他现在同样倾心于她们那些陌生的神祇。我知道，他再蠢也不至于到那种地步。但是当他偷偷摸摸去找那些女人时，也有许多人悄声低语地指责他建的祭奉阿斯塔蒂神和米勒公神[1]的祭坛。而且他从野外寻欢作乐归来时，常常带回更多的护身符、偶像和神秘的塔的模型来扩大他宝贵的收藏。他曾告诉我们他希望有众多的妻子，他对积攒有特殊的癖好。有多少妻子？他不能肯定，可能是一千[2]，他说，连笑模样都没有。

"一千？"我吃惊地问，他点点头。"怎么那么多？"他不知道，不过他确实想要一千个妻子。我在世的时候，所罗门始终没以智慧、幽默或亲睦而令人瞩目。

他的同父异母哥哥亚多尼雅是个好虚荣、喜欢吃喝玩乐的花花公子，

---

1 米勒公，亚扪人所信奉的神。

2 据《圣经·旧约·列王纪上》第11章记载，所罗门娶了七百名妃，三百名嫔。

觉得已经得到自己现在的地位就自鸣得意。每次他观察到我脸上闪过短暂的快慰表情，一定就认定我在心里对他充满了不带批判的赞许。也是因为这个，我有意让他回想一下我过去注视押沙龙时带着的爱的神情，让他把这当作慈父之爱的永久楷模吧。我喜爱孩子的岁月已成过去，我相信，自从那两个跑回来报信的人说押沙龙死于以法莲森林的时候，我对孩子们的爱恋岁月就结束了。第一个带来的是战斗胜利的消息，第二个消息却是永远无法慰藉的失败。我一个人躲到门楼里恸哭，就像我的那个婴儿死时那样。我心底里觉得这样的惩罚我已经难以承受了。

自从那时起，除了对自己，我对别人就很少放在心上了，直到那个书念的少女亚比煞被领进了我的房间，开始使我喜爱，直到拔示巴开始每天到我的住处，用甜言蜜语来达到她狡猾的目的。她这么做，重新唤醒了我和她共同享有的那种强烈淫荡肉欲的遥远记忆。我想再让她的屁股放在我的手上。我以剩给我的各种重要的东西发誓——我知道，这剩下的重要东西并不多——如果她能躺在我身旁，伸展开我所需要的肉体，我至少会再一次猛烈地享受她，和她一起翻江倒海，颠鸾倒凤。她也许不得不帮我很多忙。

她还是那么富有吸引力，因为她更胖了。她喜欢吃加了蜂蜜的食品和干鱼。她不知道，她的肉体是怎样点燃了我再次趴到她身上的那永不满足的欲火啊。她现在不再关心自己是不是富有魅力，所以就不再每天穿灯笼裤。从她衬衣和睡服的褶层和开口处可以看见更多的赤裸的身体。我不知羞耻地上下打量她随便分开的大腿和无拘无束的乳房，注视着她臀部前面那乳白色半透明的皮肤下清晰的蓝色血管通向腿肚子和踝骨上细小的青灰色静脉血管群。我喜爱那些成熟妇女的肌肉的多余下垂，那些紫色的曲张静脉，她脚上的慢性浮肿，都能激起我的性欲。她总是有人味，有兽性，又是现实的。我最欣赏她的东西，我认为，是她明目张胆和自然而然的粗俗。她从不主张文雅讲究。所有那些堕落的、自然的、健全的、活着的生命的迹象都是令人吃惊地适宜，它们提醒我一切都是短暂的。它们把我拽向了我可爱的人儿，带着过去的、几乎是吞食一切的饥饿猛冲过去，使我散乱的男性躯体像过去一样有力地加在她散乱的女性躯体之上。我还会再次对她说："我要你，亲爱的。对我敞开你的躯体吧，我的小妹妹，我的爱，我的小鸽子，我的纯洁的姑娘。"

当她机械地低声咕哝说她厌恶谈情说爱时，我的感情被伤害了。我被惹得如此愤怒，以至于都能大声咆哮了，受到如此冷遇，就要放声大哭了。

正是拔示巴一直向我例证在射精与愉快的性交之间存在着巨大而生动的区别；正是她把那事用进应付我的话里，对我的戏谑引诱给予嘲笑；也正是拔示巴告诉我，我有——或过去有——一个大阴茎，当然了，在我所有的女人当中，只有拔示巴曾经接触过可资正确比较的合适样本。

另一方面，正是我，一个不知不觉这么做的人，使她明白了在愉快的性交与做爱之间那难以描述的不同。拔示巴为此在话里赞扬我，那话我永远也不想忘记。

"这不是性交，"她就是以这种方式压低声音，惊讶地提出自己满是哲理的信条，同时兴奋地转动着浅蓝色眼睛，稳稳地把目光集中起来，带着一副敬慕的表情仰面凝视着我，"这是在做爱。"

在这奥妙的事情中我永远是个无知的人。我问："它们的不同是什么？你怎么能分辨出来呢？"

她机灵地点点头，轻轻拍着两乳间的骨头，还用同样的满足以后的放纵表情看着我。她告诉我说："那种知识来源于天性。"她乳白色皮肤的那种不同寻常的苍白在从雪松木墙壁上投过去的闪烁不定的灯光里显得波浪起伏，跟灯光融为一体。"它完全来自心灵。"

我突然充满了不可遏止的欢乐，这欢乐比我一生中经历的任何一次都更令人难忘。我的头发被汗水濡湿了。我把蓬乱的头发压在她的胸脯上，把嘴伸向她的胸骨，好像要用我的舌头和双唇来爱抚她。在她胸骨下面一寸的地方，我能感觉到和听到那颗同样珍贵的心在坚强有力地跳动着，就像神圣的使人安心的轰鸣声。

但是，那是在我杀死歌利亚那天以后，在那以后很久很久。同扫罗的痛苦磨难结束了，没有任何预示说不幸将会来临。没有要把我从城里赶走的押沙龙。谁能想到这样的事情会发生呢？谁能想到儿子会拿起武器带领军队反叛父亲呢？谁能想到会有如此众多的人民聚集在他身旁，就好像凭借着风的翅膀一样疾速杀向我的城池呢？暴乱之前准是有人在造我的谣，强迫劳动和高税收可能是人民云集响应的原因。而且还嫌反叛没使我伤透心，又来了个丑陋的示每在我出逃时可恶地训斥了我一番——示每，那个弯胳膊，罗圈腿，红色牙床上没有一颗牙齿的恶魔。他这个扫罗家族中卑鄙的远房亲属，当我们从耶路撒冷逃跑路过他家时，他就带着施虐狂般的快乐从他在巴户琳的小茅草屋里跳出来，用各种幸灾乐祸的嘲笑和恶毒的侮辱来破坏我的名誉。

"你这个嗜血成性的人，出来，出来呀。"他号叫道。

哦，那个尖声笑着的畜生对我说这些不敬的话。他靠近我向我扔石头，甚至是土块。在我大卫、我们最了不起的国王身上——有过第二回吗？这时，我的外甥，忠诚的亚比筛紧握着他的宝剑，请求我允许他迈下大道去砍下示每的脑袋。我不许他这么做。我的敌人够多的了，我不想用更多的无缘无故的暴力行为来扩大敌人的队伍，这些人已经确信我对扫罗不忠了，或者希望用别的理由把我废黜。那是一张我们第一次进行欺骗时就编织成的缠绕纠结在一起的网。

那天，当我带着全体避难的随从悲惨地在溃败中向下行进时，我宽恕了示每。我们撤向了伸展在耶路撒冷与窄小的约旦河间的旷野。当我带着追随我的全部忠诚军队平安地渡过约旦河时，我知道整个骚乱的最终结局将掌握在我们手中。当我确信这一点之后，我马上就开始为即将来临的我可怜的儿子押沙龙的毁灭而悲伤。他的希望全都成了泡影。可怜的孩子，我呻吟了。可怜的、可怜的鲁莽的孩子啊。

后来当我发现我既为示每攻击我时十足的蛮横而沮丧，也为他的野蛮诽谤而懊恼时，我的心就更沉重了。他叫我嗜血成性的人。我是吗？在我那首著名的挽歌里那么慷慨地赞美扫罗的诗人能是嗜血成性的人吗？而且扫罗的过错能只字不提吗？除了我，扫罗的女婿以外，这个王室家族的真正亲戚都没活下来是我的过错吗？在他没有赢的机会时谁叫他去打仗了？

当扫罗和其子被杀时，我在洗革拉，正带着一小部自己的军队在迦特王亚吉的领土南边为他效力。这部分军队是我逃避扫罗，寻求非利士人的保护时带出来的。我经常按时给亚吉送战利品，并提到对希伯来人的掠夺。由于值得称赞的精明的远见，我也偷偷地把战利品送给犹太重镇中的长者们，我是在培养他们的良好意志——而且我还告诉亚吉他们对贝都因部族和带着财宝的沙漠商队的大肆掠夺。这些东西真正来自何处？谁记得！但是即使在光秃秃的非利士沙漠逃亡时，我也能确保不失良机。

当扫罗死了的时候，我已经准备好了。

第五章　武器与人

　　我已经写过,任何一个人的死,都会使某人活得更好。我不是借口说,扫罗和他三个嫡出的儿子的死没使我们生活好起来。但是,千万别以为我为他们的死而高兴。我当然很悲伤,正因为这样,我才写了那首著名的挽歌。

　　诚心而论,我们艺术家在心绪不佳时,即便是激励自己去写作,通常也是写不好的。可我那首著名的挽歌却是个了不起的例外。尽管这首挽歌创作得非常快,但却比弥尔顿致爱德华国王或雪莱为约翰·济慈之死所作的挽歌写得好,后者纯粹是拙劣之作——叛逆、伤感的劣等品。"哦,为阿多奈斯哭泣吧,他死了。"这是什么胡话? 为什么说阿多奈斯,而不说阿多尼斯?[1]雪莱需要那多出的一个音节吗? 我是用扫罗、约拿单这样简单的英语名字写作的。我从来也没有遇上任何麻烦。世界上所有的人都知道我的歌词。但要帮帮我的忙,可别把它们都当成真话。忘记那些关于约拿单的话吧,它们引起了所有的关于男性同性恋的诋毁性影射。那些恶言恶语到现在还折磨着我,也可能要尾随我一起进入坟墓。我真希望能把它们忘了,像书念少女亚比煞这样易受影响的年轻人很可能因此而相信我过去真的搞过

1　此处指雪莱为了押韵,把"尼"改成了"奈"。

同性恋,这真是太不公平了,太让人无法忍受了。对我的私生活稍有了解的人都会知道,对我来说,约拿单的"爱"肯定不比女人的爱更奇妙!数一数我的妻妾吧,想一想我和拔示巴的那些充满肉欲的纠缠吧。我是像兄弟那样爱约拿单的,我想的就是这些,可人们不这样想,他们宁愿用亵渎下流的语言来嘲笑取乐,难道不是这样吗?如果那些卑鄙的谣言深处还有一点真东西的话,你怎么会发现我在以后的日子里一直和女人搅在一起,而没再以那种讨厌的方式同任何其他男人在一起呢?

让我直言不讳地告诉你吧:无论男人还是女人,名誉是他们灵魂里面最重要的珍宝。如果谁偷了我的钱袋,那不过是偷去一些废物罢了,可是如果谁窃取了我的名誉,那么虽然他并不会因此富起来,可我却会因为失去了它而一贫如洗了[1],我希望我能够在我和约拿单的问题上作个公正的记载,以永远了结这桩心事。我们当然很亲密——我否认了吗?——我刚刚杀死歌利亚,在基比亚安顿下来时,他就公开宣布了与我的永恒友谊。他那么亲热地拥抱我,我确实觉得飘飘然了。谁能没有这种感觉呢?约拿单比我年长,富于传奇色彩,胸怀坦荡,长得也不错。他在基比亚是个家喻户晓的人,又是密抹战斗中的英雄,正因为这样,所有的人都尊敬他,唯有扫罗例外。直到他们两个一起遇难之前,扫罗始终遏制不住自己对儿子在密抹表现出来的首创精神的妒忌。——约拿单告诉过我这段经历。他对我毫不隐瞒。有时他确实有感情外露的倾向,常常用华丽的辞藻表达自己的感情,我因此也经常陷入窘境,甚至不能理解——说实在的,他对别人说他的灵魂同我的灵魂编织在一起,可我对这话的用意一点也不理解,现在也理解不了。不过我可以告诉你:我们不是有同性恋关系的男人。你想知道谁是这种人吗?英格兰的詹姆斯一世就是个搞同性恋的男人,他才是这种人呢。他的宫廷里挤满了这种人。这就是为什么在编写钦定本《圣经》时,他的学者们更多地依赖于希腊语的原始资料而不是希伯来语资料。你想让他们拿出什么

1　这段话是莎剧《奥赛罗》三幕三场中,伊阿古的独白中的几句。

呢？他们对希伯来语不甚了了，对英语也不怎么擅长。去设想一下他们在一半的时间里都说了些什么。约拿单说他像爱自己的灵魂一样爱我，他脱去身上的袍子和其他衣服，连同他的佩剑、弓和腰带一起送给了我，我老实说，我真不知道他是什么意思。但是，我倒是知道自己是怎么想的，这些赠品使我非常高兴。

不错，我们可能拥抱亲吻过一两次，我们确实在一起哭过；可那是在我遇到麻烦和我们要离别的时候，作为朋友——仅仅是朋友——因为我们相信那可能是永别。他曾为我到扫罗那打探，带回话来说他父亲决心要杀我。他父亲严厉斥责他愚蠢无知，竟认识不到只要耶西的儿子（指我）活在世上，他就永远建立不了自己的王国。因为这些扫罗就把一支标枪照着他投了过去！

这些要毁掉自己孩子的父亲是怎么想的？心甘情愿去溅洒自己孩子的鲜血，这种堂皇而高尚的动机来自何处？扫罗和约拿单，萨图恩和克洛诺斯[1]，然后是克洛诺斯和宙斯，亚伯拉罕和以撒，拉伊俄斯和俄狄浦斯，阿伽门农和伊菲革涅亚，耶弗他和他的女儿——不胜枚举。可我从未怨恨过押沙龙。我知道倘若我是上帝，拥有祂那样的力量，不管我的孩子们犯了什么罪，我宁愿立刻砸碎自己创造的世界，我决不会让我的任何一个孩子在这世界上被残杀。我宁愿放弃自己的生命来拯救我的婴儿，甚至拯救押沙龙。我之所以要这样做，可能是因为我是犹太人，而上帝却不是犹太人。

第二天早晨我和约拿单在城外的野地里秘密相见，约拿单提醒了我所面临的危险，我返回基比亚也是徒劳的。疯狂的扫罗。他像疯子一样疯狂，但却接近了他荒谬信念中的真理：他深信我命中注定要取代他，他的两个儿子对我比对他更亲近。我逃走之后就再也没有回去。后来我又最后见了约拿单一次，那是在西弗的荒野中，他找到了我，要把他的王位继承权让给我。疯子扫罗在这一点上也猜对了：只要我，耶西的儿子活着，约拿单就不

1　萨图恩出自罗马神话，对应的即是希腊神话中的克洛诺斯。原文如此，疑为作者笔误。

会去建立自己的王国。

有某种迹象表明，似乎有越来越多的人发现扫罗是泥足过河，自身难保了。他像流动的水一样不稳定，撒母耳和上帝一起离开后，没给以色列的第一个国王[1]留下重要的指示，没留下治国安邦的惯例和传统，甚至没有留下多少宗教。当然真实的情况是，我们犹太人那时本来没有多少宗教，我们今天也没有一种宗教。我们只有祭坛、犯禁的偶像，我们把羊羔做祭品，这就差不多是我们的宗教了。这种道德真空使扫罗孤独绝望。扫罗之所以被挑选出来做国王，与其说是因为他的智慧，还不如说是因为他高大的身材，他没有辨别正确或善良的眼光。他对上帝说却得不到答复。他只能走入空旷之中，不是吗——信仰上帝，却找不到祂存在的迹象。怪不得他发疯了。

扫罗对自己孩子的感情和我对自己孩子比如对押沙龙的感情是多么不同啊！押沙龙举兵反叛，把我弄得威风扫地，我只好带着一颗被刺痛的心，步履艰难地逃离了耶路撒冷。可我还是喜爱押沙龙。气喘吁吁的信使从城里回来，急切地劝告我当晚不要在荒野的平原上宿营，必须尽快越过约旦河，以防叛军追上来，把我和所有随从一口吞掉。我们迈着滞缓的步子向前行走，直到看见了这条窄河的堤岸，所有的人都逃到了约旦河的另一侧。第二天清早第一声鸟啼唤醒了我们。只有在这时，我才领悟了这场劫难显示的可憎的事实：押沙龙要杀死我。

我与我那可爱的儿子之间的区别是具有讽刺意味的。押沙龙用毒辣的手段来追踪我，要我的性命，而我却费尽心机让他活下来。"看在我的分上，不要粗暴地对待这个年轻人押沙龙吧"，这是我对我的统领们发出的感情脆弱的命令，这时，他们的军队正从我身边走过，为取得这次战斗的胜利去夺取以法莲树林外面的阵地，在这次战斗中押沙龙被杀死了。"谁也不许伤害这个年轻人押沙龙。"我像个傻瓜一样敦促道。不，不像傻瓜，倒像个

---

1 指扫罗。

老迈的慈父，糊里糊涂，要宽恕自己最可爱的孩子所犯的一切过错，可他却伤透了我的心。我的希望之中的这种异常的不和谐包含着他对我的永远胜利：我爱他，而他却不爱我。

如果这个年轻人押沙龙能等一等该多好。要废黜我的欲望如同火山，压倒了他继承王位、统治国家的愿望，除此之外，他急的是什么？要是有人禀告我，是他，而不是亚多尼雅这个专爱虚荣、头脑简单的公子哥由五十个人在前面开路，威武地乘着战车在城里驰骋，我该会多么自豪、多么快慰啊！如果是他在放肆的笑声中把高贵的黑发甩向身后，四处宣扬说自己将成为国王，这该有多好啊。要是押沙龙还活着，我不会因为是选择愚蠢的亚多尼雅还是刻苦而阴郁的所罗门这样微不足道的事情左右为难，前者过于相信自己的友善本性和他那许多朋友，后者郁郁不乐，发觉自己既没有那么多的友善本性，也没有那么多的朋友。

亚多尼雅越来越不自重，经常快乐地四处闲荡，吹捧自己，因为我没说要约束他，他还自以为这会使我很高兴呢。他近来学会了用无礼、自大的目光挑逗我珍爱的侍女亚比煞。这种下流的浪荡子的目光是任何一个稍有辨别能力的人都不能忍受的。如果他设想我会允许他，或者他继母拔示巴会让我允许他，那他甚至比我想的更傻啦。

我得到的那些有损名誉的消息多数来自拔示巴。[1]我承认自己有个弱点：她一拿出悲悲戚戚的样子我就高兴，就像过去我们的争吵总能激起我的性欲一样。我特别喜欢看她生气时明亮的小眼睛忽闪忽闪的样子，还有她那感情激动，血往上升，泛起大片潮红色的双颊。

她焦躁不安地抱怨说："亚多尼雅还在四处扬言说他自己将成为国王。他还说他计划在那个盛大的户外午宴上，发布他自己和你的重要通告。所罗门永远不会像他那样不知深浅，那么无情无义，我的所罗门才不会呢。我说的这些还没人禀告你吗？有我这样的人为你留心注意，你真是太幸

1　指诋毁亚多尼雅的消息。

运了。"

她迈着大步快速擦着我的床边走过，朝一个方向先走过去，然后再转过头走回来。要是我还有一点往日的灵活和力量，我会突然拽住她的两条腿，把她紧紧抓住拖到我身前来。上帝知道我想这么做。今天她穿了一件宽松的银灰色长袍，袍子的领口非常低，下摆有一条敞开的切缝，向上伸过丰满的臀部，几乎裂到了细细的腰肢上。当她停住脚猛地急转身坐到椅子上，再缩回腿重新站起时，我常常迎面看见她灰黄色的头发和她身后裸露的那半边弯曲的肉体。我的妻子身材高大，金发碧眼，今天她的头发闪着黄色的光泽，脚趾也很干净。她身上佩戴着一种香料，散发出薰衣草的香气。这香料放在发出模糊不清的辛辣味的身子下部。

"你好像不再穿内衣了。"我说。

"既然我已经厌烦做爱了，"她心不在焉地咕哝道，"我就用不着总让自己看上去性感。"我俩都知道内衣从来就没流行过。拔示巴再次尝到了失败所带来的失望的滋味。她尖刻地责难我说："你许过诺，说你要去制止他。"

"你说过我要去制止他。"我兴致勃勃地更正她说的话，我们的眼光在一瞬间相对，我并不掩饰我的快乐。

"他为什么要宣布他将成为国王？"

"宣布？"我跟着反问了一句。

她有点让步了："当然了，他乘着战车到处走，告诉所有的人说他将成为国王，这几乎就是宣布了。"

"亚多尼雅很可能成为国王。他为什么就不该发布公告呢？"

"你想让他发布公告吗？"

"他不应该发布公告吗？"

"那么他要当国王啦？"

"我死后，他就是国王。"

"你现在想让他当国王？为什么非得要他当呢？"

"因为他是长子。"

"又来长子这一套啦？"拔示巴厌恶地瞪着我，"让我看看哪里这么写着。我们是犹太人，不是美索不达米亚人。流便不是雅各的长子吗？瞧瞧他是怎样落选的。"

"你又在和拿单接触，是不是？"我质问道，"流便像水一样不稳定。"

"在你看来谁都像水一样不稳定，"拔示巴嘲笑说，"亚多尼雅稳定吗？难道流便落选不是因为他和自己父亲的女人睡觉吗？你没有注意亚多尼雅是怎么盯着亚比煞的吗？你没注意他挤眉弄眼吗？相信我吧，他不等你死就想占有她。她明白我在说什么。"拔示巴向那谦卑的侍女望去，亚比煞正守着她的化妆罐子坐在一面磨光的金属镜子前面，用雪花膏搽眼睛四周，又往眼睑上搽紫罗兰染料。"你明白吗，孩子？"亚比煞脸上微微泛起一片红晕，含笑点了点头。"他对你干什么没有，他对你说什么啦？"

"他直看着我，嘻嘻笑个不停，"亚比煞说，"他总眨巴眼睛。"

"他没告诉你他要当国王了吗？"

"你对我说他将成为国王，"亚比煞答道，"他让我现在对他好点。我的陛下，亚多尼雅要做国王了吗？"

"你明白了吧？"拔示巴嚷道，"我的所罗门能干这种事吗？"

"召所罗门进来。"我下了决心。

拔示巴松了一口气。"你和我的所罗门待在一起的每一秒钟，都不会让你后悔的，"她高声说，"我的所罗门多讨人喜爱呀。他简直就是珍宝。他会使你感到自豪的。"

"所罗门。"我以最好的动机非常耐心地开始问他，想再做一次努力去探听一下我们这个儿子是不是有一定深度。但愿我非常有福气能从他那里发现一些宝贵的东西。可话又说回来了，亚多尼雅就像爱因斯坦那么聪明吗？"你知道——连你也知道——"我犹豫了一下，不得不突然停下来，他呆头呆脑全神贯注地听着，这使我很不舒服，我有些退缩了。同往常一样，他坐在那里呆呆地听我说话，手里随时准备着尖笔和泥板。他那颗阴郁的脑袋顺从地向我耷拉着，简直令人作呕，仿佛我说的每个字都应当立刻记在石头上。"所罗门，"我用壶里的水润润舌头，用更温和的语调更耐心地问道，"连你也知道基拉的儿子示每吧——想起来了吗？——在我从耶路撒冷逃到玛哈念的那天，他拼命地诅咒我。可是等我回到约旦后，他又出来迎接我向我忏悔。我当着上帝向他发誓说，我决不用剑杀死他。记好我说的话。"所罗门阴郁地晃了一下脑袋，表明他在用心地记。他带着一副严肃的表情又向前伸了伸脑袋。我倒真希望能离他远点。他呼出的气息太让人恶心了，甜得发腻，我想他一定在脸上和腋下用了某种讨厌的男性香水。"但是我没有发誓你不能杀死他，我发誓没有？"我偷偷地强调了一下，结束了这句话，完了又咂了咂舌头。我禁不住为自己的聪明哈哈大笑起来。"你明白我的意思了，是不是？"

所罗门笨拙地点了一下脑袋。"我明白你的意思。"

"我说的是什么意思？"

"你发誓你不杀死他，"他单调地背着，一边看着石板，"但是你没有发誓我不杀死他。"

他说这话时，阴郁的脸上还是那么严肃，我开始担心他没有明白我的意思。

"所罗门——亚比煞，我亲爱的，让我喝点你给我准备的开胃的东西。"

"小苏达？"

"不，今天我要更有劲的饮料。要那个芦荟、龙胆、蓬莪术、金鸡纳树、非洲防己根、良姜、大黄、白芷、没药、春黄菊、番红花和胡椒薄荷油调制的东西。"

"是叫佛奈特-布兰卡[1]的吗？"

"对，我的小宝贝。所罗门，再靠近点，再近点——不要动了，够近

1　一家意大利药草酒品牌。

的了。"

　　我受不了男人身上的香水味或者他们呼出的香气；他们的气味使我内疚地想到他们在身后留下了一大堆粪便，但他们又试图狡猾地辩解这不是他们的。"所罗门，我最亲爱的孩子，"我用严肃的、近乎神圣的口吻对他说，"现在让我告诉你一个重要的秘密，这秘密涉及王位的问题，还有如何统治好王国，如何使你的臣民，甚至敌人都尊敬你。你是不是愿意有一天做国王呢？你愿意做国王吗？"

　　"我愿意做国王。"

　　"你为什么愿意做国王？"

　　"孔雀和无尾猴。"

　　"孔雀和无尾猴？小所，小所，你是说孔雀和无尾猴了吗？"

　　"我喜欢孔雀和无尾猴。"

　　"你喜欢孔雀和无尾猴？"

　　"我也喜欢蓝宝石，还有象牙宝座，上面镶满最好的金子，支柱旁立着雕刻的狮子，再要十二头狮子立在六级台阶的两侧，我还喜欢刻有花蕾形装饰和鲜花怒放的雪松木房子。"

　　"花蕾形装饰和怒放的鲜花？"

　　"是花蕾形装饰和怒放的鲜花。"

　　"就为这些你才要做国王的吗？"

　　"是妈妈要我做国王的。"

　　"什么是花蕾形装饰？"

　　"我不知道。她认为我当了国王会幸福的。"

　　"我虽然当了国王，可并不幸福。"我告诉他。

　　"要是你有孔雀和无尾猴，你也许就会幸福了。"

　　"需要多少我才会幸福呢？"

　　"要很多很多。"

　　"所罗门，你说这话时也不笑笑。你从来也不笑。我从来没看你笑过。"

"也许我从来也没遇上值得一笑的事。要是我有很多孔雀和无尾猴，我可能会笑的。"

"所罗门，我的孩子，"我说道，"让我给你些智慧吧。智慧胜过红宝石，你知道，可能比孔雀和无尾猴还好。"

"让我把这话记下来，"所罗门彬彬有礼地打断我的话，"这话听起来充满了智慧。"

"是的，充满了智慧。"我答道，紧锁着眉头。

"怎么说来着？"

"智慧胜过红宝石，"我重复说，"可能比孔雀和无尾猴还要好。"

"智慧胜过红宝石。"他不动弹嘴唇就不能写，"可能比孔雀和无尾猴还要好吗？这话充满了智慧吗？"

"充满了智慧，所罗门。现在请注意听我说。"我的嗓子又发干了，"如果你真的做了国王，想让人们把你当作一个国王来尊敬，让人们认为你是个名副其实的国王，如果有人陪你一起用一只王室人用的杯子喝椰枣酒或石榴酒，你又想采纳他的好主意，那么不要忘了，你喝酒时要把鼻子伸进皇杯的杯子边的里面。"

"杯子边的里面？"

"杯子边的里面。"

"我的鼻子要在皇杯的杯子边里面。"所罗门自己一边重复一边写着，他写完后，等在那里，一点好奇的迹象也没有。

"你不想问问我为什么要这样做吗？"我追问了一句。"为什么？"他顺从地答道。这大概就是我能从他身上激起的全部的智力灵活性。

"因为，"我感到大失所望，告诉他说，"不这样的话，酒就会溅到你脖子前面，你他妈的笨蛋。亚比煞！亚比煞！把他给我撵出去，他妈的那个门，从那个门把小所轰出去！"

"我看见那扇门了。"

"滚蛋，滚蛋，你这个白痴，笨蛋，滚出去，滚出去！亚比煞，再给我点方才那种开胃混合剂。哦，要是把我刚才那番话写在书上该多好。谁会相信它们？"

亚比煞会相信的。亚比煞对我的任何东西都相信。

但拔示巴是不会相信的，她竭力使我相信所罗门是这个王国里最聪明的人。"当然啦，仅次于你，"她十分礼貌地插了一句，好像在什么仪式上说话一样，"他总把你说的每一句话都记下来。"

"可他一个字都不懂。还四处张扬说那是他自己说的。我知道他的所作所为。我有暗探。"

"你今晚与他一同进餐吧。"她殷勤地说。她换上了一件蓝绿色长袍，袍摆在前部分开，下面镶了荷叶边。当她行走和转身时，袍摆在踝骨周围来回飘动。她还穿了一条自己发明的短小的灯笼裤，她把这种裤子叫作紧身短裤。她跪到我的椅子上，拿过我的一只手。她手心里发出的热使我非常舒服。如今她很少触摸我了。"更好地了解他吧，会很好的，不是吗？就你们二人，就在这里。怎么啦？"她感到我在战栗，她放开了我的手，仿佛摸到了爬虫似的，"可能我来，拿单也可能来。还有比拿雅。"

"不，不，不，不，一百万年也不，"我冲她说，"一百亿年也不。我这辈子再也不想和所罗门一起进餐了，就是在我垂暮之年的某一天里也不行的。他盯着我吃每一口饭，然后，尽力做到我吃多少他也吃多少。如果他给了别人什么东西，又总是把它要回来。他从来也不开玩笑。你看他笑过吗？"

"这儿有什么好笑的呢？"她耸耸肩答道，"他可爱的父亲已享尽天年，不久就要离开人世。他有什么好笑的？"

我侧起身子，面对着她。"他还到处咒骂聋子，是他不？"

"这是他可爱的证明，"我妻子答道，"反正聋子听不见他说话，也不知道他说些什么。"

"他还把绊人的石头放在瞎子面前，是他不？"

"别人有谁还会被石头绊倒呢？"

"他早晨把人家的斗篷作了抵押，太阳落山了还不给人家送回去，这是不是他干的？所以那个可怜的乞丐就只能找点暖和的东西过夜了。"

"除此之外他又怎么能保证自己收到税呢？"

"不错，收税。我要给他收税。在那个人有能力偿还之前，不该逼着人家还债，该死的，这是戒律的全部要旨所在。怜悯的品质是宽容。你不知道吗？它像甘露从天堂降到人间。难道你不懂《出埃及记》和《申命记》吗？"

"我不再读那东西了。"

"不，你宁愿从拿单那儿弄个简单的梗概，对不对？"

"从拿单那儿弄个简单的梗概吗？"

"所罗门——这一文不值的傻瓜，甚至在自己的房顶都不建个围墙。如果有人掉下来，那样也好使自己免得杀人罪名。你瞧着。即使《利未记》不找他的麻烦，《申命记》也要找他的。"

"他聪明。"

"所罗门吗？"

"他从来不让外人到他家去，"她带着一种辩解的口气解释说，"这样的话，他为什么把钱抛在自己不需要的护墙上呢？明白他有多聪明了吗？他对王国的经济会有益处的。"

"他会使王国腐败不堪，"我回了一句，"如果他需要钱在房顶建堞墙，就把自己不断收集的肮脏的护身符卖掉些。护身符，那才是他花钱的地方呢。他还想要无尾猴和孔雀。"

"护身符是有益的投资。它们得增多。"

"别惦记什么投资了。我会给他钱去投资的。他们把他惹恼了，所以他才收他们的税。哦，这才是你给我生的了不起的所罗门呢。在以东、摩押和亚扪，他追着与外乡女人鬼混，他干过没有？"

"你没干过吗？"

"我把她们带进了后宫。而他却为外来神建立祭坛。"

"我们的神就不是外来的吗？"

"至少祂是我们的。我对妻妾们总是忠贞不贰。"

"也包括你诱惑我吗?"她使我自相矛盾。

"几乎是忠诚的。"我又狡猾地补了一句。

"那是通奸,大卫。你清楚这一点,甚至在我们干的时候你就清楚。你知道《创世记》《出埃及记》《利未记》《民数记》《申命记》,还有拿单要怎么说这事。"

我暗想,书念少女亚比煞单单是听我们的谈话,就一定学到了不少东西,尽管她努力不去看我们,假装没听见。

"过来,让我们一起评评理,"我用最老练的口吻,比先前更平静地向她建议道,"如果所罗门奉拜异神,他就会把我们都毁了。他的无尾猴、象牙和孔雀会使这个王国垮掉的。你知道他想要什么样的御座吗?镶有纯金的象牙大御座,靠御座支柱旁立上两头雕刻的狮子,再要十二头狮子——十二头狮子——立在六级台阶的两侧。"

"听起来挺神圣的。"拔示巴拉长脸说。

我仍然对她这样迷恋,这还有什么奇怪吗?"十四头狮子?"我嚷道,"或者,也许他指的是二十六头。他认为我也应该有个那样的宝座。"

"如果所罗门有狮子,"她一边说一边点头,"你也应该有狮子。而且我也应该有。"

她与纯洁无私的亚比该多不同啊,我对亚比该总是怀有更多的敬意,但对她的情欲却那么少。她死后,我变得那么孤寂,从那以后我就一直这样了。

"连上帝也不会喜欢那样的宝座,"我边想边说,双眼欣赏着那对我而言依旧美丽的脸庞和身体,"我们的上帝也不那么铺张。"

"我们的上帝喜欢所罗门,"拔示巴坚持说,"所罗门要什么,祂都会给的。"

"别打这个赌,"我表示反对,"在祂杀死我们的婴儿前,我总以为祂对我也会什么都赞同的。所罗门没希望当国王。"

"他降生的那天你就这么说,"拔示巴不服气地说,"现在他仅次于亚多尼雅。"

"亚多尼雅名声大，"我故意惹恼她，"所罗门鲜为人知。"

拔示巴出乎意料地把话题转到哲理上去了。"富人朋友多，"她评论说，"可是穷人，连邻居都讨厌他。"

"你怎么说起这话来了？"我敏感地询问她。

"我听所罗门说过，我认为这话很有见识。你为什么要问我？"

"他是从我这儿得来的，"我冷冰冰地告诉她，"这就是为什么我要问你。你从我的箴言里可以找到这句话。"

"所罗门也有许多箴言。"她吹嘘说。

"他箴言中最好的都是我的，"我告诉她，"你知道他接下来就会声称我那首著名的挽歌也是他写的。"

"什么著名的挽歌？"我妻子问。

一时间我被气得哑口无言了。"什么著名的挽歌？"我刺耳的喊声显示出了我的愤慨，"这是什么意思，什么著名的挽歌？我的著名的挽歌，悼念扫罗和约拿单的挽歌。难道还有其他著名的挽歌吗？"

"我从来没听说过。"

"你从没听说过？"我不相信，都要气糊涂了。"你在西顿就知道。人们在尼尼微就唱过，'以色列啊，你尊荣者在山上被杀'。你从前没听过这一句吗？'他们比鹰更快，比狮子还强。''大英雄何竟死亡！''他曾使你们穿朱红色的美衣，使你们衣服有黄金的妆饰。'"

她把身子挺得更直了，睁大眼睛坐在那里。"这是你写的吗？"她问道。

"是我写的，怎么样？"我追问道，"你他妈的以为是谁写的？"

"不是所罗门吗？"

"所罗门？"我叫道。我非常不舒服地感到没有发生的事真的发生了。"在我搬进耶路撒冷的前十年我就写了这首挽歌！"我冲着她吼叫着，"人们在迦特就开始传诵它，它在亚实基伦的大街上流传，甚至在见到你的十二年以前就有这首挽歌了。你记不住这是我的吗？所罗门的？所罗门还没她妈的生下怎么会写出它来呢?"

"大卫,不要动这么大火气嘛,"她责怪我说,"你知道我对日期是多么一窍不通。"她挨着我坐在床上,一只手按着我的胸脯。一瞬间,仿佛又回到了过去的时光。我的器官的感觉稍稍增强了。没药、树脂、肉桂和香甜的菖蒲透过她的纱衣和外袍散发出一股引起性欲的气味,这气味好像是一座象牙宫殿中放出的,浸透了我的全部感官。"别这样。"当我把手放在她的膝盖上时,她说道。

"你过去并不介意的呀。"我现在成了乞求者。

"生活并不是静止的。"她评论了一句。

"又是所罗门的箴言吧?"

"它在向前发展。"她没有听到我的问话,继续说道。

"大卫,"她恳求说,"我从骨子里觉得危险。拿单害怕亚多尼雅主持的皇家宴会把我们都变成囚徒,甚至还有你。"

"这倒怪有趣的,"我毫无表情地嘲弄她,"亚比亚他今天早晨还到这来告诉我说,他认为开宴会是个好主意呢?"

"亚比亚他?"她心不在焉地重复说,好像这名字是她从未听到过的异国声音。

"就是那个一生都在我左右的人,"我酸溜溜地提醒她,"我还是个逃犯的时候他就在我身边了。"

"你知道我是记不住名字的,"她假惺惺地说着,深深叹了口气,"这么多'亚'字,谁能记得住? 亚比该、亚希暖、亚比筛——现在又出来个亚比亚他。"

"不是现在。他跟我已有五十多年了。"

"有时候我还认为比拿雅和我的名字在整个王国是唯一的以'B'开头的呢。"

"亚比亚他是我的祭司,"我慢条斯理地提醒她,这是我们二人都知道的,"在最先跟随我的人当中,就有他一个,那是扫罗刚刚杀了他父亲之后的事。"

"撒督是你的祭司吧。"

"我有两个祭司。"

"可拿单是你的先知呀。"她反击道。

"拿单是个夸夸其谈的人,而且你知道,他从来都是不赞成你的。"

"先知的地位要比祭司高,"她静静地往下说,好像没听见我在说话,"拿单认为你不信任亚多尼雅。糟糕了,又来个'亚'。我们现在还有个亚比煞。你的亡妻,那个从不说话的邋遢女人叫什么来着? 亚比她,示法提雅的母亲。"

"我过去还以为你记不住名字呢?"

"'Ａ'字开头的运气不好。亚撒黑、亚希多弗、暗嫩、押沙龙、押尼珥,还有亚玛撒[1]——看看他们的下场吧。亲爱的她转弯抹角地欺骗,在她又向我俯下身子时,我看见她拿出了最典型的善良表情,这其中除狡诈外不会有别的,"答应我,别选任何一个名字由'Ａ'开头的人做国王。这是我的全部请求。"

她这么锋芒毕露,使我大吃一惊。"我要认真考虑这个请求。"我告诉她。我怀疑她这个混蛋准以为我老到什么地步了。

"昨天,"就在第二天清早,拔示巴又开始唠叨,"你已经对我许诺不提名亚多尼雅做国王。"

她穿着一件火红的薄绸袍子,戴了一顶像王冠一样的帽子,上面镶满了珍珠和别的宝石。她一打扮起来还是那么诱人,与往常一样,我想要撕去她的长袍,剥光她的身子。

"我记得不是这样的。"我真佩服她的厚颜无耻。

"亚比煞在这儿,她听到了你是怎么说的。"

亚比煞靠着自己的化妆罐坐着,她能明断是非,我知道她是从来不会

---

1 以上人名在原文中均以"Ａ"开头。

出卖我的。

"难道你不知道我让亚比煞作什么证她就会作什么证吗?"我自豪地回答了拔示巴。

"这儿有什么味?"她那么若无其事地问道,又一次灵活地施展了转变话题的伎俩,这一手从来都迷惑不了我。她看上去像兔子一样胆怯,抽了抽鼻子,现出了豁露的牙齿。"打开扇窗子吧。"

我大笑起来。亚比煞微笑的时候,脸上能现出酒窝。她把紫铜色的胭脂搽在脸上,使那丰满的褐色双颊上的凸起部分更显眼了。

散发气味的当然是我,发霉、凋落、衰老、败絮一般的我。他们给我的床上撒了芦荟、樟树皮和没药香水,可我还是能闻到自己的气味,那是死人的气味,活人的恶臭。

我的宫里到处都燃着刺鼻的乳香。宫中可能有一千只香炉。每一年,芳香的树脂和松香的费用一定用去了我一个国王的赎金。[1]怪不得我们的财政情况那么糟呢。香苏的软膏和药里都放了防腐没药和蜂蜜,亚比煞用它们为我搽治身上搔伤的皮肤和褥疮,还用无花果泥罨敷剂为我敷治皮疹和脓疮。她尽心竭力地服侍我,既惹人喜爱又不知疲倦,总在恭候我的吩咐。她脚步轻盈,悄悄地走来走去,非常文雅优美;苗条的身材好像一条完美的直线,从没失去过平衡。我是在想象书念少女亚比煞,用希望来塑造她吗?她宛如香料山上的葡萄,芳香四溢,像一幅银画中的金苹果。我轻轻拍打她,触摸她,用手捧住她的脸蛋,把她的头温柔地贴在我胸上,或者肩穴上。在这种感情深深结合的时刻,我惋惜的是在我青春旺盛之年没有和这个可爱的少女相识,那时我的胸毛还没有变白。你知道年轻男人的荣耀是他们的力量,老年男人的美是他们的灰发。上帝知道我现在已经有不少这种灰发了,可亚比煞透露说,她被我胸前的白毛深深吸引了。她常常留心这里,梳理上面的卷毛。她就是不喜欢秃头的男人。她噘起嘴承认自己就是

---

1 指费用等于赎回一个国王的钱。

不喜欢长满粗毛的男人，像以扫那样肩上和后背长满密密麻麻长毛的男人。如果这孩子不是在说谎，我知道她不是说谎，那么看起来我倒是够条件。

当我们问起她时，亚比煞像乡下人一样爽直地告诉我们说，在书念她父亲拥有肥沃的土地，她的生活很富裕。她帮助妈妈的其他孩子照看葡萄园，却不关心自己。在她那个又大又繁荣的家庭里，她最小最腼腆，其他的哥哥姐姐常常戏弄她，她也总是愿意相信，自己真的不行。对哥哥姐姐们来说，拿她取笑不过是一种消遣。她总是渴望得到表扬。她尽心竭力地去使别人高兴，为了别人牺牲自己。在与我的接触中她也表现了这种品德。我多么希望我能有足够的精力为她做些事情。我多想伺候她吃顿饭，然后帮她穿上或脱去衣服，打一盆水让她使用，或为她提来一篮夏天的水果。他们为我找到了她，因为她是以色列沿海一带最美丽的处女。我找话说，我喜欢听她说话。

"我还记着那首歌，他们总用它来取笑我，弄得我非常不高兴，"她低声叙述着，"'我们有个小妹妹，她没有乳房'。有一次他们在一个婚礼上对我唱这支歌。我用手挡住脸，跑进了黑处。我真想去死。第二天早晨我才回家，我听到他们四处找我，我也没吭声。我躺在地上哭泣，觉得自己像一片树叶那么软弱，在靠近大树根的西瓜地里睡着了。"

"你现在有乳房了。"我安慰她说。

"它们不是太小了吗？"

"对谁来说呢？"我的微笑中渗透了溺爱之情。

"对你。"

"最亲爱的，我已经是七十出头的人啦，"我彬彬有礼地劝告她，"亚多尼雅已经渴望得到你了，所罗门也想得到你。这是因为你美，你和国王在一起待过。"

"我比拔示巴还好看吗？"

"好看多啦。"

"比你第一次看见她时还漂亮吗？"

"你是关了的花园,堵住的溪水,封闭的喷泉。对于我来说,你比世界上任何女人的任何时候都美丽。"

她会拿我的两个儿子换我。我现在知道怎样和女人说话了,而他们还不知道。她长着深色乳头的乳房像一对牝鹿,在百合花中吃草,她完美的两瓣屁股像一对般配的红色雌鹿。我是她一生中第一个高高兴兴和她攀谈的人,她的回答和不经意的沉思都使我着迷,她到哪还能找到像我这样的男人呢?

她知道现在可以不怕羞地和我谈她心里的任何事情。她也知道对我说什么都不会后悔。怪不得她认为自己深深地爱上了我,因为她有一种安全感。当她的头枕在我的肩窝时,我就用拇指摸索她前额的轮廓或顺着鼻子侧面的线条摸到她柔软、富有弹性的上唇边。在昏暗摇曳的灯光下,她的上嘴唇显出樱桃或石榴的色彩。我喜欢这样抚摸她,如醉如痴,不知满足。如果现在没有亚比煞,这世界对我来说还有什么值得眷恋的呢? 只要能凝视她的脸庞并且抚摸着它,只要意识到她的存在,我就觉得无比幸福。她遇到的男人绝不会像我这样能从和她的接触中得到这么多的幸福。通过书念少女亚比煞,我认识到我的整个一生都需要爱,这一点我从拔示巴那儿学到过,可早已忘却了。我亲吻亚比煞的耳朵,她的太阳穴、脖子和眼睛,直到我嘴里发干,说出的话都听不清了为止,继而又是一次次亲吻,直到干燥的嘴使双唇和舌头感到无力才作罢。不知什么原因,我常常羞于在她嘴上重地亲吻。

她是我的沙仑玫瑰[1],我的脸偎着她的头发,对着她的耳朵呼吸。我发自心底向她倾诉,她是我山谷中的百合花。我仅仅这样做就会使亚比煞感到满足。但对于拔示巴,即使我答应她的恳求,把王位交给所罗门,她也不会像亚比煞这样感到满足。要是把王位传给了所罗门,拔示巴只会感到如释重负,但绝不会感激,她从来都不懂感激;而且用不了半天,她就会感到

1　沙仑,《圣经》中的古地名,现指以色列沿海平原中北段的沙仑平原。

自己又一次不公平地吃亏了，然后痛苦地为其他需要去攫取，在雪花石膏澡盆这个问题上，她就是这样做的。

她刚一进宫就要雪花石膏澡盆，最终得到了一个。米甲大嚷大闹也得到了一个。

女人需要什么？面对着婚姻带来的愤怒情绪，我常常困惑不解，出声问自己这个问题。女人到底要什么呢？一天下午我到亚比该那儿休息，通情达理的亚比该做了最好的回答。

"一点点好处就会使我们幸福的，"亚比该解释说，"只要使我们幸福，就意味着比天上地下包容的一切还要多。"

"亚比该，这是个很有见识的回答，"我说道，"我将永远感激你的聪明和善良。你也喜欢一个雪花石膏做的浴盆吗？"

"大卫，我不要。我有原来的那个浴盆就很满足了。"

"你从来也不张嘴要东西，是不是？"

"能使我幸福的东西我都有了。"

"对你刚才描述过的女人来说，你是个例外吗？"

亚比该再次微微一笑："我可能是个例外。"

"亲爱的，你想要什么吗？真的，亚比该，我愿意给你些东西。"

亚比该摇了摇头："不，大卫，我什么也不想要。我已经很幸福了。"

"多甜蜜啊，亚比该，你这话真甜蜜。我要永远记住它。"

拔示巴为自己的住处索要的是我那条花哨的公羊皮和獾皮制成的大垫子。公羊皮和獾皮分别染成了红、蓝两种颜色。她自己常想，要是所罗门当了国王，他一定会让她得到它们。我打趣地提醒她，所罗门当不成国王。

"假如亚多尼雅死了呢？"她推测说。

"你一刻也不要去幻想诸如此类的可能性。亚多尼雅为什么应该死呢？"

"我总希望有你那样的皮肤，"她回了一句，但却是对亚比煞说的，"我的皮肤从没那么光滑柔润。即使现在，我也愿意不惜一切去换到那样的黑皮肤。"

"我倒非常愿意有你那么白皙的皮肤。"亚比煞真诚地回答说。"是太阳把我晒黑的。"亚比煞长得黑，却标致秀丽，她总是特意让我们知道，她长得黑是因为她朝着太阳，"这颜色从来都没褪掉。"

拔示巴知道我在餐厅里的那条波斯地毯还算珍贵，还有那条碧绿和黄褐两种颜色的挂毯。这条挂毯上绣了两个展开双翼的小天使。除此之外，尽管我房间的门也是橄榄木做的，但用拔示巴的标准来衡量，我屋子里的一切都是下等货。我想我的床是苹果木制成的，可亚多尼雅和所罗门都已经睡上象牙床了，或者是在自己的睡椅上舒展四肢了。拔示巴也会喜欢一张象牙床的，好在上面伸伸胳膊伸伸腿。你听说过拔示巴，那个下流女人吗？她会说"什么著名的挽歌？"她当然知道那首挽歌。她不过是想用那种卑鄙的方法诱我上钩罢了。她警惕地注视着我的书念少女亚比煞是不是每天都穿少女穿的花袍子。亚多尼雅也在留心这一点。正是因为穿着这种欢快活泼、无忧无虑的花色的长袍，我那个还是处女的女儿他玛，押沙龙的妹妹才被人觊觎、诱骗、强奸，而后遭到鄙视，被赶出门去。

亚比煞的处女贞操在伦理和政治上都有它的重要性。只要我和她没有性关系，她就只是我的仆人而不是小妾，她也不用非和我的妃嫔们待在一处或和他们一起像皇帝财产一样传给我的继承人。一个男人要是与另一个男人的妻子私通，就是试图侵犯那个男人的特权。你知道押沙龙在光天化日之下与我留下的那十个打扫宫殿的妃嫔做了些什么。你认为那是因为她们漂亮吗？从亚多尼雅现在注视亚比煞的那种放荡目光里可以看出，他已卷入了一场实用的竞争活动。狡猾的拔示巴唯恐我会鼓励这一结合。

"你还可以出宫。"她只当我看不见，听不见，或没留心。她当着我的面就毫不掩饰地劝告亚比煞："找他的碴儿，惹他生气。给他梳头时把他弄疼。碰撞东西，把它们弄翻。我知道怎么样使他发疯。不要每天都给他洗澡，给他上凉汤，跟他发脾气，发牢骚。这样，他就会妥协了。可别像我再干那种错事了。外面比宫里强多啦。"

"我告诉过你待在外面，"我提醒拔示巴，"可你就是不听。"

124

"你为什么不听?"她逼问亚比煞。

我的侍女警惕地微微一笑,低下脸,摇了摇头。她用迷人的眼睛腼腆地朝我望了一下。我是大卫王,尽管年纪老迈,可我还是她的王子,传奇人物。她说过,她从没幻想与别人待在一起。

"没有幻想,人就麻木了。"拔示巴干巴巴地发着议论。

"这句话该作什么解释呢?"我问道。

拔示巴承认自己也不知道:"我刚才不过是自言自语。"

"那又是所罗门智慧的结晶吗?"

"苹果落下来不会离树太远。"

"这又是我没领教过的。"

"所罗门总是这么说。"

"苹果落下来不会离树太远? 这是什么意思?"

"你为什么不问问他?"

"苹果应该往哪儿落? 他认为一个梨能落多远?"

"所罗门会喜欢你的,"拔示巴对亚比煞说,回避我提出的问题,"他已经开始对你有好感了。"

"如果我真的让她去"——拔示巴没理睬我,我转过头开始和亚比煞说——"如果我让你去的话,我的小鸽子,你能无情无意地离开我吗,能吗? 要是那样,我的心也会随你飞走的。"宫外等着她的是什么? 她会嫁给她父亲收了彩礼的任何一个男人,在怀孕和单调的家务中了此一生。她会在惋惜和痛苦中养活孩子,料理家务,不停地操劳,这操劳要比照料我所付出的精力大上一千倍,好处在哪里呢?

"感谢上帝,丈夫总是要死去的,"拔示巴用平淡的口吻回答说,"这就是他怎样得到亚比该,又怎样得到我的。[1]要不然他们也很容易受人挑动用离婚来抛弃你。马上惹他生气,瞧瞧结果。使他不得安宁,向他诉苦抱怨,

---

[1] 亚比该和拔示巴都是丈夫死后嫁给大卫的。

让他心里事先有个数。这样你会发现要得到满足是多么容易。"

"我满足了。"

拔示巴对亚比煞的话也同样不予理睬。"千万别忘了想办法激怒他，激怒他，"她接着说，好像亚比煞已经给了她赞同的回答，"跟他发牢骚，提要求。不断地惹他发火。跟一个老家伙结婚——他们恼怒得更快——同时暗地里找一个等老家伙死后你喜欢与他一起放荡的年轻人，这里有无穷的乐趣。"拔示巴劝告年轻人亚比煞："酒鬼和娼妓还有自己的工钱呢，工钱中有银子、金子，还有宝石。"亚比煞像尊小雕像那么雅静，跪在泥制的火炉旁，轻轻地摇了摇头，脸上泛起了一片深红色。她调着炭火，不让它燃旺。她就愿意留在我的身边。她说出这一点时，我心里充满了喜悦。

"他就是我的爱，"她羞怯地说，两只大眼睛注视着炉中的余火，"他把我领进了他的花园。"

她是个天赐的少女。我不禁产生了一种感觉，我可能在无意中款待着一个天使。她是不是太善良了，因而不能是真实的呢？她的长相完美，她的精神让人飘飘欲仙。她的脸宛如褐色的石榴石，头发像夜晚的黑貂，非常好看的脖颈就像铜铸的柱子。她的腿从后面看如同纯金座基上立着的两根大理石柱子。她两腿间散发出的气味有一种苹果和刺槐的香气，还有股黎巴嫩香水味。在身子前部，她的肚脐像个没酒的圆高脚杯，她的私处呈完美的三角形，像黑珊瑚一样闪着光泽，擦抹不去。

"这么多的美丽之处，"拔示巴惋惜地警告说，"这么多的可爱之处，都要在他身上浪费掉了。这里无所作为，我还以为我能当王后呢。"

"不错，是王后，"我马上幸灾乐祸地说，"我告诉过她我们没有王后。我们没有王后。"

"我不听你的，"她退让了。接着又活跃起来，给亚比煞又出了个好主意，"你为什么不嫁给我的所罗门？如果我们磨到了时候，大卫会同意的。你让不让她嫁给所罗门？嘿，大卫，别像锅贴似的躺着不动。这样我和她就能一起统治,得到我们要的一切了。我相信所罗门能逐渐非常喜欢她的。"

"我的另一个儿子亚多尼雅已经非常喜欢她了。"我厉声打断她。

"这是你现在就该嫁给我的所罗门的又一个原因,"拔示巴兴致勃勃地继续说道,"要不,等亚多尼雅做了国王,你就可能不得不与那个自负的猴子睡在一起,成为他的妻妾了。"

"而且,"我恶意地强调了一句,"你也将属于他。"

她惊愕的喘息用我的耳朵听如同音乐一般,她因吃惊而抽搐的脸对于酸疼的眼睛是一种享受。用耳朵来听阴沉的脸,这可能吗?

"不可能!"她宣布说,好像仅仅凭借她自己微不足道的反对,就能废除所有社会和宇宙的自然法则一样。

"他可以继承妻妾。"我得意地指出。

"他还想和我一起睡觉吗?"

"这不可能吗?"

"《申命记》不能禁止他吗?《利未记》不能吗?一个儿子能和他父亲的妻子睡觉吗?"

"《利未记》禁止过别人吗?"

"他当真要和我睡觉吗?这不使人讨厌吗?"

"难道我不想吗?"

"你还不令人生厌吗?"

"他不和你睡觉可太傻了。还有什么比占有前国王的爱妻更能加固他的统治呢?"

"哼,"她拉长了嘴唇断言,"我儿子所罗门永远也不会允许他那么做的。如果他胆敢试试,我的儿子所罗门就会杀了他。"

"亲爱的,你这个狡猾的老糊涂虫啊,如果你继续坚持,你的儿子所罗门可能转眼之间就会被杀的。"我开始说时像羊一样温和,结句时却像头狮子一样凶猛,"要是你不立刻放弃你的行动,更谨慎一些,你自己也会落得同样下场。难道我没有在他降生时就警告过你吗?如果你把他当成未来的国王谈论个不停,你就是把你们母子二人的生命置于危险之中啦。"

"难道你没答应我,他将成为国王吗?"

"我为什么要答应你呢?"

"因为我过去使你享受到最快乐的性生活,这就是原因,"她立刻挑战似的反驳了一句,"以前我不是一直让你享受最好的口淫了吗?"

"你是让我享受到我唯一享受过的口淫,"我答道,为自己感到高兴,"我怎么能说出它是好还是不好呢? 但是,如果你现在还不想方设法让亚多尼雅喜欢你,博得他的欢心,你对我所意味的一切对他来说都是无关紧要的。"

"我宁愿去死。"拔示巴说,固执地耷拉着下巴。

"这倒可能是一种选择,"我苛刻地告诫她,"你在搞政治手腕,却不知道怎么搞。我不能活到你完蛋的时候,没有人救你了。你没有办法,根本没有办法能成功地让所罗门当上国王。"

仅仅在一眨眼的时间里,她变得忧郁了。可马上这种情绪就消失得无影无踪。"有志者,事竟成。"她答道,好像在自言自语。

"又是所罗门的陈词滥调,令人不堪忍受。"

"这一句是我自己的。"

"这句话是什么意思呢?"

"我想我不知道。"

"哼,这话毫无意义。现在请你别在想立国王的事了,再把头发染了,或者从你的痣上拔下些毛来,或者再发明些内衣吧。根本不存在竞争。亚多尼雅将要做国王,所罗门不能。"

然而,不幸的是,希望之泉永远不停地从人类的胸中涌出。我知道我的那个妻子不属于俯首帖耳的一类。反省自己,我再一次抱怨充满性欲的男性虚荣,它使我年轻时竟需要这么多妻子。看看她们给我带来的麻烦,还有她们的孩子们带来的麻烦。

我知道禁欲没什么乐趣,可婚姻造成的痛苦更多。满宫妻妾也并不总是像人们吹捧的那样好。从长远的观点来看，几乎不值得为她们付出如此代价，她们给我带来无休无止的烦恼。她们使宫里挤满了人，到处是噪声和气味，使清理垃圾和排泄污水成为严重问题。在整个拥挤喧闹的城市里，这两个问题已经糟到了不可收拾的地步。近日来有那么多人对着宫墙撒尿，她们几乎得穿上靴子了。要把我儿子们的乐趣和个人目标转到内政管理的公共问题上，也是徒劳无益的。这些我与她们结合的果实们，只关心自己的事。如果说婚姻带来了许多痛苦，那么一夫多妻的婚姻就更是苦上加苦了。吵吵闹闹的妻子和明争暗斗的孩子们带来的一片混乱，使这些痛苦达到了难以预料的程度。就连上帝的忠实奴仆亚伯拉罕也因为妻妾孩子们的事忙得不可开交，是不是？

这是从亚伯拉罕那里开的头。在那第一个犹太家庭里，亚伯拉罕受撒拉的怂恿从游牧的羊群里赶走了他的第一个儿子以实玛利。原因是在亚伯拉罕次子以撒的断奶庆贺宴上以实玛利嘲笑了以撒，这一行动预示了以实玛利将来要冒犯以撒。以实玛利是那个不容人的女仆夏甲所生的儿子。他是个弓箭手，后来成了一个反对所有人而所有人都跟他作对的狂人。没有以实玛利，亚伯拉罕他们会活得很好。可是后来——当亚伯拉罕终于抛开了夏甲和以实玛利之后，猜想一下他下一步要做的是什么。他又娶了个妻子！他的孩子有六个之多！在他那个年岁？

他需要更多的孩子吗？没有另一个妻子他就活不下去了吗？像他那样年老的男人？我猜想他确实需要另一个女人。在地中海的酷热里，性欲太旺盛了。我并不是第一个像山羊一样动不动就发情的人。流便与辟拉交欢；犹大飞也似的窜下路去，把那个东西插进一个身着妓女服装的女人里，这女人原来是他死去了的儿子的妻子。漫长干燥的夏季带来了温暖的气候，性欲在这种时节里倒很适宜。归来吧，哦，我的书念少女，我会再一次抚摸你，凝视你。拔示巴呀，我最亲爱的，躺在我身旁伸展四肢，把你那胖胖的屁股再一次交给我吧，像过去一样，向我伸开你的双腿，这样我至少能再干一次，或许能再尝一尝那种早晨到来的快乐。把你熟睡的头，我的爱，放在我的手臂上。我希望在最悲哀的时刻,向她哼起感伤的歌,仿佛一生中的魅力依然如故,因为我们需要相亲相爱,不然就会死去。

扫罗没有后宫妃嫔——在以色列,是我发明这种奢侈方式的——但是在撒母耳抛弃他之后,因为一个后宫也没有,扫罗也受够了罪。为了能够继续奉拜上帝,扫罗乞求饶恕他的罪过,恳请撒母耳回到他的身边来。掠夺一些牧畜,或者为了赎金把国王押起来,到底能有多大坏处。上帝曾经宽恕了比这更坏的事。然而,撒母耳偏不回心转意。当撒母耳就要离开的时候,扫罗拽住他斗篷下面的裙子苦苦挽留,可是王国已经被转交出去了。许多天里扫罗动辄得咎;那一天是他最背运的日子。

撒母耳严厉地对扫罗说:"从今天起,上帝已经把以色列王国从你的手中转交出去,交给了你的一个邻居,这个邻居比你更好。"

现在,严格说来,这并不是真的。事实上,这是个弥天大谎,因为直到后来,在《撒母耳上》,第16章里,上帝因为后悔错选了扫罗为以色列国王,而命令撒母耳去找伯利恒的耶西,从耶西的儿子当中找出上帝选定的国王来。

剩下的当然是历史了,先前宇宙中发生的一切都好像是仅仅为我的诞生而演奏的序曲,为我辉煌的业绩而拉开的序幕。撒母耳牵着那头小红母牛来到了伯利恒。城中的长者们被撒母耳的到来吓得战战兢兢,直到他向他们保证,他来不过是要平平安安地为上帝祭祀牺牲,长者们才放心。唯独我倒真想问问他为什么要到犹大伯利恒来祭祀牺牲。难道在便雅悯他们就没有祭坛吗?他召唤耶西和他的儿子们。可是我的兄长们没有一个合上帝的心意的,我就是这样出现了。自从那天以后上帝的灵魂就附到了我身上,也就是在同一时间里,上帝离开了扫罗,被撒下的扫罗疯疯癫癫,像石头一样孤单。用不了多久,他就快进疯人院啦。

我相信扫罗失败的主要原因在于眼界狭小。尽管神权统治把他从山边草场上擢升出来,变成了以色列的统治者,但是只要他自己也要开始像神一样统治时,掌握神权的统治者很快就要剥夺他的这种权力。实际上他的冒犯行为并没有引起什么后果。先前在密抹,扫罗在战斗前祭祀牺牲,那是因为撒母耳当时没有出现。这不是他的错。又一次,他的人饥饿难忍,吃了带血的生肉。那也不是他的过错,扫罗还因为这事严厉地惩罚了他们。除了上帝之外,谁还能因为扫罗没能把诅咒和禁令坚持到底,没处死约拿单而指责他呢?

因为这些你就解雇一个国王吗?你不知道,我可不能干这事,虽然我是解雇扫罗的受益者。

我从来没与先知和祭司们发生过冲突,这应该感谢扫罗。是他裁减了先知和祭司的人数,削弱了他们的权威,给我留下了一条平坦的路。我不时地给撒督和亚比亚他一个笑脸,向他们点点头,没办法的时候就顺从地听一听拿单那喋喋不休的说教,这些对我会有什么损失?我们没有圣殿或犹太教堂,也没有犹太教教士,如果我们有更快活的事去做,我就可以不去过每年一次的逾越节[1]。在安息日生起火来,要是我们想做的话,我们甚至可以去干活。也没有人因为我们在屋内供拜偶像而责难我们。我们也不用背诵每天的或者每星期的祈祷词。我们的上帝,人们曾经称祂是沉睡的火山,主宰了绝大部分生活,除了和我说话之外,祂几乎就不想说什么了。我要做的一切不过是每隔一段时间在祭司的祭坛上献上一只羊羔,他们把羊羔宰了,我就完成了任务。也感谢你们,我的好同胞,也祝愿大家圣诞快乐,当然了,我很高兴能再返人间。不论是上帝还是扫罗都没想到在撒母耳之后会再任命一个士师,扫罗身边既没有先知也没有祭司。让这个可怜的人去做什么呢?如果你对国王这工作没有真正的感受,如果没有前任国王的足迹可资遵循,那么当国王也并不是件容易事。怪不得扫罗着急了。然而更令人惊奇的是,就在扫罗第一次陷入失去感觉的悲痛沮丧之中的那天,上帝的灵离他而去,来到了我的身上,而我又是被他们派去帮助扫罗摆脱痛苦的人。不知出于什么神秘的原因,当时人们已经知道我在基比亚是个善弹竖琴、精于

1　逾越节,犹太教节日,为了纪念摩西带领以色列人出埃及解脱奴役而设。

战争艺术的人了。我还从没参加过战争呢。可我能准确地唱上两嗓子，而且非常精于投石器。

大家都知道，在撒母耳为我涂油之前，扫罗并没有感情动荡的经历。他有的不过是一小段宗教狂热的插曲。他与一群先知狂信者们狂舞乱跳一直到了黄昏，然后又与他们一起狂乱地向山下舞去，他脱光了衣服，口吐白沫，赤条条地在泥污里打滚。任何比上帝清醒的人都会把这看作是麻烦即将来临的警告，因为上帝总以为自己是一贯正确的。

我多么爱扫罗这个人啊。甚至在他把我赶出去、捕杀我的时候，我还是那么敬重他。我多么渴望他把我紧紧地抱在怀里，并且作为他家庭的一员走进他的家里。可这事从来就没有过。

对我来说，扫罗比上帝意味着更多的东西，我现在依然能梦见扫罗，可我一生中从没梦见过上帝。在我梦见扫罗的故事里，我渴望、惋惜，我想与他言归于好。他们派人把我找去为他治病，我走在由伯利恒到基比亚的路上，仿佛每走一步都踏在空地上。我赤足而行，我的使命好像是神圣的。在多一半的路程里，敬畏之情把我压得喘不过气来。他是赫赫有名的扫罗，而我要见的就是他。他是我的主人、我的国王。他是以色列的拯救者，他是军事领袖，在基列亚的耶布斯城驱逐了困城的亚扪人，赢得了他的第一个辉煌的胜利；在密抹，他又击败了非利士人，赢得了第二次胜利。可是现在，他的情绪却沉到低谷里了。

讽刺中的讽刺，——《传道书》上是这样说的——我，这个无意中使他得病的人，却被人叫来为他提供良药。

我想叫他父亲，我确实叫他父亲了。每次我称他们我主我王时，我都把他喊作父亲，而且每次他都回答了我，他也把我唤作他的儿子。在他身边的时候，我想拥抱他。远离他的那些年，我都想回到他的身边。他却无情无义，逼得我走投无路。他说过他要封我为他的执甲人，可又忘了这回事。他说过他要永远把我铭记在心，但他并没那么做。他说过我就像他的儿子一样，倘若我那时知道他是怎样对待自己的孩子的，这句话倒应该给我一个提醒。

我带着竖琴到达基比亚的那间泥坯房时，他们请我洗脚，我欣然接受。我把疲劳的双脚放入泥盆凉爽的水中，接过递来的羊毛手巾把脚擦得干干净净。我提心吊胆，被领进了过道。我独自一人进了门，走进了那间矮顶的卧室，扫罗在那么可怕的寂静和孤独中独自躺在那里。

我最初见到他的一瞬间心都沉了下去。显然我主我王的处境特别不好。他这么个身材高大、胸阔肩宽、肌肉发达得几乎使人不敢相信的男子汉，竟像个没生命的东西一样萎缩着，身子半倚在房间尽头的一张小木头床上。他头发蓬乱，胡须纠缠在一起，被太阳晒成棕色的两只前臂青筋暴起，无力地放在两条大腿之间。起先，他一动不动，像台报废的大机器，这种悲剧气氛深深打动了我。一时间我感到恐惧。他倚在那里，脸上一副屈从、不可救药的痛苦表情。表情里充满了无声的忧郁，在我看来，目睹和体会这忧郁几乎能使人感受到同样的痛苦。屋里光线昏暗，空气污浊，正像罗伯特·勃朗宁[1]可能引导你去想象的那样，说不出全部的感受——不，丝毫也不像勃朗宁描写的那样。为什么要听他的？是我在那里，而不是勃朗宁；他不过是客居意大利，从国外向国内传播思想罢了。扫罗没有爬起身来，仿佛有说不出的痛苦压在他身上。他张开他那被折磨的身体，两臂向侧上方伸出去，摆出个十字人形。把人钉死在十字架上是罗马人的发明，而不是希伯来人，但这种样子却是在罗马人出现之前的一千年就有了。在执行死刑上，我们喜欢用火烧，用石头砸，但是这两种我们做得都很少。容忍这些罪人，忍受他们带来的苦恼要比审判和杀死他们容易多啦。何必大惊小怪呢？我们往往都是把罪人留给上天去发落，或者干脆让他们死于敌人的刀剑之下。另外，那时我们没有一个人对救世主会再度降临有一丁点儿关心，更不用说第一次降临了。我们甚至对这两件事都只字不提。谁要救世主？我们没有天堂，没有地狱，没有永生，没有来世。那时用不着要个救世主，我

1　罗伯特·勃朗宁（1812—1889），英国诗人。

们现在没有什么救世主,按照我的想法,任何一个有理智的人最不该要的东西就是永生不死。实际上,对于我们绝大多数人来说,生命延续得太长了。

我们过去似乎确实有信仰上帝的需要,但我却不能肯定我们是不是也有必要去要一个上帝。我所知道的是,在我和上帝的闲谈中冒出的每一个好主意几乎都是我的。在利乏音的第二次战斗中,夜间偷越桑树林,包围非利士人的计划是上帝做出的。但我却不能肯定这个计划就真那么了不起,或者我自己就想不出来。我确实知道约押那个在拂晓迎头痛击非利士人的主意并不合我的心意。

备遭不幸的扫罗表情呆滞,在需不需要上帝的问题上,他所持的态度大概与我不同。尽管一个洗脚盆早就为他准备好,放在他身旁,但他的脚趾头和脚踝骨上还是沾满了泥土。七扭八歪的羊皮鞋子,鞋底朝上靠墙扔着,他的标枪和长矛也靠在墙上,枪尖朝上。一条羊毛编成的毯子铺在地上,毯子顶端放了一个粗糙的山羊皮枕头。即使扫罗身为国王,他也看不起床铺,宁愿睡在地上。

我敢肯定我刚一进屋扫罗就知道我在那儿了。然而过了一会他才动弹身子,慢慢地转过来注视我。他把手抬过眼睛,仿佛要使眼睛避开从我身后门道里射进来的光,我目不转睛地看着他。他看上去像个要哭泣的男子汉。他看上去像要哭了一样,他带着一副凄凉、幻灭的神情,如同恋爱中的傻瓜。我知道那种爱的苦恼、单调、空虚,这是我从与拔示巴相处的头几年中体会出来的。那时一切都进展顺利,激动人心。后来事情失去控制急转直下,那一阵阵无穷无尽的渴望的激情,也使我了解了这种爱的苦闷。无论是在好的时候还是在坏的时候,心中的那些无比痛苦的要求,从未减去多少。

"你是谁?"扫罗终于悲哀地问道,像是从那过分干燥的嗓子里发出的耳语,"我记不住事。"

一种突如其来的感情使我眼里充满了泪水,我感到恶心,片刻间我哽咽了:"我叫大卫,是你的臣民伯利恒人耶西的儿子。"

"我记不住事。"他重复说。

"我将为你弹奏。"我告诉他。

"你是要为我弹奏吗?"他冷淡地问道,像个中风的人一样张着嘴等我的回答。

"我要为你弹奏,为你歌唱。"

"他们告诉我,"他带着一副询问的神情,呆呆地望着我,"音乐有平息狂暴心灵的魅力。"

"我也常听人这么说。"我温顺地用我年轻的男高音答道。我的嗓音如同唱诗班的男孩子一样纯正。

可说心里话,我对这句谚语并没抱多大希望。我的外甥约押心里就总有一个凶暴的心灵,世上无人能出其右,我的音乐不但没有使他那骚动的本性安静下来,反而总是激恼他。即使我们小时候岁数相同,又一起在伯利恒长大,但我的弹奏和歌唱却在我们之间留下了一条互相仇视的鸿沟。他总是愿意慢跑和举重,我愿意为水仙花唱一首颂歌。

扫罗默默地点点头,意思是让我再靠近点,找找我以为适当的地方,然后他眼睛朝下望着,转过脸去等待我弹唱。我来基比亚时带着一把八弦里拉,想要把我那超群的技艺超水平发挥出来。现在我把里拉紧紧地抱在怀里,努力掩饰双手的颤抖。我感到嘴不听使唤。扫罗好像不再感兴趣了。我紧张地在一张小凳子上做准备,一个光着的膝盖跪在地上。我用僵硬的舌头舔了舔双唇和上颚,运足力气就要弹唱了。我发出的第一个音符伴随着一声稍受压抑的声响,几乎就是一声蛙鸣,在咽喉里憋住了。谢天谢地,扫罗好像没有聚精会神地听。在随后的两声中,我的嗓子颤抖得跑了调,我没信心了。可是这时,我看到扫罗颤抖起来,在我手指第一次弹完八根琴弦以后,他又吃惊地动了一下,仿佛萦绕在空气中的颤动的和弦正使和谐的共振反应在他身体的某个地方活动起来,随后这种共振反应又在他整个身体里引起了共鸣。不知不觉中我又恢复了信心。我感到能牢牢地控制自己了,而且确信,我唱得越来越好,好像是天使在歌唱,这嗓音比成年男子的清脆,比妙龄少女的甜蜜。

我先唱了一首简洁易懂的俄罗斯摇篮曲。这是我母亲的一支歌。我小的时候害怕黑暗，我母亲就哼着这支曲子哄我睡觉，在后来的年月里，遇上她高兴，她就自己在屋子周围哼着这支曲子。我一想扫罗在聚精会神听我歌唱，就高兴起来，接着我就大胆地唱了些自己创作的更长更复杂的曲子。我唱起了武器和人，唱起了阿喀琉斯的愤怒，唱起了人类第一次忤逆上帝，按照这个顺序，在我的淳朴天真之中，我丝毫没有想到自己正在往这些题目上添油加醋，这些题目不是引起他的偏见和恼怒，就是勾起他的思乡和内疚的情绪。我很幸运，引起的是后者。我可能在不知不觉中被一种更高的力量指引着，偶然地选择了多种主题。我听到扫罗的叹息，看见他的四肢放松，柔软地活动起来。我注视着又黑又硬的线条从他的脸上消失，看到他的表情从致命的绝望的压抑下放松出来，另一种忧郁的沉思的表情渐渐回到了他脸上。随着我音乐有节奏的流动，他的脑袋也微微地点动起来。

这些可见的迹象说明了我的成功，我感到十分快慰。我画出一幅多么壮观、多么鼓舞人心的图画啊！我脸色红润，显然我是在创造奇迹。当我那人类第一次忤逆上帝的史诗中最后几个音符还在空气中飘荡的时候，扫罗清醒过来，带着隐约的微笑挺起身子。他弯下肩膀，仿佛是在恢复它们的活动能力，然后又把双臂伸展出去。他张大嘴巴，平静地打着哈欠。我用早期作品水仙花颂结束了我的演出。

我当然还想再演一些。要是扫罗要求我再来一首，我倒想再演个节目来换换口味，是我自己创造的一首微微带点性意味的欢快小调，内容是一个多情的牧童恋慕他的女主人。扫罗从木凳上站起身来，像个精疲力尽的人，但他知道自己要去做什么，他用手势告诉我他听够了，满意了。他蹒跚着走到房间的另一侧，满意地咕哝了一声，在睡毯边上坐了下来。他在毯子上沉默了好一会儿，两只胳膊交叉着放在膝盖上，我的心又一次提起来，他是不是已经把我给忘了。我不想走开。他的呼吸声响亮而均匀。又过了一分钟，扫罗举起胳膊招手让我过去。我胆怯地凑到他的眼前，跪了下来。他用一双大手轻轻地抱住我的头，深情地望着我的脸，眼里充满了一种令人尊敬的庄严的感激之情。我的心快速地跳着。

"我永远也忘不了你,"他用低沉的声音说道,"我想让你和我在一起。你将像我自己的孩子一样。明天早晨,我让你做我的执甲人。"

当天晚上,我在他屋子前面的墙角下的一小块光滑干燥的地上裹着斗篷过了一夜。我没睡多久。我的心因闪烁的希望和眼花缭乱的憧憬而狂跳起来。第二天早晨他们把我打发走了。两年后我杀死歌利亚的那天,扫罗和我再次相见,他却好像从来没见过我一样。

第六章 为扫罗服役

　　我很快就发现自己在扫罗的军中动辄得咎,几乎不能做出一件对的事。我越成功,就意味着离失败越近。但是我却能死里逃生,超过了扫罗,并因为狠狠地打击了非利士人而名声大振,你以为扫罗为这个感到自豪吗?约拿单倒是为我骄傲。我聪明机智,深谋远虑,并且英勇善战,军事声望不断提高,就连押尼珥也称赞我。但是扫罗第一次看到从以色列城镇涌出的妇女们之后,我就怎么也不能让他高兴了。那些妇女欢天喜地,拿着小鼓和乐器出来迎接我,互相唱和着,音调悦耳动听:

הִכָּה שָׁאוּל בַּאֲלָפָו

וְדָוִד בְּרִבְבֹתָיו׃

　　或者,译文是

> 扫罗杀死千千,
> 大卫杀死万万。

　　要是她们把我说成是一个比扫罗强十倍的勇士,我又有什么办法?

不管怎么说，看到扫罗变得怒不可遏，我真迷惑不解。假如表情能杀死人，我可能早就完蛋了。从那天以后，即使我做了他的女婿，差不多每晚都在他基比亚家中的饭桌上跟王室的人共进晚餐，他还是死死地盯着我，他这样怒气冲冲，咄咄逼人，谁还能吃得下饭呢？

　　我的好运被扫罗弄得摇摇晃晃急转直下，那个时刻我现在还清楚记得。我们又一次打败了非利士人，扬扬自得地凯旋，一路上兴高采烈。在这次战斗中我又一次为自己赢得了荣誉。接着妇女们便涌了出来，拿着小鼓和其他乐器，唱起了扫罗杀死千千，大卫杀死万万。她们唱得那个叠句我听起来非常悦耳，自然也就咧开嘴笑了。我本来想，扫罗会因为人们对我的欢呼而流露出某种父辈的自豪，高兴起来的。可我错了，扫罗原来是摆出一张哭丧的长脸来听这些欢呼的。我见他对我怒目而视，而且加快了我们的行进步伐，急急忙忙地穿过了向我欢呼的人群。当我们甩开了这些妇女之后，扫罗把押尼珥拽到我跟前，仿佛非要我听到他谈话、看他发脾气。

　　"她们把杀死万万归到了大卫头上，"他高声说，"你听到了吗？"

　　"听到了。"

　　"大卫杀死万万吗？你听到了吗？"

　　"是的，听到了。"押尼珥不舒服地答道。

　　"她们只把杀死千千归功于我，这你也听到了吗？"

　　"听到了，听到了。"

　　"他离杀死万万还差得远哩。"

　　"女人怎么说话你是知道的。"

　　"可我真的杀死了千千，是不是？"

　　"轻而易举就杀死了。"

　　"她们只为他而歌唱——你是不是听到了？——而且也只为他而跳舞。她们竟然对我不理不睬。你看到了吗？听到了吗？"

　　"我看到了，也听到了，"押尼珥回答，"你想让我怎么办呢？我以前就听见过。"

"你以前就听见过吗？"扫罗追问了一句，"什么时候？"

"好多次了。"

"你为什么不告诉我？"

"我干吗要惹恼你呢？"

扫罗恶狠狠地盯着我，咆哮道："除了这个王国之外，还有什么别的东西能使他满足呢？"

说真的，自从我加入了扫罗的军队，又干得那么出色，与扫罗那个想法相近似的东西就一直萦绕在我的心头。可我发誓，伴随它的始终是青少年的那种虚无缥缈的幻想，而不是过分大胆的野心，尽管这野心总有一天会超出常规。我只是在扫罗死了之后才开始角逐王位的，不信问问任何人，问问迦特国王亚吉。

要想理解我的困惑，就别忘了我那时不过是个孩子，和乡下来的年轻人一样耳朵什么也听不出来，对正在变坏的刚愎自用和矛盾心理一无所知；人类用这两种东西就能把自己的心灵污染了。退回到那个时候，谁能想象得到扫罗心里酝酿着对我的仇恨？谁能理解那种可怕的矛盾心理？我越是完成任务去感激报答他，他对我的妒忌和愤怒就越强烈。第一次看到他对我发怒时，我就知道自己的感情被伤害了。从那以后，每当发现他对我大动肝火，我都惊恐不安，既奇怪又内疚。

就在那事发生的第二天，恶魔又一次附到了他身上，这在他一生中已是第二次了。消息很快从基比亚传来，说他又犯了不可思议的忧郁病。我刚听到这消息就把竖琴从小羊皮套里拿出来，等待着。谣传扫罗不出自己的房间，不吃饭，不洗手，也不洗掉脚上的脏泥，也没有性欲，拒绝梳头或清理指甲。他们点着了橄榄油灯，他就把红火苗吹灭，粗野地咕哝说他要诅咒黑暗。他们很快就想到了我。不能再白费时间用什么大肚瓶子酒来使他安静，或者用苹果来抚慰他了，他想要的是音乐。我高兴地接受了邀请为他弹奏和歌唱，通过消除正在他心里折磨他的恶魔来捞取重新得宠的机会。押尼珥的请求使我感到高兴，让我感到上天是把我作为身怀绝技的人单独挑出来的。我音乐的那种神奇的祛病除灾的力量使我被崇高的美所打动。我又一次成了雪中送炭的人。

我用纯正天真的嗓音和八弦里拉非常轻柔地为扫罗唱起了我的小夜曲。我像阉歌手[1]一样圣洁，为国王唱的是最优美的歌。我的嘴唇吐出了第一个音质清脆明亮的音节，根据这个音节我就可以看出这是我的最佳表演。我那哀怨的曲调渗透了扫罗超载的心灵，这时我又一次有幸看到由我的天才而产生的减缓痛苦的治疗效果。在我的面前，他从紧张的消沉状态中令人惊奇地摆脱出来，开始复原了。他是在一夜之间骤然陷入这种状态的，我刚进来时他还是那个样子。他微微动了动，活动一下身子，重新感受到了自己的存在。他又回到了活人中间。是我把他引到了这里。能观赏到这种情景可真太棒了。当我用滑音果断地进入我那相当动人的《欢乐颂》时，扫罗的脑袋僵硬地左右摇晃起来，好像在寻找曲调的速度，试一下他对神经运动的把握能力。他弓起后背，然后胳膊肘向下，张开了双臂，靠韧带转动着肩关节。最后他终于抬起了阴郁的脸来端详我。他一脸悲哀的表情，好像一个先前听到了希望破灭的消息的人现在能够控制自己了一样。当看到扫罗带着我认为是深深的感激和纯真诚挚的表情注视我时，我真是太高兴了。毫无疑问，他明白是我救了他。当他认出我时，他带着歉意微微一笑，模糊红肿的眼里露出了友好的目光。我觉得自己得到了补偿——他现在要比以前更感激我。我幸福地望着他。可这个疯杂种猛地站起来要去拿他的标枪，我知道下面要发生什么事了。他使足全身力气把标枪投向了我的脑袋！真把我吓坏了，颤动的标枪杆带着风声从我耳边仅几英寸远的地方飞了过去，咔嚓一声巨响戳进了我身旁的一根木梁。谁能相信呢？这个杂种真要杀死我！那一瞬间我张大嘴巴坐在那里呆若木鸡，扫罗又猛冲过去拿了第二支标枪向我刺来，又没刺中，我这时才从恐惧中醒来，飞快地逃了。

当我把发生的事告诉押尼珥时，他却泰然自若。"你要记住以德报怨。"

1　过去为了使男孩歌手保持女高音或女低唱而对其加以阉割。

他像个哲学家一样劝导我,一只手搔了搔麻子脸,停下来去吸吮另一只手里的石榴。

"他是不是没刺中你?"

"两次都没有。"

"这么说来你还有什么可抱怨的?这跟没刺你差不多了,对不对?"

"你起码可以把我的竖琴拿回来吧?那可是我最好的竖琴了。"

"现在该做的是,"他拿回了我的竖琴以后说,"在他改变主意之前别见他。"

扫罗把我从他身边调开,使我非常容易地离开了他。我等着被处死或降级,但他却封了我个千人长。然后他派我带着一二十人的队伍去完成反击非利士暴徒进犯的战斗使命。这些非利士人窜入谷地,劫掠或抢占我们以色列北部和犹大南部[1]的村庄。我怀着高度的责任感,无论扫罗派我去哪里我都毫不推卸,在各个方面都谨慎行事,竭力讨他的欢心。但这是不可能的。整个以色列和犹大的人民渐渐地爱戴我了,因为他们看着我出征又归来,胜利地打击了非利士人,解放并保卫了他们。但扫罗就是不喜欢我,我越谨慎行事,他似乎就越害怕我、憎恨我。我不顾一切地尽力谋求他的好感,可这些徒劳的努力不但没起好作用,反而还激怒了他。我真不知道该怎么办。在饱尝了各种心惊肉跳的苦滋味之后,我写出了一首描述它们的卓越诗篇。

在第一段标枪插曲之后,我所要面临的是我未来的岳父再也不能和我心情愉快地和睦相处了,这是我一生中令人惋惜的事情之一。我做了什么,要受到这种待遇?你告诉我呀?我看你好像跟我一样都在寻找这个谜底,而且我们也只能得出一个相同的结论:我一件错事都没做。这个答案使我们两个同样感到不安。可扫罗阴沉不满的态度和慢慢燃烧的怒火从没有改变和消退。我既处在不断的危险之中,又充满忏悔。向这个族长式的人来赎我从未有过的罪,这怎么可能呢?如果我们二人只使对方感到不舒服,就

1　原文如此。

算是最好的时候了；在其他时候，他一见我就表现出可怕的暴躁；要是不露出这种明显的表情他就对我的出现无法忍受。他的憎恶使旁边的人一看就明白了。对约拿单和其他的人来说，这种感情更是件可怕的事。我也说不出头尾来。他要从我这儿得到什么呢？想当初谁做梦能料到，就因为撒母耳他每天在一种几乎无法控制的冲动里绞尽脑汁地要杀死我呢？这个恶毒的傻瓜，既可怜又疯狂，总是把我派到遥远的地方进行战斗，兵力不充足，他希望不必亲自动手，借非利士人的手就把我干掉了。

扫罗的看法是——可能有充分的理由——上帝爱我。所以，当他清醒时，他就不敢亲手杀我。扫罗试图对付我的这种手段正是很久以后我更成功地用来对付那个不幸的傻瓜赫人乌利亚的。我不想亲自杀他，但是在拔示巴怀孕完全暴露之前，我不得不大大方方地娶他的妻子。

世界上没什么新东西，有吗？当然就更没有什么新招数了。让我看看任何可以称之为"瞧，这是新的"的东西，我都会告诉你它曾经存在过。生活中只有四个情节，文学中有九个情节，其他一切事情都不过是它的变化，是虚荣和精神痛苦罢了。我十分清楚地知道在这充满狂风暴雨的阶段里，我没有感受到上帝的爱。相反，我倒是感受到了许多精神痛苦，因为扫罗显然是怀着一颗无法改变的仇恨之心，无时不在仇恨我。我错误地以为他的话都是纯真无邪的，在他希望我战胜他的敌人的时候，我竟没想到这种合乎逻辑的希望是不是表里如一。但是每当我战胜敌人时，他又总是愤怒地发起疯来。所以当扫罗的一队仆人来这儿告诉我说，扫罗的女儿爱上了我，扫罗想招我做他的女婿时，你会发现我是多么惊诧。人类因各种希望而产生的虚荣就是这样，我马上便相信扫罗现在对我称心如意了。你知道，一切都是虚荣，一切的一切，从长远观点看，世上万事不过是虚荣和精神痛苦罢了。转眼之间，我就觉得国王的女儿应当爱我，这是世界上最最自然的事了。

回顾过去，我发现了一个更不寻常的现象，那就是我非常容易地就爱上了战斗，好像是为了战斗我才来到世间似的。我小时候根本就不喜欢打仕。人们忘了歌利亚是我杀过的第一个人。在那之前我甚至连战役都没参加过。传说我是在战斗中长大的，非常英勇善战，但这不过是为了崇拜英雄而精心杜撰的故事罢了，否则我早就会出现在梭哥壕沟战的战场上了，不是吗？传说中能吸引人们想象力的救星们都是从那些模糊不清或平淡无奇中产生的，他们到来时也没有任何预兆。我也是这么来的。如果我只是一个打败了另一个英雄的英雄，又到哪里去找故事的高潮呢？阿喀琉斯战败赫克托耳是《伊利亚特》中毛病最大的一部分——阿喀琉斯是以宠儿的身份参战的。荷马确实不善于编造故事，是不是？不过荷马自然是尊重了事实。

我是在伯利恒长大的，但我不喜欢打仗的游戏或其他任何成群结队的活动。我的外甥约押、亚比筛和亚撒黑都热衷于有男子汉气的军事艺术，以此取乐，可我始终也没有那种热情。我是这个大家庭中最后出生的孩子，而他们是我大姐洗鲁雅最早生的孩子，所以我们的岁数相仿。我比他们更精心地练那种很少有人看得上眼的投石器，喜欢独自一人投掷石头——我认为我是个孤单而浪漫的人，整日沉浸在我的诗歌和音乐创作当中，一边构思，一边还能照看羊群。约押和其他外甥总是无忧无虑地把时间花在费劲耗力的举重、俯卧撑和快速短跑上。他们做一些打击假非利士人的战斗游戏，找些什么东西代替锤子和斧头，然后砸个稀巴烂。我常在远处的牧场上投掷石头。有一天，阴云密布，狂风四起，我凝视远处，连我那一小群绵羊还没剪毛的灰色屁股都看不见。这时我创作了一首值得称道的《G弦之歌》。

年轻的天才作曲家，弹一手好竖琴的神童，还在我十几岁的时候这些美名就不胫而走，传遍了远近的乡村，这些赞誉我是受之无愧的。我想当时约押准会把这些看得一文不值，对我创作的歌曲主旋律他总是嗤之以鼻。在他看来，所有的男性歌手都是嫌疑犯，男性跳舞者也不例外。我敢断定他也认为我是值得怀疑的人。但我不这么看，我觉一个心里没有音乐的男人倒更适合去通敌叛国、煽风点火和掠夺财物，即使我做了国王之后，我也常常用这些字眼儿把我的看法告诉约押。像我前面可能暗示过的那样，在年轻的男子里，我长得异常英俊，甚至隐约还有点女人的那种妩媚。我猜测他对这一点也不会喜欢的。我从自己潇洒的风度和迷人的微笑中，从自我贬抑的言谈中得到了极大的乐趣，但我丝毫不掩饰这些，我就是不让约押和其他人得到满足。年老的女人对我啧啧称赞，少妇和姑娘们用渴望的目光死死盯着我，甚至偶尔路过的行人看到我也要为我的英俊感到吃惊，带着好奇的表情用力注视着我；那表情可不是正常的观赏，它充满了暗示。我长得秀气，也知道这对别人很有吸引力。我的脖颈被比作一座象牙塔，浓密的头发被描写成像渡鸦的羽毛一样黑——这可不是我自己吹嘘。告诉你吧，我就经常看到我的羊群中最漂亮的那只绵羊充满性欲地咩咩直叫，转过头来以渴望的目光看着我。这话我一点儿都没夸张。

所以，对我来说，国王的女儿米甲爱上了我，这似乎很快就成了寻常之事。她怎么能不爱我呢？我的皮肤不是比羊奶还洁白、比红宝石还红润吗？哪还有人比得上我的皮肤好呢？这就是过分虚荣的人进行自我欺骗的本能，我很快就推论出扫罗会欢迎我娶他女儿，并且在他女儿的聘礼上会让我少费些劲，这也同样是合情合理的。我万没想到他会从他女儿对我的倾心中窥见了一个害我的陷阱，他想借助这个陷阱使我死于非利士人之手。

"国王不高兴吗？"听说米甲爱我后，我询问。

"他想让你做他的女婿。"押尼珥简洁地答道。只是到后来我才察觉到他是在答非所问。押尼珥从来就不是个容易相处的人。

"我的印象是他不喜欢我。"我很不自信地说。

"你是他名单上的第一个人。"

"我算是什么样的人呢？"我表示不同意，并拿出适当的谦恭来，"我父亲的家族又怎么样？我该做国王的女婿吗？我真感到有些受宠若惊。"

"他并没宠你。"

"他真的喜欢我吗？"

"当你出去与非利士人作战时他确实喜欢你，"押尼珥提醒我说，巧妙地用未经证明的假定来回答我，"你把非利士人杀死了不少，你把他们打得夹着尾巴逃跑了。"

"国王注意到了吗？"

"海里有现成的食盐吗？"[1]

"他从来不说赞赏我的话。"

"你知道他不健谈。"

"他有时让我感到他在担心我要搞什么名堂。"我一时有些忐忑不安。

"你成为他家中的一员，在他身边就能消除这种担心，还能有比这更好的办法吗？"

"我真的能使他不担心吗？"

"这是我的建议。"

"人们可以拒绝国王吗？"我反问了一句。

"公牛有奶头吗？"

"野驴有草吃的时候还用叫唤吗？"

"我们是不是谈了一整天了，大卫？"押尼珥好像从来就没有像一个女人那样对我着迷过。

"我是个穷人，"我谨慎地说，显得很谦卑的样子，把问题的实质直接挑了出来，"我没有钱，也没有土地，甚至我过去在野外放牧的那几只可怜的绵羊也不是我的，而是我父亲的。"

押尼珥兴致勃勃地回答："国王需要钱吗？ 他是因为缺少土地或绵羊而痛苦吗？"

"沙漠中的沙粒是银子做成的吗？"我聪明地回了一句。

"那么森林里的草是金子做成的吗？"押尼珥继续说，还是那么冷冰冰的缺乏情感，这使他成为谜一样的人物，"扫罗是一国之王，他愿意要多少钱、土地和绵羊，就能得到多少。他不需要这些，他不希望为他的女儿准备这样的嫁妆。他只要一件礼物，只要那种实实在在的表示良好诚意的聘礼。"

---

1 意即有的东西并不一定以直接形式表现出来。

"什么是实实在在的聘礼呢?"我警惕地问。

"是一种微不足道的东西。给国王的女儿一件无足轻重的东西,这既不会使你和你父亲变穷,更不至于让你勒紧腰带过日子。扫罗不想要财物。"

"那么我要为她拿出什么样的聘礼呢?"我紧张地问。"一磅肉。"这是我得到的回答。"一磅肉?"我惊讶地重复了一句。

"或者是十到十二盎司,不管它加在一块儿有多少。"押尼珥随便答道,用诡秘的目光直勾勾地看我。

我不明白。"什么肉呢?"

"非利士人的肉。"

"我还是不明白。"我直率地承认。

"就是阴茎包皮。"押尼珥说,装出尽力忍耐的样子,好像我秘密地参与了所有的谈话,但又非常迟钝地抓不住要点。"国王想要包皮,给他送去非利士人的包皮,向他的敌人复仇,你就会成为他的女婿。这就是他所要的一切,一百张非利士人的阴茎包皮。"

阴茎包皮?我明白以后几乎跳了起来。不就是一百张非利士人的阴茎包皮吗?我可以送给他一千张!

"我要给他二百张!"我高兴地喊,吹嘘的慷慨和有所保留的机智混合到了一起,"他什么时候要?"

"越快越好,"押尼珥决定说,"我这是从每个人的角度考虑。趁她的容貌还没变,还显得非常年轻,又能生孩子,扫罗想要外孙了。"

"我立刻就动手。"

"要多久才能拿到这些包皮?你可以得到你所需要的人手。"

我熟练地高声计算起来。对计算我是如此熟练精通,你准会着迷的。押尼珥看上去正在出神。我流利地提出,至少要四个身强力壮的以色列人去紧紧抓住一个活的非利士人,把他的脸朝天一动不动地按在地上;第五个人把手伸进他的裤裆里,用劲儿把他的阴茎拽出来,压住任何躲避手术的本能反应;第六个人拿好刀子把非利士人的包皮从阴茎上娴熟地剥下来。在有些事上，我有个喜欢整洁的癖好，这差不多是从小就养成的习惯。最后，在这些力量之上再加上两个人，把反抗的人压在原地不动，这是很有必要的。我不指望非利士人主动屈从。平均用一个小时左右的时间找到并抓住一个非利士人，把他的包皮割下来。四个小组，每组六人，带上白天的食物，悄悄行动，没有吃午饭的休息时间，我充满希望地估计每天可以割到——

押尼珥一直听得出神，他突然从那种情景中摆脱出来，"大卫，大卫，"他打断我的话，眼睛向上翻了翻，有气无力地抬起一只胳膊，示意要我克制一下，"我认为你可能忽略了这一英雄行为的目的性。我们是想要你杀死这些非利士人，而不是让他们皈依。你就是把整个阴茎都带回来我们也不在乎。"

我又一次感到大喜过望，几乎倾注了我的全部情感疯狂地长声尖叫起哈利路亚[1]来。我意识到杀死非利士人把整个阴茎都带回来，这会更快地完成任务。

可是谁会马上想到像扫罗这样笨拙的人为了借非利士人之手杀死他讨厌的人，竟会设下如此狠毒的陷阱呢？谁能相信？在扫罗错乱的大脑里，那个人早就体现了上帝的旨意，被挑选出来取代他。我一点儿都没想到这些，就是冒险打赌也猜不到。直到后来很久，约拿单把这马基雅维利式[2]计划的恶毒细节揭示给我，然后又经过我妻子米甲那天夜里的证实，我才恍然大悟。在扫罗要杀我的那天夜里米甲近乎歇斯底里地恳求我说，要是我对自己的性命感兴趣的话，就马上从窗户逃走。

我那粗心大意的外甥约押也没想到。当我请他当二十四个人的统领帮助我时，他就欣然应允了。即使在当初，剽悍强壮的约押也只是一心渴望着冲过去与任何敌手搏斗，他几乎从来没有问问自己为了什么。在一个春天——这是国王们再度征战的季节——正是这个直率的约押请求我允许他

1　哈利路亚，犹太教欢呼语，意为"赞美耶和华"。
2　马基雅维利式，指不择手段的。

率领六百人与亚比筛一起穿过土耳其,进入克里米亚先去征服和占领俄罗斯和亚洲,然后再去攻占欧洲剩下的部分,向北远至斯堪的纳维亚,向西包括伊比利亚半岛和英伦三岛,甚至还要涉足爱尔兰共和国。

"我们在春天去打仗,在我们收割了庄稼之后;而他们是秋天打仗,在他们收获了之后,我们怎么能碰到一起呢?"这是我对约押提出的第一个反对意见。

"我们可以在春天收获之后出征,在他们收获之前的夏天进攻他们。"约押简单地讲。

"如果你夏天进攻他们,就不能靠他们打谷场上的粮食了,你吃什么呢?"

"我们可以随身带上弄干的无花果,"他回答说,"在斯堪的纳维亚,我们可以靠鲱鱼活着。"

或许,我应该再多考虑一下他的宏伟计划,而不是重新部署战役去攻打约旦的亚扪人和北方的亚兰人。要是那样,我现在会给自己赢得多么显赫的声名啊!谁需要这么多的沙子和岩石?我还没要够吗? [1]

当我在基比亚又完好无损地出现在扫罗面前,并把篮子里的东西全部献上时,看上去扫罗对我的成功非常失望,当时我也没感到有什么难于理解的地方。我只是担心扫罗可能对非利士人的阴茎包皮或阴茎的质量不满意,可在这之前我曾提醒约押把所有不够大或不对称的阴茎都挑出去;我也亲眼看着他从我们每天的收获中进行精筛细选。从基比亚出发,走了半天之后,我才对约押和其他人透露了我们将要着手去寻找的特殊目标。这消息使他们十分惊讶。

"阴茎包皮?"我那敏捷勇敢的年轻外甥亚撒黑问,他那时惊讶得像一只旷野中的羚羊一样。"大卫,要包皮干什么?"

"谁知道呢?"我坦率地答道。为了达到戏剧效果,我停了一会,舔了舔

---

[1] 以色列和犹大等地多是沙漠。

嘴唇，准备着欣赏那即将来临的好戏。当我用越来越高的嗓门继续说时，我内心的自豪感使我满面红光，"这是扫罗要我交给他的聘礼，这样有那么一天我就可能成他的女婿了，我要娶他的女儿米甲。"

我的话引起了一阵惊讶的喊叫，其中最响亮的是约押那火山爆发一样的喊声，"米甲！"他拽住我的胳膊，不相信地盯着我，"这是你说的吗？米甲？"他又高声地重复了一遍。

我自然也吃了一惊，"怎么啦？"

"我真不明白，"约押断言，就像平常不管遇上什么不能理解的事，都要大发雷霆一样。"这事不太对头，米甲？你真的要娶国王的女儿米甲吗？"

"我为什么不能娶国王的女儿米甲呢？"

"我还以为约拿单是你的恋人呢。"

我感到震惊，"你疯了吗？"我追问道，"你究竟是从哪里听来的？"

"从约拿单那里，"约押立刻回了一句，"你的灵魂和他的灵魂编织在一起了，是不是？"

"谁说的？"

"他说的，"约押答道，"他把腰带给了你，对不对，他还把剑、弓、袍子和其他的衣物给了你。他告诉基比亚的每一个人说他爱你如同爱自己的灵魂。"

"是他的灵魂和我的灵魂织到了一起，而不是我的灵魂跟他的织到了一起。"我辩驳说。

"这有什么两样呢？"

"差别大着哩，"我庄重地回答，"如果你不介意，让我们赶路吧。"

可约押不肯，坚持把我拉到一边用亲切的话语劝告我。"大卫，米甲可能很粗野，"他焦急地说，"你清楚自己在做什么吗？"

"他们告诉我说，她爱我。"

"与约拿单结合对你可能会更好。"

"让我们弄那些包皮去吧。"我粗暴地命令。

亚撒黑似乎又要阻挠我，"弄阴茎包皮太危险了，大卫。"勇敢的亚撒黑温和地警告我。他后来没死在非利士人手里，而是死在押尼珥的后枪把子上。那是在我们长期内战中的一次战斗之后，他穷追押尼珥的时候。"那要干许多艰苦的活。不过这到底是谁的主意？押尼珥出的吗？剥非利士人的阴茎包皮可不是什么好消息，大卫，这是非常糟糕的消息。"

"好吧，这儿有好消息，"我简直是脱口而出，"他们让我们杀死非利士人，而不是使他们皈依。他们说我们可以把整个阴茎都带回去！"

我顺利地宣布了这些消息。"带回整个阴茎"很快就成了人们的俗话。在扫罗第一次，然后是第二次同他的先知们迷狂发作之后，这个俗话就像关于扫罗和他先知们的格言一样，在谈话中被广泛引用着。当我命令再次集合时，我那一小队勇敢的人们发出了粗野嬉闹的欢呼，带着孩子们提前放学的那种欢乐，开始跋涉。大家雄赳赳地齐声唱起了一小段欢快的打油诗来提高士气，这是我为这种场合即兴而发的成功之作，即：

嗨呼，嗨呼。

我们朝着迦特走。

谁要拿出两根针[1]

去换鸡巴皮？

嗨呼，嗨呼。

大家为我这新鲜的双关语而欢呼。我一回想起来就感到满足。

我知道带着我的人到哪儿能找到单个的或三五成群的非利士人。我领着他们奔向迦特，穿过我老家犹大那崎岖不平的群山，进入低矮的丘陵；当人们朝大海走去时，这些丘陵也逐渐向下伸向非利士人的布满沼泽的平原。

对一个在歌中被誉为杀死了成千上万非利士人的男子汉来说，第一个

1　别针 (pin) 的复数形式 (pins) 意为腿。

一百张包皮只是短暂的工作，第二个一百张也如同小孩的游戏一样。扫罗本该对我能够获得成功做好更充分的心理准备。返回的旅程本是一次凯旋，但却被出乎意料的一些奇怪的骚乱给弄糟了。这一次当妇女们拿着八弦琴、钹和木鼓从城里涌出时，她们唱的是：

> 扫罗剥了包皮千千，
>
> 大卫剥了包皮万万。

还有谁曾像我这么英勇、取得了这么新颖的功绩，有谁被女人用歌声如此粗野地歌颂过？能亲耳听到这些歌声我是多么激动啊！扫罗没听到这些歌声，我真是如释重负地松了口气。但就在我们要穿过第一个村子时，在一点预兆都没有的情况下，一声刺耳的尖叫撕裂了空气，一个身材健壮的老年妇女号啕大哭起来，哭喊声是那么大，那么悲怆，我以前从没听到过。她哭叫着，用手指着我们挂在大车上的篮子，几乎都要碰到篮子了：

"乌利盖死了！非利士人乌利盖死了！我真不痛快！乌利盖死了！"

接下去的骚乱难以描述。别的女人急忙跑到身边抱住她，安慰她。她们中的两三个人也跟着悲悲切切地恸哭起来，但是人群中别的女人反应却不一样，她们紧锁眉头，冷淡地表示反对。男人们的额头都变青了，带着荣誉被玷污的表情，眼睛皱成了蛇一样的细缝，愤怒的情绪在心中滚动着，经过一番思考后怒气冲冲地喊道：

"用石头砸她！砸她！"转眼间响起了一片叫喊声。

"饶了她吧！放了她吧！"其他人又团结起来保护她，"她还没受够罪吗？"

"非利士人乌利盖死了！"

"发生什么事了？"我问一个干瘪的白胡子老头，他闪动着一双明亮的眼睛，正静静地看着眼前发生的一切。他是我见到的唯一的一个看上去精神正常的人。

"愿她的大腿根腐烂，盐水胀起她的肚皮。"他以最驯服的举止，富于哲理地对我说。

我们很高兴从那儿摆脱出来。但是在离这儿一二里远的下一个村子又发生了同样的事儿，不同的是这回有几十个悲痛不堪的妇女。当我们接近村子时受到了一片欢迎，这使我们精神振作起来。妇女们穿上了鲜艳的节日盛装，载歌载舞，唱起了那首叠句歌：

> 扫罗剥了包皮千千，
> 大卫剥了包皮万万。

我们从这儿走过去时，吃饱了塞给我们的枣和无花果，还有蜂蜜杏仁芝麻糕，可是后来突然又传来了先前那种尖叫声。又是同样的震惊，撕心裂魄的哭喊声又把欢乐的气氛给冲跑了。这些震耳欲聋的令人心碎的痛哭和叫喊一阵阵传来，都是为了死去的那个非利士人，为失去作用又不能替换的生殖器忧伤，让人无法安慰，乌利盖死了——非利士人乌利盖离开了。在这里，那些失去亲人的妇女好像占了大多数。很快，这些狂暴的妇女为了她们心爱的非利士人的死用脚和拳头向我们进攻了。其中一个妇女张着指甲向我的脸扑过来，把我的两颊和脖子挠出了长长的血道子。这阵骚乱把人弄得晕头转向，不知所以。说真的，要是不打这些乡下女人的屁股和大腿就想把她们挡住，那可太难了。

"这儿到底发生了什么事儿?"我的外甥亚比筛嚷道。他经常是最不容易激动的。

"把它们都弄乱了!"我吼叫着命令约押，惊恐地暗示篮子里的一堆鸡巴，"把它们罩起来!"

"把他妈的这堆东西都搅和乱了!"约押用更大的声音传达了我的命令，"把大车盖上! 大车，把大车盖上! 你们他妈的谁杀了乌利盖!"

我们能活着逃出来真是个奇迹。

"愿你们的大腿根腐烂,盐水胀起你们的肚皮!"这是我们转身冲整个村子里的女人喊的诅咒话。

大车被盖上了,非利士的土地被远远地抛在了身后。一路上是一束又一束的玫瑰花,是一个接着一个的庆祝会,最后我们回到了基比亚。我数出了包皮,把这两百个战利品送给扫罗。扫罗一直不怀好意地用怨恨的恶毒目光仔细打量我。为了尊重他的要求,我竟傲慢地认可了他那最邪恶的直觉和狂想。他要信守诺言,把他的女儿米甲嫁给我。他说他知道上帝与我同在,但他这么说时的口气使我脊梁骨直打冷战。

在我的婚礼晚会上他没跳舞。米甲也没跳。我几乎跳个不停。噢,多么美好的时刻啊! 在她的兄弟们和快活的堂表兄弟以及叔叔婶子们的怂恿下,我使足全身力气越跳越猛,膝盖骨踢得越来越高,直到我束腰长袍里的裙子也飞飘起来。我最后才发现我那晃来甩去的生殖器都露出来了,所有在场的人,除了瞎子和快要死的人,谁都能看见。为我喝彩的欢呼声好似雷鸣。我们像以法莲人一样痛饮,像猪似的满身臭汗,约拿单和他的兄弟们往我嘴里一杯接一杯地灌酒。我注意到米甲和扫罗并不太快活,两个人绷着脸,带着吹毛求疵的神情,固执地站在背人处,孤零零地把自己同庆祝活动隔开了。我当时想,这两个郁郁不乐的人看上去就像父亲吞了酸葡萄,女儿酸倒了牙。当我欢快地旋转着,跳过去紧紧抱住她时,一种不祥的预兆使我吃了一惊,一双责难的眼睛死死地盯住了我,我感到不寒而栗。这不祥之兆就是我永远也不能使她长久高兴。一个念头从我心中闪过,我外甥约押可能说对了,或许跟约拿单结合会更好些。我在婚礼晚会上度过了如此狂闹的大好时光,以至于有六次——是六次——我被迫停止狂欢痛饮,从基比亚扫罗房子的正门摇摇晃晃地走出去对着他的前墙撒尿,后来别人告诉我说六次可是年轻人的最好纪录了。

晚会散了,乐师和歌手们离开了,乱哄哄的欢庆人群把我俩裹在两条紫红色毛毯里,打着火把抬着我们穿过大街向家里走去,尾随的人群像公牛一样吼着含糊不清的五花八门的洞房交欢曲。我也晕头晕脑地唱了起来,声音跟别人的一样，都是醉醺醺的。我突然想起来，整个晚上都没听见米甲言语一声。扫罗把她交给我做我的妻子。我把她放在一边让她接受亲戚们的躬身礼和欢呼。我们家一个人都没被邀请。米甲舒舒服服地趴在我背上，我从毯子里什么也看不见，也懒得动身子去看。

"米甲，"我问，"你在那儿吗？"

"叫我公主。"我听她答道。

听到这些话，抬着我们的年轻人里发出了轻蔑欢快的笑声，那一瞬间我感到不自在，随后又被他们所感染，也跟着大笑起来。在扫罗特意赐给我们的住宅门口，他们把我放下以后，又把她抱下来放到我的怀里。我抱她迈进门槛，关上了身后的门。我把她放下来，看到她带着一副严厉的表情注视我，这时我知道要遇上麻烦了。她天生的一双小眼睛眯成两个闪闪发光的珠子一样的小点点。她开始的那句话把任何可能有的幽默感都给赶跑了。

"去洗个澡，"她吩咐说，小嘴紧绷成一道没有血丝的缝，"洗洗胳膊下面。把头发弄干后要梳一梳，后面也梳一梳。用漱口水漱漱口，脸上再擦点香水。"

我小心谨慎地遵照她的指示把自己整理得干干净净，当我又回到她身边时，她还是令人不快的样子。她把胳膊又起来，像堵墙一样冷酷地对着我，一言不发。我像摩西一样逆来顺受，你知道摩西有时是世界上最温顺的人。我实在受不了她的沉默了，就呜咽着可怜地向她恳求。

"出什么错了？"我不得已问道。

"能出什么错呢？"她耸耸肩说，冷冰冰地看着我。

"你好像没跟我说多少话。"

"有什么好说的？"伴随着这句答话的是一副圣徒式的面孔，这与她那无情的冷漠并不相称。

"你好像在为什么事生气。"

"生气？"她嘲讽道，惊讶地睁大了眼睛，惊讶中又带着嘲弄的神情，"我为什么要生气呢？有什么气好生呢？我有要生气的事吗？"

我感到脚下的地更不稳了,"你没有想和我谈谈的事吗?"

"有什么要谈的呢?"

"米甲。"我套她的话。

"我是公主。"她提醒道。

"我必须一直叫你公主吗?"

"如果你希望得到客气的回答。"

"如果我做错了什么事,我很想让你告诉我。"我几乎是带着歉意恳求她。

"告诉什么呢?"她木然地回答,同时又夸张地耸了耸肩。然后是令人恐惧的十秒钟左右的沉默,好像她是在计算着时间。接着她就滔滔不绝地说开了:"你没在我父亲和我兄弟面前使我羞辱、给我丢脸吗?在我结婚的夜里,你让我蒙受耻辱,大卫,你给我丢了脸,你又喝又跳又唱,像喝醉酒的笨蛋一样快活,太粗俗了,大卫,真是俗透了。"

我尽力跟她讲理:"米甲,是你的兄弟们让我跳舞、唱歌、喝酒的。他们也那么干了。"

"我的兄弟们是国王的儿子,"她让我知道,"他们愿意做什么就做什么,怎样都不会粗俗。你话里有话地说他们粗俗,这就更说明你是粗俗的。我想我是活该倒霉了,"她的声音降低了八度,好像在眨动眼睛往回收眼泪,"我真不该嫁给你这么个平民百姓。"

我继续以最和善的方式努力与她说理:"米甲,我亲爱的——"

"米甲公主。"她打断了我的话。

"你嫁的任何人都得是普通人。扫罗是我们的国王,我们没有贵族,你那么说是不太公平的。"

"谁说我必须公平?"她反驳说,"让我看看哪里写着我必须公平?你,一个犹大人,怎么敢指责公主我不公平?你知道,你不是在街沟里找到我的,我可在街沟里发现了你,就是在街沟发现你的。"

"米甲,"我坚定地改正她的话,"你在街沟看到我的时候,我是在队伍的前头。我是英雄，人们都在向我欢呼，那是在我刚刚杀死了歌利亚之后。"

"谁?"她问道。

"歌利亚，那个巨人，非利士人的勇士，谁都怕他，甚至连你父亲都怕他。你当时脸上擦了胭脂，坐在窗边看我，是不是? 我当然是在街沟里。你希望他们在人行道上举行那次游行活动吗?"

"我们在基比亚没有人行道。"

"那又如何? 你看见的任何人都不得不走在街沟里。"

"可我单单把你挑了出来。"她坚持说，倔强地把胳膊又起来。

"扫罗对我也另眼相待，让我不再回到家中我父亲那里，封我为千人长。他派人捎信说你爱我，就因为这个我们才结婚的。"我望着她，问道，"米甲，你不爱我吗? 哪怕是一点点?"

"我爱你，大卫，我爱你，"她承认说，声音也温和了些，"但只能以我的方式、以王室一员的身份来爱你。王室的人总是希望别人服从她。"

"殿下。"

"这还不错。答应我，你要永远记住娶的是位公主。"

"你不会让我忘了的，这一点我绝不怀疑。"我回答说。

"我要你每天晚上都洗澡，每次饭后都刷牙。要经常使用除臭剂，大小便后要用浓味香皂洗手，特别是在给我准备饭之前。别忘了梳头，特别是脑后。我可受不了脑后有平头发的男人，那看上去像是躺着压的，像个懒汉似的。别在我跟前抠鼻子，这习惯太粗俗了。"

"我没抠鼻子呀，我从不抠鼻子。"

"不许回嘴。回嘴也是缺少教养。永远别放屁。"

"永远?"

"我就是这么说的。每天下午回家时要换衣服，一个男人穿着白天的衣服晚上能舒服吗?"

"好吧，我照办就是。"

"我要你穿睡衣睡觉，修剪指甲，保持它们的清洁。我喜欢修饰整洁，表情威严,穿着无可挑剔,而且始终有股肥皂和除臭剂香味的男人。"

"我会尽力去做的。"

"我要成为了不起的国王们的母亲。"

"这一点我也会尽力的。"

她最后终于变得热情起来,放松了双臂。我们挨着身子走到铺在地上的草席边,因为我们的床还没送来呢。米甲在她让我抱着躺到我身下之前还是个处女,十秒钟都不到,她再站起身时就再也不是了。

"好了,感谢上帝,这事总算干完了。"这是我第一个新娘在我们新婚之夜说的话。"我自然希望我们有个儿子,这样我就再也不干那件事了!"

我立刻就明白了她这番话中的含义,明白了我所处困境的严重性。米甲,我的新娘,并不只是国王的女儿,还是个地道的犹太美国公主!我娶了个日本娘儿们!在《旧约》中我是第一个被这样的娘儿们给粘上的人。

米甲在我们的新婚之夜没有怀上儿子,等月经又来时她就像扫罗一样由于对我的失望而常常动怒。十分清楚,在那唯一一次的夫妻同房中,我使她的期望落了空。月经刚过,她把月经期带来的脏东西彻底清除之后,就带着一副屈从于某种令人讨厌的义务的痛苦表情把我唤到她身旁,允许我第二次进入她的紧身短裤里。在停歇时她就把我弄到隔壁的房间,让我独自一人睡在一张窄小的睡椅上。那时我们的家具还没送到。扫罗在基比亚附近给了我们一幢漂亮的二层小楼。我们的卧室都在楼上,一扇涂了黏鸟胶的篱笆门把两间屋子隔开了。又是一次快速的结合,接着是一个月的禁欲。我被剥夺了丈夫的权利。在这期间我被赶到另一间屋里的睡椅上。我下意识觉出结果不会比以前乐观,但是在月亮又一次变圆也就是她再一次来月经之前,我始终保持沉默。为了那种病态的体面,就在月经期间受尽了五花八门的肉体上的痛苦。我敢打赌,这样的女人从来没有过。我尽量使她相信,至少从统计学的角度来看,她坚持要推行清教徒式的周期性交方式,使她受孕的机会大大地减少了。但我所做的这些努力都失败了。她认为我这么劝她，是残忍的、自私的，也是俗不可耐的。

"你千万不要以为我是性冷淡，"她开导我说，"这不过是因为我向来喜欢洁净，对不洁净的东西一分钟都受不了。你也肯定注意到了我每天都要洗澡的。"

到那时，我也每天洗澡了。

即使在没时间胡思乱想的新婚头几个月里，我也很快觉察到有比按时洗澡和过分挑剔的妻子更重要的问题需要应付。那就是我的岳父扫罗。他比以前更害怕我，逐渐变成了我的敌人。扫罗可不像他女儿，他对她要当伟大国王的母亲并不那么热衷。他更着迷的是看到我死。他被这个进退维谷的难题折磨得憔悴不堪。因为我神圣存在的本身对他来说已经人格化了：他对我活在世上难以忍受，但又不敢伤害我。他那充满狂想的心处处都发现上帝与我同在的明证。如果他要除掉我，就必须亲自筹划。当然，在同非利士人的拼杀中，我的性命就像有魔法保护一样。上帝不会让他得手的。

我估计他最终总要铤而走险。在他失去自我控制的时候，他就要告诉约拿单和所有的臣仆说他们应该杀死我，这一天将不可避免地来临。作为一件新鲜事儿，你有何高见？我的婚姻是幸运的婚姻，是不是？约拿单非常喜爱我——为什么他应该不喜欢我？——他第一个给我通风报信，劝我在那天清早要小心提防，在隐秘的地方藏起来。扫罗对自己的女儿将成为寡妇还有所顾忌吗？那天我蜷缩在斗篷里整夜不能入睡，惊颤不止，梦想着能有一个像书念少女亚比煞这样对我体贴温存的人，可亚比煞是在我垂暮之年才出现的。第二天天刚亮，约拿单已经成功地劝说他父亲收回成命，不再严厉处罚我。我当时是多么真诚地感谢上帝啊。

"国王不要随意杀戮臣仆，不要加害大卫，"约拿单告诉我他当时对扫罗就是这么说的，"因为大卫没冒犯你，对你说的话都是一片好意。他还杀死了那个非利士大力士，为了你他确实是不避生死。这些你都亲眼看到了，而且你开始时是挺高兴的。"

"上帝爱他，约拿单。"扫罗不安地说。

"这就更好了，我的父王，难道这样你还要让无辜的人流血，无缘无故地杀死大卫吗？"

扫罗听从了约拿单的劝告，他说话时容光焕发，仿佛剥掉了眼中的翳障，马上见到了光明一样。他被约拿单一番最有远见的开导给打动了。"上帝在上，"扫罗喊道，"不能杀死大卫，我从心里发誓。今天早晨就把他带到这儿来，我们要和好如初，再也不会互相仇视了。"

约拿单把这些都告诉我了，当天就带我去见了扫罗。这回扫罗待我比从前好多了。扫罗为了使我高兴，让我靠他右首坐下。整个晚宴他一直亲切地望着我，为我搛菜，不停地和我说话，夸奖我，不住地劝我进餐，好像我是他最可爱的儿子，他在改过自新。我一生中从来没像那天晚上那么心满意足过。由于我跟我的国王兼主人坐到了一起，由于我绝处逢生的奇迹，使我在宴会上感受到了从未有过的平静。

宴会后，扫罗让我一个人陪他散步。就在城门外向下伸展的斜坡上我们一起穿过了成熟的麦地，此时此刻我心里一点都不怀疑我们的和好是非常圆满的。在感情融洽的良好气氛中，我们沿着一条泥土翻开的小径肩并肩地走着。小路两边是一根根折下了麦穗的秸秆，麦穗早已被捆起来送去捶打扬簸了。对第一个琢磨出怎样收获粮食的人真应该给予某种奖赏。泥土散发着芳香，就像美酒一样令人陶醉。那个繁星满天的夜晚有些神秘，空中那轮秋分前后的硕大的橘黄色满月垂得是那么低，又那么丰满；浓重漆黑的夜空深不可测，在白色和金色星光的强烈照耀闪烁中也发出灿烂的光来；星星多得宛如海里的沙粒，数也数不清。苍穹与我们周围浓密的空气挨得这么近，已经成了空气中的一部分。我感到每次呼吸都好像把一种永恒不灭的物质吸进了肺里。当扫罗把他那只肥大的疙疙瘩瘩的手第一次这么轻轻地放到我的脑后时，我感觉到一种异样的惊奇。我一生中第二次感到我被一个像上帝一样、慈父一般的不朽的人奇妙地触摸过。我不知不觉地被带到了一种崭新而又非常迷人的生活里。那种感觉开始时使人有一种惊奇的崇高感：与拔示巴相爱也是如此。我从前只体验过一次这种再生的无限快慰的情感。当时，人们把我从伯利恒带到扫罗那里为他弹唱，然后他把我的头抱在手里，用那种能戳穿人的目光盯着我的眼睛，对我立下了那些海誓山盟。可是第二天清早，他跟其他人一样把这些忘个精光。在这以前我从来没经历过这种凄凉的失望的痛苦。

"大卫，我的儿，我有件事必须告诉你，"当我们披着星光在那个芳香四溢的晚上散步时，他沙哑着嗓子对我说，"戴王冠的脑袋可安静不了。相信我，我是知道的。"

他又继续低声向我披露了许多关于他过去的事儿。语气诚恳得让人难为情，其中也充满了不加掩饰的忏悔。但他说的话多数不可信。当我反省那次对话中我们之间的坦率时，一想到那是我们之间最长的也是最后的交谈，我就感到十分惊讶。

扫罗从来没渴望自己成为什么领导者。几乎在他整个青年时代，他就一直把自己看成是笨拙而不圆滑的人，因为他长得比周围的人高出一头。

"也许那就是我被选中的唯一原因，"他不无悲哀地推测说，仿佛在回味着往日熟悉的痛苦，"我肩膀以上的部位总是高出其他人。他们总是问我上面的空气是什么样的。说真的，我从来也没考虑过上帝，当听到撒母耳说我就是上帝选出来统辖祂臣民的那个人时，跟任何人一样，我毫无准备。"

"你相信撒母耳吗？"

"我有什么可选择的呢？他常常想到上帝，而我没有。那时我相信他，现在也相信。"

为了告诉我另一个真理，扫罗说，他当时对自己被选为国王并不怎么高兴，而现在的处境也不能使他满意。

"我始终不知道该做些什么。"

他被撒母耳从平民中选拔出来的那天，唯一的抱负就是找回他父亲三天前丢失的驴子。与他女儿米甲不同，扫罗对自己出身于便雅悯部落里最低贱的家庭这一事实从不避讳。扫罗一死，我就成功地接替他当了国王。那以后很久，当我和米甲发生夫妻纠纷时，我就有效地运用了我所知道的情况。米甲叫我牧羊童，想用这个来降低我的身价，我就反击说她父亲曾经是牧驴童，而且还出身于便雅悯部落里最卑贱的一个家庭。这些争吵又不可避免地归到那个相同的根本分歧上，是国王的女儿高贵，还是国王本人高贵。我总是赢：我经常把她从我的房间里拖出去，赶回她后宫的住处，以此来证明我观点的正确。

"有权力的人就腐败，我注意到了，"扫罗评论说，并把目光移开，好像在做惭愧的忏悔，"有绝对权力的人就绝对地腐败。我可以随心所欲，现在没人能干涉我，甚至连撒母耳也不能。约拿单有时劝劝我，可是连他也得服从我的命令。你愿意相信这一点吗，大卫？——我没告诉任何人——我心里有个想法，但你必须明白它只存在了一秒钟，那就是我想要杀死你，你愿意相信？你能相信吗？"

"我不能相信。"

"这事我们必须永远不对任何人露一点风声。"

"你为什么要杀死我呢？"

"我想教训你一下。"

"教训我什么？"

"要把这样的事情理出个头绪来，我有时感到很困难。"扫罗停顿了一下又继续说，"困难是我心里几乎永远也不可能有两个以上的念头。一旦我想到了要做的事，我就去做。人们对我在听到基列雅比城被围之后所作的回答是称赞过分了，那是我唯一能想起来的答复，因为这两头牛刚好在我跟前——我才从地里放牛回来——我想的一切就是把它们砍成碎片，把这些碎片传遍以色列海岸，警告那些不派人援助我的人，他们的公牛也要遭此下场。让我犹豫不决的是派谁去送这些碎片，怎么砍这两头牛才能保证够分，我不想用掉两头以上。"

"要是你的威胁失败了，人们没有响应，你会怎么办呢？"我对这一点早就感到惊奇了。

"我不善于往前看。"扫罗承认。

扫罗当国王后的第一个举动是战胜亚扪人，从而解了基列雅比城之围，这是他一生中最辉煌的成就。那以后，他一生中就再没有什么能跟他的死相媲美的了。根据某种说法，在基比亚战斗中扫罗死在自己的剑下。那时，他发现自己被弓箭手射成了重伤，逃脱不了，他拿着盔甲的侍从也怕得要命，不遵照他的请求把他刺死。他为了不让非利士人发现他活着进而污辱他，他只好自尽。那位侍从看扫罗死了，也用剑自杀，跟他一起死了。按那个窃贼莎士比亚的说法，与这大致相同的事情发生在腓利比平原战斗中的勃鲁托斯身上，是不是？[1]在阿克兴海战之后，玛克·安东尼的结局也与这相仿佛。[2]莎士比亚不仅从普鲁塔克那里剽窃，也从我和扫罗这儿剽窃。然而人们竟称他为埃文河畔的诗人。好一个诗人。他，我必须跟他较量一番吗？像他那样的诗人在我那时候，只配给耶路撒冷大街上的面包师傅揉和做锅饼的面团，或者到漂洗匠的场子里给衣服脱水。啊，我的对手不算那些炒菜炖肉大杂烩似的五幕话剧——其情节中乱糟糟地挤满了多情之徒，到处是毫无意义的喧哗和骚动——还写了一部诗集。你瞧着，你瞧着吧，有朝一日他们还要授予他诺贝尔文学奖呢。可我却不能在《圣经》中有一卷以我名字命名的书，除非我把它重写一遍，但是谁有那么多时间呢？不过俄巴底亚、尼希米、西番雅、哈巴谷和撒迦利亚之类的无名小辈倒是有时间。真的，这不是你知道什么，而是你知道谁。然而，名誉毕竟是一个清醒的头脑所要猎取的奖励，所以我不放弃希望。不管怎么说，扫罗确实勇敢地死了——愚蠢但却勇敢地死了——我在那首著名的挽歌中给了他崇高的意味深长的赞颂。我待他要比他待我好，我使他流芳百世。为什么要批评？善事传诸后世，恶行随骨埋葬。因此我决定让扫罗就这样去吧，对他杀死祭司的残忍恶行和他偶尔对先知们的一阵阵发疯，都只字

1　勃鲁托斯在腓利比平原战败后扑身剑上自戕。见莎士比亚的《裘力斯·凯撒》五幕五场。

2　安东尼在阿克兴海战中被击败，后卧剑身死。见莎剧《安东尼与克莉奥佩特拉》四幕十二场。

未提。

在那个迷人的夜晚，当我壮着胆子小心谨慎地向扫罗间接提起他与先知们那段怪诞的插曲时，扫罗乜斜着眼睛看了我一会儿。那段插曲我们大家都听说过。

"我也不知道是什么东西附到了身上。"他郁郁不乐，摇摇头，尴尬地证实他陷入癫痫病似的宗教迷狂中的传说并非是子虚乌有，"在那以前我身上从来没发生过这种事。"

不过这种事在那以后确实又在他身上发生了一次。那时他正集中精力疯狂地追捕我，在拉玛的拿约险些把我逮住。在拿约那千钧一发之际我从窗户脱身，然后同撒母耳一同逃之夭夭。正当我们准备放弃能躲开他的全部希望时，扫罗又一次被一种不可抗拒的预言所控制。他脱光了衣服，赤裸着身子在地上神魂颠倒地躺了整整一天一夜。疯了吗？你告诉我。第二天清早恢复理智后，他成了优柔寡断的人，转过身子向基比亚他的家里撤去，回家琢磨那一阵神秘的宗教迷狂去了，这种迷狂使他如此无能为力，彻底地给吞没了。弗洛伊德和他的信徒们可能会对这种赤裸的神魂迷狂做出解释——但很可能是错误的解释。

就像撒母耳第一次和扫罗相遇时预见的那样——这种相遇对未来产生了很大的影响，扫罗确实碰见了一队手拿八弦琴、木鼓、喇叭和竖琴的先知，正从上帝的一座小山的高处向下走来。就像撒母耳所指示的，扫罗也确实跟他们一道去领教预言，允许上帝的灵魂在他身上，使自己变成另一个人。

"你真的说不清从那以后发生了什么吗？"

那以后他知道的是自己躺在山脚下的地上，四周围了一群目瞪口呆地望着他的旁观者，他们是被这不同寻常的情景吸引来的。他受了侮辱，被弄得晕头转向。

"对那次事件的回忆仍旧是我生活中最可怕的事情。"

从围观的人群所发出的嘲弄的议论中，他重又想起发生了什么——他像伊斯兰苦修教士一样与那些狂热的先知们一道，号叫着高唱印度教圣歌，脱光了自己的衣服，和其他人一起跌跌撞撞地滚下山去，在唾沫四溅、抽搐痉挛和放荡的狂乱中倒在地上来回打滚。

"我嘴里流出的口水弄湿了下巴。我不知道该上哪去找回斗篷遮住光着的身子。我一生中从没那么丢人过。"

当满脸狐疑的邻居认出他是基士的儿子时，看他这副样子，都很吃惊。嘀嘀咕咕的奚落又把他弄得非常难堪。在这些咕哝声里那句翻来覆去的顺口溜儿已从普通对话变成了令人讨厌的格言。

"扫罗还和先知们在一起吗？"他听过的次数多得数不清。

"怎么啦？扫罗没和先知们在一起吗？"

"扫罗能和先知们在一起吗？"

"扫罗不能和先知们在一起吗？"

"扫罗怎么能和先知们在一起呢？"

"走，去看看。"

"我亲眼看到扫罗和先知们在一起的。"

"有那么多的人对接受扫罗做国王表示反对，这还有什么奇怪的吗？"

"我没遇到什么应付不了的麻烦事。我不过是基士的儿子，一个便雅悯人，来自以色列最小的一个部落，而我的家庭又是这个部落里最低微的。对行政管理、宗教或战争，我知道些什么呢？"

污秽的彼列之子，撒母耳这样来称呼那些反对扫罗的人，因为他们不知道这个男子汉会怎样拯救他们。这些人都看不起扫罗，也没给他带来礼品。扫罗回到基比亚的家中，一直保持沉默，直到亚扪人集结起来包围了基列雅比城。

"我的机会来了。"扫罗说。

"跟歌利亚给我提供的机会一模一样。"我禁不住提醒说。

我说这番奉承话时，扫罗并没有大加赞赏，而是继续说他自己的。

当亚扪王拿辖从沙漠里杀出来包围了这座城时，所有雅比人都准备投降称臣，乞求言和。拿辖提出把他们的右眼都挖出来作为求和的条件，我看这似乎不大合情理。

"我也把这事看成是软弱的表现，"扫罗同意我的说法，"所以我就弄来了那对牛，把它们砍成碎片，命令信使把碎牛肉片传遍以色列沿海的所有部落，告诉他们说，不管是谁，要是不跟随我和撒母耳，就把他们的牛也劈成碎片。"

依我看这行为与其说有威慑效果，倒不如说是有戏剧效果。但是人民惧怕的是上帝。上帝使他们万众一心，出来助战。扫罗把他的人分成三队，在清早时分冲进敌人中间，砍杀亚扪人，一直杀到太阳高照才住手。剩下的残敌都七逃八散，连两个在一起的都没有了。这是一次著名的胜利。

"我小时候在伯利恒时，就常常玩战斗游戏。"我胆怯地向他透露，"我们最爱玩的一个游戏就是模仿你在基列雅比打击拿辖，非常喜欢把公牛劈成碎片那部分。"

"那你扮的是什么角色呢？"扫罗很快问道，一边用锐利的目光盯着我。

我感到了一阵寒战，"我们谁也不当敌人。"

"你是不是希望装扮其中的一头公牛呢？"他是不是在开玩笑，这倒有些奇怪。

"我们都希望装扮国王。"

"你还想扮演国王的角色吗？"

确定无疑，在现在的交谈气氛中，某种危险的东西已经不协调地插了进来。"我的陛下啊，我们小时候都希望扮演英雄的角色，"我知道该怎样机智地回答他，"扮演我们的英雄扫罗，那个伟人，所有的人当着上帝的面在吉甲推他为国王。因为他召集了一支军队，拯救了雅比，所有的以色列人都向他热烈欢呼。"

我这番奉承话解除了他的戒备心，我看到他脸上的表情缓和下来，恐惧的影子已经消失。他说，那次战斗以后，他是每况愈下了。因为献祭的事他跟撒母耳发生了争执，这使他在密抹对非利士人的那次难忘的胜利受到了减损。战斗之后他手下的人坚决反对他杀约拿单[1]，连约拿单的一根汗毛都不让碰，这无疑损害了那次胜利。他又成功地打击了亚玛力人，但这导致了他与撒母耳的第二次争吵，使他们的关系最终破裂了。

"在密抹战斗之前，撒母耳没来献祭，这时我又该怎么办呢？"扫罗不解地大声说道，他又被他永远也摆脱不了的窘境给缠住了，"这是我的错还是他的错？他来晚了，我的人看到非利士人不断增加，就打起哆嗦。如果我们马上出击，本可以轻而易举地打败非利士人。撒母耳没有来。我带来的军队急于作战，可他们看到非利士人不断地聚集起来，越聚越多，战车、骑兵、步兵，看上去就像海岸上那数不清的沙子。撒母耳这时还没来。以色列人看到自己陷入了困境，非常悲痛，他们就离开了我四散逃走，在洞穴里、灌木丛中、岩石后面、高岗背后和低洼地里躲藏起来。我队伍中的希伯来人有些人甚至逃过约旦河回到迦得和基列亚。因为我们向上帝献祭求助之前是不该打仗的，但没有撒母耳我们又不能祭祀。撒母耳还没出现。约定的七天过去了，撒母耳仍然没来。最后我自己献上烤好的祭品。还没等祭祀完成，哼，撒母耳就出现了。他说我做了件蠢事，我的国王不能再做下去了，上帝已经按照自己的意愿又找了一个人，让他取代我来统治所有的以色列人。'这么快？'我嚷了起来，'烤熟的祭品还没凉呢！'撒母耳回答说：'上帝创造这个世界不过才用了七天。'"

"是六天。"我忍不住插了一句。

"非常对，"扫罗点了下头，"你瞧，撒母耳也不是完美无缺的。我认为他至少该和我受到同样的指难。人能和上帝讲理吗？我有希望赢，是不是？哼，我真的就打赢了，不用撒母耳，可能连上帝都没用。在取得这次辉煌胜利之后，我儿子约拿单又给我找了麻烦。我希望你永远别像我一样总遇上孩子给你添的麻烦。我猜你准知道那次约拿单对我做了些什么吧。"

"对你？"我惊叫道，呆呆地望着他。

1　扫罗曾说谁吃东西就要受到诅咒，而约拿单在林中吃了蜂蜜。

"你没听说过吗?"

"是尝蜂蜜的事吗?"

"他不是在我禁止天黑前吃东西以后尝的吗?不是在我对上帝发誓谁违犯了禁令谁就受到诅咒之后尝的吗?"

"你以为上帝希望你杀死自己的儿子就是因为他尝了一点蜂蜜吗?"

"你认为不是吗?那天我为上帝建了个祭坛,问祂我该不该冲下去追击非利士人,可没得到答复,一点也没有。这时我才开始明白准是谁做了错事。"

"约拿单知道你的禁令吗?"

"他当然知道,"扫罗立刻回答,他在撒谎,"那根本就不是秘密。我发现他出去了,可我该怎么办?"

"问问上帝呀?"我说。

"问上帝,"他重复了一遍,可怜巴巴地望着我,"上帝有什么用?上帝是不会告诉我的。从那以后上帝就始终没回答过我。"

"因为尝蜂蜜的事,你责怪约拿单吗?"

"我不是没杀他吗?"

扫罗打败了亚玛力人之后,撒母耳对扫罗的任何行动都拒不承认,也没再来见扫罗。扫罗把亚甲国王扣起来勒索赎金,把最好的牲畜当作战利品掠走,而没有遵从指令把他们统统劈死在刀剑之下。这些只是他的第二或第三次失误,也是他抗命的唯一行动。不过,撒母耳和上帝一起永远离开了扫罗,这惩罚也就足够扫罗承受的了。

"他告诉我那是最后一根稻草,"扫罗郁郁不乐地说,"他把亚甲劈成了碎片以后就回拉玛他自己的家去了。他告诉我上帝已经把王位从我手里转走了。"

"就因为一次不服从命令的行为吗?"我奇怪地自言自语,对他表示同情。

"就连亚当也没得到第二次机会。"

"亚当是直接和上帝对话的,而你听的只是撒母耳的话。"

"我做国王也是撒母耳告诉的呀。"

"我相信这一点。"

扫罗默默地考虑一会儿,然后转过脸来看着我的脸,"大卫,上帝有什么话吗?"

"我不明白你的意思。"我的举止非常谨慎,他却非常狡猾。

"上帝和你说过话吗?"

"即使他说了,我也不会留心的。"我当时的回答是真的。

"你祭祀的时候,发生什么了吗?"扫罗问。

"我不祭祀。"

"你知道我祭祀时发生了什么? 什么也没有。鲜肉烤不熟,肥油几乎都化不开。"

"也许你得用更旺的火,"我建议道,"或者是更好的肉。"

他对我的这些推测并不理睬,"我看不到任何预兆,也得不到任何忠告。上帝一句也不回答我。"

"或许上帝死了吧。"

"上帝怎么能死呢?"

"上帝不能死吗?"

"如果上帝死了,我的心情还能这么坏吗?"

"找撒母耳去,"我怂恿他,"找祭司去。"

"我信不过那些祭司们,他们都站在撒母耳一边。"

撒母耳在长者们面前抛弃了扫罗。直到扫罗临死的前一天夜里,撒母耳也没来看扫罗,事情就是这样。后来在隐多珥的女巫召唤下出来的,不过是撒母耳的灵魂。

"我觉得他想让我做国王,"扫罗开始推理了,"不过他想自己做统治者。在离开我的那天他告诉我,上帝已经把国王给了一个比我好的邻居。"扫罗又瞪了我一眼,额头上的青筋也突了出来。"大卫,你是不是他指的那个邻居？"

我胆怯地回答："我的陛下，我怎么能知道呀，我没在那——"

"大卫，大卫，"扫罗不耐烦地打断我，"我的胆汁都流干了，一点怒气都没有了。我爱你就像爱我自己的儿子一样。撒母耳封你为王了吗？"

"只有上帝才能封王。"我答道。

"要是上帝死了呢？"

他这可把我给问住了，"那就只有撒母耳了。"

"我们知道他步行去了伯利恒，"扫罗说，"用绳子牵了一头红母牛犊，说是要用它献祭。我们知道他在你父亲的门前停下来就没再往前走，也知道有人到你放羊的地方去找你了。撒母耳回来时还牵着那头小母牛。大卫，大卫，他封你为王了吗？"

没有狡辩的余地了。"他把油涂在我脸上，"我只好回答，"告诉我说，上帝已经选中了我做国王。不过在伯利恒常有这样的事儿。有些人说这和饮用的水有关系。"

"你一直在和撒母耳策划阴谋吗？"扫罗问，"打那以后他都告诉你什么啦？"

"哦，不，我的陛下，那以后我没再见着他，也没听到他说过什么，"我老老实实地承认，"他没告诉我什么时候或怎样当国王。我从来没搞过阴谋。从我杀死歌利亚那天起，我所追求的只是为你效劳。"

"歌利亚？"扫罗好奇地望着我。

"就是那个非利士巨人呀。"我提醒说。那天我用投石器杀死了那个令人恐惧的勇士。可是除了我之外，好像再没人谈论这件事了，这使我感到恼火。

"什么非利士巨人？"扫罗问。

"那天在以拉谷我用投石器打死的那个，当时你就把我收到了你的军中，从那以后，我一直舍生忘死地去杀非利士人，保护你。你不记得了吗？"

"我倒不在乎自己的这条命，"扫罗并不回答我的话，接着说，"大卫，我们毕竟欠了上帝一条命，今年死了的人，明年就免了。但是如果你接替我做了国王，那就等于是逼约拿单以及我其他儿子们跟我一同进坟墓。在我的同胞中间，我的后嗣和名字就要断绝了。"

"我的陛下啊，我恳求你，让我们之间别再有冲突了，"我哀求他，"你相信我对你的儿子约拿单有恶意吗？他的灵魂和我的灵魂已经织在了一起，他到处说他爱我如同爱他自己的生命。"

"是的，我听他说过，"他稍微眯起眼睛仔细打量我，追问道，"他说那话是什么意思？"

"就是说我们是好朋友。"我急忙答道。

"就是这些吗？"

"就是这些。"

"那么他为什么用这种方式来表达呢？"扫罗咕哝着问。

"他有时说话爱带点诗味，我的陛下。"我解释说。

"你也是这样，"扫罗说，"我讨厌诗歌，不过对你的音乐倒挺喜欢的。"

"我愿意为你歌唱，"我满怀深情地承认，"我发誓我永远不会害你和你家的任何人。在你百年之后我还要为约拿单效劳。"我心里也是这么幻想的。

扫罗舒了口气。"让和平在我们中间永存。"他提议。只是到了这个时候，他才拥抱了我，带着无限温柔的深厚的感情，热情地把我搂在他宽大的怀抱中。"你也听我神圣的誓言：我永远不再怀疑你或者想方设法害你。大卫，不久以后，也许就是我下次再感到忧郁时，你愿来为我弹唱吗？"

"只要给我这个机会！"我高兴地应允了，"我别无所求。"

我没料到他这么快就答应了我的请求。

第二天，扫罗待在家里，从上帝那儿来的恶魔又附到了他身上，我再次被找去唱歌弹琴，以解除他心中的痛苦，安抚他那颗烦乱的心。为了让他快乐，我带去了许多曲子——如果必要的话，可以演奏上几个钟头——先来我的《万福玛利亚》和《月光奏鸣曲》，接着再演奏我的《哥德堡变调曲》。后一支曲子还是第一回演奏，它是近来我为基比亚我的一个邻居谱写的，他因为贪赌睡不着觉。整部作品的基调十分迷人，可以很容易地诱导他入睡。一进门见扫罗正急切地等待我，双腿盘坐在一个板凳上，一支标枪早就搁在了腿上。这情景本该提醒我，可我太热心了，根本就没多心。他看上去又非常痛苦，看他这个样子我倒挺高兴的。他的病情越坏，就越需要我，我讨好的机会就越多，也就越能使他进一步相信我的爱国献身之心。我很高兴自己穿了暗红色束腰长袍，又不厌其烦地把自己打扮了一番。我把胳膊和脸都搽了香油，发卷上抹了润发香脂，还用手指的第二个关节使劲揉擦了两颊，来加强它们的自然色彩。这样打扮一番我都可以做新郎了。

　　我的一切准备都白费了。还没等我抬起头摆出天使般的神态，还没等我张开嘴唇吹出第一个悦耳的音符，扫罗就从板凳上跳起身，把标枪朝我飞来，想再一次刺我，甚至想把我钉到墙上。太他妈的糟了！我恐惧地想。我又一次被愚弄了，他差一点没刺中我，标枪穿进了我身后的木头，发出一声响亮的回音。但这回我马上就下定了决心，操他妈！我算看透了。我跳了起来。够了就是够了！他想要音乐吗？要他妈个屁！我迅速低下身子，逃走了。

第七章　逃进迦特

　　我在挪伯说了几句假话，八十五名祭司惨遭杀戮。不仅是八十五名祭司，甚至包括他们家中的所有男人、女人和孩子，连同这座圣城中所有牲畜都未能幸免。谁该受谴责？是扫罗，以东人多益，还是老亚希米勒？老亚希米勒就是那个大祭司，我曾哄骗这个容易上当的祭司帮我的忙。扫罗发出了进行屠杀的命令。作为一个肆无忌惮的嗜血成性的狂人，他已经臭名昭著了。以东人多益，扫罗的那个司牧大臣，是这次屠杀的执行者。在他接受命令以前，国王的所有臣仆，押尼珥也在其中，都拒绝去残害上帝的祭司。亚希米勒那天在祭坛的角边主持祭祀，他在履行职责时不会变通，听什么信什么，但他没有必要去设想有人正在欺骗他，让他接济国王憎恨的逃犯。按照我们的思维方式，以东人多益是最该受谴责的人，他履行自己的职责是希望晋官升级。急于致富者不可能清白。我观察别人观察了一辈子，难道对这些知道得还少吗？

　　我该受谴责吗？我有什么罪过？任何一个讲道理的人怎么能断言我该负这个责任呢？我当时是在逃命，我没做过任何错事，一件也没做。就连亚希米勒的儿子也没把丝毫罪过归到我的名下，他是从挪伯逃出的唯一的幸存者。城里其他男人妇女、孩子和婴儿，以及公牛、驴子和绵羊，都被扫罗

173

杀得干干净净。当我身边聚集了一些人，从设在亚杜兰洞中的营地出发，向犹大纵深推进时，亚比亚他逃出来追赶我，要我保护他。我无意中使他全家被杀，然而，亚比亚他却要求我保护他。他带来了大屠杀的消息。我把他收留下来，发誓要保护他。即使现在一提起支持亚多尼雅的事，拔示巴就假装记不得他了，或者把他贬为失去理智的人，用不着认真对待，但他自从跟随我以后，就一直做我的祭司，总在我左右。

"你应该帮助像他这么大年龄的长辈，"有一次我尽力训导拔示巴，"如果他的理解力不管用，要耐心待他。"

"你的一条腿已跨进坟墓了，"这是她冷酷的反驳，"我能做的只是对你耐住性子。"

那天我向亚希米勒要的不过是一把剑和一些食品。我想要些面包，又看见了五个新烤的面包。

他在挪伯看见我时感到有些害怕，这也是自然的。"你为什么一个人来？"他想知道。

我谎称国王派我出来完成一项任务，命令我不许把任务的具体内容和去向告诉任何人。我要在某个指定地点与我小队里的其他人秘密会合，我们不想让人打听我们的踪迹。我与亚希米勒是在外面说的这番话，当我认出以东人多益偷偷摸摸躲在围观我的人群中间时，我越来越为自己担心。我知道在他返回基比亚，听说要捕杀我时，会把我的行踪告诉扫罗，但是我没有料到他的告密会导致如此糟糕的后果。即使我料到了将要发生的事，我也不相信我那时会采取别的行动，或者认为应该采取别的行动。我是个处在惊恐之中的年轻人。我没有犯过任何罪。我不应该受到指责。我感到，我和其他任何人同样享有生存的权利。

我听着四周的动静，向亚希米勒要剑或长矛。我说行动时要用，并声称国王的任务紧迫，扫罗派我来向他征用一件武器。我还从他手上拿了五个面包，这五个面包才从圣餐台上的炉子里取出，热气腾腾，香味扑鼻。我还想多要，没等我说完，他就摇起脑袋。

"除了祭神用的面包外，"他带着歉意说，"没有别的面包给你了。"

"什么是祭神用的面包？"我问。

"我手头没有普通的面包，"祭司亚希米勒解释说，"要是你的人在过去的至少三天里没有和女人沾边，不是不洁净的话，我可以给你祭神用的面包。"

"三天多没沾女人边儿了，"我立刻向他保证，急于在以东人多益的好奇心还没有引动他产生怀疑之前离开那里，"我们是要多干净有多干净。"

只是这最后一句话里头有点真东西，因为三周前我在窗边与米甲分手后，我还没和另一个女人在一起睡过。而且分手前的几周里我和米甲也没睡过两次觉。我们匆匆告别，几乎没有胡闹的时间。在扫罗上一次企图杀我之后，我连蹦带跳地跑出了他的房间，第一个就碰到了押尼珥，他听我说着对我来说是最罕见、最令人毛骨悚然的事，竟然连眼皮都没抬一下。押尼珥正吃着石榴，又咬了一口，在我说话时他不停地咯吱咯吱嚼着石榴籽。

"我自己对这件事就不会太介意，"我说完几秒钟后，他坚定地说道，"偶然的事总要发生的。"

"偶然的事？"我能相信自己的耳朵吗？

"难道那个涂了油的国王动不动就希望杀死你，这不是偶然的事吗？"押尼珥用他那和气的诡辩方式争论说，"那么你认为他有更好的理由吗？"

"他根本就没有理由。"我强调指出。

"他不是还没伤着你吗？大卫，要讲点道理。"押尼珥又添了一句，仿佛是要帮助我长大成人，"生活是要经过一番磨炼的。如果向你投标枪能使他更痛快些，你就让他投呗。扫罗是我们的国王。他好像以后会恢复过来的。他要出出怨气。"

"你是说那种事合情合理？"

"月亮是乳酪制成的吗？"此刻我哪有心思欣赏这样的玩笑呢？

约押替我暗算了押尼珥倒是不错的，尽管我当时并不这么认为，而且在他的葬礼上还不得不引导公众表达莫大的悲伤。我想从长远的观点看，约押替我杀了押沙龙也不是件坏事,尽管我永远都抑制不住对英俊的二儿子的爱恋之情。在我们平定了押沙龙的叛乱之后,他还暗杀了我二姐的儿子,我的另一个外甥亚玛撒。但亚玛撒几乎是无足轻重的,这次暗杀不过使我再一次想到,约押因为对别人分享权力的妒忌心,会无情无义地欺君犯上。为了防备约押潜在的敌意,我准备了比拿雅,任命他而不是约押来掌管由基利提人和比利提人组成的宫廷卫队。这支卫队是为保证我的个人安全建立的,只对我个人负责。这对约押来说是多么沉重的打击呀。要是他设想我会把自己完全置于他的控制之下,那他就是个白痴了。

扫罗要在我自己的房间里杀死我的当天,米甲救了我一命。离开了押尼珥之后,我飞一样地奔回家。黄昏时分米甲到家时,我惶惶不安,疑神疑鬼,像一只被困在笼子里的野兽,从屋子的一头到另一头,不停地踱着步子,在一阵阵狂暴的愤怒和悲哀的自我怜悯中摆荡。我想号叫,我想呜咽。我心烦意乱的另一个原因,是我要找到适当的方式向米甲抗议她的父亲,而又不至于让她对我再一次大发雷霆。我的这种痛苦是多余的,因为她最后嚷着进屋时,心境也非常不好。

"你永远也不会相信!"我们同时冲着对方喊,在接下来的半分钟里,我们是在一阵惊恐中交谈的。

"可怕,可怕!"我愤恨地嚷着,"我忍受不了啦。你是不会相信我的。"

"糟糕,糟糕,"甚至在我对她抗议的时候,她还在告诉我,"我给你带来的消息真是糟糕透了。我不能相信这么糟糕的消息。"

"他又一次向我投了标枪。"

"刺客们要来了。"

"我知道你是不会相信我的。"我指责道。

"别管我相信什么,"她反驳了一句,"我要告诉你的不是好消息。"

"一牵涉到你父亲,你就不会相信我了。他向我投了一支标枪。还有什么比这更坏的吗?"

"门外有刺客,这可能是更坏的。"米甲答道。

"刺客？你在说些什么？"

"他们已经上路了。"

"噢，是啊。"

"你不相信我吗？是进行暗杀的人，大卫，"她冲着我的脸强调说，"你不懂吗？他们来杀你啦。哎呀，他们已经在那里了，在外面的街上，在黑夜里监视着这间房子，你明早出去时，他们就要杀死你的。"

"我知道你在开玩笑。"

"你去看看吧。"

"真他妈糟糕透顶！"

鬼鬼祟祟的蒙面人身披斗篷，手持短剑，已经在房前大街的小巷子里和门口周围寻找藏身的地方了。他们堵住了我的脱身之路，把我关在里面。他们穿着清一色的深色外袍，长剑和短剑从袍下面露了出来。有些人已经手握剑柄在等候了。

米甲急促地呼吸着。"我们怎么办哪？"

"我想我知道怎样妥善应付的，"我威严地回答，"他们不敢扣押或伤害你，因为你是国王的女儿。你现在出去，尽快到你父王的宫里去，向你父亲报告这里发生的事情。"

"大卫，猜猜是谁派他们来的。"

我现在可以辨认出在两间房子凹进去的地方，那模糊的影子就是押尼珥那狐狸似的身影和他的一只石榴。押尼珥确实总是挂着一只大鼻子。在米甲的提醒下，我把这些都联系起来了，她是正确的。

"米甲，我们又能怎么办呢？"我小声说，"这都是什么用意啊？"

"这意思就是，假如你今夜不能脱身，"这是她给我提出的聪明的忠告，"明早就要被杀死。"

是米甲出谋划策，制订了这一计划的全部细节，才使我捡了一条命。是她挑起了所有的重担完成了它们：我们在床上放了个神像，又用一袋子山羊毛代做长枕头；神像上蒙了一条毛毯，装作我在睡觉的样子；她用绳子把我从后窗放下去；当扫罗的信使来询问我为什么没像往常一样从家里出去的时候，她将说我生病了。到那个时候，我已经远远地离开了，这些谎话和诡计会为我赢得几小时的时间。还是米甲，迟早要在这一骗局不可避免地暴露时，挺身承担全部责任，临危不惧，在她父亲的盛怒之下用那些驴唇不对马嘴的借口帮自己辩解，说我威胁着要杀死她。要是扫罗问她，即使她真的那么怕我，为什么在我逃离的一瞬间不大声嚷叫，或者，为什么不寻求他父亲使者们的保护，而是用编造的故事拖住他们，她就会用随便想起来的根本站不住脚的解释去对付；或者哭起来，昏死过去；或者两种方式一起来。我们把一份牧羊人吃的面包、乳酪、枣子、橄榄和葡萄干放在一起，还有一个水袋子和另一袋子酸羊奶，又带上又一些无花果子饼和开心果。她紧紧地握住了绳子。

"我爱你，"她压低声音说，"我希望你知道这一点。"

我看得出她是爱我的，可仅仅是以她知道的那种方式来爱我。用刻毒、伤害和蔑视，用无与伦比的自私自利和自我中心爱我。我们在窗台亲吻告别。

"你带上漱口水了吗？"

我撒谎说带了。我就像个下流的杂耍表演中的毛脚小丑，从窗户逃走了。我们再次相遇时，我已经在希伯仑做了七年国王，而她被父亲嫁给了另一个男人做老婆。我们俩谁也不像原来那么喜欢对方了。

我现在仍然感到奇怪，我竟能双脚落地，安全逃脱。我直奔拉玛撒母耳的住处，从他那里寻求庇护、寻求安慰和智慧。我想他是整个王国中唯一可能影响扫罗，并且有勇气站在我这边对扫罗施加影响的人。那是白费精力。我找到的那个人他自己的灾难跟我的差不多。而且他因为我的不幸加重了他的灾难进而对我大为恼火。

"你想要什么？"他就是这么粗暴地和我打招呼，"你为什么非要到这儿来？你要把我怎样？"

他用一双毛茸茸的手快速地把东西塞进背包。在我尽力解释的同时，他好像在含混地抱怨着。撒母耳几乎是我碰到过的最易动摇的人，从那以后我就再也没遇上他这样的人。他身上的毛比我记忆中的撒母耳的要长；他长长的黑胡须，现在已经完全变成了一缕缕金属丝似的失去光泽的灰色，又有些蓬乱，一揭露这一点我自己都感到不好意思。

"你要从我这儿得到智慧吗？"他简单粗暴地追问我，"要从我这得到支持和庇护吗？我应该给你安慰吗？我为什么应该是告诉你做什么的那个人呢？"

"你是不是先知？"我冲他回了一句。

"你最后一次听说我做先知的事是在什么时候？"

"你还是个士师。"

"你最后一次听说我裁断什么事情是在几时？听着，就是在我替上帝说话的时候，我也不能保证我在说真话。"

"你仍然能给我忠告，是不是？"

"你要忠告吗？"撒母耳说道，"我送你一句美好的忠告：往远走，远远地走。"

"从哪儿走？从谁那里走？"

"从我这儿，你个该死的傻瓜，"撒母耳唾沫星子四溅，"还嫌我的麻烦少吗？他会以为我一直在帮助你呢。你非来这儿不可吗？"

"是你引起这一切的呀！"

"我？我引起什么了？我什么也没引起。"

"是我请你为我涂油的吗？你来了说我将做国王，对不对？"

"你要做国王？"撒母耳咆哮着反驳道，"到别的地方当国王吧，别来打搅我了。我现在可要逃跑了——都因为你。"

"往哪儿跑呀？"

"拿约。既然你已经露了头，你以为我还能待在这儿吗？"撒母耳握紧自己的双手，心烦意乱，单调地说着，"瞧瞧我，瞧瞧我，"他伤心地说，"还是士师，还是先知呢。在上帝让我离开扫罗支持你之前，我是这个国家中最有权势的人物。我为什么偏得听上帝的呢？"

"你为什么非要封扫罗为王呢？"

"我封扫罗为王？"撒母耳猛劲摇着头，"哦，不，阁下，先生。不是我。是上帝封扫罗为王的，我不过是传传信罢了，这根本不是我的主意。是人民想要个国王，而不是我。他们不满足于我一个人，不满足于一个士师。他们想要个国王，上帝说，给他们造个国王。祂告诉我选择扫罗，我就选择了扫罗，谁会猜到上帝竟会选这么个疯子呢？"

"你能肯定祂后来又让你选我了吗？"

"这又怎样呢？我本人愿意选择你吗？"

"你没搞错吗？"

"上帝犯错误，不是士师犯错误。你想听真话吗？要是由我做主，我会选择你哥哥以利押，或者亚比拿达，甚至沙玛——他们都比你长得大，他们还是先生下的。可是上帝告诉我不要以外表或长相取人。上帝告诉我，祂看内心。对——是内心。上帝告诉我，上帝从你的心里看到了某种特殊的东西。我猜不出是什么。帮帮忙，给我提点线索。"

"上帝为我做了许多好事，"我愤怒地说，"我甚至连伯利恒老家都回不去了——那是扫罗要搜寻的第一个地方。"

"这儿是他要搜寻的第一个地方，当他发现你没有回犹大时。"撒母耳毒辣地非难我。撒母耳愿意做出的唯一预言是，当扫罗听说我到拉玛来找撒母耳，扫罗会发疯的。"这就是我要赶快到拿约去的原因。"

"拿约？"我又抱怨了几句，"到拿约什么也干不了。现在我只得跟你一同逃奔拿约了。"

"跟我？"撒母耳惊讶地喊起来，"哦，不，先生，不要跟着我。往别处跑吧，让我自己走。我看见麻烦的时候，就知道它是麻烦。再见，再见，告别是如此甜蜜的痛苦，可不是同你告别。"

我让他知道我要像胶一样粘住他。我还能到别的地方去吗？开始时我们大吵大闹了一通，因为他坚持要带走他的母牛。

"它常常给我带来好运气。"他解释说。

"它会影响我们的行进速度。"我反对。

"谁让你等了?"他问道。

"为什么要到拿约去?"

"谁请你来了?"

如果我想得到安慰的话,也别指望会从他那儿得到。

撒母耳对扫罗的预言是相当准确的,扫罗一旦发现他的鸟儿飞的方向,便不失时机派人到拿约去抓我。他的人永远也到不了那里——奇怪,一路上他们搞起预言来了。[1]当第二个派遣小分队也搞起预言的时候,扫罗亲自出来抓我了。然而,那不可预见的事情又发生了,撒母耳和他的母牛也走不多远了。正当我就要被扫罗抓住时,先知的预言不可抗拒地控制了他,这在他一生中是第二次了。

事情是从西沽的一口大井边开始的。在这里扫罗听说我们仍然待在拿约。当扫罗接近拿约时,瞧,上帝的灵魂也附到了他的身上,与他先前派来抓我的人所遭遇的一样,毫无差别,他也开始预言了。他走了又走,一路发布着预言来到拿约,一直走到了撒母耳面前。猜一猜他干了些什么? 他脱去衣服,用同样的方式在撒母耳面前发布预言。在那天剩下的时间里他赤裸着身子躺在地上,结果躺了一整夜。所以看到他的人会说,扫罗和先知们在一起啦。但这一次我是亲眼看见了。

"真是奇迹。"当我和撒母耳又在一起时,我压低声音说道。

"不要打赌。"我们挨着火把躺在地上,极度的疲劳使撒母耳汗流浃背。"现在我好歹算有点喘气的空儿了。"

"他会折腾多久?"

"他可能要躺到第二天早晨,"撒母耳答道,"然后,如果我们幸运的话,他也许要回家去料理自己了,直到什么事再把他弄疯为止。我还能告诉你什么呢? 扫罗痛苦,凶残,易变。他是我所知道的最不幸的人了——或许,

---

1　扫罗派人去捉大卫,可上帝之灵却控制了这些人,使他们也跟着先知们一起又跳又喊起来。

除了我之外。"

"撒母耳，"一个念头正在我脑袋里萌生，我建议说，"你能帮助他，你能帮助我们所有的人。让扫罗再当国王吧。"

"让扫罗再当国王？"撒母耳轻蔑地反问一句，"扫罗怎么能再当国王呢？你是国王了。"

"扫罗知道吗？"

"你不知道他为什么要杀你？你为什么要问我？"

"我为什么要问你？"我惊愕地重复了一句。这个邋遢的老头一点想象力也没有。"因为我正住在他妈的洼沟里，这就是为什么。我在基比亚根本没家了，我不能和我的妻子在一起，每个星期一和星期四我都要躲闪扫罗投来的标枪。你把这些叫作当国王吗？这究竟有什么便宜？"

"你将做国王，你将做国王，"撒母耳低声咕哝，含糊其词，"干吗担心呢？着什么急呢？要等待时机。罗马不是一日建成的。"

"从你这样的大师嘴里我不想听这样的陈词滥调。"我让他知道，"扫罗疯了。"

"你在告诉我吗？诸神会把他们最先弄疯的人毁掉的。"

"那会对我有许多好处。我等够了。我活得像个叫花子。"

"为什么这么匆忙？这是诸神的磨。"

"这话怎么讲？"

"诸神的磨在慢慢地碾转，"他告诉我，"然而磨得格外好。"[1]

"那么磨轮转动的时候我该做些什么呢？"

现在轮到撒母耳发脾气了。"我不管你做些什么？"他喊道，"脑袋用力撞墙，到大海里撒尿拉屎。你可以像大蒜一样，脑袋插进地里，双脚伸在空气中成长，我一概管不着。"

我们俩都过了一会儿才平静下来。撒母耳乖戾地用长着长指甲的黄指

---

1 此句是英语谚语，意为不会漏下什么。

头,从悬垂在肩上和胸前不住摇摆的发结上摘碎食渣、树叶和别的脏物。我让他喝我水袋里的水,他带着怒气谢了谢我。我又让他吃开心果。

"撒母耳,撒母耳,"我老练地恳求道,"让我们一起评评理。"

"我过去是这个国家中最有权势的人物,"他又想起来了,"不论我怎么看待上帝的旨意,我本该跟扫罗待在一起。"

"那么再让扫罗做国王吧,"我劝道,"至少在诸神的磨轮还未转完之前。去告诉他吧。这怎么能伤害我们呢?"

"那不是真的。"撒母耳答道。

"他非得知道吗? 让他以为他是国王。问问上帝这么做对不对。"

我无意中又触到了撒母耳的另一根神经。一瞬间他的感情好像又被伤害了,但他却温和地答道:"你以为我没那么做吗? 你以为我是哑巴还是什么? 我当然问过上帝了。"

"上帝同意了吗?"

"祂也没有不同意,"撒母耳坦率地说,"祂什么也没说。上帝不再回答我了。"他承认了,由于惭愧声音显得微弱无力。

"祂连你都不回答了?"我大声说道,"扫罗对我说上帝也不搭理他了。这些日子上帝到底出什么事啦?"

撒母耳耸了耸肩。"我怎么知道呢?"

"或许,"我推测着,再次冒险进入那个未知的伤脑筋的领域,上一次我就鲁莽地同扫罗探讨过这事,"上帝死了。"

撒母耳的回答十分简洁:"上帝能死吗?"

"上帝不能死吗?"

"如果祂是上帝,祂就不能死,蠢货,"撒母耳教导我说,"如果祂死了,祂就不是上帝,而是别的什么人。你也蠢到家啦。"

"那就让我们再问问上帝吧,"我急切地建议道,"他们说祂喜欢我。来,撒母耳。再祭献一次牺牲。"

"为什么要白费一头母牛呢?"

"那就不用牺牲来问祂，"我坚持说，"问一问不是没什么坏处吗？看看扫罗能不能当国王。"

"国王轮着当。"撒母耳吟诵着说。

我不能理解他的话。"我不懂这句话是什么意思。"

"是句谚语。"

"古老的谚语吗？"

我的问题惹恼了他。"它能有多老？你这个傻瓜！扫罗不是我们的第一个国王吗？听着，你以为我问的次数还不够多吗？我问了一次又一次。你以为我们，上帝和我，对扫罗没感情吗？没有爱吗？我们可怜他，替他忏悔，同情他。有一次上帝甚至因我替扫罗悲痛过久而惩罚我。那刚好是在祂命令我把角里装满油，去找你之前。那一天多么令人沮丧。和扫罗在一起对我会更好的。扫罗不过只有一次没服从我。我后悔自己发了脾气，对他说了那些不中听的话。"

"既然这样，你就回去向他道歉吧。"我劝说他，对他无缘无故的污辱性言辞表现得豁达大度。"告诉他，就说你错了。"

撒母耳挺直身子，一副冷漠的表情。"我应该告诉他我错了吗？"

"那么就告诉他说上帝错了。"

"这还差不多，"撒母耳同意，"扫罗会信以为真的。可是上帝不是会后悔的人。"

"你可以自己一个人来做这些事情，"我骗他说，"告诉扫罗，说你决定再给他一次机会。你告诉过我，说他痛苦难过。让他再好受一会儿。"

撒母耳的话里充满了阴险。"让他慢慢地，慢慢地受磨难吧。"他说道，双眼冒出愤怒的火焰。

我哑口无言了。"我以为你是爱扫罗的，"我最后嚷道，"你说，你和上帝对他有感情，可怜他，你想要怜悯他。"

"那不过是我们摆摆样子罢了。"

撒母耳回到了拉玛，他的运气真不错，扫罗在挪伯杀掉了祭司们，经过不断摸索，发现高高在上的人们总会躲过杀戮，扫罗也要四处追杀撒母耳，可他在这之前就在拉玛一命呜呼了。

像一条窜回脏物中的狗，或者像一个重蹈覆辙的愚人，即使常理提醒我在基比亚有只拦路的老虎等着我，我还是不知不觉地踏上了去基比亚的路。我在弯弯曲曲的小路上跋涉。天黑后，这些蜿蜒的小径上便不见人迹了。我绕过村子间的大路，唯恐某一条乡村大道上坐着一头狮子[1]。一路上我忧心忡忡。我要返回扫罗身边，仿佛是着了魔。我渴望重新博得扫罗的青睐，这个人在世界上给我留下的印象比谁都深——即使我现在知道他疯狂、嗜杀，或许还是愚蠢、讨厌，我感到他还是我的慈父，我的恩主，无论怎样我都要回到他的身边。不管你信不信，我甚至还想回到米甲身边。扫罗是我当作父亲爱戴的唯一的人。不管他的房子是好是坏，我一进去就像到了自己的家，只有他的房子能使我产生这种感觉。要是扫罗再稍稍像父亲一样待我，我会把他当作神来敬拜的。要是上帝有一点点慈父的样子，我也可能像爱父亲一样爱祂的。即使上帝待我好的时候，那其中也没有多少善良。

同时，我也承认代替扫罗当国王的念头并没有让我生厌，或者说，这个念头也没从我的梦想中消失多久。

我的大脑告诉我，这次与扫罗重归于好的努力将是毫无希望的。我的心告诉我，我永远被赶出了那个窝。在那个窝里，我可以永远居住而不会有被人疏远和漂泊不定的感觉，不会感到与自己的过去分割开来，也没有对未来的强烈的依恋之情。尽管我预见到结果，它像铁砧一样压在我的胸口，但我还是禁不住要去试一试。我对扫罗的态度比对上帝要好。我知道他疯疯癫癫，但是我愿意赢得他的信任和原谅。如果扫罗现在还活着，我愿意再试上一次。我忍受不了孤独，从来都忍受不了。

太阳落山后，我进了基比亚，与约拿单秘密地见了面，打探风声，我想

1　指坏人。

从国王长子那里发现哪怕是微弱的希望之光。但是我得到的却是令我迷惑的惊讶。

"约拿单，请你帮帮我。"我开始恳求他。我对谁都不完全信任，也包括他。我们在一块长方形田地的一角谈着。田地上只剩下用长镰刀割过的凋零的麦秆。在那个神秘的星光之夜，我和扫罗曾在这块田地上亲切地交谈过。远处的海上又一次吹来了芳香的气息。空气中充满了榨汁机里樱桃、西瓜和绿葡萄发出的那种醉人的馨香。"你为我再同他谈一次。明天晚餐时仔细地观察他，看看他是不是原谅我了，还有没有杀我的意思，然后回来告诉我。"

"你可以自己观察他，"约拿单的回答出乎我的意料，"你要去参加明天的晚宴。"

"这可太愚蠢了！"我喊道，怀疑其中有诈。一个月份中新月初升的时候又到了[1]，我从约拿单那里得知，我又要像正常时候一样在晚间和国王坐在一起进餐，肯定不会出错。我倒想知道这是什么荒唐事。我气愤极了。我不是个逃犯吗？仿佛不愉快的事情根本就没发生，扫罗从没企图用他的标枪把我钉到墙上去，没派他的仆人到我家去暗算我，没命令信使到拿约去捉拿我，甚至连他自己为了享受抓到我的快乐而追捕我，命令就地斩了我这样的事也没有发生。那么到底发生了些什么？那些事都被忘得一干二净了，什么也不算了吗？表面上看是这样的，因为第二天夜里将在国王的餐桌上为我设个座位，我要是不出席就会被视为不恭顺。我感到自己落进荒谬之网了。他们是怎么知道我在那里的？约拿单用一种对他来说好像是不可反驳的逻辑建议说，既然国王那时已不在追捕我，我就没有充足的理由去躲避他，没有合法的原因去逃跑或是玩忽职守。

我问："是他们派你来带我去的吗？"

"没人谈到这件事，"约拿单答道，"但是，既然你到这儿了，明天是可以

1　以色列人在每月新月初升时举行宗教仪式，称这个节日为新月节。

去的。你和我一同去。"

他们一定都疯了。"你为什么要带我去见你父亲呢?"我试探约拿单,"我知道他还想杀掉我。"

"我不相信他要杀掉你。"

"那么你帮我问明白,我干了些什么。你问问他,我做了什么错事,我犯了什么罪,以至于他想要我的命。"

约拿单则持乐观的看法。"你看,我父亲的大事小情都让我知道。他为什么要瞒我这件事呢?"

"约拿单,你父亲对你没那么野蛮,还记得吗?"我答道,"你父亲现在一定知道你喜爱我。你四处说你喜爱我。或许他不想使你悲伤,或许他担心我们会像现在这样秘密交谈。在发生了这一切之后,是什么让你父亲相信我还会回到这儿来的? 他派过凶手到我家去暗杀我。"

"我不相信。"

"问问你妹妹。"

"米甲夸大其词。新月就要出来了。"

"仅仅因为新月要出来了,他就以为我会回来与他共进晚宴吗?"

"你知道他疯成了什么样子,"约拿单尽力解释,"他原谅人,好忘事。"

"这样,他常常忘记他已经原谅了,"我答道,"愿上帝永在,约拿单,也愿你永在,我可是和死亡仅有一步之隔了。我深深地感到了这一点。"

约拿单看上去吓坏了,对我说道:"上帝不许你死去。不论你希望得到什么,我都愿意为你效劳。"

"那么让我走吧,"我建议说,"这样我在田地里至少可以躲藏到第三个晚上和第四个早晨。你仔细看看你父亲是不是真的想念我。如果他想念我,你就说我向你告假匆匆忙忙地回我老家伯利恒为全家人准备年祭去了。如果他说那很好,就不会有危险,我当天就回到他那儿去;要是他非常愤怒,那么我们就能肯定,他决心要干坏事了。要是你父亲粗暴地答复你,谁将告诉我呢?"

"我能不告诉你吗?"约拿单急切地答道,在我说话的时候,他不住地点头,表示同意。"难道我不是像爱自己的灵魂一样爱你吗?"尽管我不能肯定那是什么意思,但我毫不怀疑约拿单确实是这样爱着我。我深信他会用一切可行的办法来保证我的安全。"明天就是新月了,"他开始快速说出自己的计划方案,"我们知道,人们将发现你没有到席,因为你的座位将空着。不要到我的住处去。甚至不要到城里去。"

"街上有只狮子吗?"

"对你来说,它倒确实可能变成拦路的坏人。你在田地里找个地方再忍上三天。在我给你打探的时间里,你要每天早晨赶快出来,到你躲藏的地方去。你要一直在以色磐石附近躲着,直到我给你带来话的那个早晨为止,那时我会出现的。"

"以色?"

"是的。以色是罗杰琳磐石南面的那块磐石。我将往这块石边射三支箭,好像我在对着一个目标射击。注意,我要派个男孩,同时说,去把箭找到。如果我对男孩说'瞧,箭在你的这一侧,把它们拿上',听到这样的话你就出来,因为你会平安,不受伤害,上帝在上。但是,如果我对这男孩说'瞧,箭在你的前面',你就走吧,因为是上帝派你走的。"

"再从头说一遍好吗?"我要求说,心里开始摇摆不定。

"请按我说的去做吧。"约拿单请求说。他仍然上气不接下气地喘着,我不忍心反对他的建议。"当我向父亲试探以后,如果对大卫有利,我却不告知你,上帝就会用更严厉的手段来惩罚我约拿单。但是,如果我父亲执意要加害于你,那么我将告诉你,送你上路,使你平安离去。"

"我不敢肯定对这些话我是不是也听明白了。"

"我们只要看看在第一个夜里、第二个夜里和第三个夜里的晚宴上我父亲会有什么举动。"

最后一天约拿单在约定的时间里来了。在接下来的第三个早晨,我爬起身来,身子动就感到疼痛,夜里昏昏沉沉时睡时醒,死虫子在我嘴上都变虫干了，一只小动物在附近的落叶上爬动，发出沙沙的声响。我在一片绿色的月桂树丛中清理出一个夜里藏身的地方，这地方的深处长着一小片短粗的棕褐色杂草，我在草上解了手之后，就按约拿单的嘱咐在以色磐石附近躲了起来。一个小男孩跟着约拿单来了。为了听清动静，我屏住呼吸。约拿单用命令的口吻对这小男孩说，"现在跑去找我射出的箭。"我不安地向外窥视，看到那男孩跑开了，看到约拿单从男孩的头顶上高高地射出一支箭，又听见约拿单在男孩的身后喊道："箭不是在你的前面吗？"我感到自己的力量随着那支箭长长的弧线一同消失了。约拿单是我们中间当时为数不多的会用弓箭的人。他脸上呆滞忧伤的表情证实了我那不祥的预感，我的命运已经被决定，再也无法挽回了。我想哭喊。约拿单又射出了两支箭，那个男孩拾走箭，回到主人身边之后，出现了一种神秘而尴尬的场面。约拿单慌乱地四下张望着。我们二人都忘了剩下的暗号。一切都笨拙地僵止不动了，射完箭后，约拿单把所有的箭和弓都递给了他的男孩，吩咐说："把他们带进城去。"他又在男孩身后喊道："快点，赶紧去，别住脚。"

这小男孩什么也不知道。他刚一离去，我立刻就面朝南站起身来，我感到害怕，就是害怕。当我来到约拿单身边时，我把脸贴到地上，向他深深地鞠了三躬。我知道这是完了，所有那些能帮我实现与他父亲重归于好的可能性都不复存在了。约拿单扶我起来，他的眼里也满是泪水。从他那可怜、颤动的脸上可以看出，我的失败和厄运是确定无疑的。正在那时，也仅仅是在那时，我们才扑进对方的怀里，紧紧地抱在一起，我们互相吻着，抱头恸哭。一直到我的哭声超过了他，这才止住了。那是唯一一次我哭得比他厉害。我们做的就是这些。要说我们之间还有别的，给我拿出证据来看看。

约拿单详细地滔滔不绝地描述起来，仿佛在为我敲着丧钟。在新月的第一天，依照我们当时的日历，就是一个月中的第一天，国王坐在自己的位置上。同往常一样，押尼珥挨着他坐，我的座位空着。在第一个晚上，扫罗的目光不停地扫着我的空位置，仿佛看出了什么不祥之兆，但是对我为什么缺席，他没向任何人发问，相反，他自言自语地咕哝说，我一定发生了什么事情，以此来解释我为什么没到席。也许我不干净，就是因为这点，因为我不干净。也许我做得更甚，和妻子同床了。第二天，当他再次发现我的座位空着时，事情就完全不一样了，这一次他直截了当地询问约拿单，我为什么在那一天和前一天都没去进餐。当他听到我替约拿单编造的那些回答——就是我找约拿单告假回到伯利恒祭祀牺牲，约拿单准了我的假——他的怒火就烧向了约拿单。当扫罗得知约拿单与我曾见过一面，而在他询问约拿单之前约拿单什么也没透露的时候，他就狂怒起来了。接下来的事情简直一塌糊涂。他命令约拿单把我抓到他那去立刻处死。当约拿单替我辩护时，他又向约拿单投了一支标枪，接着就用不伦不类、前后矛盾的恶毒的语言责骂约拿单，斥责他不忠诚、低能，甚至还无理地责难他母亲没尽到教养之责。通过这一切，约拿单终于知道他父亲是决心要杀死我的了。

"还有呢，大卫，还有很多呢，"约拿单接着说，一副惊慌的表情，"他还骂我是低能儿。接着他说我是一个堕落的、难以管束的女人的儿子，说我执意袒护你是自取羞辱。在一半的时间里我根本听不懂他在说些什么。他还说了些其他的话，这些话对我来说简直不能理解。大卫，你聪明，你可能知道那些话是什么意思。他还对我说——这话都不好启齿——我致我母亲露体蒙羞。"

"致你母亲露体蒙羞？"

"你知道那是什么意思吗？"

"致你母亲露体蒙羞？"我又重复了一遍，弄准别听差了。

"就是这么说的，"约拿单肯定地说，"他对我说，我选择你是自取羞辱，致我母亲露体蒙羞。这句话让我一夜没合眼。"

"他说这话是什么意思？"

"我问你呢。"

"我也不懂，"我被迫承认，"约拿单，你心里还有更烦恼的事。我从你的眼睛里看出来了。"

"他还说，"约拿单费了很大的劲才吐露出来，他的目光向一旁看去，

"只要允许耶西的儿子在世间活着，不论是我还是我的王国都不会存在的。"

在接下来的沉默中，我们的目光相遇了。"那是指我。"

"我知道。"

"你相信他的话吗？"

他是诚实的。"我不知道。"

我身上没有武器。我的死是我早就认可了的。他可以再次成为英雄。他的刀鞘里带着短剑，腰带上还插着一把匕首。他比我年龄大，比我高，比我健壮，我知道如果他愿意的话他本可以揪住我的头发，刺我，砍我，或是戳穿我。我通过他的表情知道，如果我向他要下他的剑与匕首，他也会毫不犹豫地把它们放到我的手上。

我们又哭了，泪如泉涌。就要分手了，我们相信那是永远的分离，尽管后来在他死前，我们又作为朋友见了一面。那次他到西弗荒野把我从藏身的地方找出来，向我吐露说，他那时也确信我很快会成为以色列的国王，并发誓要忠诚地做我的下手。为此我们在上帝面前立了誓约，然后他又偷偷回到自己的住处。在那次谈话中，我意识到他的誓言尽管是恳切的，但里面更多的是感情而不是实际的东西，因为在我继承王位之前，约拿单一定要死去的。我们这次谈话没有被人提到。不管怎么说，我们还是握手为信。早些时候我们在田里分别时，我们也立了不止一个誓约，无论怎样要保证我和他之间、我们的子女之间永世和睦。我知道我确实照料了他唯一的儿子。他的这个儿子被惊慌的奶妈失手掉到地上，摔瘸了双腿。当时奶妈听到非利士人在基利波大获全胜，扫罗和约拿单双双遇难的消息后，正要带这孩子逃走。我们又一次哭泣，约拿单和我，我比他哭得厉害。我承认我的哭声超过了他。我为什么不能哭得比他厉害呢？只有上帝知道约拿单为什么哭。我痛哭是因为我失去了一切，是因为时乖命蹇。

一个贫穷的人要比一个说谎的人好。你在书上可以找到这句话。千万别信它。这两种人我都当过。我同时既是穷人又是骗子，撒谎要比受穷强多了。如果你不相信，就去问问任何一个富人。当我们分手后，约拿单能够回他的家里去，而他站起身子与我告别就是为了回家去。但我能到哪儿去？狐狸有自己的洞穴，空中的鸟儿有窝巢，可是人类之子，伯利恒人耶西的儿子却没有存身的地方。我不能重返自己的家园了，犹大伯利恒将是扫罗搜寻的第一个地方。既然他比以往更确信上帝是爱我的，如果允许我活下去我就要继承他的王位，那么他很快就要派出杀手，到全国各处打探我的行踪，这一切都是确定无疑的，就像白昼之后是黑夜一样。他的狂暴是恶毒的，他的愤怒是残忍的，但是，又有谁能忍受他的妒忌呢？

我不能过多地依赖陌生人的友善，当然也不能过多地依赖朋友和亲戚们的友善。一个富人开始倒下时，他的朋友们总要把他扶住，但是一个穷人向下倒的时候，众人会很快就把他推在一边，其中也有他的朋友。当然啦，财富广结朋友，穷人邻居都嫌。如果一个穷人的兄弟们都憎恨他，他的朋友们离他还能有多近呢？此外，我有什么朋友可以投奔的？约押？亚比筛？谁能数出大海里的沙粒，雨中的水滴和无穷无尽的日子呢？尽管所有这些见解现在都已经不新鲜了，而且还有点讽刺幽默的味道，但却是我在那几个月严峻的个人经历里直接得来的。在非利士人把我赶出迦特，我在亚杜兰洞中我的避身之地安顿下来时，我才感到痛苦有些减缓了。在迦密城，粗俗贪婪的拿八侮辱我，拒绝我，这足以说明，高傲者憎恨卑贱者，富人穷人都一样。怪不得我这么快就聪明起来了。我率领我那一队人马正大踏步行进，要用鲜血去报复拿八的侮辱性拒绝时，亚比该牵着一队驴子替她丈夫向我们求情来了，驴背上驮着我先前以礼相求的给养品。当拿八听说他差一点送掉性命时，自己在宽慰中死了。我卷跑了他的妻子和相当一部分值得带走的财产。

可是在间歇期间，我几乎不能太太平平地喘上一口气或者睡上一个好觉。对于所有认识我的人来说，我是个该诅咒的人物，是一个被残酷的国王憎恨的逃犯，是所有接近我的人的危险，是陌生的土地上可恶的陌生人。当我走上前去，向遇到的任何一个人提出"求求你，给我一点水解解渴吧"这样的请求时，我都会给周围的人带来生命危险。在我孤独的为生存所做的挣扎中，任何人，即使由于无知而帮助了我，也会把自己的生命置于危险之中。看着亚希米勒和挪伯的其他祭司，还有他们的家眷身上所发生的一切吧。

所以，为了混淆视听，逃避追捕，我才没有向南进入犹大，而是向相反的方向急行，到挪伯城拿走了剑和面包，说了一堆谎话，在我身后留下了野蛮的难以想象的毁灭。在挪伯看到以东人多益，这使我深深感到我的处境是那样危险：我在以色列自由活动的时间正在缩短。我假装没认出他来，但是，我一休息完，就马上起身逃走，唯恐扫罗赶来。在那种环境中我们可能采取的任何手段都将是毫无价值的，因为在一切事情上人都是不诚实的。难道我从反复的自我反省中还没认识到这一点吗？我知道，没有反思的生活是不值一提的。有反思的生活就有价值吗？我们怎样也逃不过我们的那些原罪，即使在扫罗指控我的那些罪名中，我连一项也没犯着，可还是个十足的罪人。在扫罗狂热的想象中，我要夺取他的王国，要他的命。然而，在如今绝大多数日子里，我要求得到的不过是一盆干净的洗脚水和一碗滚热的扁豆汤。有许多次，我真想用我的出生权换一份稀溜溜的粥。

我像个傻瓜在黑暗中行走，但是我又有什么选择呢？我改变了路线，奔向南方。我尽可能昼伏夜行，绕过家乡犹大那些熟悉的休息地，向南逃进非利士人的土地，所有这些要比我以前做过的任何事情都要好。天气干燥的日子，我就在干涸的河道上睡上一个小时。暴风雨来临时，我就躲到石灰石洞穴中，听阵阵大风刮着雨点在外面重重地敲击，雨滴像害人的蝗虫一样在我先前爬过的洞口外松软的一侧咬啮着。日复一日，萤火虫和壁虎成了最合我心意的旅伴。那里有冰雹，还有和冰雹搅在一起的闪电。相信我，国王的愤怒如同狮子的咆哮，扫罗的愤怒突然间把我变成了逃犯、流浪汉，使我在人民中间声名狼藉。你认为我过惯这种生活了吗？对我来说，这一切都是孤寂，都是震惊，仿佛突然之间地球又一次失去了形体，虚空和黑暗笼罩了一切。没有人来陪伴我。我是多么想念欢乐的笑声、磨轮发出的辗转声和蜡烛的光辉啊。我白天活动时不得不在高地上荆棘杂生的灌木丛里跋涉,只有夜间大街上杳无人迹的时候,我才能偷偷地沿着小路穿越村庄和小镇。我偷盗食物,从别人的酒窖里偷葡萄酒,在别人的果园里采集水果。我顽强地向南方海边跋涉,翻越山石嶙峋的小丘,直到犹大被我抛在身后,非利士人的土地像避难所一样在我的前面伸展开去。尽管我获得的不过是简单的生存,但我感到我胜利了。我离海岸还有很长的路,但我已经赶到迦特了。

在我漫长而特别多事的一生中,我曾两次逃到迦特的亚吉国王的城中寻求保护。第一次,他把我撵了出来。第二次,可以说他是张开双臂欢迎我和我那由六百人组成的小部队,又把我分派到他的南部疆域洗革拉,去监视、控制那里,也在那里劫掠。这次是我第一次到那里。请相信我,当悲哀袭来时,它们不单是密探,而是成群的大部队。雨不下则已,下则倾盆。[1]

我穿过城门,走进我见到的第一个酒馆,在我走进酒馆的几分钟内,就被人认出来了。我不知道为什么这么快我就被认出来了——我们是不许相互画像的,我们从来也不画。这不是因为我看上去像犹太人。我长得从来都不那么像犹太人,而且宽敞的房间里的老主顾中有少数几个是衣着花哨、来自各地的希伯来人,还有一些赫人、米甸人、迦南人和其他闪族人。我猜想我是出名了,可能过去被人家指给在场的非利士士兵了。我现在不得不承认,我已经是那年月里带有传奇色彩的人物了。

我最后想得到的东西就更麻烦了,特别是在迦特,我急需洗个澡,吃顿像样的饭。那一天这家非利士酒馆捕到的活物是水蛇和小黄鳝。我要了一杯啤酒,点了烤白鱼,外带斑节虾和釉子盒麦粥,又点了一道猪排和土豆饼,想先吃着。在饭菜还没上来之前,我开始不舒服,我渐渐意识到在此地正常的吵闹声里一种由于认出我而产生的骚动正在扩散。我看得出来,我已成了三五成群的非利士士兵们猜测的中心人物。他们紧紧凑到一起,然后又转向我,渴望得到些消息。他们开始时希望从互相间知道,这是不是大卫,

---

1　意为"发生大灾难"或"祸不单行"。

接着又想从我这得到证实。哪个大卫？大卫是谁？这个大卫就是他们跳舞时常常互相对唱提到的那个人吗？就是"扫罗杀死千千，大卫杀死万万"的那个大卫吗？这不就是那个大卫吗？我像个傻瓜，承认自己就是那个大卫。

你可以随意对非利士人那种粗劣的审美迟钝发任何议论而不会显得过分。他们长了一副大骨架，顷刻之间，他们就把我裹进了一条毯子，像一匹布一样送到了迦特国王亚吉的房间。国王正坐在一把他自己称之为御座的硕大的橡木椅上。当他把我从污秽的毯子里抖落出来时，我是被捆绑着的，他们就开始追忆往事了。我听着，渐渐地，失去双目的参孙在迦萨的那些可怕幻影便开始在我脑子里舞动起来。他们说要弄瞎我，然后再割去我的拇指和大脚趾。我把这些话记在心里，只是一个劲儿地害怕。我处的地位使我无法讨价还价，我必须通过某种方式改变一下我的举止。所以我决定就在那里演上一出滑稽剧，不惜一切代价来加强滑稽效果。你以为莎士比亚真的从那儿得来创作《哈姆雷特》的主意？[1]我先唱了一首歌。"当天空灰蒙蒙时，我又不在乎灰蒙蒙的天空，你使天空变得蓝蓝的，可爱的小伙子。"我突然用我能唱出的最高的最夸张的嗓音唱了起来，这突如其来的歌声吸引了大厅里的每一个惊奇的人。

当时非利士人坚持认为疯病是传染的，后来的科学研究已经证明这种原始的迷信说法在很大程度上是正确的。

在出人意外地取得这最初的优势之后，我紧接着又用各种音调唱了起来，我突然冲到了那位惊慌失措的君主面前，单腿跪下，用我的一只手抓住他的一只手，又把另一只手甩到自己的胸前，借以表达我难以克制的深情厚谊，同时我又咧开了自己的嘴，做出还要接着唱歌的姿态。亚吉直往后躲避我，好像我是个麻风病人。他发出一声尖叫从椅子上弹了起来，恐惧地向后退去，我也紧逼不舍。可怜的亚吉。我把眼球在眼眶中整整转了一圈，用令人赞叹不已的动作模仿狞笑的犹太鬣狗，使他高兴了一番。我使尽招数在

1　哈姆雷特曾装假疯，蒙骗其继父。

他们面前装疯卖傻。我用手挠大门的门板，弄出狂犬发疯的噪声，我把唾液溅满了自己的胡须。每当我张着双臂向亚吉靠近一次，他就吓得尖叫一声，不停地抱怨，好像我憋足了劲要用某种传染病菌折磨他一样。他怒不可遏，不住地瞪那些把我带来的人。

"哎哟，你们瞧这人是个疯子！"他尖声嚷着斥责手下人，"为什么把他弄到我这儿来？我是迦特国王，难道说我需要更多的疯子，要你们把这个疯子带到我面前卖疯吗？这家伙应该到我的宫殿里来吗？还不如给我带来疖子、瘫痪的好。把他轰出去，快快把他轰出去，免得他把瘟疫染到我的房子。"

装疯卖傻我比哈姆雷特干得出色。我救了自己一命。哈姆雷特所做的，只是过早地行动失常，注意力偏离了事实，这样从第二幕到剧终，剧情的发展就没什么令人信服的地方了。

他们把我从宫殿里赶出来，又撵出了城门，一路上在不至于染上疾病的距离内用棒子和长矛杆不住地打我、戳我。

"让我到哪里去呀？"我对他们哭喊着，"扫罗想要我的命。"

"到迦萨去，"他们中有个人阴险地劝告说，"或者去亚实基伦，但是在迦萨可别说我们把你赶出来了，在亚实基伦的大街上也别这么说。或许他们能放你进去，在亚实基伦疯子并不出奇。"

我没有选择去迦萨或是亚实基伦，而是奔回了犹大那些人烟稀少的地方，后来在亚杜兰洞里弄了个窝，最终证明这一选择还是不错的。

那一天，我垂头丧气，远远地离城而去，一直走得疲惫不堪才住了脚，可我又得在另一个荒凉的地方独自睡下。我在岔路口附近一棵伐倒的大树上坐了下来。大树在一片树林中的小池塘边上。我把竖琴挂在一棵柳树上，我想到了基比亚，回想起开始时不仅一帆风顺，而且所有美好的事物都在身边，而现在却好像永远也够不着了。这时我禁不住哭了起来。我一生中从没像那天晚上那么灰心丧气。我一点也不知道该向何处去。被逐出伊甸园的亚当的方向感比我还要强些，境遇也比我好多了。

我用空空的双手捧起池塘里清澈的水，洗去胡须上的唾液，又用我那脏袍的袖子擦了擦脸，这再一次使我对米开朗琪罗和佛罗伦萨那座被认为是我的傻乎乎的雕像产生憎厌之情：他使我不带胡须，刮得干干净净，脸上一根毛也没有——不仅是这些，他使我带着未割掉包皮的阴茎，赤身裸体地站在那里！如果那个米开朗琪罗·博纳罗蒂对我们犹太人当时对赤身裸体的想法有一点点了解的话，他也绝不会让我身上垂着那个东西，也不会让我带着有自尊的犹太人宁死不愿要的那个亲切有趣的包皮，立在露天的像基之上。如果我们的生殖器露出来，甚至连登上祭坛的台阶都不行。此外，我在那个年岁时已经忙得不可开交了，从来没像他的大卫那样有时间，能连着几个世纪整天站着无所事事，只在我的肩膀上放个投石器，一丝不挂，甚至连一块遮住我下身的缠腰布也没有，只是等着看热闹。总的说来，那尊雕像可能是一件不坏的作品，但那不是我呀。而且，如果拔示巴说的是真话，我有，或过去有比他大得多的男性生殖器，即使不算那个有趣的包皮。包皮看上去总是那么古怪，我对人们带着它都感到惊讶。那是我们切掉包皮的真正原因：我们喜欢好看些。关于这一点没有什么神秘的。多纳泰罗[1]在佛罗伦萨为我做的雕像更糟糕——简直是侮辱，是亵渎——但至少他们在巴杰罗把它放在不那么显眼的地方，重要人物从不去那儿。

　　不，我担心我们从米开朗琪罗那里得到的不是来自犹大伯利恒的那个大卫，而是出自佛罗伦萨男性同性恋者关于一个英俊的以色列青年可能是什么模样的模糊表象，这个表象假设大卫是个赤裸的希腊娈童，而不是那个果敢、容光焕发的牧羊童，那么这个赤裸的希腊娈童作为一个英俊的以色列青年又会是什么样子。那个牧羊童在那天带着一车给他三个哥哥送去的给养品跋涉到梭哥，并留在那里打掉了那个非利士巨人歌利亚的可恶的嚣张气焰。

　　这是我那天夜里在迦特城外想到的又一件令人伤感的事，它更加困扰

1　　多纳泰罗（1386—1466），意大利文艺复兴早期的雕刻家，其代表作有《大卫》等。

了我,使我深感不平。这就是那个杀死歌利亚的小伙子所陷入的极不公平的窘境!

最后我终于入睡了,睡梦中流出的泪水把眼睫毛粘到了一起。当我醒来时,头上洒满了露水,鬓发上粘满了土粒。我的心情立刻坏了。我凝视着旭日在黄褐色帷幕的掩映下慢慢爬过小山。当我突然意识到无论是非利士人还是以色列人,几乎再也没人提到歌利亚时,我感到我的心在躯体内死去了。我开始迷惑起来,我是不是真的在那天杀死了歌利亚。

第八章　在亚杜兰洞里

　　在亚杜兰洞里，我开始转运。这座山洞高出非利士平原，位于犹大的荒郊之外。我从迦特回来后，独自一人爬上去躲藏了一段时间。开始的时候根本没有乐趣，一夜的工夫也不会使处境得以改善。我裹着一条破斗篷躺在地上，四周尽是吓人的黑东西，它们在黑暗中不停地变换形状，我静静地思考着这样一种现象：人出了娘胎，时光短暂，但却充满了麻烦。为了消愁解闷，我盯着飞舞的萤火虫。

　　在我躲藏的地方被泄露以后，人民就开始不顾艰难地翻越陡峭荒凉、怪石嶙峋的小山来报名参加我的军队。他们或单身一人，或三两成群，像涨水的小溪一样加入我的军队。那些天里来投奔我的人数也数不清。这样的人你是不会相信的！他们全是些贼民、流氓、捣蛋鬼、暴徒和凶手。每一个不幸的人，每一个欠债的人，每一个不得志的人，都汇集到我这儿来了，我成了他们的统帅。逐渐呈现出这样一种景象，仿佛这块土地上所有赖账的人、不称职的人、恶棍和强盗都满怀希望投到我的麾下。不久我就布上哨兵，除了收下那些最无情、最令人生畏、经过战火考验的人以外，我把其他的人都赶了回去。我留下的那些人坚韧耐劳，勇敢无畏，又具有丰富的经验，因为我们这些亡命徒很快就要出发穿过犹大的旷野，而那种生活是懦弱胆怯之辈或者像我儿子那样在安乐窝里被宠坏了的人所过不来的。

约押第一批加入了我的军队，他到这里来是为了冒险。我的另外两个外甥——约押的弟弟亚比筛和亚撒黑也随他一起来了。我家里剩下的人为了逃命也跑到我这儿来了。我的兄长和我父亲家族里的人听说我正在亚杜兰洞里建立大本营，他们害怕遭到扫罗的血洗，都以最快的速度投奔我，身后留下的一切财物都给抄没了。我收留了全家人，当然也包括我那些令人讨厌的哥哥们。随着时光的消逝，我欣慰地注意到我的哥哥们注定要过上那种碌碌无为、不会引起任何人注意的生活。我的周围很快就聚拢了四百来人。我们熟悉乡间地形，又能行走如飞。我做的第一件事就是把我的父母藏起来。我向东跋涉到隐基底，又从那里穿过死海去了摩押的米斯巴，想把他们安顿在那里，让这个国王保护他们的安全，国王真的允许他们前去跟他住一起了。从我的曾祖母，摩押人路得那里沿续下来的古老的家族情谊得到了报答；我也心安理得地卸去了儿女对父母的义务。如今我父亲年事已高，身体哆哆嗦嗦的，摩押就如同一个最好的小型疗养院，把父母安置在那里，我就可以脱身走了。

随着我手下的人不断增多，我们为自己造了简陋的巢穴。现在，在高山、洞穴和堡垒中还可以找到它们。在那个早期阶段里，法恩伯格法则运用起来对我非常有利。它帮助我了解扫罗，使我预见到他迟早要率领大队人马来捕拿我。法恩伯格法则说，如果他能知道我们藏在哪里，我们就能知道他要来了，这样我就可以采取自己认为合适的步骤来对付他。我可以打起行装，避开他走掉。如果他把我们围在了又艰难、又荒凉、又险恶的地带，那么相对来说这个地方也是坚不可摧的。正面进攻不会奏效，四面围困也无济于事。每当他率领优势于我的兵力冲来时，我们只要绕小路躲过他就能使他扑个空。扫罗每次进入隐基底旷野，进入玛云旷野，进入西弗旷野，法恩伯格法则所起的作用大致是这样的。我可以轻而易举地避开他的追捕，曾经有两次他正在地下大睡时我来到了他跟前，我本可以杀了他，但我没那么做，我也让他知道这些。

"我儿大卫，这是你的声音吗？"他每次都这样问，眨眨眼睛，而后又眯缝起来，仿佛被刺痛了一样，当他意识到我饶了他的时候，便哭了起来。

隐基底的那一次说来真是滑稽可笑，因为他拖着疲倦的身子走进了我们藏身的山洞，可还不知道我们就在那儿哩。在和我这故事同样遥远的古代，奥德修斯与独眼巨人不也有这样一番经历吗？[1]有一次扫罗确实险些把我们困在玛云的荒野中，非利士人乐于帮助，他们在别的地方给扫罗施加压力，迫使他回兵抵挡，这才解了我的围。你知道这并不是我与非利士人第一次为共同的利益而合作。实际上，当我随亚吉国王一道帮助非利士人在基利波打击扫罗时，唯一的内疚是没有内疚。这使我常常对自己感到不解。回想起来，在参加反对扫罗与我自己的人民的战斗中我处的两难困境是我没有两难困境。拔示巴怀孕了，乌利亚固执地拒绝与她同床，不想在无意中遮掩她的不轨行为，我就得打发他回战场送死去了。我难道不是给了他两次机会吗？我害了乌利亚是为了逃避流言蜚语，还是因为我心里早就惦记着他老婆？上帝知道。因为在一切事情上，人心不仅狡诈，而且邪恶到了极点，甚至我的心也是这样的。想做国王的危险是，过一会你就开始相信，你也真是个国王了。

你知道，法恩伯格是变幻莫测的，随着我那支私人军队的规模不断扩大，法恩伯格法则就不再对我产生有益的效果了。如果我们扎营的地区山势险峻，给我们提供了一个天然堡垒，那它同时也很不友好地拒绝这支在我周围发展起来的可怕的军事力量去享受可能吸引我们留下的舒适安逸和奢侈享乐的生活。那根本就不是生活。因此，我们总有一天要离开的。当我们发觉带着财物越过非利士人的边界向犹大深入进军对我们有利时，跟这里告别的那一天就不可避免地来了。在这次行动中我们精神饱满，但也有些惊慌。胆小鬼永远也别想得到一个肉感的少女。从亚杜兰出来后我们转向哈列的森林中的一个新地点。接着，在对形势做了应有的讨论和考虑之

---

1 奥德修斯与十二名随从误入一山洞，实为独眼巨人波吕斐摩斯的洞穴，后奥德修斯设计逃出。（见荷马史诗《奥德赛》）

后，我们主动地迈出第一步，开始了一次大胆的军事冒险，打击一支非利士军队，这支军队涌进了犹大的基伊拉城，正在那里掠夺打谷场上的粮食。

就在我们冒险进攻基伊拉之前，我第一次和上帝说了话。祂回答了我，帮助我下定决心。那时候上帝总是回答我，我也不需要有个撒母耳或拿单，我可以为自己说话。那时，我和上帝的关系要比他们任何时候都好。难怪我骄傲起来了。后来我不得不认识到，骄傲是毁灭的先导，傲慢必招致倾覆。

在那次可怕的大屠杀[1]中，祭司们和他们的家眷惨遭杀戮，亚比亚他是唯一的幸存者，他后来手里捧着先父、挪伯大祭司的法衣逃到了我这里。他带来了那次大屠杀的消息。在大屠杀之后，其他人还继续为扫罗效劳，扫罗又总能召集起三千人马追捕我，现在这些事还能把我吓得屁滚尿流。就因为他是国王吗？国王又是什么东西？我已做了四十多年的国王，不知为什么，现在人们见到我还欢呼雀跃，只要我对他们说句话或看上一眼，他们好像就被圣化了，我也不知道我的士兵为什么对我的生命特别关心，竟冒着死的危险来保护我。我收留了亚比亚他是因为他父亲是为了赞扬我才死的。

"在你的仆人中谁能像大卫那样忠诚？"他的父亲挑战似的说，在扫罗面前为我辩护。

扫罗因为这句话就发布命令说："你一定要死。"

"不要害怕，同我住在一起吧！"我急忙让这个年轻人放下心来。他看上去像个幽灵，被吓得畏畏缩缩。"因为要杀你的人就是要杀我的人，和我在一起，你会受到保护的。我要成为你敌人的克星，你对手的对手。"

我一直信守诺言，我要保证在我百年之后我的老朋友不受伤害。亚多尼雅不会伤害亚比亚他，因为亚比亚他总是幼稚而迂腐，正在帮助亚多尼雅，还赞成他在郊外小山上举行盛大午宴的主意。拔示巴和所罗门却让我放心不下。

1　指扫罗对挪伯城的屠杀。

"对亚比亚他这样老迈衰弱的人要宽厚。"我对拔示巴说,"要知道,有一天你也会老的。"

"亚比亚他?"我那披着金发的拔示巴毫无表情地应了声,十分优美地用手指玩弄她的一只金耳环,同时在品味我那话里的真正含义。

所罗门是个用功的人,因为他并不装假。

"小所,要细心注意我对你说的。我非常关心我的祭司亚比亚他。"我不自觉地锁紧眉头,停了下来,我的王子正在小心谨慎地把我这几句开场白刻到他的泥板上。

"等我死了入葬之后——"

"祝你万寿无疆。"他插了一句。

"你的哥哥亚多尼雅很可能要继承王位。"

"他不过是我的同父异母哥哥。"每当所罗门提醒我什么时,他总是拘泥在鸡毛蒜皮的小事上。

"要是亚多尼雅遇上了什么不测当不成国王——"

"是吗?"所罗门说,很快地抬起了脑袋。

"——我让你不折不扣地遵照我现在说的话去对待亚比亚他。"

"亚多尼雅会遇到什么不测使他不能成为国王呢?"

"我们眼下要说的是亚比亚他,"我责骂他。然后他那忙个不停的尖笔又使我迷惑起来。"所罗门,有件事使我好奇,你来回答我。现在几乎所有的人都使用纸莎草纸了,你为什么还在泥板上写字呢?"

"我认为我学聪明了。"他说道,流露出一丝虚夸的神情。

"你怎么学聪明呢?"

"在我们这种潮湿的天气里,纸张会腐烂,墨迹也会褪色的。"

也许他正在聪明起来。我伤心地点了点头。"我已经非常担心我那些纸书了,"我承认,"它们迟早要烂掉的,那么我死了以后,就没人再能看到一句评价我的话了。我倒希望我的话都记在泥板上了。"

"我要把你的话记在泥板上。"

"我指的是我所有的话，甚至我对别人说的话，特别是我写下的那些话。我的箴言、我的诗歌，还有别的歌。"

"把你的纸书放进死海边的隐基底山洞里。"所罗门用一种肯定的口吻告诉我说。

"你在说些什么？"我发怒了。

"如果你希望保存它们的话，那办法管用。"

"哦，哦。"

"它们在那里会保存下来的。"

"不用你操心。"

"我不是说着玩的。"

"你说说看。"

"死海的空气不潮湿，"所罗门继续说道，"如果你小心地把你的纸书藏在隐基底的一个山洞之内，它们能保存许多年的。"

"别像傻瓜一样再说下去啦，"我实在忍耐不了了，责骂道，"纸怎么能保存许多年呢？我方才在告诉你……"

"亚比亚他。"他又往回阅读泥板，提醒自己。

"几乎一生都是我的朋友。"我对自己非常恼火，竟让他白白浪费我的时间。"我们同舟共济。我要与他交好下去。我死之后，不论发生什么，我希望你和其他人在任何事情上都要把亚比亚他看成是无辜的。你明白我的意思吗？"

所罗门阴郁地点点头，仿佛被我刚刚托付给他的责任深深地打动了。"我明白你的意思了。"

"我是什么意思？"

"你不想让我使他的灰白的脑袋平平安安地进入坟墓，对不对？"他在查阅记录找证据。

太让我伤心了。我低沉地咕哝着，深深地吸了一口气，鼓足气力。"不，不，不，不，不对！"我简直是对着他喊，"你是白痴吗？连一件事情也弄不明白吗?"

我勃然大怒,可所罗门还是无动于衷。"你确实想让我杀了他,是不是?"

"不是,小所,"我叹了一口气,更正他的话,"我不想让你杀了他,这里有区别。难道你不知道无辜是什么意思吗?"

"不知道。"

"不知道?"我的思路可以说是被打断了,"你不知道无辜是什么意思吗?"

"不知道。"所罗门回答。

"你猜不出来吗?"

"是灰白的脑袋吗?"他猜测着说。

"哦,胡说。不对,所罗门。你能肯定你是我肉的肉,骨的骨吗?要使我信服可不容易。"

"我不知道那是什么意思?"他答道。

"苹果落下来会离树很远吗?"

"我也不知道那是什么意思。"

"你母亲告诉我说这句话你说过许多遍了。"

"我是从你那儿听来的。"

"在我从你那儿听来之前,我还从来没说过。"

"我可以查一查。"

"都查查,"我特别强调地指示他,"因为你把我对你说的关于亚比亚他的话跟关于约押和示每说的全搅到一起了。"

"谁是示每?"他看上去一副痴呆的样子。

"你连示每都忘了吗?"我感到痛心,"我从来没对你说过示每吗?"他摇了摇头,这使我大吃一惊。"你真的不知道示每吗?这怎么可能呢?我逃离耶路撒冷时他是怎样诅咒我,向我抛脏东西,当我平定了押沙龙的叛乱,胜利归来时,他又是怎样跪倒在我脚前的泥土上?你从未听说过示每以及他对我干的那些坏事吗？我肯定告诉过你示每，我知道我对你说过他。你他妈的究竟是怎么了？"

"请再告诉我一遍。"我的儿子要求说，摆出了要记录的架势。

"在你的泥板上查一查。"我不客气地回答。

"我的泥板太多了，在上面什么也查不到。"

"谁让你做这泥板的？老实地回答我，你真的不知道无辜是什么意思吗？"

"我怎么能知道无辜是什么意思呢？"

"就是没有罪，所罗门。所罗门啊，难道像你这样聪明的孩子还不明白那样的事吗？"

"一旦有人给解释一下，我当然能明白。"他轻快地点点头，"现在我明白了。你确实要让我使他的灰白脑袋平安地进入坟墓，对不对？我应不应该这么做呢？"

"你应该。"

他的脸上露出了失望的神情。"我得把整块泥板重抄一遍。"

"把'不'字划下去就行了。"

"是他骗了我！"他欣然地把"不"字改掉了。"现在，关于灰白的脑袋？"

"灰白的脑袋现在不重要了，"我告诉他，"记住亚比亚他就行了。这就是你今天要做的全部工作。你能不能记住像他名字这么简单的事情？"

"我当然能记住，"所罗门说道，"谁的名字？"

"亚比煞！"

美丽的亚比煞翩翩走来，宛如万里无云的夜晚，又像星光闪烁的天空，我那秀美的书念少女，她又把所罗门送了出去。在我的要求下，她把比拿雅带了进来。比拿雅宽肩厚背，又长着一双粗壮有力的胳膊。我对他重述了我临终前要留给亚比亚他的恩惠。比拿雅一直精神振奋，尽管约押对他恨之入骨，他还是依然如故。在我任命他统领宫廷卫队时，把约押对他的难以忍受的妒忌巧妙地告诉了他。

"或许你也该对拿单吩咐一下。"比拿雅建议道。

"拿单,"我怒气冲冲地说道,"和所罗门一样聪明。"

宽肩膀、厚胸背,长着一双粗壮胳膊的比拿雅没有理会到我话中的讽刺味道。一句糟糕的格言又被编造出来了。

我发誓,我常常感到过去挣扎忍耐以及角逐国王的那些日子比我做了国王以后舒服多了。成功的过程要比成功本身更令人心满意足。不管你信不信,每当我和上帝说话时,祂好像总是要回答我。我提出了一个问题,祂就彬彬有礼地给予答复,而每次的答复又都是我事先想得到的。我们的谈话顺利进行。祂对我从没像对摩西那样狂暴,祂甚至都没让我脱去鞋子。如果我想知道什么,我就问什么。我第一次向祂讨教是在远征基伊拉之前。

我手下的一些人不愿意攻打基伊拉,争辩说,即使我们不以这种向扫罗和非利士人挑衅的方式暴露自己,我们在犹大生存下来也足够危险了。非利士人正在攻打那座四周围有城墙的小镇子,他们兵力不多。进攻他们的方案是我定的,但我必须稳操胜券,因为出师不利就意味着我立即完蛋,我决定试试直接和上帝谈话。对用烟火来占卜,我从来就不大相信。

"我要把这件事仔细斟酌一下。"我对那些和我一起商讨的人说完后,就独自向林间大树荫下的一块空地走去。我能失去什么呢? 顶糟糕是祂一声不吭。我第一句话就提出了攻打非利士人的事。"我可以去打击那些非利士人吗?"我直截了当地问上帝。我弄不准要朝哪个方向看。

上帝为我出来了。"去打击那些非利士人吧!"祂立即对我说道,"行动起来,下去拯救基伊拉城。"

"可是,我们在犹大这儿非常害怕。"我告诉祂。

"我要把非利士人交到你们的手里。"

我几乎不敢相信自己的耳朵。我兴高采烈地跑到人前,宣布说:"上帝说了,祂要把非利士人交到我们手里来!"

"你和上帝说话了吗?"他们又敬又畏,惊得目瞪口呆。

"祂保证过了。"

就这样我率领他们奔向了基伊拉,与非利士人交起手来。我们割断他们的大腿筋,揍他们,还惹他们发火,一直到他们脑袋痛了,骨头断了,再也支持不下去了。我们又吓跑了他们的牲畜,大批杀掉他们的牲畜,把基伊拉城中的居民从非利士人的压迫和暴行中解救出来。我们都感到自己像英雄一样,趾高气昂的。我的人放松下来,庆祝胜利。城市生活令人心醉。他们笑个不停,不想走了。

"这儿比林子里可强多啦。"约押劝我说,我直摇头。"怎么了?"

"扫罗。一旦扫罗听说我在一座四周有城墙城门的城里安下营来,你认为他还能不马上派人追捕我们吗?"

约押不同意我的看法。"我们可以关上城门,把他挡在外面,"他争辩说,"为什么不能呢?"

"法恩伯格法则。"

"法恩伯格?"

"如果我们可以把他挡在外面,"我解释说,"他也能把我们堵在里面。又怎么对付基伊拉的人呢?"我接着说道:"他们听说扫罗要来基伊拉,因为我的缘故要摧毁这座城,你以为基伊拉人会怎么做?"

"基伊拉人吗?"约押没有犹豫片刻,"为了救他们我们把命都豁上了。基伊拉人是感激我们的。他们会忠于我们。"

"别打赌。"

"他们能和我们坚持到底。"

"我要仔细斟酌一下这事。"我说完又独自一人走进林中。我不难想象,扫罗准会高兴地断定,是上帝把我送到了他的手心里。因为我把自己关进了一座有城门有城墙的城中。"扫罗,"我又开门见山地对上帝说话,我不想占用祂过多的时间。"扫罗能不能像你的仆人我相信的那样,来基伊拉追赶我呢?"

"那是肯定的。"上帝说道。

"那么基伊拉人会不会把我们出卖给扫罗呢?"

"你真滑稽,竟问上这个了。"

"他们会吗?"

"他们会出卖你们。"

"那么我们最好逃走,对吗?"

"你自己猜出了这个答案,"上帝说,"用不着上大学了。"

我又一次带着上帝的启示急匆匆跑了回去。"上帝作证,"我紧急通知,"我们必须动身,快快离开这里,因为扫罗要召集他的人和我们打仗了,他要到基伊拉来把我们围在里面。"

就这样我们离开了基伊拉,能往哪儿走就往哪儿走,扫罗每天都在寻找我们。这时我的人已经增加到六百左右,但扫罗的兵力从不少于三千。我们在西弗旷野的一座山中的堡垒里住了一段时间。我们也穿越了玛云和隐基底的旷野。这些旷野都在犹大,有时对外来人说,很难说出从哪儿到哪儿是某某旷野。西弗挨着西弗,隐基底挨着隐基底,玛云旷野的中间是迦密,在那里我发现亚比该嫁给了拿八。亚比该那粗野的蠢猪一样的丈夫刚一死,我就娶了一个真正的女人做了我第一个忠诚的妻子。我听说她成了寡妇后,没过多久就求婚了,可能是在一分钟后。

正是在西弗旷野的一片树林里,约拿单把我找了出来,直率地向我说出了他的信念:因为上帝偏爱我,扫罗是找不到我的。他那时也看出我到时候一定能成为以色列的国王。

"从你的嘴里,"我用同样的虔诚回答他,"到上帝的耳中。"

他说的话更多的是出于情感而不是可论证的事实,但不管怎样我还是愿意听他说,他哽咽的声音和他表现出来的炽热的感情没有使我厌倦。我们二人谁也想不到这次见面,竟像命中注定的那样,成了我们的永别:他将在基利波被杀死,我几乎是走向了相反的极端。他将永远也享受不到自己预言实现时带来的快乐。

"我要为你效劳,做你的宰相。"他继续庄重地发誓说,结局尚无定论,他的眼睛注视着下方，流露出一种沮丧的谦卑之情。"不要怕我父亲，因为你将成为国王，他也知道这一点。这就是他这么惶惑、这么沮丧的原因。我在密抹的战斗中打得那么漂亮，可他后来也想杀死我。他说只是因为我吃了蜂蜜，但我相信那是出于他的妒忌。大家像一个人一样保护了我。但是，我父亲还从来没有真正喜欢过他自己的孩子呢。他过去好像就把你当作唯一能不使他失望，能不在任何事情上失败的人，因而短暂地爱过你。可能那就是他现在惧怕你要杀掉你的原因吧。"

"在你父亲看来，我就是要杀死他的人。"

"他头脑不清醒，大卫。在密抹他要正面攻击非利士人。他现在还想正面攻击他们。我认为我父亲不想让任何人做他的继承人，他希望死的时候把我们剩下的人一起带上。在密抹我感到我非得做点什么阻止他的正面进攻不可。这就是为什么我要晚上带着执甲人偷偷地上了山上的羊肠小路，奔向非利士人的哨卡，去碰碰运气。那小路上尽是石头，十分陡峭，"他接着说，"我不能很快就爬上去。后来我发现自己爬到了两块尖尖的岩石之间。"

他冒险地把自己暴露给敌人的哨兵，假装成先前躲进山洞的当地以色列人，现在要求哨兵开恩，允许他回到旷野上他自己的那个简陋的房子里去。

"要是他们允许我们上去，"他曾经对执甲人耳语道，"我们就上去。我要带着长矛，希望上帝已经把他们交给我们了。要是他们不让上，上帝就没把他们送到我们的手上，我们就回营地去。不入虎穴，焉得虎子。"

傲慢的非利士人嘲笑着，招呼他们上去，想在他经过哨卡时捉弄他一番，或许是拽他的胡子。"瞧，希伯来人从他们的藏身洞里出来了。"他们相互嚷嚷着，"上来吧，到我们这儿来，我们让你看一两样东西。"

他们还不如咬掉自己的舌头，保持沉默的好。在他们还没弄明白约拿单的诡计时，他们中就有二十来人被他杀死在周围半英亩的土地上。侥幸逃脱的，还认为他是一次大规模包抄的前锋呢，回去夸张的报告把整个大营搅得一片混乱。谣言四起，嘈杂声乱作一团。借着晨曦，以色列警卫士卒看到非利士人自相践踏，大队非利士人掉头逃光了，扫罗抓住有利的战机，下令冲锋，然后扫罗向上帝发了一个毫无意义的誓言，看起来是报复约拿单的，这誓言把事情弄得一塌糊涂。

"天黑之前吃任何食物的人都要受到诅咒。"这就是扫罗那天颁布的轻率的命令，在这之前扫罗点了名，清清楚楚地知道离队行动的人只能是约拿单，而还没有回营的约拿单又不能得知他的禁令。

以色列士兵都饿得发昏了，天黑之前他们不得不停下对敌人的追击。他们涌向掠来的绵羊、公牛和小牛犊，把它们杀翻在地，吃带血的生肉。扫罗不赞成这个举动。约拿单回来了，他在林子里弄到了蜂蜜，吃了以后两眼才有了精神。他发现本来可以轻而易举地杀伤更多的非利士人，但禁食令却使战斗力受到了严重影响，他对禁食令提出了反对意见。这样扫罗就带着邪恶的念头，井井有条地踏上了向约拿单进行残酷无情的报复之路。他用抽签的办法排除没犯禁令的人。范围缩小到了便雅悯部落，也就是扫罗自己的家族，接着，罪犯的签子就落到了约拿单手里。

"我不过是用木棒的一头尝了一点野蜂蜜，"约拿单令人感动地承认道，"瞧瞧，就为这个我必须死吗？"

"因为这个，"扫罗耸耸肩答道，好像在洗掉身上的责任，"你一定要死，约拿单。"

但是百姓知道，是约拿单在那一天拯救了以色列，完成了这一壮举。他们偏不让扫罗动他一根头发。他们救了约拿单，使他免于一死，在他父亲的怒火消退之前，他们一直把他置于安全的保护下。

"他妒忌我，"约拿单向我吐露，"他妒忌我在那次战斗中扮演的角色。打那以后，他就不再真心地信任我，也不喜欢我了。这就是他除掉我的办法。我们可以看到他的怒火在眼睛里燃烧。在我知道他真要杀死我以后，我意识到了一件事，我的父王疯了。后来我又意识到了更坏的事，我主上帝也疯了。我意识到了这些后，就开始痛哭起来，我的心都碎了，什么也不在乎了。"

我为约拿单当时没哭起来而感谢上帝。我现在知道,约拿单当时确实是爱我的,而我却不爱他。我知道那样做太不近情理了。

我知道这些是因为我爱拔示巴,而她却不爱我。我爱儿子押沙龙,但是,如果可能的话,他早就把我给杀了。如果他立刻出去追赶我,他本来会得手的,但他听信了我暗中留下恭维他、往错路上引导他的大臣的劝告,自鸣得意,拖延了时间。但是,当我有机会的时候,我却下不了手杀死扫罗。世界是由各种人组成的,是不是?回想起来,我深感后悔的是,在我与约拿单的最后一次见面中,我并没有像他那样敞开心扉,推心置腹,而是相当冷漠、倨傲。我怎么能知道他就要死了呢?在口笔所能表达的悲伤词句中,下面这句话是最悲伤的:本应该。

我有两次杀掉扫罗的好机会。我的第一个机会是在隐基底山洞。山洞四周的石头上圈着野山羊,扫罗进到我们躲藏的地方休息,他四肢伸开,躺在地上要包裹双脚。我只要在那儿撒泡尿就能杀了他。然而,当我发现杀死他的机会就在手边时,我的心却被一种怜悯和恐惧混合在一起的情感折磨着,使我感到恶心。我把他放走了。

"上帝正好把他送到你的手上,"亚比筛在扫罗走后指责我说,"你为什么不让我立刻用长矛把他钉在地上呢?我连第二下都用不着戳。"

我简单地做了回答:"他当时睡觉的样子使我想起了我自己的父亲。"

"耶西外祖父看上去根本不像扫罗。"亚比筛绷着脸和我争辩。

我决定不再争论这件事了。要从感情上与我洗鲁雅姐姐的三个铁心儿子,或者与当时跟随我的六百名粗野的士卒中的任何一个人评理,那无疑是把珍珠抛在猪面前。赫人乌利亚也在那最早跟随我的六百人之中,他甚至还是三十勇士之一,当时他还没结婚。我平定了所有的内乱以后,慷慨地赐给他一座南方的庄园,让他自己耕作消遣,又能起到前哨的防卫作用。谁叫他娶了一个让整个耶路撒冷都垂涎的性欲旺盛的妻子呢?在他屈服于她的纠缠,同意搬到这来之后,她爱上了我,这是我的不是吗?我本应该警告他的，我那时应该告诉他，与一头狮子或一条恶龙住在一处也比在家里养个恶女人好，因为那时我已经从帕提手里要回了我的妻子米甲，她与我一起住在皇宫里，像只大黄蜂一样不住地在我耳边嗡嗡乱叫。就像一双老人的脚在一条满是沙石的山路上攀登一样，一个少言寡语的男人跟一个唠叨不停的妻子在一起也同样受罪。那个黄昏与拔示巴那样难得的春情完全露暴出来，让我在宫殿顶上享受时，像我这样性欲强烈的年轻国王该怎么做呢？我做了任何一个正常的有男子气概的君主都会做的事。我看见了她，派人把她带来，和她睡在了一起。跟这一样简单的是，一股潜流带着一个又一个悲剧涌进了我颠沛消沉的下半生，实际上我是毫无准备地经历了这些悲剧。在我六十岁的时候，我失去了体验欢乐的能力，我离毫无乐趣的生活越来越近了。

我可以说是魔鬼让我这么干的。在这种事上，魔鬼总是随用随到，是不是？

过去在我与亚比该在一起的日子里，一切都比现在容易多了。在犹大南部打家劫舍、勒索敲诈的年月里，我们相遇后结合在一起共度无虑的逍遥日子。这时节，一切事情都是有求必应的，那种容易程度真够奇妙的了。随着我们声望的不断增高，我和手下人的财产也增多了。我们娶了妻室。时机一到我立刻娶了亚比该，那是见到她大约两周后的事。与亚比该结合如此美满，在她的同意下，我不久又娶了亚希暖。一个四处飘荡、游移不定的男人家里，要干的家务活多得是，娶多少妻子也不算多。所有的妻子都可以热情地加入进来。

我们是怎么生活的呢？

我们靠土地为生。或确切点说，我们靠土地所有者为生，这当然是完全不同的事了。所以我才得到了亚比该。

"给我们吃的穿的。"我或者我手下的人总是向这一地区的巨富们提要求，他们拥有最大的绵羊和山羊群，最繁茂的葡萄园，最大的橄榄、无花果、枣和坚果树园，还有最宽最长的小麦和大麦地，和最多的西瓜、小扁豆、扁豆、大蒜、洋葱地。"我们要保证你们连一只羊也不会被偷去,这是我们的职责。"

"谁能从我们这儿偷走一只羊呢?"他们幼稚地问道。

"谁知道呢?"在长时间的停顿后我会接着说下去。"但是,我,伯利恒人耶西之子大卫,将使你们免于贼人的偷盗和强盗的纵火。我和我的人将像一堵墙一样昼夜保护你们。"

"犹大这地方没有贼人和强盗。"他们起先回答说。

"现在有了。"

我总是板着面孔这样回答,同时用严厉的目光看着每一个听我说话的土地所有者。难怪我家乡犹大那里的西弗人常常奔到基比亚的扫罗那里,要是扫罗来追赶我,他们就告发我藏在什么地方,并自愿把我送到扫罗手上,这对我来说也没什么可奇怪的。我能表达的任何被伤害的感情都是人为的。

只是从拿八那样丑陋的大胖子,就是我前妻亚比该的丈夫那里,我才遇到了不礼貌的回绝,我决定给他点非常厉害的颜色看看,然而那个绝代佳人却亲自以迅速果断的外交手腕在千钧一发之际,扭转了事情的发展方向。亚比该是一个了不起的能理解人的漂亮女人。她做拿八的妻子,简直是镶在猪鼻子上的宝石。难道我开始时不是非常有礼貌地向他请求过吗?我派去十个年轻人有礼貌地向他提出请求,并十分周到地提醒他,我们从未伤害他的羊毛工和牧羊童,只要我们在迦密,他们就不会失踪。他的牧羊童也作证说,在整整一年里,我始终坚定地保护他不受我手下人的伤害。

可是这家伙是十足的乡巴佬,我的信使们请求他与我们分享一小部分繁荣的果实,我们是那么恳切地希望他能继续享受这繁荣的果实,可他却粗暴地拒绝了。人人都知道,拿八在待人接物上小气而阴险,是个不能欣赏也不配那样一个好妻子的大腹便便的饕餮者和酒鬼。第二天这个女人便骑着牲口出来欢迎我们,路上遇到我和四百名士卒正大步前进,不仅要去杀死拿八,还要杀死他家的一切活物。

"谁是那个大卫，我欠他什么呢？"他正急着要回到盛宴上去狼吞虎咽，狂欢痛饮，这宴会是为剪羊毛的季节举行的，他当时正沉溺在宴会上毫无约束的放纵中。他当着他家人的面，粗野地奚落了我的人。他用手指头在我手下人的鼻子前噼叭打响，以此来笑他们。"谁是耶西的儿子？他是国王，或者甚至是王的仆人也行，否则我干吗非得供给他食品？给你们的大卫一颗无花果吧——不，连一颗也没有，一颗无花果也不给你们的大卫。哈哈！"

上帝知道，当我的使者们回禀说，我那温和的提议被粗暴地回绝时，我被激怒了。让我的使者受人侮辱，是我从来都忍受不了的。亚扪国王拿辖死后，我曾派人前去吊唁，拿辖的儿子哈嫩却戏弄了我派去的和平使臣。在报复他之前，我坐卧不宁。他把我使臣的胡须剃去一半，又把他们的袍子从中间剪去，露出了半个屁股；然后，他才放他们露着半个屁股回来见我。我随后就向亚扪的所有城镇发动了进攻。一年接着一年，直到拿下最后一座要塞，把所有的亚扪人都置于挨木锯、铁耙和铁斧的痛苦之下，强迫他们在砖窑里来回奔走，直到把他们国王头上镶嵌钻石的有一他连得[1]重的金王冠摘下来，戴在我的头上，我才住手。即使这样我还是没有心满意足。这些都是很久以后的事，那时我已经是威震四方的国王了，但是我决心报复拿八的侮辱，我的愤怒丝毫未减，我要用我唯一知道的手段去报复他。我开始对手下人发布准备战斗的命令。

"今晚别和老婆睡觉。"我喊叫着发布了第一道命令。

"我们要去打仗吗？"

"去打迦密的拿八。"

"真的吗？！"[2]

"也不许便溺，我不想任何人不干净。[3]每个人都佩上自己的宝剑。"

1　古希伯来质量和货币单位。

2　原文字面意思为"没有屎吗？"

3　据《圣经·旧约·申命记》记载，在打仗期间禁止在营地便溺，因为此时上帝与他们同在，所以要保持清洁。

我可不是闹着玩。天亮时我带上宝剑,留下二百人守家,率领四百人向迦密进发了。

幸运的是我根本没到那里。幸运的是,亚比该丈夫的一个青年仆人提醒了她,说她丈夫毫无必要地引来了祸水。她赶快将功赎罪,以弥补她丈夫对我犯下的罪孽。我从来不知道还有比亚比该更注重实际的女人了。她准备了两百个面包、两瓶葡萄酒、五只杀好的羊、五份焦干的麦子、一百串葡萄干、两百张无花果饼,把这些东西搭在了驴背上。她所做的这一切,根本就没对他丈夫拿八说。她带着五个年轻美貌的仆女骑驴出来迎接我们了。

出于多种原因,我很乐意她这样做。从长处着眼,如果我坚持要按自己的决定办,把拿八家里凡是能对墙撒尿的人一个不留地杀了,那很可能使我本来就不妙的处境更加糟糕。

我们都是走着去的。忘了马匹吧——我们一匹马也没有,当时哪儿也找不到会骑马的人。亚比该在两颊和嘴唇上涂了胭脂,眼睛也装饰了一番。还把光滑的黑发束上。她身穿长袍,外面披一件鲜艳的沙漠红斗篷。我看到明亮的天空下一队驮着物品的毛驴,穿过小丘上的遮掩物迎着我们走过来时,我当即停下了队伍。直到她走到我们队前,下了驴,说明自己是谁,我才认识了她。

我们以前从未见过面,她做梦也不曾想到我长得英俊漂亮,我也不知道她那么美丽。当她催着牲口走完最后几码,从驴背上轻轻跳下,脸朝地跪在我的脚前时,我想,在这去迦密的路上,一根针掉在地上的声音都能听得到。

她恳求我听从她的话,又恳求我克制自己不要杀人流血。她苦苦哀求我饶恕她的丈夫。可爱的女人,她比我年长,很显然她比我见多识广。她跪在那里,一动不动地望着我,坚定诚实的脸上充满了敬慕之情,在说完开头的几句话之后,她的眼睛微微地一亮,透出了对我的情意。我们近得都能碰到对方了。在很长的时间里,我竟不能把目光从她的脸上移开。然后我又目不转睛地盯着她的乳房,我感到我的那东西越来越硬,开始勃起。亚比该注意到了这一切，十四天后当我们作为夫妇躺在一起时，她向我吐露了这些。我们当时睡在一顶上等的羊皮帐篷里，这样的帐篷有好几顶，都是她刚死的丈夫的财产，她把它们作为自己的嫁妆带来了。她这个人太淑女气了，在我们四目相对的时候不能有一点暗示。另外，尽管她还没把握，还是为她自己和拿八家人的性命向我求情。十年之后，我又被同样的充满激情的爱的雷电给击中了，这是我一生中第二次被弄得晕头转向，当时我正向街区远处的一座屋顶上的浴盆望去，我看见了拔示巴，一个女仆正用一只天蓝色的大水罐帮她轻轻冲洗她那白里透红能引起性欲的身体，她的头毫不羞涩地冲着我的方向。

谁的爱情不是一见钟情呢？但是背景并没有想象的那么浪漫。她的房子低矮、破旧，房顶上的空地堆满了杂物，非常狭窄。好的宅院在耶路撒冷已经不容易找到了，甚至我皇宫的顶上也像往昔一样挂上了一串串需要晒干的无花果、枣子和亚麻，同时还拉上绳子晾自己家里洗的衣物。每天黄昏，为了躲避宫殿下面污浊的热气，为了躲避米甲和我其他妻子那吵吵嚷嚷、无休无止的争论，我都要到屋顶上随便散步，放松一下身体，凉快凉快。那时我不得不在狭窄的通道间择路而行。亚希暖、玛迦和哈及都是完美的伴侣——她们几乎不多说一句话，当她们离开人世时，几乎没引起任何注意。我还思念亚比该。我始终爱着她。但是，我一见到拔示巴就垂涎三尺：在我眼里她就像鲜桃子和奶油一样，她小巧而突起的乳峰上点缀着野草莓或鲜葡萄干的颜色。

"那女人是谁？"我问道。

她是拔示巴，以连的女儿，乌利亚的妻子。

我还是派人把她叫来了，当天就与她同床共眠，因为她已经洗了澡，月经也洁净了。即便是情况和这相反，也阻止不了我们中的任何一个人。我们刚开始弄了几分钟我就感到，我为自己弄到手的这个女人有着比我丰富的性生活经验。甚至在我发现她这个水果尝起来是那么香甜的时候，我就开始憎恨那些教给她这些本领的男人，也开始嫉恨那许多许多在她天真的少女时代就享受她，变着花样地占用她的男人们，那时她正当妙龄，对人还恭恭敬敬，人们也可以用一些不同的、新鲜的或好点儿的东西来给她留下印象，使她惊奇。我对她的这些感觉从根本上给我的生活投下了一层阴影。我能奉献的只是爱。在高兴与失望的结合之中，我告诉自己，我抓住了一只母老虎的尾巴，我会为甩掉这只母老虎而高兴，同时我也无能为力地感到我离不开她了。我磨破了双脚也要跟随她。我要像痛哭的帕提跟随我妻子米甲一样跟随拔示巴，当我把米甲作为谈判的先决条件往回索要时，帕提曾一路痛哭不已。

尽管我当时还不是国王，可我对亚比该很少粗暴专横，她对我更是毕恭毕敬。她的口才，她的深沉，她整洁的仪表，她的高雅和尊严，都使我如醉如痴。

"让这罪孽，我的大人，让这罪孽落到我的头上吧，"她跪在我脚前开始谦卑地说道，"我恳求你，听听你的婢女的话吧。"

我十分清楚地知道她是在拯救谁的性命，因为她好像是在责难拿八，还有我的其他敌人，可是她却给了我祝福，请求我说，在将来会给我带来悲伤的事情中，与其亲自杀人流血，还不如把复仇的事留给上帝去做。亚比该说的话总是有道理。越来越多的人预言不久上帝将指派我统治以色列，她又是其中的一个了。

"从你的嘴到上帝的耳朵。"我用帝王般的礼貌回答说，点头表示同意。"祝福以色列的上帝，"我继续以温和的口吻说，"今天是祂派你来与我相见的。谢谢你的忠告，因为实际上，上帝作证，如果你没来见我，天亮的时候，一个冲墙便沥（溺）的东西也不会给拿八留下的。"我接受了她带来的食品，向她做了保证，我暗想，这是多么美妙的爱情故事啊。我从没遇见过比她更让我尊重的女人。"你瞧，我已经倾听了你的声音。平安地回家去吧。"

我是带着精神上的极度痛苦望着她离去的，望着她上了驴，带着大约十天后弄死她丈夫的好消息，回到她丈夫身边去了。我心里产生了一种愤愤不平的失落感。约押正严厉地注视着我。我吓了一跳。

"怎么啦?"我烦躁地问他。

"你为什么吐字不清?"他气哼哼地问。

"吐字不清?"我迷惑了,"谁吐字不清?"

"你。"

"什么时候。"

"刚才。"

"吐字不清?"我不相信,又重复了一遍,"你在说些什么? 我没有吐字不清呀。我说话从来都是清楚的。"

"你似不似缩了便沥?"

"便沥?"

"对,就似便沥。你缩所有冲墙便沥的东西。"

"我缩便沥了?"我给惹怒了,用同样的怒气回答了他,"我没缩过这样的东西。"

"不,你缩过。不信问任何一个人。"

"约押,让我们把这些食物运走吧,免得太阳把它们晒坏了。我命令你。便沥吗? 确实缩了!"[1]

他勉强地让了步。"我真希望她多带些食物来。"

尽管我和约押一辈子里互相间充满了敌意,尽管我敢肯定在我逃避押沙龙的叛军,放弃耶路撒冷的那天夜里,他有背叛我的意图,可他从来没背叛过我,这似——这是使我接二连三感到惊讶的根源。他到哪去了? 那天夜里我感到我似乎用了上半生的时间躲避扫罗,又用了下半生时间逃避我儿子和他的党羽。现在我仍然不能确信约押是否开始时与押沙龙同谋,后来又与之断交了。约押违背了我的意志,暗杀了押尼珥,暗杀了亚玛撒,又在押沙龙脑袋卡在橡树叉上、身子吊着的时候处死了他。对他最后干的这一件事,我永远也不会宽恕的,哪怕他杀了押沙龙,帮了我不同寻常的大

---

1 此处原文中大卫与亚比该是用中古英语对话的,约押以为大卫吐字不清,并故意吐字不清地质问他。

忙也不行。当效忠我的士兵用自己的生命保护我免遭押沙龙毒手的时候，我又怎么可能救我爱子的性命呢？然而我又怎么会要他的命呢？

但是从那以后，我就一直等着约押做错事，使我有充足的理由公开地摘下他的脑袋。他坚定地与我的长子亚多尼雅为友，鼓励他筹备他们要举行的那次野外宴会，他现在可能正在犯那个大错误。他们打算拥戴亚多尼雅为王吗？说他要做国王与宣布他是国王之间有迥异的区别。拔示巴向我告密说，约押已经为宴会推荐了一个筹备伙食的人，约押妻子的兄弟。约押又是那个诱劝我的人，不管是不是出于邪恶的动机，他劝我把我在这世界上最喜欢靠近的东西接回城里——押沙龙。

去猜猜那件事吧。似乎转眼之间，押沙龙就把约押的麦地点着了火。当我听到伟岸的约押像个懦夫一样抱怨时，我倒为我那放肆的儿子自豪地咧嘴笑开了。

"他说，如果我不来请求你召见他的话，他就要把我所有的地都放火烧了。已经有两年了，大卫。要是你不愿意让他见你，那你为什么允许他从放逐地回来呢？"

"你为什么催促我让他回来？"

"你不希望再见到他，和他说说话吗？"

我的心碎了，我软了下来，取消了不让他见我的禁令，在很长时间之后，我终于允许押沙龙到我的房间里来了。我见到他亲吻了他。甚至在他还没有为自己杀死哥哥暗嫩做出解释之前，我就把他紧紧抱在了怀里，痛哭流涕。我甚至从没强迫他乞求我的宽恕。我让他代我断事，去对付那些牢骚满腹的人，我没有耐心去管这些人。押沙龙再次成了我的爱子。

好像转眼之间，我那爱子像旋风卷着的大火，像狂马拉着的战车，席卷了耶路撒冷。我用最快的速度带着我的一大群家眷逃离了这座城市。他怎么能这么迅速、这么凶猛地纠集起这么庞大的一支叛军呢？他为什么要这么做呢？

我承认这时刻并不是最好的，但它是最坏的吗？我真不相信，要是没有得到我身边权要人物们的颠覆性的默许，押沙龙怎么能这么猖狂，来得这么迅速。我的估计是正确的。亚玛撒，我的另一个姐姐生的儿子，就是押沙龙的全军统帅。亚希多弗，我谋士中最狡猾、最爱讲禁欲的专断的一个，也成了叛徒。然而我不能驱走这样的想法，在所有的人中，是约押反复恳求我解除对押沙龙的禁令，赦免他回来的。我不断地走下坡路，与我失去权力之间有象征性的联系，我看见约押像头熊一样等在灌木丛后，窥视时机。

这个人对所有的儿女之情都无动于衷，却能那么准确地窥探出我的心思，用那种办法介入我的家庭事务里来，这真是令人惊讶。这完全不像他的为人。事实上，在我漫长的一生中，这是他唯一一次把我当作国王，非常得体地来求我，这又是一个恼人的细节，它使我疑窦丛生，我怀疑他现在还在捣鬼。我现在仍然相信，是偶然的麦地事件把他和押沙龙分开了。因为约押这人对侮辱总是耿耿于怀的。

他为押沙龙的归来制定了策略，找来了提哥亚的聪明女人帮他利用我的念子之情。他为她穿上寡妇的丧服，带着家庭成员中暗杀与出逃的故事进来见我，这些故事既忧伤感人，又纯属无稽之谈，但与我自己那伤心的悲剧却是那么相似，她竟把我做出的善良的裁决变成了我为自己摆脱两难处境的道德训教。她说道："那么国王为什么不把他放逐的儿子再找回来呢？因为我们是要死的，就像泼到地上的清水，再也收不起来。"这些话使我大吃一惊。

我从来都不喜欢寓言。"是谁让你来说这些的？"我问她。

约押很快就出场公开劝我了："哦，大卫，大卫，为什么这么愚蠢呢？把他接回来吧，把他接回来吧。很清楚，你是思念他的。你是国王，你愿意做什么就能做什么。"

"他犯了法。"我听到我的声音在颤抖。提到这事我就要动感情。"他犯了罪。"

约押几乎是在庇护他。"没有法律。这是约押，大卫。法律都是不合法的。根本不存在犯不犯罪。"

"上帝的法律也不合法吗？"

"不合法。"他辛辣地回了一句。

"不可杀人？"

"我们总在杀人。"

"不可杀你的兄弟？"

"他[1]不过是同父异母兄弟。这些在哪儿写着呢？该隐杀了亚伯，上帝不是没有发誓要保护他吗？要是你想念他[2]，那些东西又有什么了不起呢？按你想的去做吧。大卫，大卫，生命短暂啊。我们都要回到尘土，你也一样。让他回来吧。为什么要自己折磨自己呢？我常和你谈论这类事吗？"

"看到我痛苦你忍受不了了吗？"我猜测着。

"我忍受得了，"他平静地否认道，"我只是不愿意看见一个悲伤的国王。我烦扫罗那样的人。要是国王悲悲切切，别人还能有什么指望呢？我可以到基述把他带回来吗？"

"去吧。"我最后欣然让了步，感到无比宽慰。"到基述去把年轻人押沙龙接回家来，让他像该隐一样安全。但是让他回到自己的宅邸去，别见我的面。我不能让他得到一切。"

然后就是约押匍匐在地——这是我做国王的四十年里他第一次这么做——向我鞠躬，感谢我说："今天我作为您的仆人知道自己受了恩宠。"谁又能设想他还把自己当作我的仆人呢？

"同时要向他说明，"我补充说，谨慎地放低声音向他提示，"对着他耳朵小声说，不要让周围的人听见，说我很抱歉。告诉他我向他赔礼了。我本该在暗嫩做了那事以后想办法惩治他，可我还不知道怎么处罚他好。暗嫩毕竟也是我的儿子呀。"

你可以把最后一美元也押上打赌，约押是知道如何处罚的。可这一切又与他有什么相干呢？

---

1 指被押沙龙所杀的暗嫩。

2 指押沙龙。

我的押沙龙一回来，城里就议论开了，我知道押沙龙正受到人们的吹捧，我也为此而自豪起来。在他离我这么近的两年里，我渴望见到他，然而我又只能把他拒之门外。每条关于他的消息都使我精神振奋。在整个以色列，谁也没有像押沙龙那么英俊的外表而备受赞称，他身上从头到脚没有一点瑕疵。每年年末剪头时——只有到了年末他才剪头。因为那时他的头发长长了，存他身上太沉——他把头发称一称，要有二百舍客勒重，那就是五磅多重的头发。即使去掉发膏，那也是相当不错的一头美发了。不知多少次，我渴望见到他，我为自己定的隔离禁令而后悔。押沙龙自己准备了马车和马匹，还有他驾车时在前面为他开道的五十个仆人。那时没有几个人想到亚多尼雅，他现在不过是个苍白无力的仿制品罢了。所罗门？没人理睬。然而押沙龙竟猝不及防地烧了约押的麦地。我必须承认我听到这个消息后大笑了起来。

　　"好一个押沙龙。"我对约押评论道，高兴地举起了双臂。我同意和我儿子来一次我渴望的全面和解，我现在宽恕他了。

　　还是猝不及防地，我和那些愿意跟我走，我又能带得走的人们被惊动起来，逃离了耶路撒冷，唯恐他在那儿发现我，为了抓获我而血洗这座城。我们听说他是如何如何在我宫殿的顶上别人为他搭的帐篷里，与我留下守护后宫的十个妃子睡觉时，都非常吃惊。

　　"是在同一天吗？"我吃惊地嚷道，"十个都干了吗？"

　　"人们是这么说的。"

　　"但她们是我最差的妃子！"

　　"好一个押沙龙。"他们着迷地喊道。

　　"我得用上一年才能干完。"

　　像约押那么粗鲁直率的人能费尽心机，在离间父亲与儿子的阴谋中巧作安排，这对我来说似乎是不能相信的。我抓不着他的真赃实据。但是他到哪去了，我一边带着忠于我的人们放弃了耶路撒冷，取道去城边的汲伦溪，一边恐惧地冥思苦想。我又赤脚涉过溪水沿橄榄山的斜坡爬了上去，想观察一下我那灾难性的环境。从南到北，整个国土之上拥戴押沙龙做国王的喇叭声响成了一片。我的基利提人和比利提人和我在一起。迦特人以太也和我在一起。祝福他吧，现在他已经没有祖国了，他随身带来了六百名雇佣军，在我击败并驱散非利士人之后，这六百名将士就跟随他从迦特赶来了。亚比筛也带着一队人马赶来了，这把我对约押那不愉快的猜疑搅得更糊涂了。我刚从耶路撒冷押沙龙手中逃离，就在我经过巴户琳时又遇上了那个令人作呕的咒骂者，他就是那卑贱讨厌的狒狒示每，他瞪着红眼睛，露着红牙床，用我从未听过的长篇咒语辱骂我。示巴是另一个脾气暴躁的便雅悯人，在我打败押沙龙以后，他还吹起喇叭号召全体以色列人拒绝承认我为国王呢，他是另一个成心找我麻烦的难以驾御的便雅悯刺头。我后来不得不派人一路向南，奔向伯玛迦的亚比拉去杀掉示巴，约押为了能负责这一任务，在开始的时候就杀了亚玛撒。我不得不约束我的人，不让他们杀死示每。

"你这个嗜血成性的人，出来，出来呀，"那个示每，带着邪恶的快乐号叫着嘲弄我，"上帝已经让你偿还扫罗家族的全部血债，是你僭越了扫罗的统治。"

什么血债？什么扫罗家族？他在说些什么东西？押沙龙——他不嗜血成性吗？哦，威风扫地是多么可怜啊，我不得不听他说这些！他向我身上抛石头，那个示每，那个反叛的走狗。他往我头上扬尘土。一个驰名遐迩至高无上的君主，仅仅几周前还对着自己的爱物磨光镜踌躇满志，还是个无可非议的受人尊敬的人，可他没有料到现在自己竟成了被人恫吓和侮辱的目标，这真是太荒唐了，我怎么也不能理解。

我外甥亚比筛怒不可遏。"这条死狗竟敢诅咒我们的国王陛下？"他说，脸气得发青，"我恳求你，让我跨过这条路去把他的脑袋摘下来。"

我把一只手放在他的胳膊上说不行。"让他诅咒吧，"我庄重地答道，"哼，我的儿子押沙龙是我本身所生的，还想要我命呢。现在这个便雅悯人还有更多的理由诅咒我吗？"

"没有理由,根本就没有理由。"亚比筛说道。

没有我,到哪去找莎士比亚呢?也许到砖模子或陶工的旋盘里去找吧。谁爱得不明智,但又爱得那么深呢?是我和拔示巴,还是奥赛罗和那个南欧人[1]呢?我成了以色列著名的甜蜜歌手并不是徒有其名的。甚至那个称呼还是我杜撰的呢。

他指控我对扫罗家族犯了什么罪呢?我,大卫,那个神童,我从未举起过一只手来反对自己的国王或国王家里的任何人,他不总是说大卫是顺从的吗?

"恶毒的家伙,好色鬼,恶毒的家伙。"他像疯子似的尖声尖气地骂道。

不错,我是杀害了乌利亚,但也就是这些了。在我的时代我是与上帝最亲近的,可谁他妈的是示每那样可憎的妖魔,竟替上帝对我说话?尽管我想上帝可能根本不在这儿了,我还是我自己,除非上帝像人一样屈服,为祂对我的死婴所做的一切,像体面人一样向我道歉,我是不会卑躬屈膝再和祂说话的。除了我谁还能证明上帝对人类施展的手段是正当的呢?如果上帝把自己的名誉交到拿单那样的马屁精手里,那善良的上帝要想使名誉不受玷污的机会就微乎其微了。在示每住手不再扔石头,而且被我们甩到后面时,拿单又一次假作悲伤走到我跟前哭诉起来。拿单说,上帝和拿单说话,但是,如果你要相信拿单告诉你上帝说了些什么,那么上帝就是在说胡话。

拿单开始就从胡子底下对我咕咕哝哝,认为我对发生的一切坏事都负有责任。仿佛没有他我心里的麻烦事还不够多一样。我们之间断不了怒气冲冲的争吵,就像两个接近老态龙钟的傻老头子。拿单不喜欢走路。现在他又为示每责难我了。

"也许是上帝让他来骂我的,"我对他说道,也没抬眼看他,"你知道,拿单,人有挨骂的时候,也有骂人的时候。"

我的话并没有打动他。"有三种东西相安无争。"他摆出气哼哼的架势

1　南欧人指莎剧《奥赛罗》中的女主人公苔丝狄蒙娜,奥赛罗之妻。

告诉我,偏离了自己要说的正题。

"你现在又发什么牢骚?"

"是的,四种东西和谐而行。"

"我还要猜多少次?"

"狮子是野兽中最强悍的,不给任何动物让路。"

"接着说吧。"

"灵缇。"

"这动物也不错。"

"还有个公山羊。"

"有三个了。"

"一个没有人反叛的国王。"他沾沾自喜地望了我一眼,咂着嘴唇。

"拿单,拿单,你到底要告诉我什么呢?"他说完话后我问道,"猜寓言的含义可是一项烦人的脑力劳动。"

"我的脚疼。"

"你的脚疼吗?"

"是的。"

"就这些吗?"

"我们不能停下来吗?"

"不能停。你为什么不直来直去说你脚疼呢? 你非要兜这么长的圈子吗?"

"大雨有父亲吗?"

"又是一个抽象的问题吗?"

"或者,没有猎物的时候,狮子吼叫吗?"

"拿单,我周围的世界都要在大火中毁灭了,难道你不能对我说一声是或者不是吗?"

"你想从先知那儿得到是或者不是的回答吗?"

"这不可能吗?"

"大象与渡鸦同行吗？"

"你非得这么讨厌吗？"

"有三样事永远也满足不了，"拿单回答说，"是的，四样事不说，够了，可能有五样，甚至六样。"

"这第六样可能是像你这样的先知与我这样的听客。"

"我的脚脖子疼。我脚趾上有水泡。"

"为我们两个干件好事吧。走到前边去，骑上一头驴。"

"恐怕我会掉下来的。"

"找个人扶着你。"

拿单干嚼了一会儿腮帮子。"我不愿意靠近那个荡妇。"

"什么荡妇？"

"你妻子呗。"

"哪一个妻子？"

"你想让我落入陷阱。你知道是哪个妻子，"他挑衅说，"你是想让我点出她的名字，这样你就可以割掉我的脑袋，因为我知道那都是你的错。你本该听我的话，按我告诉你的一丝不苟地去做，逐字逐句地照办。"

"直到事情不可挽回的时候，你才告诉我。我怎么去听你的话呢？"

"不管怎么说你应该听我的话，"拿单坚持说，"你应该去猜想。听起来神秘吗？我要告诉你神秘。有三件事对我来说十分奇妙，是的，四件事我不知道。我要告诉你我所不知道的。鹰在天上飞的样子、蛇在石上爬的样子、船在大海中的样子、与女人在一起的男人的样子。我说了吧，是不是？"

"你说什么啦？你这次要说什么？"

"你为什么非得不停地与拔示巴性交呢？"

"你告诉我停止了吗？"

"我能知道你们总干那事吗？"

"你还是不是先知呢？"

"并非算命先生。我只知道被告知的事。一切都应验了，是不是？"他幸灾乐祸地注视着我，"我警告你的一切事情，罪恶从你自己的家里造反，还有光天化日之下和你妻子在一起的邻居。我是不是说对了？你等着。你等着瞧瞧押沙龙怎么对待你身后留下的女人吧。"

"这就是你要说的吗？"我回了他一句，"你为什么不直接说你是在谈押沙龙呢？"

"我怎么知道我是谈押沙龙呢？你不该娶乌利亚的妻子，也不该让亚扪人用剑杀了他。这一切都是那件事的报应。"

"在我没那么做的时候你为什么不告诉我？"

"我怎么知道你要去做呢？有些事情你自己是该知道的。我知道你要把乌利亚派回去送死吗？我得被告知，不是吗？"

"谁来告诉你呢？"我问道，把我心中所有的猜疑都压在了他身上，"是约押吗？"

"约押？"他目瞪口呆地望着我，好像我失去了理智一样，"别发傻了，你知道谁告诉我——上帝。约押算什么呢？"

"约押哪儿去了？"

"我知道吗？"

"他是不是在我前头的什么地方，等着伏击我们呢？"

"不可能的事！"拿单喊叫起来，几乎是在号叫。他的脸变成了纸灰色。"都是你的错，"他又开始斥责我了，停了一会抽抽鼻子，呜咽着咽了一口气，"如果我发生了什么事，你会感到内疚的。我怪的只是你，只是你。"

"三件事情，拿单，就已经使地球不安宁了，"我粗鲁地对他说，终于忍耐不住了，"要是有四件事就更忍受不了啦。仆人当家，傻瓜吃饱了肉，可恶的女人嫁了出去，女仆成了女主人的继承人。比这四件事加起来还坏的是像你一样哭哭啼啼的讨厌的东西，在这样多灾多难的时候，满嘴尽是些抱怨责难的话，你认为我能为你担心吗？从上帝那里再弄些诅咒来吧。亚比筛！亚比筛！"

我命令亚比筛把拿单送到离我远远的我们可怜的队伍的前面去，让我的耳朵一点也听不着他的声音,让他靠近拔示巴去吧。拿单从前总是辱骂拔示巴是妓女,可现在他们成一伙儿了,真是落难不择友。我最后还是惋惜米甲死掉了。我倒欣赏把拿单夹在她们二人中间。我又开始担心约押,为了这个折磨起自己来了。我也开始担心他的弟弟亚比筛,怀疑他也有潜在的叛逆之心。

我像扫罗神志模糊盯住我看的时候一样疯狂,越来越感到约押在押沙龙成功的军事政变中插了手,直到后来我们离约旦不远的时候,发现约押正率领一支他召集来的为我效力的人数众多的军队等着援助我时,我才消去了疑虑。那以后,剩下的事只是走到河边,渡河到达安全地带。当我们在对岸休息时,我心情沉重地想到,押沙龙将在我赢不了的叛乱中输掉。

忠诚的约押——尽管他站到我这边来了,特别是因为他站我这边来了,我是多么厌恶见到他的影子啊。我不愿意相信自己的眼睛。我为自己的儿子感到悲哀。在开始的几小时里,使我更伤脑筋的是要证实我对约押毫无根据的怀疑,而不是感谢他的忠诚和他为我提供的军事优势。他没有证实我对他最坏的怀疑是正确的,我感到自己是被欺骗了。

我像扫罗一样疯狂,当我们向北转向基列境内的玛哈念安营搭帐时,我死死地盯着约押,指责他对我不忠诚,坐失战机,只在对他更有利的预先定好的地点才出来迎接我。但是约押并没有追随押沙龙,尽管他现在转向了亚多尼雅的事业,他自以为我希望他那么做。这是我的希望。可是他并没有先来问我一声。那就是约押的为人。他对我夸口说自己是左右全局的人物,他总能为所欲为。他没来问我是不是想处死押沙龙。"看在我的分上不要虐待那年轻人押沙龙。"这是我让所有的人都听见的命令。"不让任何人动那年轻的押沙龙一根指头。"我曾反复地下达命令。约押总是比我更实际,他不顾我的命令,把押沙龙给杀死了。

我永远也不会忘了他为我做的这件好事。我一直不能把他琢磨透。他太了解我了,这使他无法保持对我的忠诚。他认识我的时间也过于长久,我在离我遥远的人群里所激起的英雄崇拜和偶像崇拜在他那里引不起任何反响。离我遥远的人从来也不拼命去了解我。他不相信我是靠神权进行统治，即使他知道我是靠神统治的，也不会有什么影响，对他来说我做的一切都是成功的——除此之外就没有什么了。

现在约押使我又好奇又烦恼，因为他支持亚多尼雅，使我产生了一种乐滋滋的感觉，他可能会机关算尽，最后做过了头。约押太粗俗了，不会考虑到我最后要偏向我那虚伪的爱人，拔示巴，因为我自己也在回避此事。我要偏向拔示巴是与上帝、风俗习惯和国家毫无关系的。她用嘴给我性快感。我分辨不出这是好还是坏，我只能告诉你这对我来说是再好不过了。她盘膝坐在我身上，脸红得像樱桃一样，在我身上摇来晃去。当押沙龙站在所罗门跟前时，她就憎恨押沙龙，她也恨暗嫩，我可以说，这两个人死后，让开了道路，她是高兴的。过去的那些美好的回忆现在对我意味着许许多多的东西，未了的宿怨越来越使我恼怒。我一定要杀了约押，因为他杀了押沙龙，因为他伤害了我的虚荣心，他还杀了押尼珥和亚玛撒，当然我要另外编造一个借口。

我记得从战场上带着消息跑回来的人，他们带来了胜利的消息，因为只有两个人往回奔跑，而不是溃败下来的军队。我儿押沙龙安然无恙吗？

"祝福我主，你的上帝，"第一个跑到我跟前的人，脸朝地跪到我面前，他原来是亚希玛斯，我另一个祭司撒督的讨人喜欢的儿子，"上帝已将反叛我主我王的人们送到我们手里了。"我知道撒督的儿子亚希玛斯不会带坏消息跑来见我的。

"少年人押沙龙平安不平安？"这是我嘴里问的第一个问题。他说不知道。

为什么派两个信使来呢？我几乎是粗暴地把他推到一边，给另一个信使让地方。

"有信息报给我主我王，"第二个信使古示人报道，"耶和华今日向一切兴起攻击你的人给你报仇了。"

"少年人押沙龙平安不平安？"我又用更大的声音问了一遍，感到没有信心了。

那个信使古示人回答我说："愿我主我王的仇敌，和一切兴起要杀害你的人，都与那少年人一样。"

他是在间接地告诉我，我儿子死了。

"哦，我儿押沙龙啊！"我放声痛哭起来，甚至不愿意减少这种悲痛，也不愿意努力掩饰。"哦押沙龙，我的儿啊，我的儿啊！"

是约押生硬地使我清醒过来。他故意不想减轻我的痛苦。

"你爱自己的敌人，"当我躲进城楼时，他用非常蔑视我的口吻对我说，"却恨自己的朋友，他们今天豁出了命才从叛军手中解救了你。"

我该做什么呢？

我装成一副满不在乎的样子，出去见我的臣仆们。我又一次希望约押死掉。

约押对我的敌意从未间断，这把我变得像扫罗一样疯狂，在押沙龙死的前前后后，我已经希望约押死掉一千次了。我祈祷，让我们的瘟疫夺去他的生命，或者一下子噎死他，或者在战场上让某个敌人刺死他。我失望了一千次，像疯狂的扫罗一样沮丧。我得出这样的结论：如果我真的要让他死掉，我就得亲自下命令并派人去执行这一命令。要是我不赶快把这杂种除掉，他可能要永远活下去。

那不会是件顺手的事。嗜血者没有一个是单纯无知的或者是容易感到满足的。我就不是无辜的，我也没得到满足。就像想到银子的人不会满足于银子一样，一个想要别人流血的人也不会因为别人流了血就满足；一个有财宝的女人也不会满足于财宝；一个想得到女人的男人也不会仅仅满足于得到女人。别费劲来告诉我这其间有什么不同。难道我在这城中就没有观察到自己周围的情形吗？人类的所有劳动都是为了一张嘴，然而胃口却永远也满足不了。难道我自己还不知道欲壑难填这个简单的道理吗？奥托·兰克能告诉你其中的原因。希望可以实现，目标可以达到。可是欲望呢？忘了它们吧。它们跟带着欲望的人活得一样长久。

只是在亚比该那个粗俗的守财奴丈夫身上，我诅咒某人死掉的愿望才按时变成了现实。扫罗的死，你知道，用了许多年。亚比该与我见面回去时，拿八在自己家里举行的宴会上已喝得酩酊大醉。亚比该知道她丈夫的那颗麻木的脑袋。她带着毁了他的好消息一直等到早晨，这消息是：我饶了他的命。当他听说自己逃过了我的手，这个粗鄙的乡巴佬突然跳了起来，大喊一声，松了一口气。他意识到自己差一点完蛋，而现在又是这么幸运的时候，吓出了一身冷汗，哆哆嗦嗦地倒在地上。他的心在体内仿佛死去了，他像石头一样僵死不动。大约十天之后，他就再也不是活人了。他是个死于欢乐的人。

"赞美上帝。"我祈祷，立刻派人向亚比该求婚。

她同意了。

她带着自己的女仆们来了，我从这端庄文雅的迦密女人那里学到了怎样像国王一样生活。

财富和富裕之间是有差别的。在我做了国王，拥有了我想要的一切，而且还在不断地搜刮时，我就认识到了这一点。那不过是虚荣。那一切都是虚荣。

"油和香水使心里高兴。"亚比该看到我与她待在帐篷里感到幸福美满时这样教导我。

我的宫殿呢？虚荣。虚荣又有什么不对呢？它总也满足不了。

谁能找到个贤惠的女人？

她的价值要高于红宝石。这是我从她身上发现的。夜晚她从不把灯笼挂到外面。她行事谨慎，体态优美。带着她那五个迷人的贴身女仆，不管我们在哪儿安营，她都要负责把帐篷打开，撑起来，这些帐篷是用羊毛手工织成的，她曾牵一队驴子驮着这些帐篷，到我这儿做妻子。在天还没亮时，她就和女仆们一道起身，开始给全家人做肉吃。清晨她们在一个凹磨里把大麦和小麦碾成面粉做新鲜的烤面包。甚至在躲避扫罗魔掌的时候，我们每天傍晚也能在一张低矮的铺着猩红色或蓝色桌布的木桌上吃上香喷喷的晚饭，而不是像我过去习惯的那样，围着脏地上的一块兽皮吃东西。我常常能吃上山鹑，喝上大肚瓶子酒。我们总有时间悠闲自在地吃晚饭。我们在烛火旁吃饭。她干净，特别注意自己的身子，出现在我面前时，总是在两颊和双唇涂上妆，眼睛用孔雀石、方铅着了色，或者涂上天青石的颜色，头上遮着金丝发网，还装饰着玛瑙和水晶石珠子。每天黄昏她都像一幅飘动的端庄秀雅的图画。她睡觉时乳房之间放上一束没药，我与她同睡。她用毯罩、雕刻的美术品，埃及产的上等亚麻布装饰我的床铺，约押和我周围的人带着不满的疑问的神情盯着我，我有意让她整夜待在帐篷里，那是她为我建的乐园，每个夜晚都这样，我并不感到难为情。

"如果两个人躺在一起，"亚比该向我说，"他们才会有热量。然而一个人怎能独自得到温暖呢？"

"一个人怎能独自得到温暖呢？"我后来尽力去乞求拔示巴，我胆怯地想把她骗到我的床上来。

"你有亚比煞暖和身子。"她一步不让，"这就是他们为什么把亚比煞给了你。"

拔示巴只是小心谨慎地用她那炽热的野心为自己和她的儿子谋取温暖。

亚比该比我年长，很久以后才怀了孕。当然，我们那时没有羊膜穿刺术，基利押生来就像个蒙古人。我们尽量在《历代志》里把他的名字改成了但以利，但那也没管用。什么也帮不了忙，他还是像蒙古人，改名以后他就平静地死去了。这使我们长时间处于悲痛之中。我希望得到亚比该生的孩子，即使是女孩也是好的。在她快要离开人世的日子里，我们总是重温我们在一起的时光，为我们偶然相遇而又那么幸福地结为夫妇而惊叹不已，我们的婚姻是那么和谐美满，仿佛在天堂就已经安排妥当了。从一开始我们的对话就充满了爱恋之情。

"亲爱的亚比该，吻我一次，让我永生吧。"我总是要求她。

"和我在一起，直到天明，直到夜幕逃去。"她总是这样回答我。

她害怕黑暗。可她的声音总是温柔的，这是女人身上的一种美德。

"我第一天就想得到你。"在我们舒畅的谈话中我多次自豪地对她说。

"从你向我鞠躬，抬头望着我，我看清你的脸庞时，我就想得到你。你总是那么美。"

"我也想得到你。"她总是毫不犹豫地承认。

"我当时就看出来了。我见你一直羡慕地望着我手臂上的手镯。"

"我的眼睛得看个地方，不能一动不动地老是看着你的眼睛呀。"

"我当时不想让你回去。"

"我也不想回去。"

"但我又不愿意强迫你留下。"

"是的，我是不愿意让人强迫的。"

"我从不强迫别人。"

"可是我总想知道，你当时是不是想强迫我。"

"拿八死后，我一听到消息就向你求婚。我不能说我当时很高兴，但我也不能说我惋惜。"

"我想听到你的音信。就在他生病快要死去的时候，我就想听到你的音信，我希望的就是这些。要是你不派人来找我，我也要找个借口再回去见你一次。"

"我爱你，亚比该。我从一开始就爱上了你。我对别的妻子从未说过这样的话。"

"没对拔示巴说过吗？"

"除了拔示巴。我确实向拔示巴说过，可有别的含义。"

"你知道，大卫，我是爱你的。亲爱的，你还在受那么多罪，是不是？好像你永远也不能有许多乐趣。"

"我想念那个孩子。"

"我也是。"

"我很惋惜我们不能有别的孩子了。我思念我所有死去的孩子，特别是那些婴儿。"

"亲爱的,你来点大麦面包,还有小扁豆、无花果、橄榄油和韭葱好吗?"

"不要,谢谢你,我刚吃了点儿。"

谁找到了一个妻子就找到了一件宝贝。我与亚比该是那么幸运,我找了十五个妻子,七个妻子是在我战胜押尼珥和他的傀儡伊施波设之前娶的,其余的是在我从耶布斯人手里夺下耶路撒冷,并把它变成政治中心以后在城里找的。我在一片欢庆声中把约柜带进了耶路撒冷,庆祝的规模是空前的。我还把这座城市建成了宗教中心。所罗门那个吝啬鬼一本正经地告诉我说,他可能想要一千个老婆。

"你需要这么多妻子吗?"我冷冷地问他。

一些妻子是摆门面的。尽管我以更大的热情爱拔示巴,但我别的妻子在举止情趣和智慧上都不及亚比该。我可以把她比作夏日吗?为什么不能?她是那么可爱,总是特别温柔。我接下来的妻子是耶斯列人亚希暖,我最后被扫罗追得疲惫不堪,带着随从和全部家眷,穿过荒野为非利士人效力去了,亚希暖也随我去了,扫罗那时把我的第一个妻子给了拉亿的儿子帕提。

我在隐基底山洞里正碰上扫罗毫无准备地躺在地上,没有伤害他就放他走了以后,扫罗就喊叫着向我忏悔,求我宽恕他——还当着别人的面呢?——喊叫声是那么响亮,那么悲伤,然而他还是固执己见,下决心捕获我,在他想忏悔的时间里从未有过多少放松。在隐基底山洞我是能杀了他的,可我没那么做,当我从他身上割下那片袍子时,我怕得不得了,就好像从他身上往下割肉样。"我主,我王,"当我们之间有一段距离之后,我在他后面喊,"你为何听信人的谗言,说我想要害你呢?"

"我儿大卫,这是你的声音吗?"扫罗抬高声音喊道,并哭了起来。

"瞧,我父啊!今日你亲眼看见在洞中耶和华将你交在我手里。我割下你的衣襟,没有杀你。你虽然猎取我的命,我却没有得罪你。"

扫罗对我说:"你比我公义,因为你以善待我,我却以恶待你。"他又哭了一会，看到扫罗这么悔恨，这对我的心是有好处的。是时候了。"耶和华将我交在你手里，你却没有杀我。我也知道你必要作王，以色列的国必坚立在你手里。"我当时想，要是再听一遍，我可能就相信了。"现在你要指着耶和华向我起誓，"扫罗继续说着，用手背擦去眼里再次涌出的泪水，"不剪除我的后裔，在我父家不灭没我的名。"

我按照扫罗说的对他发了誓。这些都毫无用处。转眼之间，他又开始追捕我了。因为当我们在西弗的旷野中宿营时，西弗人到扫罗那里报告了我藏身之处，并主动提出帮助扫罗，把我送到他手上。听到扫罗又一次出发追捕我的消息时，我感到一切希望都破灭了。我的探子向我证实，扫罗率领从以色列挑出来的三千名士兵正返回犹大。我占领了更高的地形，亲眼看见他赶到了我们先前待过的地方。他们在那儿安营过夜。

"谁跟我到扫罗的营里去看个究竟？"我问离我最近的几个人。

我只带亚比筛一人去了。他们没有设岗，都睡得死死的。我们轻轻地移动，只有异常的寂静，仿佛上帝把沉睡降到了他们身上。我们发现扫罗躺在一条沟里，他的长矛插在枕旁的地下。押尼珥和其他人在附近搭了帐篷，正在扫罗周围熟睡。扫罗形容枯槁，面带菜色，看上去憔悴、虚弱，松松的黄皮从下巴上垂下，由脖颈到锁骨，皮肉都凹了下去。在一个月里他竟苍老了十年。他无力地打着鼾声，呼吸是均匀的。睡梦中发出了呻吟声，还咳了一次。我弯腰低下头，到他的脸旁去端详他。亚比筛请求杀死他，我怎么能同意呢？我拿定主意，让他该死的时候再死，当上帝来惩罚他的时候，当他该死的那一天真的到来，或者当他参加战斗消失在战场上的时候，再让他离去吧。我不想与他的死有牵连。我让他们知道我来过，离开时带走了他的长矛和水壶，这一次我嘲笑地指责了押尼珥，轻蔑地对他提出了警告，因为他没有安排卫兵保护国王。从我和押尼珥刚一见面的那天起，我就对他产生了满腹怨恨。但是，我要谨慎地在我们之间留出一大段距离，站到了远处的一座小山顶上。我可没疯。扫罗带来了三千士卒。可大卫的士兵从没超过六百。

"押尼珥啊，你为何不答应呢？"我用双手拢在嘴边高声嘲笑他，"你不是个勇士吗？"

押尼珥晃晃悠悠站起身来，转动脑袋气愤地向我张望。

"你是谁，竟敢呼叫王呢？"

"以色列中谁能比你呢？"我用充满嘲弄的口吻回答，"你们都是该死的！因为没有保护你们的主，就是耶和华的受膏者。你这样是不好的，因为民中有人进来要害死王你的主。现在你看看王头旁的枪和水瓶在哪里？吩咐一个仆人过来拿去。"

这时扫罗爬起来了，一副老态龙钟的样子。他踉踉跄跄地站直了身子，在阳光的照射下，他的脸扭曲到了一起。

"这是你的声音吗？"我又一次听他冲着我的方向喊。这一次带着更深的感情，好像他一直渴望着听到我的声音，见到我的身影。

"还能是谁呢？"我隔着峡谷向回喊着。

"我儿大卫吗？真是你的声音吗？"

"是我的声音，我主，我王，我父啊！"

"他们陷害我，挑动你反对我，说我要害你。再听我说一遍吧，我是不会动手去攻打你的。上个月我割下的是你的一片袍子，今天拿走的是你的长矛和水壶，我还要从你那拿走多少东西你才能相信我呢？以色列国王出来捉拿一个微不足道的人，这跟一个人在大山里猎取一只小山鹑没什么两样。"

即使到了那个时候，我还抱住这个信念不放，以为自己是偶然被误解的无辜受害者，成为恶意中伤的目标。我永远也不能长久地相信什么人曾经真的想要我的命，甚至在战场上或扫罗那里也没有想过。用上面虚构的想法来欺骗自己要比接受下面的事实容易多了：那个我仍然把他看成国王、上帝和父亲的威严可敬的人物确实憎恨我，而且有证据表明他要杀死我。

"哦，大卫呀，大卫，大卫，"扫罗号啕大哭起来，举起两只胳膊用手指撕扯自己的头发，"我有罪了。"

"你说对了。"我附和他说。

"你看，我干了蠢事，"他哭喊着说，"在歧途上走了这么远。"

"那是你说的，不是我。"

"人若遇见仇敌，"他说，"岂肯放他平安无事地去呢？"

"现在你明白了，"我赞同地说道，故意触痛他，"你现在刚要明白这一点。"

"愿耶和华因你今日向我所行的，以善报你。"

"那正合适。"我答道，鼓励他继续说。

"祝福你，我儿大卫。"他接着说道。他赎罪是彻底的，好像现在没有什么能阻止他停下来。"你必做大事，也必得胜。"

"从你的嘴，"我赞同地说，"到上帝的耳朵。"

"我儿大卫，你可以回来。"他敦促我说，接着又真心实意地发誓，带着强烈的感情对我说，"因为我在上帝面前起誓，我必不再加害于你。"

放屁！我当时就在心里决定，如果我不希望有朝一日死于扫罗之手，对我来说就没有比尽快地逃进非利士境内更好的办法了。活的狗要比死狮子强，打了败仗逃走的人，将来有一天还可能活着去战斗。

与亚吉国王的谈判圆满顺利，我带着跟随我的六百名战士，平安地穿过旷野进了迦特。我们每一个人都带着家眷，我带了两个妻子，耶斯列人亚希暖和迦密人亚比该。当拿八活着的时候，亚比该是他的妻子。亚吉给了我北部的洗革拉城和城周围的所有土地。我与扫罗的麻烦从此了结了。有人告诉他我逃到了非利士人的土地上，他就不再追捕我了。

我们在非利士人的乡间住了一年零四个月，后来扫罗在反击非利士人的基利波大战中死了。好像被不偏不倚地拖向了他自我毁灭的目标一样，扫罗竟然正面出击了非利士人。我倒是愿意放他们进入耶斯列平原，然后从背后和侧翼横扫他们。在利乏音我夜间穿过桑树林把非利士人包围起来，一劳永逸地打了他们一顿。扫罗战斗前是知道结果的，战斗的前一天夜里撒母耳在隐多珥女巫的房子里昭示那可怕的前景时，给扫罗讲了血淋淋的细节。魂灵不撒谎。很难相信扫罗没有预想过那个结果。

他主动安排了与撒母耳的那次亵渎性的会面，他这么做是出于恐惧，因为所有的非利士人都来了并做好了战斗准备。当扫罗看见跟他交战的非利士军队有那么多人时，他害怕了——我不责怪他，因为我和非利士军队待了一天半的时间，也被他们人数之多给震住了——他的心开始颤抖。当其他四位国王向亚吉指点我，怀疑一旦战斗开始我就会调过头去打击非利士人时，我的心也曾在胸腔里扑腾扑腾乱跳了好几分钟。感谢上帝，他们只是把我打发走了。

扫罗失去了信心，茫然不知所措。他请求得到昭示，可上帝没给他答复，不论在梦中，还是掷骰子占卜，或是通过先知，上帝都没理睬他。在麻木的绝望之中，他派人出去寻问，自己又乔装潜行到隐多珥的女巫那里求问战斗结果，连自己对巫祝和其他所有直接与鬼魂相交的人所下的禁令也顾不得了。《出埃及记》上说："行邪术的女人，不可容她存活。"扫罗就拼命从国土上除掉所有的男祝女巫。现在他却高兴地秘密前去，并为能找到一个女巫而庆幸。他换上了便装，带着两个亲信，夜间潜行去找那女巫。

"双倍，双倍，劳累和麻烦。"隐多珥的女巫同扫罗打着招呼。当女巫发现扫罗的真实身份后，吓得歇斯底里地叫起来："你为什么要欺骗我呢？"

扫罗使她平静下来，许诺说，要是她能把撒母耳从地里挖出来，她就不会被处死。在她的招呼下，那个先知的灵魂出来了，身上披了件斗篷。当扫罗认出那确实是撒母耳的时候，他就把脸贴到了地上向撒母耳鞠躬，对他前面这个人俯首帖耳毕恭毕敬，这人像尊严峻而悲伤的雕像朦朦胧胧地出现在他的面前。

像往常一样，撒母耳问道："你想要什么？"

扫罗答道："非利士人对我发动了战争，可上帝又离开了我，不再回答我了。请预示一下未来。"

"你不必知道。"

"在明日的战斗中谁会取胜？"

"不必问。"

"在我身上会发生什么呢？"

"那不会发生在狗身上。"

然后撒母耳才对他说了。

"明日你和你的儿子们将随我而来。上帝将把以色列全军交给非利士人。"

扫罗将死去，他的儿子们也将死去，非利士人将要获胜，我们要战败。我们？我甚至还没在那里。要是我真的参战了，我会站到非利士人一边替迦特的亚吉来打我自己的百姓。然而，一切都为我做了完美的安排。如果我真的参加那场决定性的战斗，我永远也别想赢得以色列人对我的忠诚。在这次战斗中扫罗和他的合法继承人们都被杀了，他的军队被打得七零八落四处溃逃——百姓像找不到草场的公鹿一样，弃城逃跑，非利士人住进了他们抛弃的城镇。事实上，在把以色列人集中到一块儿时，我已经遇到过麻烦了。

当亚吉召集我们参战时，我和我的人都热烈响应。我们迅速集结起来，从洗革拉来到迦特，为他和其他在基利波的首领们而战。我们勇敢顽强，富于献身精神。我们心里十分兴奋，充满了希望，与一直逼我们的人展开真正的战斗，我们会大大地捞上一把。我急切地等待那即将来临的战斗高潮，它会结束我和扫罗之间长时间的紧张关系和敌对状态，扫罗一手制造的这种状态把我和我手下的人都变成了被放逐者和流浪汉。

我们成了亚吉军队的一部分，在他的旗号下我们一路向北面基利波附近的书念挺进，奔向非利士人列阵的地方。我从没见过这么多军队。我们事先本该料到我和我的一队希伯来人会引起人们的注意。我们的确太显眼了。非利士的王子们来到近处向我们张望。我被认出来了，我又一次听到那奇妙悦耳的关于我和扫罗的两句赞歌，这一次我提心吊胆，怕得要死。

"那不是大卫吗？"非利士的其他王子在猜疑，他们凑到一起，挤眉弄眼,"人们是不是在跳舞时对唱着赞美他,说扫罗杀死千千,大卫杀死万万?"

如果还有人能想起我来,毫无疑问就是因为那两句话。

不用说,是亚吉说了实话。

当非利士的王子们在战斗前拒绝让我们靠前,命令我们回去时,我手下的人十分不满,说要用石头砸我。

"别让他和我们一道参加战斗,"他们坚定地说,"要不然在战斗激烈的时候,他会现出原形,成为我们的敌人。"

一切都完了。当我们返回洗革拉,发现亚玛力人的一个部落趁我们不在时,袭击了这座城镇,把我们的老婆、女儿和儿子,还有所有的牲畜都给掠走了以后,我的人又扬言要用石头砸我。亚比该被掠走了,亚希暖也被抢了去。我的心碎了。他们准备好了要杀死我。我求问上帝,祂劝我追赶这支侵扰迦特南方并掠走我们亲人的军队。

"追击吧,"上帝说道,"因为你一定能赶上他们,夺回失去的一切,一定不会失败。"

我们确实把她们平安地救了回来。我和亚比该、亚希暖拥抱在一起。把她们二人再次抱在怀中,真使我快活。我们回到洗革拉三天之后,就听到了在基利波战斗中以色列军队全军覆没,扫罗和他的三个儿子全部阵亡的消息。这些消息对我的震动太大了。根据你们相信的描述,扫罗被弓箭手重重地射伤之后,不能再逃走了,他或是卧剑自杀,或是请求一个路过的亚玛力人结束了他痛苦的生命,免得被非利士人活捉后遭受更大的痛苦和污辱。但是对我来说,这两种死并没有什么不同,因为我得到了他的王冠,戴上了他手臂上的手镯。我不知道给我带来王冠和手镯的那个亚玛力人是不是讲了真话,我也不在乎这些。

"到他身边去,扑向他。"我命令我手下的一个人,他刺杀那个亚玛力人直到刺死为止。

我想让我周围的人有这样的想法:不论因为什么原因,谁也不能动手伤害国王,如果我是国王,就更是这样,我将要成为国王的征兆正在显露出来。现在周围的其他人谁还能做国王吗？

我当然为扫罗和约拿单悲伤了一会儿，还创作了那首著名的挽歌，来哀悼他们。我又邀请非利士人教会以色列人如何使用弓箭。当我写那首挽歌时，真是灵感大发：

> 以色列啊，你尊荣者在山上被杀。大英雄何竟死亡！
>
> 不要在迦特报告，不要在亚实基伦街上传扬；免得非利士的女子欢乐，免得未受割礼之人的女子矜夸。
>
> 基利波山哪，愿你那里没有雨露，愿你田地无土产可作供物！因为英雄的盾牌，在那里被污丢弃。扫罗的盾牌，仿佛未曾抹油。
>
> 约拿单的弓箭，非流敌人的血不退缩；扫罗的刀剑，非剖勇士的油不收回。
>
> 扫罗和约拿单，活时相悦相爱，死时也不分离。他们比鹰更快，比狮子还强。
>
> 以色列的女子啊，当为扫罗哭号！他曾使你们穿朱红色的美衣，使你们衣服有黄金的妆饰。
>
> 英雄何竟在阵上仆倒！约拿单何竟在山上被杀！
>
> 我兄约拿单哪，我为你悲伤！我甚喜悦你！你向我发的爱情奇妙非常，过于妇女的爱情。

你们没瞧见吗？我确实把他叫作我兄，不是吗？

> 英雄何竟仆倒！战具何竟灭没！

诗中除了"扫罗的刀剑，非剖勇士的油不收回"外，哪句写得不好呢？诗中不对的地方在哪儿？我对他还能说什么别的吗？只有最卑鄙的人才能从赞扬约拿单的那种纯精神的诗行里找到蛛丝马迹，暗示出他们不敢说出名字的那种该受指责的爱来。

那创造性的行动又一次对我产生了有益的效果，因为，当我作完那首挽歌以后，我完全沉浸在悲哀、怜悯、恐惧中了。我那优美的著名挽歌是一次宣泄。我必须承认，我很快就被吸引到诗歌的创作中来，而很少考虑扫罗和他儿子们的死，以及非利士人的彻底胜利。诗歌创作就是这样。我以悲伤的词语结束了这首挽歌，我像一位能干的批评家一样鉴赏它，发现扫罗的死给我带来了某种安慰。无论未来给我准备了什么命运，我现在都可以向前奔驰了。

我的前途一清二楚，没有障碍，除了不合法的伊施巴力之外，现在扫罗身后没有男孩了——单单是那个迦南人的名字就可以告诉你，扫罗本人对这个他很久以前在路边偶然风流后存活下来的私生子是多么轻视。尽管现在扫罗的女儿不在我跟前，可我毕竟是他的女婿呀。只有丈夫才有权用休书解除婚约。另外，我那六百人的军队是希伯来人土地上剩下的唯一能战斗的军队。谁能阻挡我？我从亚比筛那儿借来了那神圣的法衣，与上帝又来了一次推心置腹的交谈。

"我可以到犹大的任何一座城里去吗？"我问祂。我的心在颤抖。祂还没回绝过我。

主啊，愿上帝为祂祝福，祂答道："去吧。"

于是我就又问："我将到哪儿去呢？"

祂答道："去希伯仑吧。"

就这样我得到了祂的祝福。可是，为了保险起见，我又问了另一个力量。

"我可以到希伯仑去做国王吗？"我询问非利士人的首领们。

他们对我答道："完全可以。"

他们认为那是很好的主意。把犹大作为以色列和他们之间的缓冲地带，又有我这样愿意向他们称臣的人，处在首要位置上，那些非利士人发现这主意倒是蛮不错的。我没向他们透露我更大的抱负呢。接着从北方回来的信使报告说,伊施巴力,扫罗的那个活下来的儿子,已经把自己的名字改成伊施波设了,这报告把我惊得目瞪口呆。

"这个杂种!"我气炸了肺。

押尼珥从基利波活着逃了出来,正在辅佐伊施波设,拥立他为国王。我预料到,我们要展开一场旷日持久的内战了。

第九章　我遭了七年罪，七年啊

用了我七年多的时光啊。七年里我受尽了苦难，那是七年再加上漫长的六个月啊。哦，我的主，还要多久，还要多久，我痛苦地看着一个星期变成了一个月，一个月又推到了一年。我咬牙切齿，把指甲嚼碎了。有许多早晨，我真想痛哭一场。真难想象，我，大卫、勇士国王、以色列可爱的诗人，竟会做这样的事。

哦，我的主啊，我长久地等待，等了很久很久，相信我，这段等待的时间真不好过呀。七年里我每天都盼望押尼珥死掉，动荡不安的七年零六个月，这期间我与扫罗家族曾发生过零星的战斗。扫罗家族在以色列还没被人忘干净。记住当时我们的家族并没有称号，现在也没有。押尼珥和无用的傀儡伊施波设在遥远的基列的玛哈念建立了大本营，伊施波设原来叫伊施巴力，这个胆小鬼是扫罗与某个不知名的迦南妓女养的私生子。这个没有地道身份的家伙要是和父母有什么相像的话，倒很可能像个孽种一样丑陋不堪。除了大乳房的利斯巴外，扫罗对女人的口味与一个非利士人并无两样。

我在希伯仑做了犹大国王之后，押尼珥和伊施波设被迫在约旦另一端人烟稀少的地方安下身来，因为非利士人愿意独霸以色列中部的耶斯列平原。基列的玛哈念是再好不过的地点了。巧得很，基列的玛哈念是我三十年后逃难时的避身地。那时，押沙龙的叛军从四面八方向我扑来，企图加害于我，为了躲避他们，我逃出了耶路撒冷城。开始时我并不知道他们想要我的命，直到忠于我的探子报告了亚希多弗的合乎逻辑的作战计划，说他要亲自率一支灵活的生力军在当天夜里追杀我，我才信以为真。亚希多弗过去是我最有智谋的臣仆之一，他一贯秉公办事，从不欺诈，他的智慧被认为是神赋的。要是他的智慧能让他看破我派到他们内部去的谋士亚基人户筛说的那番狡黠奉承恭维的话，我逃生的希望就微乎其微了。用不着费心来告诉我这世界上还有什么新花样。你知道，我在犹大戴上了王冠，在那里第一个宣布我在犹大希伯仑进行统治，三十年之后，我的儿子押沙龙在同一座城里开始了他的颠覆性叛乱，吹响第一声喇叭表明他是那里的统治者了。这对我是致命的一击。相信我这话吧，出现了的事情应该出现，发生了的事情应该发生，前面的事跟后面的事之间准有共同之处。弯了的东西直不了，尽管我相信这句格言，但是精神疗法学者们会有不同见解的。

正如拔示巴所说，生活并非静止不动。在我为夺取以色列而战斗的同时，在希伯仑又娶了更多的妻子。她们开始为我养起孩子来，幸运的是，像我们祖先雅各一样，这些孩子几乎都是男孩。我开始娶的妻子有我到希伯仑时带去的亚比该和亚希暖。耶斯列人亚希暖为我生了第一个儿子暗嫩。这孩子长成了一个英俊的小伙子，但却被宠坏了，十分傲慢，是个狡诈成性自私自利的流氓。他不知羞耻地欺骗我，他盯上了我的女儿，他的异母妹妹，使他有机会来进行那次罪恶的强奸。他把我变成了十足的傻瓜。他为什么又把她赶出门外，毫不留情地厌恶她、责骂她呢？就因为她不再是处女了吗？在以后我们父子间的谈话中，甚至连他自己也解释不清那反常的举动。我甚至都不能使他说出一句抱歉的话来。这个耶斯列人亚希暖给我养的第一个混账儿子。我那责任心强，惹人爱的亚比该一直遭受着流产的折磨，最后才生了基利押，这可怜的孩子，我们在《历代志》里把他名字改成但以利后，他还是像个蒙古人。基利押早天，悼念的人们也没为他在大街上走多久。我的下一个妻子玛迦，基述王达买的女儿，为我生了押沙龙。在我娶拔示巴之前，我本能地认为结婚好。我与拔示巴的婚姻是最丰富多彩的了。我娶她是为了爱，她身无分文，而我却相当富有。对女人来说，要是由她养活男人的话，她就会满肚子怨气，对男人粗暴无礼、骂骂咧咧，亚比该例外。拔示巴只知道索要一切，现在还在要。我又娶了哈及，她给我生了亚多尼雅；亚比她生了示法提雅；以格拉生了以特念；在我和拔示巴的第一个婴儿刚生下还没来得及取名的时候，上帝就把他弄死了，我把那个孩子埋到了一个没有姓氏的坟墓里。接着拔示巴又生了所罗门。如果拔示巴和乌利亚以及从前和她睡过觉的数不清的人在一起，她或许不能生育，但和我在一起拔示巴是能生育的。在拔示巴身后，我又娶了更多的妻子和妃子，她们给我生下了更多的儿子，继他玛之后，我甚至还得了一些女儿，但那又是另外的故事了。

总的说来，我与押尼珥的战斗是在小规模的范围内展开的，其中并没有决定性的战斗。我们都没有足够的兵力去占领对方的领地。据我分析，要是我们团结起来，在数量上很可能超过非利士人，因为他们在政治上还处于分离的城邦状态。但我们却是分裂的，我们互相攻打，这场内战是犹大对以色列，是南方对北方。显然，在我看来，迟早要有一方以某种形式主动讲和。

我们在犹大对以色列展开了袭击战。在这种袭击中，我的外甥约押凶猛剽悍，是个行家，在基遍的池塘边，敌我双方各选出十二个战士举行了一次比武会。每个参战的斗士能抓住对方的头发，把剑刺进对方的肋下，结果所有参赛者都倒地死去，紧接着爆发了一场全面的混战。你能想象这景象吗？我很后悔没有亲眼看见这场搏斗，还有随后的那场大规模厮杀。那天双方展开了一场鏖战，押尼珥和以色列人被打得大败。行动轻巧敏捷的亚撒黑，我姐姐三个儿子中最小的一个，被胜利冲昏了头脑，无论如何不放弃一个伟大的妄想，愚蠢地认为自己能对付得了押尼珥。他的腿快似牝鹿，在押尼珥身后紧追不舍，想把他杀了。追赶中他既不向左，也不靠右转动，也不听押尼珥的劝告，押尼珥劝他放慢速度，放了他去追赶别人。押尼珥别无选择，只好自卫，来反击这位年轻而鲁莽的对手。杀死亚撒黑之后，押尼珥站在一座小山顶上,对着约押明智地高喊起来,而这时便雅悯的孩子们又重新聚集在他的身后,形成了一支队伍:"掉头走开吧,刀剑岂可永远杀人吗?你岂不知终久必有苦楚吗?你要等何时才叫百姓回去,不追赶弟兄呢?"

那天约押听完他的话后,也明智地决定停止对他的追击。他吹起了喇叭,他的士兵都停下脚来,没再追赶以色列人。那天他们也没有再攻打以色列人。约押从对押尼珥的追击中返回来,带上他弟弟亚撒黑的尸体,把他掩埋在伯利恒他父亲的坟地里。他们走了一夜,第二天拂晓才回到希伯仑。战斗暂时停了下来,首领们审时度势的时候又到了。

你知道,犹大的希伯仑城可不是凡尔赛,在希伯仑做国王不比在沙滩玩上一天要好。即使你是国王,通常也没有多少社交活动,几乎无事可做。这就是我要娶那么多妻子的原因之一——她们可以帮助我对付无聊。娶了亚比该之后,我开始发现自己享受女人的能力;亚比该也教了我这一点。拔示巴则接着完成了我的教育,给了我毕业文凭。那以后,我再也不能像过去那样享受别的妻子了,甚至从可爱的亚比该那里也得不到以往的那种快乐了。我多么留恋开始时拔示巴的那种样子。我处在爱情中,我从希伯仑迁到耶路撒冷发现她并与她多次性交之前,我一生中从没那样爱过。性欲来得这么快在我还是第一次。我准备在我的宫殿顶上发泄一通,这时我第一次看到了她,我命令把她带到我这儿来。在希伯仑,百无聊赖的生活也是我坚持要打击押尼珥和他支持的与我分庭抗礼的那个罗圈腿低能儿的原因。野心一直推着我向前,战争是另外有趣的事情,它可以使人振奋精神。我看到我的大卫家族越来越强大,扫罗家族却越来越衰败,在漫长的内战年月中,我要百折不挠地奋斗下去。

我尽可能给敌人施加更大的压力。最后终于在我的两个对手之间发生了我所期待的冲突,一个至关重要又不可避免的裂缝。冲突不过是由一个女人的生殖器引起的,因为普普通通的半片屁股,就把许多过敏男性的虚荣心搅到了里面。对于一个缺少表述生殖器词语的民族来说,由于生殖器的缘故,我们当然要遇上许多麻烦了,对不对?伊施波设只是听说押尼珥与扫罗生前的那个长得丰满的妃子利斯巴睡了觉，就懊丧起来，用激烈的言辞辱骂押尼珥，指控他与利斯巴睡觉了。伟大民族的历史常常在如此琐碎的小事上改变了方向。不管你信不信，要得到一根钉子，可能会丢掉一只鞋，为了一只鞋可能会失掉一头骡子，为了一头骡子可能会打一次败仗，为了赢得一场战斗，谁知道会发生什么呢？伊施波设说话不够谨慎，他忘了自己不过是个被人利用的傀儡，他竟以为自己真的是个国王了，这种妄想使得他言行粗鲁起来。押尼珥被无礼的举动污辱后，他暴跳如雷。

"我岂是狗头呢？今日你竟为这妇人责备我吗？"他愤怒地说道，"你以为你是何人？我将你交在大卫手里了吗？要是我愿意的话，难道我不能废去扫罗的位，建立大卫的位，使他治理以色列和犹大，从但直到别是巴，仅在一夜之间即做到如此吗？就算我犯了你指控的罪，你能和我那么说话吗？哦，想入非非的家伙，你以为你真的是国王吗？"

伊施波设一句话也答不上来，因为他惧怕押尼珥。

我打赌，此时押尼珥也看到了不祥之兆，我相信这序幕之后并不仅仅是被伤害的自尊心，押尼珥开始暗中跟我交往，他派来信使建议联盟，伊施波设也开始派人放风。我不必用水晶球占卜，我正处在左右全局的位置上；如果我可以把各种比喻掺和在一起来表述的话，那么我预感我已胜券在握，我正用毫不留情的狡猾手段玩自己的牌。我坚持要求送还我的妻子米甲，以此作为同任何一方谈判的先决条件。要求就是这样，他们可以接受，也可以拒绝，但对我的要求是不许讨价还价的。

"除非你先把扫罗的女儿米甲给我送来，"我给押尼珥捎去了这专横的口信，就像我最终将变成的绝对君主一样，"否则你就别想见我的面。把我的妻子送回来，那是我用一百张非利士人的包皮娶到家的。"我毫不怀疑我的目的能够达到。

"还给你包皮怎么样？"玩世不恭的押尼珥这样回的话。在约押结果了押尼珥之后，我时常还挺怀念他的。

我当时还不如同意了呢。

他们派人从她的另一个丈夫，拉亿的儿子帕提手里把米甲带回来，归还给我。帕提跟着米甲，在她身后一路哭到巴户琳，直到押尼珥把他赶了回去。押尼珥对他说："滚，回家去。"

帕提本该大笑一场，我倒是应该痛哭，因为从她跨进我门槛的那天起，她就没让我得到片刻安宁或快乐。我们有十多年没见面了，但是，我那满心怨恨的妻子回到我身边做的第一件事是提醒我：她是公主。她不喜欢她住宅的光线——她孩提时代在基比亚的家中就习惯了更好的视域。她认为希伯仑是个粗俗的地方，在她称之为她的宫殿的地方，她拒绝见我其他的妻子和她们的孩子。她想要自己的孩子。拒绝给她婴儿是我的乐趣。没过多久我就意识到，要是有那些非利士人的包皮，我的日子会过得更好。

"我不想让那些女人呆在我的宫里。"她酸溜溜地指责说。

"这儿不是宫殿。"我立刻反驳她，"这也不是你的。"在我们分离的这段时间里，我原先的那种恐惧与卑贱的感觉渐渐消逝了。现在我一句假话也不用说了。"那不过是两间白色的泥砖房子，两个房顶都漏雨了，房子里里外外也要彻底粉刷一番。"

"我是公主。"她答道，带着她习惯的那种特殊的傲慢口吻，她直到死还是那么傲气，"我住在哪儿，哪儿就是宫殿，你别忘了我是在沟里看见你的。"

"又是在沟里吗？"

"我真不该嫁给一个庸夫。"

"我们还要谈论那个话题吗？"

"我是在基比亚长大的。"她吹嘘道，"你不过出生在犹大的伯利恒。我是国王的女儿。"

"可我是国王！"我吼叫了一声。

不管我用多大的声音吼叫，这句话也没效果。她就要咽气的时候，我高兴极了，这还有什么奇怪的呢？哦，上帝，我已经等这么久，我就想摆脱她，这么多年之后她才刚要死去。当他们给我带来她生病的消息时，我跳起了快步舞。他们给她做了通常的身体检查——抽骨髓和活组织检查。我的梦想实现了。活组织检查结果是阳性的。我们没有化学疗法。"我高兴极了!"我快乐地喊叫起来。我像只云雀一样唱起了歌。她的病情很快就恶化了。我高兴得又蹦又跳。她请求见我。"让她等着!"我喊道。等她就要跨进死亡的大门时,我才奔到她的病榻前,笑眯眯地望着她,回绝了她临终前的所有请求,她的声音软弱无力。

"我猜我要去了。"

"好的。"我说道。

"你要得到我的祝福吗?"

"别当这样的傻瓜。"

"我敢打赌,你高兴了。"

"你从来也没使我更高兴过。"

"当疖子使我剧烈疼痛时呢?"

"那妙极了。"

"你会在我的坟上跳舞的。"她预见道。

"我要使足全身的劲儿来跳。"

"我死以后,每当你想跳舞的时候,你就会使足全身力量的,对吗?"

"我用不着等你死后再跳,我现在就跳。"为了让她看看,我开始绕着她的病榻,拼命跳了起来。我飞快地旋转身子跳起了充满活力的颠簸舞,嘴里唱着,嘿,摘摘尼,摘尼的叠句歌[1],还伴着爵士乐的舞点。

"最后我有一个希望。"我跳没劲了的时候,她说,"答应我,说你会同意的。"

"毫无希望。"

"我的希望不过分。"

"你是疯了吧。"

"大卫,哪怕你说句谎话,不去办也行,我只要听你说声同意,我就会安

---

1 英国民间歌曲。

心地入土了。"

"你怕是在开玩笑。"

"你不同意?"

"肯定不同意。"

如果她能和我活得一样长久,我只会在惹恼她的时候才想念她。

米甲回来侮辱我,折磨我的时候,我更爱亚比该了,这有什么难于理解的吗? 在耶路撒冷建都之后,我喜欢狡猾淫荡的拔示巴那痛苦烦恼的表情,却不喜欢米甲那副恼人的总是吵吵嚷嚷、吹毛求疵的不满样子。相信我的话吧,在森林里与一群甲虫住在一起也比在漂亮的房子里同一个总是哭丧着脸的女人待在一起好,与蝎子在一起生活也比同一个唠叨起来没个完的女人强。结婚要比被烧死好。[1]但是,倘若你的妻子不能按照你的意志去行事,被火烧死倒更好。把她从你的肉上割去,给她一纸休书,让她离开,因为,恶莫大于女人之恶。邪恶改变了女人的长相,使她的皮肤变得同丧服一样黑。她的丈夫将坐邻居中间,当他听到后,他会痛苦地叹气。让罪孽倾泄在她的头上吧,罪孽始于女人[2],因为有女人我们也都将死掉。她是万罪之源。另一方面,要是你找到了像亚比该那么贤惠的女人,就让她像牝鹿一样欢快,像对待恋人一样对待她,让她的乳房永远满足你,愿你从她那里得到无尽的爱。不幸的亚比该呀,男人的心易变,只是从拔示巴的爱中,我才能始终获得欢乐。如果拔示巴再一次把她自己给我,挨着我坐在我的床边,用分开的大腿帮助我,我还会沉溺于她的爱中。我竭力哄骗她,来达到我的目的。"我的妹子,我的佳偶,我的鸽子,我的完全人。"我奉承说,"求你容我得听你的声音。你用眼一看,用你项上的一条金链,夺了我的心。到我身边来,因为你的声音柔和,你的面貌秀美,你的脚在鞋中何其美好。"

"这一套不管用啦。"她冷漠地答道。

1　如未婚私通不被石头砸死,也会被火烧死。此话出自使徒保罗之口。原句是:"与其欲火攻心,倒不如嫁娶为妙。"

2　《圣经·创世记》上说,人类祖先夏娃吃了伊甸园中善恶树上的果子,因此犯了罪。

"怎么会呢?"

"你过去有足够的力量享用我。"

近日来她咕咕哝哝说自己厌烦谈情说爱了,这倒可能是真的。过去在欲望的驱使下她惯于高声发出那种妙趣横生、如痴如狂的叫喊,米甲能听到我们二人在后宫的动静——我也并不总是像教堂里的老鼠一样安静——在她等待我完事,在我出去的路上路过她的门口这段时间里,她总是用手掌抓搔,直到流出血来。我常常钻进亚比该的房间里去躲避她那使人无法忍受的怒火,或者当她发怒时,我捉弄她几句,假惺惺地笑笑,继续走我的路。

"以色列的国王今天有多么神气啊。"她总是咆哮着责骂我,唾沫飞溅,还用力跺着脚。

哦,我把一大堆诅咒之词都倾泻到推罗国王希兰头上,因为他的建筑师没给我设计出一个更方便的后宫。米甲从开始就没吭一声。

"我的父王是整个以色列的国王。"我们重新结合到一起的当天,她耐着性子提醒我说,后来我把我们破镜重圆的日子定为国家的节日,我把这节日叫作圣殿被毁日[1],"你不过是个犹大的国王。"

当时,那的确是她唯一能堵住我嘴的一点。但是以色列已靠近我统治的时间表了,押尼珥已经悄悄地为我在以色列游说那些长老们,想把他们拉到我这边来。他一处又一处地劝说长老们,提醒他们当扫罗使他们怨恨,伊施波设软弱无能给他们带来动荡时候,他们是怎样相互串通企图拥立我做他们的国王。他还一个劲地对士兵讲我的好话,在整个便雅悯家族和扫罗部落中替我收买人心。考虑到他们的悲惨处境和软弱无力的地位,使他们信服押尼珥的话并不太困难,他们还有别的选择吗?

时机成熟,长老们表示同意,握手为信,提议我为天下唯一的君主,就像我长期认为的那样,好像这对建立以色列王国有同样的益处。这时押尼珥在我的邀请下,随身带了二十个人来到了希伯仑我的皇宫,最后签订了和

---

1 纪念第一和第二圣殿在耶路撒冷被毁的节日。

约。我们协商后，握手为信。我为他和随行的二十人举行了一次盛大的宴会。在欢乐的气氛中，我把押尼珥平安地送走了，让他去完成各种安排好的任务，好使我统治一切的希望最终变成现实。

大家都非常高兴，唯独约押例外，这只一年四季围着油飞的苍蝇，我脖子旁的信天翁[1]。约押又一次贪婪地掠夺了以色列之后，带着大量赃物刚一回城，就暴怒起来，因为他听说我接见了押尼珥，在希伯仑我已经把押尼珥完全掌握在自己手中，可是后来又允许他活着离开了。约押那原始野蛮的本性永远也不能使他欣赏策略。他的愤怒令人生畏。

"你干了些什么，你这呆子？"他对我咆哮着，我还只是希伯仑的国王。在那个年月里，我们二人谁也不怕谁。对他来说，我不过是他的大卫舅舅，我猜测他恐怕总是以这种方式轻蔑地提到我。"难道你不知道他到这来只是为了欺骗你，偷看我们的情况，打探你的消息吗？你怎么能这么傻呢？"

"约押，约押，"我哄他说，希望用我温和的回答消去他的愤怒，"这是希伯仑，不是艾城或耶利哥。人们为什么要到这来刺探军情呢？一个人都没到外面去，能发现什么呢？"

可约押毫不退让，残酷无情，他没和我打招呼就派信使追押尼珥，让他返回希伯仑，好像是代表我向押尼珥转告外交上的补充事宜一样。在城门里面，约押热情地和押尼珥打了招呼。他把押尼珥带到旁边，好像要秘密地告诉一个受尊敬的同事什么悄悄话似的，也好像对着亲兄弟的耳朵反复告诉他最新的下流笑话似的，同时，他的兄弟亚比筛摆出一副若无其事的样子在旁边闲荡，准备在必要时跳过去帮助约押。在押尼珥毫无戒备的情况下，约押什么也没说就开始攻击押尼珥，冷不防在他的肋下刺了一剑，剑在光天化日之下从押尼珥的第五根肋骨之下捅了进去，押尼珥倒地死去了。

这事发生得太快了，真令我难以置信。城里的人都像被雷轰了一样，艰难的七年零六个月啊。我一直盼望押尼珥死掉，可是现在，当我需要他活着

1　比喻沉重的负担，语出英国诗人柯勒律治（1772—1834）的长诗《老水手之歌》，该诗叙述水手误杀信天翁而使全船人遭难。

的时候，我的外甥约押却把他给杀了。亚比筛也在旁边助虐。哦，我姐姐洗鲁雅的三个儿子，叫我太难对付了。

"我杀了他是为了给我弟弟亚撒黑报仇。"约押倔强地对我重复道，脸绷得紧紧的。在他似乎要认输的时候，我把他叫到我房间里的地毯上，我要向他发泄我的愤怒。

这一次我真的发脾气了。"胡说，胡说，这是无耻的谎言，毫不掩饰的谎言！"我冲他高声喊道，我希望全国上下，从但直到别是巴都能听到我的声音。"那纯碎是胡扯，约押。你究竟为什么非得杀他呢？"我防备着他，把一只手按在剑柄上，我同时准备好另一个胳膊肘，作为缓冲物来保护我的第五根肋骨。

"我不喜欢竞争对手，"约押冷酷地说道，表情没有变化，丝毫没有从他最初提出的理由上退让，他的眼睛一眨不眨地与我对视。"你会任命他做全军统帅，甚至凌驾于我之上，对不对？"

我巧妙地回避了这个问题。"他把过去效忠扫罗，现在又效忠伊施波设的所有以色列军队都交给我了。"

"从我们开始怀疑他要密谋用这些军队把你赶下台，到现在才多长时间，多长时间？"约押又反过来对我说，"大卫，大卫，我帮你干了件好事。想一想吧，我了解你，我知道你的心思。你不喜欢不同的意见。你希望人人都赞扬你，只是赞扬。如果你认为谁对你有用，你就一心一意地和这种人待在一起。我从一开始就跟随你，在亚杜兰和基伊拉还有洗革拉。你真的以为我在我们胜利的时候会心甘情愿地为一个追杀我们多年的人做下手吗？更何况他还是杀死我弟弟的凶手呢。"

"约押，他是在打仗的时候杀你弟弟的，"我提醒他说，"押尼珥根本就不想和他交手。可是，你，约押，你却在和平时期把可信赖的同盟者押尼珥拽到了一边，在他毫无防备的时候用锋利的刀杀死了他。"

"是用我的剑，大卫——我的短剑，大卫，"约押更正我的话，"在我要告诉他一个下流的笑话时，我把短剑藏在了斗篷下面——"

"你说了一个下流的笑话？"

"为什么不能说？"他耸耸肩，承认道，"那个笑话说的是一个身披铠甲四处周游的骑士和巴斯妇的故事[1]。我看他伸着脑袋，斜过身子要听个究竟，就抽出剑，把他刺了个透亮。"

"就像那样，把他刺透了吗？"

"一点不错。"

"你真是嗜杀成性。我看得出来。"

"杀人同吃馅饼一样容易。你不愿意杀人吗？"

"必要的时候我是不在乎的，"我承认，"但我从中得不到乐趣。可你是不是真的能从杀人中得到乐趣呢？杀任何人。"

"差不多。"他点点头，带着明显的自我满足的神情。"我在他第五根肋骨下刺了一剑。这一剑刺得多妙啊！"

"你是不是真的喜欢第五根肋骨？"我问道。

"那是最好的位置，大卫，特别是你要从旁边杀人的时候。大卫，大卫，说实话，看看我的眼睛——你要押尼珥活着吗？为什么呢？"

"留他一条命又有什么害处？"

"杀了他又有什么害处呢？他是你着迷的朋友吗？迟早你会感到他是非杀不可的。你不想做国王吗？"

"我怎么向人民交代呢？"

"对人民说真话吧，"约押正直地说，"告诉人民，我是为了给弟弟亚撒黑报仇才杀了押尼珥的，就是这个押尼珥在基遍杀了我弟弟。"

"这不是真话。"我争辩说。

"人民相信什么，什么就是真话。"约押说，"你不知道历史吗？"

"我知道历史，也创造历史，所以别对我谈什么历史了。他们为什么要相信呢？一些人可能以为这次暗杀是我谋划的。哦，约押呀，约押，你这是

1　出自英国诗人乔叟（1340—1400）的《坎特伯雷故事集》。

给我做的什么事呀？押尼珥在战斗中别无选择。人们都知道亚撒黑在他后面毫不动摇地穷追不舍，难道押尼珥不是在不住地恳求他吗？他对亚撒黑喊了多少次，让他掉过头去追别人。喊了多少次？是两次三次吗？亚撒黑是押尼珥的对手吗？亚撒黑听了吗？他疯了吗？这全怪他自己。"

"不管怎么说，他还是我的弟弟。"

"那你为什么不阻止他去追赶？当发生这一切的时候，你到哪里去了？你是在场的。你在那里指挥军队。我知道你在干些什么。你可能一直在给你弟弟鼓劲喝彩，是不是？难道没人看见你吗？你自己后来又与押尼珥定了休战协定，对不对？现在你把他暗算了——残酷无情地暗杀了他。哦，约押呀，约押，你能把这也叫家族间的决斗吗？那是胡扯，约押，简直是十足的胡扯，你我心里明白。"

我确实有许多目击者作证。到了今天，每一个参加了基遍池塘战斗的善良人都会告诉自己的儿子，在比武会后的大溃逃中亚撒黑是怎样像豹子追捕猎物一样盯着押尼珥不放，是怎样径直地追赶押尼珥的。亚撒黑以其神奇的敏捷闪电般的速度，毫不留情地缩短他们之间的距离。一只灵猫或猎豹也不会比当时的亚撒黑跑得快。他跑这么快，押尼珥认出他来了。要不是亚撒黑谁又能像雌鹿一样迅疾或像天上的鹰一样敏捷呢？

"你是亚撒黑吗？"押尼珥回过头去，见亚撒黑跟在身后，就向后面喊道。

亚撒黑满不在乎，咧嘴一笑，答道："是我。"

"那么你就转向左边或右边吧，"押尼珥恳求他，"去抓个年轻人吧，缴获他的铠甲。相信我，我求你是为你好，不是为了我自己。"可亚撒黑还是穷追不舍。押尼珥总的说来是公平的、讲究实际的人，他至少还努力阻止了亚撒黑一次。"别追我啦，"他乞求道，同时警告说，"我再友好地求你一遍。我为什么非要把你杀倒在地呢？这又有什么好处？我又有什么脸面去见你的哥哥约押呢？让我们两人做件好事吧。难道你不能预见，要是你再追赶我，逼得我把你杀了，最后就会出现骚乱吗？"可亚撒黑还是追赶。他像鹰一样飞向押尼珥，像箭一样穿过他与押尼珥之间的空气。押尼珥到了最后还是避免和他交手，甚至在被追上时，也只是掉过枪梢往回打这个年轻人。亚撒黑像只雄壮的小狮子扑向这个久经沙场的老人。押尼珥为了挡开他，用枪梢向他刺去，亚撒黑像个瘦弱、迷惑、吃惊、年轻的傻瓜，不知不觉中被人家结果了性命。长矛从第五根肋骨戳了出去。可怜的亚撒黑一命呜呼。这年轻人翻身倒在地下，一动不动地死了。

约押就选择这个时间，在城门口杀死了押尼珥，来个一报还一报，所有人都能看见，天下无人不晓了。我在我亲戚那里从来也没碰上什么好运气，不是吗？还记得我的岳父扫罗？我的哥哥以利押、亚比拿达和沙玛吗？还有我性格坚强的姐姐洗鲁雅的三个儿子——约押、亚比筛、亚撒黑——他们总是对我那么苛刻。

我决心就用这些话，在公众面前高声宣布，人人都可以记录，把我谴责那卑鄙行径的消息四下传开。在我沉痛哀悼具有英雄品质的和蔼的以色列人押尼珥，指责那野蛮的叛逆行径的同时，我诅咒了约押的家族。我愤怒地发誓在那个白天里不吃肉，日落之前不吃面包或任何别的食物。人民看到了我的痛苦，对我的禁食大为赞赏。所有人对我那天所做的一切都感到满意。"押尼珥是作为一个轻信的傻瓜死的，而不是绑着双手，捆着双脚的俘虏。"我在大街上伤心地哭喊，满面泪水。"他的死与我毫无关系，我的手，这双手是干净的。"我几乎要哽咽住了。我命令臣仆把衣服扯碎，换上丧服同我一起哀掉押尼珥。"就像好人在恶人面前倾覆，你也这样倒下了。"我说道，在如此强烈的悲痛中扯着大嗓门，使得我很快就羡慕起自己的悲伤。大英雄何竟死亡，我禁不住要口若悬河地演说一番，可是在我那著名的挽歌中，这壮丽的诗句已被我用过三次了。"哦，巨人悲壮地倒下了啊！"我深深地低下头，跟在个黑杂种的棺材后面，来到他的墓前痛哭流涕，人们也随着我哭了起来。我是多么悲痛地悼念那个冷酷无情、满脸麻点、自私自利的狗杂种啊！"你们岂不知今日以色列人中，死了一个作元帅的大丈夫吗？"在聚集的一大群人面前我慷慨陈词，仿佛除了我以外，别人连我们聚集在一起的原因也不知道似的。"他岂不是以色列人中最高尚的一个吗？"很快旁观的人们对我的同情超过了对死者的同情。

押尼珥既不是什么元帅，也不是大丈夫，更谈不上是以色列人中最高尚的人。我才是以色列最高尚的人，尽管我仍然是个犹太人。那一天看到我的任何人都能猜到，那些壮美的挽歌能是为一个活着时就是我鞋里的沙子和嗓子里的癞蛤蟆的人而作的吗？我为那个没有感情的投机分子用去了几句最好的诗句。七年，七年的漫长岁月啊，他一直在千方百计地想把君主的权力送给扫罗家族还活着的某个人，任何一个人都行。他这样做的主要原因是想为自己保存一份君主般的权势。现在米甲是扫罗家族剩下的唯一合法的子女，可她是属于我的。也许我确确实实知道我把她接回来的用意。

不知怎么的，像发生了奇迹一样，一切都是那么顺利。人民注意到我是怎样对待那次追悼会的。所有的以色列人都能明白，杀死尼珥之子押尼珥，绝不是秉承我的意志，而且我毫不知情。

最后，一切都圆满地解决了。事实上，要是约押真的控制了自己的感情，形势就不会对我这么有利，因为现在押尼珥被除掉了。押尼珥一死，伊施波设的日子也就不长了。他听到押尼珥的死讯后，吓得双手直哆嗦，跟随他的以色列人看到他身体这么虚弱，胆子又这么小，心里非常不痛快。为首两个最有胆量的头领坚定地采取了行动。他们装着要去拿麦子，进了他的房间。大热天里，他正躺在自己的床上。他们在他的第五根肋骨下刺了一剑，杀死了他，然后割下他的脑袋，带着它穿过平原逃了整整一夜。他们想把首级送到我的手上，博取我的恩宠。像迦特的亚吉不需要疯子一样，我需要一颗人头吗？他们满怀希望地来巴结奉承我，等着我的祝福。为了犒赏他们的首创精神，我把他们杀了。我砍下了他们的手脚，把剩下的尸体挂在希伯仑的池塘边上，作为教训的实例。我不想让王国中任何人以为杀死个不合法的国王就没事了——甚至不想让人们猜测这个不合法的国王的被杀跟我有任何牵连。

消灭伊施波设只是消除了来自扫罗家族的竞争者。可对约押的不信任越来越使我恼火，我决心限制这个性情残暴、独断专行的野蛮家伙。他的行动已经证明，他会毫不犹豫地违背我的意愿为所欲为的。在我决定从耶布斯人手中夺下耶路撒冷，在这个靠近便雅悯和犹大边界的山城里建都时，我窥见了一个机会，把约押架空，其实是让他永远降级。我现在已经是为人们所接受的联合王国的领袖了，把首都迁到离联合王国较近的中立区的中心，要比待在犹大更有政治意义，因为远离了那些有潜在敌意的居民。也许，这样做也比以基比亚为中心更有政治意义，因为那座城与扫罗的统治联系得太紧了。你知道，扫罗在那里的统治长达十八年之久。我希望彻底根除这种印象：我与疯子扫罗有什么渊源关系，或者我为他妈的什么事欠他一分情意。你可以想象我的米甲公主对我的决定是怎样反应的，她像头母驴一样高声痛骂，因为这座为她的出生举行过晚会的城市会由于不受重视而被人们遗忘。如果在这座城里建都的话，这个城市会因为她祖先在这里安过家而永垂不朽的。

我挑选了一队身体强壮的士卒在一夜之间就成功地袭击了耶路撒冷。耶路撒冷的城墙坚不可摧，要是我们打算攀缘城墙非失败不可。和平的耶布斯人十分自信，他们在城里嘲弄我们说，他们的瘸子和瞎子都可以阻击我们，有效地保卫城池。但是我却小心谨慎地完成了战前准备，我断定通往城内的水道里的水不会深，没有设防，从外面的水道口是可以蹚水过去的。拿下耶路撒冷在我看来是一件不比吃块蛋糕更难的事。

在我们出发之前，我对这队强壮的士卒照例发表了一通鼓舞士气的讲话，捧着短轴书，高声给他们宣读一个讲究策略的通告，这通告是我特意为挫伤我外甥约押的士气撰写的。不论谁，能先冲到城里那口大井的水槽边，杀死防守的耶布斯人，为我们的人打开城门，他就是我手下掌管全军的终生统帅——约押过去以为他是稳坐这个位置了，心里猜想他就要被正式委任这个军衔了，当他听到我的宣告之后，我看到他又气又惊，浑身直颤。

猜猜结果怎样。你会猜中的。

我的策略起了作用，我的计谋却引起了相反的结果。你不想知道吗？

该死的约押竟第一个冲到了城里那口大井的水槽边,他劈开门闩,迅速打开大门把我们都放了进去,而后他把两只棕色胳膊叉起来,站在那里目空一切地大笑起来。当然我要千方百计地去违背诺言。

"现在我是合法的全军统帅了,"在耶布斯人毫无反抗地投降,我们占领了主城之后,约押立刻就夸耀起来,"我在下半辈子里做你的全军统帅,对不对?"

对这样一个大胆的未经批准的提议,我屏住呼吸装出一副吃惊的样子。"不对,约押,"我嚷道,"你到底在胡说些什么?"

你真该看看他脸上的表情。我一回想起来就禁不住大笑。我们在月光下激烈地争吵,一群臣服我们的耶布斯官员瞪大了眼睛围观我们。

"我在说什么?"当约押从先前的刺激中恢复过来后,他终于令人难以置信地大叫了一句,接着他又喊了起来,痛苦使这声音变得那么刺耳,这声音几乎带有女人腔了,"你许诺过了。对不对?你没有许诺吗?"

"我许诺过吗?"我冷漠地反驳他,"你说我许诺了吗?我许诺什么了?什么时候?谁许诺的?我可没有。"

"你是这么做了,"他唾沫四溅,气冲冲地说,"你宣读了国王的指令。"

"我宣读了吗?"我坚定地慢慢摇了摇头,"那不是我。"

"你说了,你说了,"他坚持不让,几乎歇斯底里了,"你说不论谁第一个冲到水槽边,杀死耶布斯人和瘸子瞎子,就当全军的统帅。"

"这都是我说的吗?我什么时候说的?"

"以前。"

"什么以前?"

"就在这以前。别想违背诺言,大卫。你知道自己说了。"

"我没干过这事。"我严肃地告诉他,撒了个大谎。

"你这么做了!"他尖声喊着,"这话写在纸上了。人人都知道,写在公告里的。你自己的公告。羊皮纸哪去了?谁他妈的拿走了那张羊皮纸?"

有人把那卷文稿递给了他,上面就是我高声宣读的话。我发觉把这事赖过去的机会不多了。突然间我想当场就把那个递给他书卷的人杀了。约押用颤抖的手把那张纸伸到我鼻子下面，哆哆嗦嗦地打开了那卷纸。

"在这里！"他吼叫着，"看见没有？读吧。"

我镇静地向鼻子下面瞥了一眼，然后不屑一顾地转过身子。"那不是我的笔迹。"我用冷淡的申斥口吻对他说。

这话又对他起了作用，他好像不能相信自己的耳朵了。"大家都听到你说了！"他声嘶力竭地喊道，声音里掺杂着软弱无力的愤怒与恐惧，它们好像在泪水中溶解了。

最后我不得不认输。这一次他有证人。从那时起，约押就一直是我的全军统帅，每次我想撤他的职都被他阻挠了。约押唯一没有掌握在手的就是由基利提人和比利提人组成的我的皇宫卫队，这一卫队只为我个人效力，由比拿雅统辖。

多么奇怪，我已经变得这么老了，而约押却不显老。我们是同龄人。我躺在床上不住地发抖，向我的野性的妻子拔示巴乞求性爱。我用萎缩的双臂紧紧抱住亚比煞，这衰老的身躯毫无激情，仍然在瑟瑟发抖；可约押却还能播种大麦、亚麻和小麦，作为忠于亚多尼雅家庭的人，帮助维护和平。我发现要免他的职是不可能的，即使他在外约旦犯了个近乎致命的大错之后也是这样。他曾率领全军带头冲到拉巴城外，冲进亚扪军队与亚兰军队之间的空旷地带。这些亚兰军队来自琐巴、利合、陀伯和玛迦，当亚扪人发现我的军队在他们面前不断增多时，就雇用了亚兰人，联合起来反击我们。一方军队孤军深入，另一方军队就会做钳形包围，约押那愚钝的指挥意识中连这点军事常识也没有。他把军队直接在那里扎下营后，就趾高气扬地向我报了信。

"我一路前进，没受阻挡，在两军中扎住了阵，你认为怎么样？"

从另一方面说策略总是和我的名字分不开的。"我想你最好照顾一下你的屁股，"我当即答道，"因为不管你指向哪个方向，你都会腹背受敌的，你这个白痴，要分兵两路。"

约押立刻看出门道来了，在我的提示下推断出，现在前后都有打击他的军队。他立刻拿出了看家的本领：战斗，这样才从失败的魔掌中夺回胜利。他挑出了最强壮的士卒跟随自己，他们冲击亚兰人的时候列成方阵；又把剩下的人交给他弟弟亚比筛，让他去攻击亚扪人。他给亚比筛下的命令相当简单：

"要是我对付不了亚兰人，你就过来帮我。要是你对付不了亚扪人，我就去帮助你。鼓起勇气。只要我们不害怕，就没什么可怕的了。"

你瞧，约押率军逼近亚兰人，冲进敌阵，亚兰人逃走了，亚扪人看到亚兰人逃跑了，他们也掉头逃回城里。这样约押才把军队平安地撤出亚扪返回到耶路撒冷。这次出兵约旦，他除了保住自己的一条性命外没给以色列拿到任何东西。

接着我率军冲锋了，让人们看看冲锋仗怎么打，向人们说明大脑是优于肌肉的。我亲自领兵向北指向希兰，打击哈大底谢和其他亚兰王，我大胆地直捣他们众兵云集的本土，在狮子窝里拔它们的胡须。为什么要等他们自由自在地纠合起来，出兵北方进攻我们呢？我以吞噬一切的气势在他们的本土重创了他们。哦，那是多么愉快的户外集会啊，那简直就是一次野餐。我们杀了七百名亚兰的战车兵，四万马兵，甚至还在那里杀死了他们的将军朔法，直到把他们杀得片甲不留。哈大底谢和向他称臣的诸王看到他们的军队被击溃，很快就向我求和了，同意称臣效劳。从那以后他们一直逆来顺受，被我们驱使。他们再也不敢帮助亚扪人，而是任凭我们处置亚扪人。夏季过去，秋天里的滂沱大雨就要来了，我们返回家园收获枣子、橄榄和葡萄。在初冬播种小麦和大麦，换崭新干爽的衣服的时间又到了。你知道，那里完全是另一个节气。

这一年又过去了，周而复始，扁桃树上又一次绽开了花朵，这时节，国王们又秣马厉兵准备投入征战。亚扪人又把自己送到拉巴城里，严阵以待，他们预想我们会重新围攻拉巴城的。我与拔示巴见面，还有其后那猛似洪水的通奸也逼来了。那时我已名闻遐迩，几乎想得到哪个女人，就可以派人把她带来。春天里第一声布谷鸟的啼鸣以后，约押来到我的门台上，充满激情地讲出了自己要进攻欧洲和亚洲的计划。我认为这些计划不切实际，没有同意。我又一次仔细看着他冲我龇牙咧嘴，狂怒地吼叫着。这不就是我那了不起的约押吗？当我想起押沙龙给这个脾气火暴，毫无心肝的勇士的大麦地点上大火，并发誓还要烧他其他的庄稼时，我禁不住摇起头来，感到惊诧。我的押沙龙也是了不起的。单单因为放火烧麦地，蛮横地造反夺我王位，谁又能不爱他呢？我心里那种说不清楚的怜悯是因为他没有成功。感谢上帝，他把唯一能够制服我的机会大意地丢掉了。

押沙龙举兵反叛之前，我不顾约押吵吵嚷嚷的反对，建立了一支由基利提和比利提雇佣军组成的私人宫廷卫队，又把统领这些士兵的权力授予耶何耶大的儿子比拿雅。雇用一支外国精锐部队的理论是由约押最早提出来的，因为这些士兵对异国的内部冲突不感兴趣，不会受到颠覆分子的影响，这样的军队对我们很有好处。然而要建立一支雇佣军，并任命比拿雅为统领的主意却全是我一个人的，我外甥约押听说后当然很震惊。

比拿雅身材健壮，胸脯厚厚的，青铜色的脖子圆滚滚，他是我传说中的三十勇士之一。他自己说，一次，他只拿根棍子同一个手持长矛的埃及人搏斗，这埃及人比他高出五腕尺，他用力夺下对方的长矛，又用长矛结果了那个埃及人。他说还有一次，他下到一个水洼里去杀一只狮子。我也没有费心去问他为什么偏要下到一个水洼里去杀狮子。比拿雅身强力壮，然而思想简单，自己一点主意也没有，这也是他被选中的另一个因素：我只想让他对我一个人负责。我任命比拿雅为宫廷卫队统领，并规定他只对我个人负责，约押竟气得满脸通红，大怒起来，对此我一点也不感到惊讶。

"你是个令人讨厌的舅父！"在他像公牛一样横肩跨步来见我时，他说，"我应该是全军的统帅。宫廷卫队的统领应该在我之下。"

我温和地说："我觉得宫廷卫队统领应该在宫廷首领之下，也就是我之下。"

"我在你下边，"他极力要和我论理，"要是你把比拿雅放在我的下面，他还是在你的手下。"

我发现这提法表面上是正确的。"你出外打仗的时候太多了。"我反驳他说。

"你任命他到底有什么用处？你必须告诉他，当你不在他身边给他下命令时，他要听从我的吩咐。"

"我总要在他身边下命令，"我心平气和地让约押知道，"我到哪里，比拿雅就要到哪里。"

"好吧，不管怎么说，你也要跟他谈谈。"约押噘着嘴不再争论了，"告诉他，他可以相信我，提醒他我是全军的统帅，他不是。"

看来和解是不可能的。"我会对他说的，"我简洁地答道，"我要告诉他该怎样信赖你。"

我已经观察到我外甥用毒蛇一样的目光注视比拿雅时，露出一股凶光，我断定最好立刻让那个满身肌肉的年轻战士警觉起来。

"约押，约押吗？"我开始和比拿雅说道，好像匆忙中来不及把话说全，声音压得低低的，接近悄悄的耳语。我希望这耳语不传出去。我用力握住他的胳膊肘，领着他匆匆忙忙地从我宫中房内的这一侧走到另一侧，以防挂毯或墙后藏有叛逆的偷听者。"我的外甥约押吗？"

"我听你说呢？"比拿雅聚精会神地等待着。

"如果他对你下命令，就像你是他的下属……"

"嗯？"

"别理那些命令。或者就像执行的是我签署的命令一样。"

"不服从命令吗？"

"比拿雅，比拿雅，你肩膀上有这么聪明的犹太脑袋。你母亲一定疼爱你。现在要是你发现他奇怪地看你……"

"我想我常常看见他奇怪地看我。"

"是非同寻常的奇怪。"

"我想他开始认可我了。"

"这就是我的意思，我就想提醒你这一点。如果你发现他以出乎意料的热情看你，如果他开始热情地对待你，好像你此刻是这世界上他唯一的亲密朋友，如果他温柔地把一只胳膊搭在你肩上，好像要把你带到一边，告诉你精选的国家机密或者最近的下流笑话……"

"约押还说笑话吗？"

"当然说，可别上当，特别是那个穿铠甲的骑士和巴斯妇的笑话，或者，他突然和你打招呼，好像你是他失散多年的心爱的表兄弟——"

"约押和我确实是远房表兄弟，从他的第二个妻子的第一个丈夫的母亲的父亲那边论，儿子——"

"像最最亲密的表兄弟一样过分热情，这热情会使你相信他要让你做他的继承人，这热情会迫使他用一只或两只胳膊拥抱你。如果他拿出最关心人的样子询问你的身体情况，用手拽住你的胡子好像要吻你，即使他是用右手拽你的胡子……"

"嗯？你怎么停下了？我还憋着没喘气呢。"

"这时你就马上逃命！用最快的速度从他身旁跳开，跳得离他越远越好。就像他是毒蛇一样。用你他妈的迈过的最大的一步跳出去，上帝为证，就像你的末日来临了一样，快去拿剑，别等弄明白是不是搞错了，别给他那机会。你要想来个公平比武，那就完蛋了。凡是他和你在一起的时候，眼睛别离开他的双手，永远也别离开。盯住那两只手，就像每只手都是条蝰蛇。约押左右手都可以同样迅速地击杀。他生气的时候别理他，别和他到僻静的地方去。还记得押尼珥吗？还记得发生了什么吗？"

"他在城门里面把他杀了。"

"他是从第五根肋骨下杀死他的。和约押在一起，你必须要护住你的第五根肋骨。"

约押就用我描述的同样方法杀死了亚玛撒，那时，我们刚杀了我的儿子和我的敌人押沙龙，胜利归来，我发现手头又有件新的麻烦事。那个以色列的便雅悯人，叛逆者示巴，也举兵叛乱。为了安抚以色列，我把属于犹大的荣誉给了以色列,这样我几乎跟它们都疏远了,如果不是这一半王国反对我称王,那很可能就是另一半。有时真难理解我今天作为统治者所享有的威名。示巴吹起喇叭,号召以色列各部落来反对我做国王,与我分离。为了消灭示巴,我组织了一支强大的军队,任命我外甥亚玛撒为统帅。前不久他在我死掉的儿子押沙龙的叛军中做过统领。即使是作为安抚手段,任命他也是不得已而为之。我给他三天时间整装出发。他很晚才上了路。提拔亚玛撒是我安抚犹大取代约押的第一步,因为约押违令杀死了我儿押沙龙。第二步根本没来得及实施。我本应预见约押会反对我的计划。我本应预见约押会在半路等着亚玛撒,以不可驾驭之势来表达他的不满。

他在基遍的巨石边拦住了亚玛撒,对这个慢腾腾的表弟说道:"我的弟弟,你身体好吗?"

约押用右手拽住对方的胡子去吻他,亚玛撒对此一点也不怀疑。约押用左手中的剑戳进了他的第五根肋骨,可亚玛撒还不知道是什么东西刺了他呢,他的肠子淌了一地,约押也用不着再刺第二剑了。亚玛撒躺倒在大道上的血泊中。亚玛撒指挥的士兵都一动不动地站在那里,被吓呆了,直到约押手下的一个人把尸体拖到大道下面的田野里,又在尸体上罩了一块布,他们才明白过来。后来,当然是约押夺取了追歼敌人的领导权,毫不留情地镇压了示巴,把他消灭了。

比拿雅仍然不停地感谢我提醒他小心约押的事。当亚玛撒被谋杀的消息传回耶路撒冷后,他当然要感激我了。"我还欠你一次情,"寡言少语的比拿雅说,"你一次次救了我的命。"

"我怎么对付那个约押呢?"我耸耸肩,问道。

跟你说实话,我更关心的不是亚玛撒,而是押尼珥。要是有什么区别的话,那就是我更不喜欢押尼珥,因为他那自鸣得意的傲慢劲儿是另一个年轻人所没有的。这两次谋杀给我带来的最大烦恼就是约押故意违抗我的意志。只要是他的愿望和我的愿望相冲突,他就不顾我的愿望了。他的独立意志现在仍然是我掌中之刺。我总希望自己处处像个国王,可约押就是不让我这么做。我想上帝自己也愿意处处像个国王，否则祂为什么要创造世界呢？祂是为我们做好事吗？要是我能说了算，祂很快就不会再感到自己像个国王了，除非祂向我道歉。道歉会使我满足的。给我道个歉能伤害祂什么："大卫，我对不起你。当我暗算你的婴儿时，我也不知道自己做了些什么。宽恕我吧。"

是的，就是暗算。为了让我悔过罪孽，善良的主把我的婴儿弄死了，那就是暗算，不是吗？上帝是个暗杀凶手，想象去吧。我不是对你说过我有《圣经》中最好的故事吗？我早知道祂是个暗杀凶手。祂迟早要把我们大家都暗算了，使我们复归于泥土之中，是不是？

所以我再也不怕蔑视祂了。祂大不了把我给杀了。

我把耶路撒冷据为己有，约押也不可避免地当上了全军统帅，我在军事掠夺中充分地利用了约押，这就是我对付他的办法。我们在战场上合作得很好，我的远征战役一个接着一个。在战争中他什么都愿意为我干，甚至为我去牺牲自己的性命。他十分周到地派乌利亚到亚扪人的城墙去送死。当时的那些战斗也使我非常欢喜，那时我还有精力参加他们的战斗。后来有一天在打击一股顽固的非利士人的小规模战斗中，我累得昏了过去，被亚比筛救了起来，就在当时当地，我手下的人对我发誓说："你不要再和我们一起出来打仗了，免得熄灭了以色列的希望之光。"

他们不过是策略地暗示我，我的右手已不听使唤了。那是末日的开始。在人生中总有这么个时候，我不再竭力地回避这种步步逼迫，不可必免的真理：你不仅是在变老，而且还在衰老，你已经踏上了下山的旅程，而且还没有一个旅行者能从这条路上回来过。

我过去喜欢战争是因为我总有信心轻而易举地打赢。那些战争几乎都是我蓄意挑起的，其中包括在利乏音平原上对非利士人的那两次决定性的战役。战争可以使我摆脱家庭。我的宫殿正在建造之中时，战争可以把我带到别的地方去，可以给我刺激，因为，再对你说句实话吧，我刚搬进耶路撒冷的时候，它也没有城市的模样。

耶路撒冷是猪圈、马棚子、肮脏闷热的垃圾堆。那些耶布斯人思想很有条理，把什么东西都弄得井然有序，可就是不爱清洁，早早就爬上床睡觉。这是一座邋遢、乏味、毫无生气的城市，是个神见了都会不安的丑陋的地方，它窄小，围着城墙，昏暗恐怖，令人生厌。耶路撒冷是拥挤恶臭的贫民窟。我带着妻儿老小到哪去住呢？到了周末我急不可待地独自到我乡间的帐篷去，或者整个夏季都出去打仗。一到夏季天就放晴，雨水也没了。我这么描述这座圣城并非亵渎，因为在我到这儿，把它建成圣城之前，它还不是圣城，直到我把约柜带进耶路撒冷安放在帐幕里，这座城市这才圣化了，这才成了一座神圣的城市。这帐幕是我为安放约柜专门建起来的。上帝禁止我建造一座大殿，但是在约柜的问题上却没和我发生口角。我带着那支壮观的队伍，米甲像只狷猁，旋风般扑向我，辱骂我在大街上向那些想看看国王身子是什么样的女仆们暴露了自己的身体，从此我与米甲的关系就永远地破裂了。我带着热烈的平均主义激情告诉米甲，女仆也可以看看国王，她们应该有机会再看看这个国王，我再也不和她同床了。那时，耶路撒冷当然成了西方世界光彩夺目的游览胜地了。在我建造起那豪华壮观的宫殿，使耶路撒冷成为一座众人瞩目的城市后，它才成了一座游览圣城。

我刚进耶路撒冷时，街道又窄又暗，低矮的泥土房子一间挤着一间，潮湿的气候使泥土脱落下来。排水系统令人厌恶，城市里臭气熏天，难以治理。忘了你听说的山野间清新的气息吧——我们那散发气味的垃圾，正在释放着恶臭，此外还有家禽牲畜和人的粪便的臭味。你以为我们点燃那么多的香，洒那么多香水是干什么？就连刺鼻的朽木烟和没药味也比我们的自然空气好闻。我没办法使我儿子们对解决排水问题发生兴趣。我把他们都宠坏了，从不让他们干重活。谁也想不出他们中哪个人会为了拯救自己或上帝的世界，走到泥土中去，踏坏泥，拿起坏模子。我对他们说，我从一个牧羊童开始自己的生活，他们听得越来越腻烦了。

"哦，不要再说了。"暗嫩说。

"又来。"押沙龙说。

我到达耶路撒冷时，城里没有空闲的地方。我先是住在一座城堡里，然后开始在米罗四周营造房屋。整个冬天，一切都是潮湿腥臭的。羊毛也干不了。白昼短得令人难受。好像是活在他妈的中世纪[1]里，我做的头一件事就是与推罗国王希兰签订建造宫殿的合同，因为他的人民能够制作木器，开凿石头，打制贵重金属。希兰国王给我派来信使，送来了许多许多的雪杉木，还有木匠、石匠、凿石方的人和铜匠，为我建造耶路撒冷最壮观的房子，那座宫殿。米甲要求为她和别的女人建一座后宫，在宫殿屋顶上建一个供黄昏散步的宽敞的平台，从这座平台上可以俯瞰全城所有的房屋。她以一个贵族的标准来衡量宫殿，认为那样才有价值。后宫本应建得大一点，像后来证明的那样，后宫里应该有通往某些单独房间的回廊通道，但那时谁知道我会像过去一样继续喜欢女人，甚至现在还喜欢她们呢？你可以回想起来，我从宫顶上看见了全身裸露的拔示巴。那一瞬间我的呼吸都停止了。一两分钟之后，我像被雷击了一样，突然深深地陷入情网，我曾把心送给女人，别把你的力量卖掉。可那不过是我在文学中装装样子，并没想让别人把它当成真理，我那一连串杰出的十四行诗中说到了白骑士和黑姑娘，那才是真话呢。[2]你想听听这个真人真事的故事吗？要是热恋的机会再次来到，抓住它，每次也别放过。你可能总是为它而悔恨，但你却找不到能抵挡它的东西，在你觉察不到的时刻，它就又来了。

作为我们合同中的条件之一，我给希兰国王派去了砍木头、劈石头的工人。是强迫劳动吗？我不能说这确确实实就是强迫劳动，反正都是一回事。强制去干活。所罗门告诉我说，要是他有权在我的王国里建造他自己的宫殿楼阁，连他自己也不知道会把它搞成多大规模。一千个妻子真的多吗？孔雀和无尾猴听起来与自己的身份不相称吗？这些不过是个开头。所罗门是个专抠真实细节的蠢货。我有时担心他是不是真会按他说的去

1　一般指476年西罗马帝国崩溃到1453年东罗马帝国灭亡，其间宗教势力猖獗，社会黑暗不堪。

2　大卫根本没作过十四行诗，这里可能是暗指莎士比亚的关于黑姑娘的十四行诗。

做。他要征募三万人到黎巴嫩去砍木头，也许派十五万多人从山上往下弄石头。

"那会弄来许多木材，许多石头。"我体贴地说，"这许多东西你怎么用？"

"用来建造。"

"造什么？"

"许多东西。一座崭新的宫殿，一座更大、更好的住宅，要用昂贵的石头，再镶上无数俄斐的金箔。除了最好的金箔外，别的金箔我一概不用。"

"为我建造吗？我很快就离开人世了。"

"为我自己。我要建一座硕大无比的后宫，比你的后宫要大得多，把我娶的妻子都装进去。"

"你真要娶一千个妻子吗？"

"整整一千，七百妻子，三百妃嫔，全要公主。要是我做了国王，我要想法娶法老的女儿。想象吧——我，犹大的犹太人，娶了法老的女儿做妻子。"

"你真那么喜欢女人吗？"

"不，我一点也不喜欢女人。"

"那你要那么多女人干什么？"

"我要把她们都操了。你逃离耶路撒冷时，身后留了十个嫔妃，押沙龙同她们睡了觉，你是怎么处理她们的？"

"我把她们关进了牢房，给她们吃的，直到她们死的那天才放她们出来，让她们像寡妇一样活着，一次也没和她们睡觉。"

"要是我就把她们都操了。"

"我可担心疱疹。"

"要是我就相信上帝，相信命运。我要在夏琐、米吉多和别是巴这样的城市里建上粮仓，我要给四百五十多匹拉战车的马各建一个马厩。它们在我们这里不太管用，这些马。[1] 我要为自己建一座圣殿，里面有黄铜祭坛，

_____
1 以色列多山，马拉战车用途不大。

从祭坛的这个边到另一个边要铸上十腕尺长的大海波涛，做上十二头向外张望的公牛。圣殿里还要雕刻张着巨大翅膀的掌管知识的基路伯，它们有十五英尺高，用橄榄木雕制，再镶满金子，雕刻上棕榈树和绽开的花朵，还有我圣殿的四壁、天棚全要镶满黄金。我要让人民在荒野中建起楼塔，挖凿水井。"

"干什么用呢？"

"我也不知道。"

"我曾经想过要建一座圣殿，"想起往事，一种惋惜之情袭上心来，"可是上帝告诉拿单说，祂不让我建造。'我要求过为我盖雪杉木的房子吗？'拿单告诉我，上帝就是这么回绝的，可我想，回绝本身要比祂说的那句话更有含义。我们是不是问了那么多问题？就连上帝也问了不少的问题。'你的弟弟亚伯哪里去了？'该隐杀了亚伯之后，上帝就这么问该隐。上帝知道吗？"

"我打赌上帝会让我建圣殿的，"所罗门夸口说，对我岔开的话题毫不理会，"拿单也这么想。你知道上帝为什么没允许你建圣殿吗？拿单告诉我说，那是因为你让人们流了那么多血，你发动了大规模战争。我用不着再去打仗了，感谢你，因为你把那些仗都打赢了。我要用从山上采集石头建造圣殿的墙壁和地基，在石头运到这里之前，就在采石场把它们凿好量好，这样建造时在屋子里就既不会听见锤子的声音，也不会听见斧子或其他任何铁器的动静了。这座圣殿将与世界共存。"

这些话全部出自一个吝啬鬼的口，着实令人吃惊。这个守财奴用护身符作为投资来阻止通货膨胀，每当借出或借进小扁豆和大麦的时候，都要在杯子里数一数。不管和谁在一起进餐总要和同餐者吃得正好一样多，不多吃也不多喝，就连和他母亲在一起用饭也是这种做派。

"这些是不是太铺张了？"我忍不住要问问这个白痴儿子，"你要怎样偿付这笔款子呢？"

"我要先收税，然后再消费，收税与消费。"他兴奋地答道。显然，我对建宫殿感兴趣,使他很受鼓舞。"要是不得已的话,我就把二十座城租借给推罗国王希兰,把以色列遥远的北方租出去,那里的人都不会留恋这些城镇的。我要从以色列全境征募三万劳工,把他们送到黎巴嫩去,每三个月中,我让一万名劳工干上一个月。他们一个月在黎巴嫩,两个月在家里。我还要把十五万人送进山里去凿石头往回拖。"

"真的吗?"我勉强笑了笑。我感到在他信口雌黄的时候,我的眼睛快要从脑袋里跳出来了。

"真的,"所罗门阴郁地答道,"七万人挑担子,八万人凿石头,正好十五万。我还要给希兰两万担麦子供他全家食用,年年给他二十份纯油。我要比你吃得还好呢。"

"你不在乎吃的。"

"那与宫殿毫无关系。"

"那样,你还要吃的干什么呢?"

"我必须像个国王一样活着,我要把以色列分成十二个行政区。"

"每个部落一个行政区吗?"

"每个月一个行政区。我要在各个行政区派上官员。我要让每个区为我和我全家提供一个月的食品,一年中每个人在他的那个月份都要给我供品。我每天要三十份好面粉,六十顿饭,十头肥公牛,二十头从牧场拉来的公牛,一百头牛,还不算公鹿、獐子和养肥的家禽,不要野禽,只要家养的。"

"这可不少啊。"

"我宁可浪费,也不能缺一样。"

"那些自己吃不上面包的怎么办呢?"

"让他们吃蛋糕,"他泰然自若地说,"人不是单靠吃面包活的。"

"这是以所罗门的智慧说出的吧。"我辛辣地评论说。

"谢谢你,"他答道,"我是从你那得到智慧的。"

"你这个人心好硬啊,所罗门。"

"再次谢谢你,我的心不会为人民流血的。我会用重重的轭套在他们的脖子上,用鞭子惩罚他们。"

"要是他们反对呢?"

"你已经统一了国家,集中了政权,巩固了统治。你有世界上人数最多的军队,每个路口都有驻军和民军,还有训练有素的雇佣军,在比拿雅掌握下的一支令人生畏的宫廷卫队,到处都是密探,你可以把这些都传给你的继承人。你现在就无忧无虑,非常舒服。"

"我还非常舒服?"我一语双关地说,"我已经奄奄一息了。"

"是的。"他机械地表示同意,"你是可以享受一切的。"接着他又像他母亲一样烦人,只顾自己往下说,对我的话并不理会。"我不会像你一样睡在毫无装饰的苹果木床上。米吉多的达官贵人的家具比我们的讲究。我自己也想睡在一张华丽的镶有象牙雕花的床上,屋子里要挂上豪华的泰尔红紫布帷幕。我要让各地的人都羡慕所罗门华贵的窗帘。我桌上的器皿,厨房的炊具要青铜、银子和金子的。我不喜欢泥制的。"

他说这话的时候,我正从泥烧长嘴瓶里倒出酒来湿润嗓子。"所罗门,"我一边和他说话,一边难为情地把泥瓶放到了一边,"你知道为什么我不宠爱你吗?"

"不知道,我从来都不知道我为什么不是你的宠儿。"

"我猜想你永远也不会知道。愚人憎恨知识。"

"我该把这话记下来吗?"

"随你的便吧。"

"那话是什么意思?"

"别想从我这儿知道。"

"你会告诉亚多尼雅吗?亚多尼雅是不是你的宠儿?"

"亚多尼雅就是不想学习,他也不是我的宠儿。我没有宠儿。"

"押沙龙是你的宠儿。我看得出来。"

"在押沙龙杀死暗嫩之前他是我的宠儿,所罗门,不要妒忌,你母亲告诉我你是省吃俭用的。""不错,"所罗门答道,"我很少花自己的钱,我投资的时候非常谨慎，我总是尽量把钱都积攒起来。但是花费国家的财富时，天边才是我的界限呢。"

"花国家的钱是为了国家的利益和上帝的荣誉吗？"

"为我个人的利益。父王，我只关心自己。对啦，还关心你。"

"关不关心你母亲呢？"

"我会为她做一切的。还有你。"

"要是你当了国王，"我把那个问题提了出来，"你母亲求你允许亚多尼雅娶亚比煞的时候，你会怎么办呢？"

"我会把他杀掉。"

"看得出来，你一直是这么想的。"

"我想了许多。我每天至少要思考一个小时。你知道我想的是什么吗？我想，要是上帝在梦中来到我身边，送我一件我想要的东西的话，我想我会选择智慧的。因为到了我有足够智慧的时候，我就会得到其他一切想要的东西。我还一直想着高楼大厦。"

"子孙和建筑会使一个人的名字传诸后世的。"我告诉他这道理。

"我就是这么说的。即使我的名字不是大卫，你的名字也不是耶西[1]。正因为这样，我才要建上一座圣殿，使自己的名字流传下去。"

"我过去也因为这个想为自己建一座圣殿。"

"我要建上一座又一座，"所罗门发誓，激动起来了，"我建造的一切都将远近闻名，与世界共存，都要起上我的名字。我还要为医院捐款呢。"

"人类建造的建筑只是短暂的。"我用嘲弄人的严肃口吻吟诵了一句，可他一点也没笑。[2]

"我的建筑将与世界同在，"他断言，"一万年，直到地球完全冰冻或者群星从自己的轨道殒落，直到弥赛亚到来，直到亚述人起来造反，或者巴比伦人强大得能推翻犹大为止。你知道，发生上面这些事情的机会是微乎其

1　大卫之父。
2　大卫的原话字面意思是"男人的勃起只是暂时的"。

微的。"

"有一次在亚扪，"我闷闷不乐地用另一个寓言来指教他，"我在一块古老的土地上遇见一个徒步旅行的人，他说有两条巨大的没有躯干的石腿立在沙漠之中。我自己亲自去看了看。在两条腿附近的黄沙中埋着一张被损的脸，紧锁的眉头，带褶皱的嘴唇，冰冷的脸上露出嘲弄的神情，让人想象他的雕刻者就具有我们看到的这些表情，表情存在下来，附在毫无生命的物体之上。在像基上有这样的话："我是万王之王，奥兹曼迪亚斯。功业盖物，强者折服。"[1]残像旁边，别无他物。残缺的硕大雕像四周空空荡荡，唯有孤寂的黄沙向远方展开去。"

"这是什么意思？"所罗门问道。

"你看不出其中的寓意吗？"

"我要在荒沙中建楼塔，开凿蓄水池。"

"那里没有雨水。"

"有没有雨水又怎么样？反正那里也没有人。在我离开人世之前，我将建起一座所罗门圣殿，一座所罗门宫殿，所罗门的马厩和所罗门矿山。别急，你也会出名的，在人都为我和我流传下去的建筑唱和散那[2]时，谁都会记得你是我父亲的。连日来，我要求自己每天至少思考一小时，可我的哥哥亚多尼雅却浪费自己的记忆力，就像押沙龙做的那样，把心思都用到五十辆战车和车前奔跑的五十个人上面去了。他还在铺张的宴会上耗费自己的精力，这些宴会像草芥一样短暂，不会给你带来荣誉。父亲，你会参加他的午宴吗？听说宴会上酒菜丰盛，所有的食品都要热的。这都是母亲告诉我的，她让我问问你去不去。"

我总是难以忍受拔示巴做别人的母亲。"我还没接到邀请呢。"

"我也没有，"所罗门说，"母亲也没有接到邀请，拿单和比拿雅都没有。这不像是亚多尼雅阴谋夺取你的王国的先兆吗？"

1　出自雪莱（1792—1822）诗歌《奥兹曼迪亚斯》，杨绛译。
2　赞美上帝之语。

"亚多尼雅不会的。他太懒惰了。告诉我,有人接到邀请了吗?他发没发请柬?定日子了吗?"

"我不知道。要是母亲没接到邀请,我是不会去的。当然了,除非你命令我去。"

"我还没有同意亚多尼雅举行宴会呢。"

"你是不是告诉他不要举行了?"

"是不是拔示巴让你这么问的?"

"母亲嘱咐我告诉你,"他有条不紊地说,"要是你说你方才那番话,我要这么回答,如果亚多尼雅能四处张扬说自己将做国王,他也一定会四处张扬说他要举行一次宴会的。"

"这就是她嘱咐你说的吗!"

"这就是。"

"所罗门,我聪明的儿子,你到底是怎么把这些话记住的呢?"

"她帮我写在泥板上了,她还把这小铃铛挂到了我脖子上,它可以提醒我去看泥板。"

"我迟早还要问问你那铃铛。我还以为是为了防止你走丢。你和你母亲是不是非常亲近?"

"我愿意相信我们非常亲近。"所罗门点头答道。"我们在一起的时候,她就坐在我的右侧。我们总是只把对方往好处想。她以为我是个神,我以为她是个处女。父亲,告诉我,"他一本正经地问道,"我母亲还能是个处女吗?"

"你把我给问住了。"

"她结过两次婚了。"

"我不能草率地下结论。"

"我一直认真地思考这个问题。"

"我闻到木头燃着的气味了。"

"我还一直考虑我将有四万匹马和一万两千名骑兵。我要说出三千句箴言来,我要作大约一千零五首诗歌。从但直到别是巴,等我能随心所欲的时候,要是给每个人留下葡萄藤,留下无花果树的话,每个人都将安全地住在葡萄藤和无花果树下。我要把一个婴儿劈成两半。"

"上帝呀! 你要这么做吗?"

"是的。"

"为什么呢?"

"让别人看看我多么公平。大家都会认为我非常公平。"

"大家都会认为你是个疯子,"我感到我得让他知道这一点,"要是你把今天你说的这些事当中的一件干了,你将作为有史以来他妈的最大的白痴留在历史上的。我不会把你的愚蠢向外人透露一点儿,你自己也不要对旁人讲。我们要把它秘密保存起来。"

"我想建一支海军。"

"哦,我的上帝!"

"我可以用驳船在海上把雪松和冷杉木漂下来,从——"

"亚比煞!"

我自己也侵犯过别人的权利,造过各种罪孽,但与我这个呆头呆脑的儿子挖空心思想出的山一般多的暴虐行径比起来,只不过是在狂风暴雪中放的几个屁。这个傻小子是我与拔示巴难以控制的性交产物。我们春天相遇,秋天结婚,那时乌利亚死了,她肚子里的那个婴儿刚刚大起来,后来婴儿也死了。在我们通奸之初,我们欲火中烧,昏头昏脑,过分的性欲要求令人吃惊,她和我都忍受不了分离的痛苦。我们不停地触摸,拧对方的手腕、屁股、胳膊、后背和大腿根。我们的五指一下一下地抓摸。我们要是不猛烈地拥抱,就是不停地温柔地触摸对方。我们总是渴望得到对方。

"我弄得湿漉漉的。"她常常这样叹气道。

我们纵欲放浪,在不同寻常的狂喜中重新去发现,去得到满足。别的女人吃多了就倒胃口,但拔示巴在最满足的时候还感到饥饿。怪不得我在耶路撒冷逗留的时间比计划又延长了那么多,直到拉巴城就要陷落,我才走进沙漠与约押合兵一处。

在建国之初，我还有许多异邦敌人。人的内心里存在某种东西，要求敌对的力量来平衡。没有这种东西，事物就不存在了。在内乱已被根除的和平时期，押沙龙举兵反叛了。押沙龙完蛋之后，示巴又起来造反。我很幸运，我的王国刚刚建立、政权还不巩固的时候，有那么多联合起来的外国敌人。

战争中的胜利也是令人欢欣鼓舞的。上帝与我同在。还想赌个输赢吗？我用了这么少的努力，几乎没有遭受什么挫折就征服了我的敌人，世人自然要得出这样的结论——上帝爱我，不论我扩张到何处，上帝都会用心保护我的。事实上亚扪人最后也败在了我的手里，在前一年的战役中，我为约押火中取栗，帮了他大忙，击退了那几个反对我却支持亚扪人的亚兰王，把他们打得屁滚尿流，从那以后亚扪人真的老实多了。最后的围城战只是耗费时间——给我足够的时间让拔示巴怀孕，干掉她的丈夫，因为他拒绝帮我去与自己的妻子睡觉。我现在不能想象，要是我不杀死乌利亚挽回面子，我怎么去对付那个不断扩散的谣言，又怎样去保住作为传奇式的宗教人物而赢得人们崇拜的那种魅力。与我对付的全部异邦敌人相比，西底家[1]在后来与尼布甲尼撒和巴比伦人的战争中遇到的困难就大得多了：巴比伦人在西底家眼前，杀死他的儿子们，然后又把他弄瞎了，用黄铜脚镣锁上。这是我们生活中的艰难时代，非常艰难的时代。我们玩着一决雌雄的游戏。

非利士人看到自己从前的附庸国不断进步并壮大自己的力量，越来越恼火，但是他们却迟迟没有采取行动来约束我，而我首先要进攻的军事目标之一当然就是非利士人。非利士人要做出个决定非常迟缓，因为他们从没形成统一的整体，可那时我们已经统一，而且更好地组织起来了。我知道，要想现实地把目光落到其他民族身上，向外扩张，就得先推翻他们的霸主地位。当他们准备好了，企图把我压下去的时候，我实际拥有的军队数量已超

---

1 犹大的最后一个国王。

过了他们。

当你考虑到非利士人统治的历史是那么长久，你就会发现我战胜非利士人的经过要比你猜想得还容易。我们的七年内战也没有白打：我现在有一支现役军队，在北方和南方每个大规模的部落群体中都有民兵，只要吹一声喇叭或公羊角就可以把他们召集起来，黄昏就可以出征。非利士人满足于以色列和犹大的分离以及它们之间的相互摩擦，满足于独霸沿耶斯列平原向北的设防地带。耶斯列平原从撒玛利亚开始，把加利利的群山切为两半，他们从这座平原可以攻入犹大各城镇。非利士人发现占领犹大的城镇是有利可图的。甚至我的故乡伯利恒当时也被侵犯犹大领地的非利士强盗所统治。

但是，现在的形势大不相同了。我们是不可分割的统一国家了。非利士人让我知道，他们对我做了以色列国王深感不安。他们看到我轻而易举拿下了耶路撒冷城要塞并在这里建都，巩固了我的统治，就更恼火了。他们派信使送来了最后通牒，向我表示抗议。我强硬地回答说，那是我先辈亚伯拉罕、以撒、雅各的上帝应许给我们的土地，要是他们看不顺眼的话，可以回到克里特或是希腊别的岛上去。

非利士人不但没有接受我的建议回到爱琴海居住地去——他们靠航海为生的祖先就是从那里迁徙来的——反而北犯耶路撒冷，在利乏音谷练兵布阵。这对我来说倒是好极了，因为非利士人从来就不会在山地作战。我为安全起见驻进了耶路撒冷要塞，传檄各处拿起武器。我充满信心等待人民出来参战，我的队伍越来越大。为了稳妥，我又和上帝说了话。

"我可以进攻非利士人吗？"我在一个僻静的地方求问上帝，免得被偷听，"祢会把非利士人送到我的手上来吗？"

"我会不会把非利士人送到你的手上。"上帝重复了一句，句子里没有疑问句的音调变化，仿佛我的问题既乏味又无必要。

"祢会不会呢？"

"你为什么还要问呢？"上帝对我说道，"进攻吧，进攻吧。我毫无疑问要把非利士人送到你的手上。"

就这样,我进攻了,我进攻了,因为当时上帝的诺言对我来说是够好的啦。非利士人几乎是随随便便地把军队带了过来,那架势就像小规模讨伐一样,人数并不使人胆怯。实际上这一次我们的数量确实比敌人多,我们迎头扑向敌人,把他们打得狼狈不堪——没有炎热的太阳、没有上天送来的狂风卷着雹雪电雷电把非利士人置于窘困狼狈的境地——这是我们不借天威打赢的第一个战斗。要是我们戴着帽子的话,我们会在这次胜利的鼓舞下,把它们都抛向空中。我们没有扔帽子,我下令把非利士人逃后留在战场的崇拜偶像——鱼神大衮,还有裸露着乳房、穿男人裤子的女神阿斯塔蒂的偶像,统统烧了。点燃偶像之后,看着它们随烟而去,我们又一次欢呼起来。

不久非利士人就回来复仇了。这一次他们编制齐全,成师、成营、成排地压了过来,他们编成队从沿海平原的居住地向北进攻耶路撒冷,抵达利乏音谷后又在那里摆开阵势,人数大大超过了上次,看起来很吓人。我们望着逼近的敌人,盼望打仗的约押高兴得浑身发抖。我还从没看到过一个人这么渴望战斗呢。

"他们都在这儿了!"他等不及了,拍着双手,鼻孔像战马一样喷出热气来。"让我们立刻冲下去吧,先让几十个敌人后悔一会儿吧。"

"我们为什么不让他们永远后悔呢?"我若有所思地说道。

"你这是什么意思呢?"

"我要认真考虑一下。"这将是一场大战。我从亚比亚他那儿借来了圣衣,独自一人走进林中,去请求上帝的保佑。我向上帝询问道:"我可以像上次那样冲杀非利士人吗? 祢会把他们送到我的手上吗?"

上帝答道:"不。"

我被惊住了:"不?"

"祢说'不'是什么意思?"我愤怒了,"祢不把他们送到我的手上吗?"

上帝接着说:"不要像上次那样进攻非利士人。"

"那么怎么进攻呢?"

"迂回到他们后面去，从桑树林中出击他们。"

"迂回吗？"

"迂回。"

"什么是迂回呢？"

"包围他们。伏击他们，激怒他们。"

"哦，主啊，我说了祢也未必会相信，"我说道，"我自己就有过同样的主意，穿过平原那边的桑树林，偷偷绕到他们身后，从桑树林里扑向敌人，从侧翼骚乱敌人。"

"对，你想得对。"

"哦，主啊，我担心的是，在我也从林中靠近敌人，准备进攻时会弄出响动来。能不能让他们听不见呢？祢会把他们送到我手上吗？"

"你不是问过这个问题了吗？"

"可祢给我诚实的回答了吗？告诉我会，或者不会。"

"我要把他们送到你手上，我要把他们送到你的手上，"上帝说，"你还想从我这儿要什么呢？"

"弄出的声响怎么办？"

"穿过桑树林迂回，我不是告诉你迂回了吗？你到达地点后等着。"

"等什么？"

"等风。不要弄出一点动静。你听到风声吹过桑林尖时，就行动起来。以晃动树枝为号，伴着风声冲出树林。你们扑到他们身上之前，他们是发觉不了的，这样，就把他们都送到你们手里了。"

我现在意识到，那是上帝最后一次和我说话。时间流逝得真快，三十年过去了，仿佛只是昨天的事。打那以后，我在自己的婴儿生病时，整夜躺在地上，对上帝做了七天祷告，除此之外，我和他又说了一次话。当时我搞了个人人反对的人口普查，上帝为此把瘟疫降到了全体以色列人头上。祂一会拯救我们，一会又杀戮我们。人民像苍蝇一样死于祂的瘟疫，他们的脖子周围戴上了亚麻布香袋，香袋里装着从隐基底葡萄园采来的凤仙花，可这些都不管用。凤仙花治疗流行性腮腺炎还可以，但对付不了淋巴腺鼠疫。全国上下尽是凤仙花的恶臭味。就连约押也因为我给人民登记和我发生了口角，其实这些人民都属于上帝，并不属于我的王国。

"摩西也做过，"我争辩说，"读读《民数记》，上面有记载。"

"你是摩西吗？"

不管怎样，我还是搞了人口统计，因为我需要这些记录来促进征兵和收税工作。是魔鬼让我干的。从但直到别是巴，男人、女人，还有小孩死了七万。当我看见屠杀人民的天使又把手伸向耶路撒冷，要毁掉这座城时，我为自己的罪恶忏悔了，我痛苦地喊叫："你要干什么，要干什么啊！哦，我犯了罪，我做了恶事。但是这些绵羊[1]，他们做了些什么呢？我恳求你，把你的手指向我吧，指向我父亲的家族。住手！住手吧！你们他妈的究竟是怎么啦？"

我也弄不准是在和天使说话还是和上帝本人说话，不管怎么说，上帝显然不想回答我，祂却温和地对天使说道："够了，你现在住手吧。"耶路撒冷在千钧一发之际被拯救了。上帝通过我的先知告诉我：把天使落过脚的打谷场买下来，在上面建个祭坛。最后只用了一个他妈的祭坛就平息了神的怒火。祂用得着那个祭坛吗？就像基列用不着香油，希实本用不着鱼塘一样。祂要这些祭坛干什么用呢？对于上帝和我来说，建祭坛是桩十足的蠢事。

在利乏音的第二次战斗中，我迅速地集结兵力抗击非利士人，密切配合，极其周密地实施了利用桑树林做掩护的计划。一切都应验如神。我们完成迂回后，每天一次的凉风从非利士人那边的海上吹拂过来，桑树叶子发出一片哗啦啦的声响，声音越来越大，我们在这骚乱声的掩护下向敌人推进。树叶的响声就是我们的信号。我们的脚步声被淹没在桑树林发出的呜呜声中，几乎是同时，我们带着震破敌胆的喊杀声从四处飞快地冲了出来，

1　指百姓。

猛扑向一队队身着沉重铠甲的非利士人。这些非利士人迈着沉重的步子，用老办法列成了一排排战斗队列，他们环顾四周……什么也看不见。他们毫无察觉，被打得晕头转向。这些非利士人一点头脑都没有，他们没有把队伍分成单独的纵队，继续北上围攻耶路撒冷，而是在同一个战场上，再次列成了同样的阵势，他们前不久才被我从这个战场上消灭掉一批。你还指望这些人有什么作为吗？他们屁股后面突然受到打击，顿时乱了阵脚，自相杀戮，除了掉头逃跑外，他们还能做别的吗？我们穷追不舍，我不满足他们的那五个主要城镇。我们从迦巴一路追杀到了基色，把他们打得一败涂地，最后无条件投降，彻底灭绝了他们的文化。

我在迦特设了执政官，掠夺他们的铁，掠夺他们的鱼，把他们的剑打成了犁铧子，把他们的长矛打成了修剪树枝的钩刀，除非他们也对我做同样的事，否则永远也别想发动战争了。我带走了他们的铁匠、冶炼工和矿工，命令他们教我们利用金属，我还征召了迦特人以太和六百名别的非利士人为我服务——就是这个以太，又一次被夺去了祖国，在我从耶路撒冷逃出时，我解除了他为我效忠的誓约，使他能在我的敌人押沙龙那里找个安全的差事，可他却偏要效忠我，他的忠诚真使我痛心。几乎是在一夜之间，我迈出了划时代的一步，进入了现代世界——我带领以色列人民摆脱了青铜时代，进入了铁器时代，这对我来说，真是个黄金时代。

现在，非利士人的铁和非利士士兵大大增强了我的力量，使我取得了一个又一个胜利。要记录下这些胜利是困难的。摩押跌进了我的控制之中，成了附庸国。我在以东和亚玛力人的土地上派了驻军。我从以东的亚喀巴弄来了铜和铁矿石，这是我们刚刚蓬勃发展起来的金属工业所需要的营养，金属工业很快便和我们著名的服装业在声誉和产量上并驾齐驱了。进一步扩张和掠夺供奉的良机就像银树上落下的金苹果一样落进我的怀里。当路过的商人在通往埃及的大路上报告说，亚兰的哈大底谢，琐巴王利合的儿子，要北上对抗哈马王陀以收复伯拉河边的边界地区时，我都不能相信自己竟有这么好的运气。他一北上，哥兰高地和其他北部边界实际上就等于无人防守。我已充分动员了军队，要寻找新的世界去征服。这是一次更艰难的角逐。好运气在勇敢者一方。

"命令人们佩剑，"我拿定主意要抓住这个机会，我命令约押，"告诉他们别和妻子睡觉。"

"真的吗？！"[1]

"不许，我不想让营地里不干净。"

"我们要去打仗吗？"

"去打哈大底谢。"

"谁？"

"哈大底谢。"

"哈大底谢？"

"哈大底谢。"

"噢。"

当时像这样的名字使很多人头疼，在我思索奥秘的过程中，我常常发现这样一个道理，像约瑟、摩西、亚伯拉罕、雅各、撒母耳和我这样的人，能够被命运选拔出来超出正常人的唯一原因，是我们都有一个地道的英国人的名字。它们容易辨认，人人熟悉。每当有人召唤我的记录官约沙法时，他都会吓得跳起一只脚来，这对我来说是毫不奇怪的，要是我的名字也叫约沙法或哈大底谢，我也会吓一跳的。

当我狠狠捅了哈大底谢一刀时，他便慌了手脚。因为我对他采取了突然袭击。我从他那里夺来了一千辆战车，七百名骑兵，两万名步兵。我决定留下可以拉一百辆战车的马匹，剩下拉战车的马匹都被我割了蹄筋。当大马色鲁莽的亚兰人来救援哈大底谢时，我们就像踏鸡粪一样直接冲进了他们阵营里，杀死两万两千名敌人。亚兰人成了我的臣仆，给我进贡，我掠走了哈大底谢仆人拿的金盾，把它们带回了耶路撒冷。我从哈大底谢的两座

1　原文字面意思为"没有屎吗？"。

城池，比他和比罗他，拿走了不计其数的黄铜。战利品是属于胜利者的。返回的路上，我在盐谷又杀了一万八千名亚兰人，为自己赢得了名声。我回过头向盐谷望去，那里到处都是残骨，我思忖着，这些残骨真的能活吗？那时在我看来，我所有的敌手差不多都不存在了。我在大马色和哥兰高地派了驻军，我知道亚兰人永远也不会给以色列人带来麻烦了。那又是非常愉快的一年。

我当然是一帆风顺的，因为在与非利士人的战争和降服摩押的过程中，我还把约柜搬进了耶路撒冷。米甲确实给我带来了无穷的痛苦，但是有的时候，一个国王也必须逆来顺受，把苦的当甜的吃。

当我摆脱了敌人，有时间松口气的时候，我可以悠闲自得地反思这前前后后的事情，估量我取得的所有战绩。我深有感触。我做出的业绩非同小可。从北部的伯拉河到南部埃及，从非利士人的海滨到东部的沙漠，除了那些分散的亚扪人居住地之外——他们还未成为我们眼中钉——地球表面存在的一切东西几乎都是我的。如果我愿意的话，我可以站在达利恩的峰巅之上，俯瞰我周围的任何一个方向，去做眼前一切的主人。难怪我对自己感到满足。我产生了一种不可一世的感觉。谁不会这样呢？我像只孔雀那么骄傲，因为我得到了一个佛蒙特一样大的王国，又创造了缅因州一样大的帝国！[1]

除了下坡路之外，无路可走了。

1　佛蒙特和缅因都是美国州名，王国指犹大王国，帝国指以色列联合王国。

第十章　我们赤身裸体

一个不相信爱情的人，发现自己深深地坠入情网，这真叫他吃惊。我们俩几乎每天都一丝不挂，有时一天三四次也不害羞。那是在杏花又盛开的时候。我知道这些都是他告诉我的。我等着他再说一些。约押的心里可没有多少诗情画意。通常他心里的事要比季节的韵律、春天的复苏更重要。大地已经吐出嫩绿，他用颤抖的声音告诉我，还没等我们转头望去，大地上又传来海龟的叫声了。

"那又怎么样呢？"我迷惑不解地问。

不能坐失良机。欧洲敞开了，亚洲也敞开了。既然我们有了铁器，他争论说，我们就该趁热打铁。

"急什么？"我问道，天气变暖使我懒散起来，"有必要吗？"

"英国人就要从树上跳下来了，"他告诉我，好像被吓着了，"德国人要从洞穴里爬出来了。我们现在不得不采取行动。可能还没等你明白过来，那里就出现了一场工业革命。进步能毁掉这个世界。说不定会有人发现美洲。这可不是危言耸听。他们将发扬民主，退回到资本主义、法西斯主义和共产主义。有朝一日他们会利用石油。要是他们利用了电，或是发明了内燃机，或蒸汽机，那将发生什么呢？你需要汽车吗？你需要呼呼冒烟的火车吗？那里可能出现集中营，甚至出现纳粹党。那里会有数不清的异教徒，他们可能不喜欢我们。他们会掠走我们的宗教，而忘了它是从哪儿来的。"

我挠了挠脑袋，这个东西是用来思考的。"你要怎么办呢？"

"这是我的计划。"约押打开了他的地图，"让我带上亚比筛和六百名可以信赖的士兵，这样的士兵跪在池塘边喝水时也不会放下手中的剑，像狗一样把嘴放在水上舔。我们要向北跋涉，穿过土耳其地峡，进入欧洲薄弱的腹部，扫光我们路上遇到的一切。一到那里，亚比筛将率领三百人向右转，向东进军，去征服高加索、印度、阿富汗、尼泊尔、西藏、西伯利亚、蒙古、中国、越南、朝鲜、日本和福尔摩沙[1]。当亚比筛在那里大显身手的时候，我要率领剩下的三百人向左转，向西进军，去征服从里海，甚至到黑海、乌克兰和巴尔干以南俄罗斯的其他疆土。我将拿下罗马尼亚、匈牙利、南斯拉夫、希腊、阿尔巴尼亚、意大利、奥地利、德国、法国、低地国[2]，然后再拿下西班牙和葡萄牙。我还要征服波兰，要是有这个国家的话。我要在直布罗陀海峡派上驻军，永达扼住通往非利士人海域的通道口。我知道你在想什么。"

"这计划听起来真够宏伟的。"

"你是不是在嘲笑我？"

"你可能会遇到抵抗。"

"难道我没想过这一点吗？要是我对付不了欧洲人，亚比筛就来帮助我。要是亚洲人太强大，难以征服的话，我就去帮助他。还有什么比这更清楚的？在打击亚扪人和亚兰人的时候，我不就是用这种办法取胜的吗？伊比利亚和法国陷落后，我要从法国的加来渡海到英国的多佛去征服英国人和威尔士人，然后再从利物浦起程去都柏林，征服爱尔兰。这以后我将回师穿过苏格兰，从福斯湾进入挪威的南部，沿海岸挥军北上，到达顶端后，再率军南下，穿过瑞典和芬兰。听到现在，你觉得怎么样？"

"犹太人吃的清洁食物该怎么办呢？"

1　十六世纪时葡萄牙人对台湾的称呼，又译为"福摩萨"等，意为"美丽"。
2　指荷兰、卢森堡和法国的北部。

"我们会带上山羊乳酪和大麦面包，带上一串葡萄干和无花果烤饼。在土耳其和希腊我们用枣和蜂蜜补充我们的给养。我不会忘了带上小扁豆和扁豆为我们提供蛋白质。在苏格兰我们将会得到熏鲱鱼和熏鲑鱼。在斯堪的纳维亚、荷兰和丹麦我们将有足够的鲱鱼和熏鱼。你想要的话，我就给你带些回来。俄罗斯有鲟鱼、鱼子酱，还有黑面包。"

"俄罗斯？你还要征服俄罗斯吗？"

"在我回家的路上。回来的时候，我要包围列宁格勒。然后我要拿下莫斯科、斯大林格勒、罗斯托夫、基辅和敖德萨。向南到土耳其，我将和亚比筛会合，吞并东方和亚洲的其他部分以后，我们一起回以色列，好赶上收获葡萄和橄榄，播种大麦、小麦和亚麻。还有什么比这更容易的吗？"

"你怎么从苏格兰到挪威去呢？"我不解地问。

"乘船去。"约押答道。"我们还没船呢，"我提醒他，"就算我们有了船，也不知道怎样驾驶呀。"

约押皱了皱眉头说："我怎么从法国到英国去呢？"

"或许你最好别去那里，你徒步穿过约旦进入亚扪，再把拉巴包围起来吧。"

"你在这等着。"

我知道接下来我就疯狂地爱上了。爱情的来临如同晴天霹雳一样。在我的屋顶上我像被钉住了似的一动不动地凝视那个裸体女人，像个狂乱放荡的疯子用歌声倾诉爱恋的情思：我把约押和仆人们派去攻打拉巴之后，我并没离开耶路撒冷，我定做了一套新夏装，正等着它做出来，这期间没什么激动人心的事可干。每当黄昏我就到屋顶上散步，任凭思绪漫无边际地游荡。我感到乏味腻烦。上一次我在耶路撒冷百无聊赖的时候，就把约柜搬进城来。我感到没什么更好的事可做，就决定迁移约柜，事后又与米甲大吵了一通，这次吵架最终结束了我和米甲的夫妻关系，也把我后来对她可能有的怜悯化为乌有了。与米甲的争吵实际上是因祸得福，因为那时我们彼此之间都已感到腻烦。

最诚实地告诉你吧，在我决定把约柜从迦特人俄别以东的家移到耶路撒冷的时候，连约柜是什么东西我都不清楚。我筹划安排了那支壮观的队伍，在队列前扮演主角的没有别人，只有忠诚的国王本人。但是有信仰的人们知道约柜是怎么回事，约柜对他们来说是至关重要的。这个国家部落繁多，难以驾驭，令人大失所望。我正努力团结所有的派系。我发现这时安抚一下宗教人士也没什么坏处，你以为上帝遇到了摩西和沙漠中的那些人带来了麻烦吗？我也曾忙得不可开交。约柜是刺槐木做的，据说在槐木柜中装着来自西乃山的那两块石板原品，上帝用手指在石板上亲自为摩西写了基本的十诫。谁也不许看约柜的内部，所以我们永远也不能肯定是不是这么回事。甚至谁也不许碰一碰约柜。这是我们从可怜的乌撒那里推断出来的。三个月前我第一次要迁移约柜时，厄运降到乌撒的头上。那次约柜装在两轮牛车上，当一头牛绊倒后，乌撒出于虔诚的动机本能地伸手扶住了摇晃的约柜。这一由无知导致的错误举动惹恼了上帝。上帝当时就惩罚了乌撒。他死在上帝的约柜旁边，也就是出发的原地。我写过，善良的动机铺平了通往地狱的道路。这是能公开证明约柜不可侵犯的一个小小的统计数字。我不想用不人道的办法去扩大这一数字。难道为了进一步验证，我还能请谁再去碰一下约柜吗？

在两次迁移过程中，我亲自视察了全部装运过程，并且仔细注意了细节。我不让用两轮车。公牛不可信赖。这一次，就像摩西根据上帝旨意去做的那样，我让人们把抬杠插进了约柜环，雇人做抬手，全部抬手都是利未人。他们站在约柜边上十英尺之外。约柜顶部精心雕刻着两个基路伯，头颈前倾，两面相对，拱形的翅膀生动地向前方伸展。利未抬手们带来了比牲畜更有趣的戏剧性效果。他们摆出许多炫耀的姿势给这次迁移增添了迷人的色彩。这是多么激动人心的一天！这次迁移把大卫城变成了上帝城。甚至到了今天，耶路撒冷仍然是朝拜中心。哪里有约柜，哪里就有上帝。约柜今天在什么地方，上帝知道。

几周前，喇叭长鸣，响遍大地，这声音通告所有在以色列的人来观赏我的游行庆典,要是他们不想失去观看的良机。这种机会不是每天都有。我们屏住呼吸,小心翼翼地尝试着从迦特人俄别以东的家里把约柜抬出来。从乌撒碰了约柜倒地身死之后,约柜就一直放在那里。俄别以东从那时开始繁荣起来。我的祭司们解释说,这是从上帝那里来的明显的信号,让我继续执行我的迁移计划。抬约柜的人走出六步,没有一个人出差错,这时我才知道我们可以自由自在地回家了。我喊了一声哈利路亚来赞美上帝,又祭献了七头小阉牛和七只小肥畜。接着就开始了庆祝活动。那一天,所有的以色列人都在上帝面前跳起舞来。就连我也被卷入喜庆的热潮中,不知唱了多少遍哈利路亚。我们在上帝面前和着各式各样的冷杉木乐器起舞,还有竖琴、八弦琴、手鼓、小号和钹为我们伴奏。在一片喊叫声和喇叭声中,约柜被抬进了耶路撒冷。这一天音乐轰鸣,到处是欢声笑语,你从来也没听过这么好的音乐,没见过这么欢快的场面。自从上帝的灵第一次在水面上运行,上帝说:"要有光。"于是就有了光。一直到现在,还没有过这样的音乐,这样的歌声和这样欢快的喊叫声。而我就在这里,在队伍前面领着人们在上帝面前跳舞。我身着上等的亚麻布长袍,披了一件亚麻布法衣,使足全身力气在上帝面前猛跳。

我快活极了。我知道在我使劲跳舞的时候,把自己的身体暴露给了城里所有的人。我不知道我在上帝面前跳舞时,米甲正从窗子里看我。她看见我用那种方式又蹦又跳,打心眼里看不起我。在我迈进家门时,她失去了自我控制,当着众人的面猛扑过来。

"我没法不当着众人的面,"后来她竭力用站不住脚的借口为自己辩解,"你再也不和我单独待在一起了。"

她又他妈的说对了。

这里首先举行户外庆祝仪式,人们尽情狂欢。上帝的约柜被放在帐幕中央,这帐幕是我事先命令仆人建起来的。我在上帝面前又献上燔祭与和平祭,又以他的名义祝福了人民。我分给所有的人——不论男女——每人一块面包、一大块肉和一壶葡萄酒。我要让所有的犹太人永远记住这一天。

全体人民都很感激我，纷纷散去，回了自己家。

现在是我回到自己的宅邸，享受自己丰功伟绩的时候了。我奔回宫殿去祝福我的全家，胜利的喜悦使我满面红光，欢快的舞蹈早已使我全身挂满了汗珠，光泽闪动，我心中洋溢着对全家每个人的爱。我的心在欢快地跳动着。我暗想，这一天我为我和我的上帝做得太棒啦。我一直带着崇敬和虔诚，在我跨进门槛时，我还这么想着。可米甲，那个扫罗的女儿，还没等我把心里准备的一连串美好的祝福说出一句，就向我扑了过来，像只发疯的野兽冲着我尖叫，脸上那副凶相，使我几乎认不出她了。和你说真的，我一时被她惊住了，僵在原处动弹不了，我被吓得目瞪口呆。她身上的美全消失了，再也没有回来。那以后，我总会看见她的脸上带着一副残酷和扭曲的表情，龇牙咧嘴，两眼冒着凶光。我不知道她是不是看到过自己那副样子，也不知道她是不是为自己这次大发雷霆后悔过。这是她最后一次伤害我的感情，当众侮辱我。尽管她的下半生因此变得非常凄苦，可我还是不能宽恕她。

"以色列王今日在臣仆的婢女眼前露体，"她就是用这种嘲弄的话痛骂我的，她把那些酸辣蔑视的恶语一股脑地喷到我的脸上，好像我不是她一连串恶骂中影射的国王一样，"如同一个轻贱人无耻露体一样，有好大的荣耀啊！"

我也怒气冲冲地回敬了她，"我是在上帝面前跳舞，他没选择你父亲，也没选择你父亲家族中的任何人，而是选择了我，让我做他居民的统治者，让我来统治以色列。我不是在你面前跳舞，所以我还要在上帝面前跳舞。要是我愿意的话，我还要脱光身子呢。你刚才说的女仆们会崇拜我的，滚回你的住处去吧。要是没有允许，别用你的影子再来遮蔽我的门。"

她就这样被赶跑了。我再也没有和她同床。正因为这样，扫罗的女儿米甲到死的那天也没生出个孩子。

尽管如此，这也不是我从她那儿听到的最后的咒骂，因为她无视我的禁令，还在找我的麻烦。令人无法忍受的是，我天天都能听到她的音信。她每小时都打发人送来恐吓我的记事本，说她愿意忍受什么不愿意忍受什么，还有无尽无休的指责和声明。我给拔示巴一个雪花石膏浴盆,她也想要一个。她还要得到适合女王用的梳妆台,古香古色的餐桌,要更大更亮堂的房间在后宫接受他人的拜见。我常常想把她赶到后面的房子去住,这样我在去其他妃子住处的路上就可以不再碰到她。她要我给她派去更多的女仆。她的女仆没有亚比该多。亚比该在我们结婚时带来了五个美人,供她身边使唤和给我换口味。这五个女仆都是可爱的小美人,其中的两三个为我生了孩子。米甲无休止的暴怒和恶骂,就像在谴责什么超自然的该咒骂的东西一样,总是在我的宫中可怕地回响着。有的时候,我被烦得真想当个聋子。别以为我现在听不到她的声音了,别以为我看不见那张苍白、阴郁的脸,像石头一样绷出一副痛恨和愤世的表情。蜜月是一去不复返了。

我把约押派去攻打亚扪。他离开后的一个黄昏,为了摆脱另一个妃子令人恼火的牢骚,我从床上起身快步登上屋顶,寻找安静,同时也躲避房内灼人的炎热。我看到了那个令人销魂的漂亮女子,她正在离我不足一箭远的屋顶上洗澡。她发现我正目不转睛地望着她。她像只松鸦一样赤身裸体,毫不胆怯。她对自己裸露的身体并不感到害羞,或者说,她对我傲慢的目光也不羞怯,这个女子真是美极了,非常美。实际上,为了让我从正面更清楚地看到她丰满的小腹和毛发浓密的阴部,她稍稍向我转过身来。我不否认我被她迷住了,当我们的目光碰到一起,牢牢地盯住对方时,我们已经心心相通了。

"是我的双眼欺骗我吗?"我轻轻地自言自语,"还是这个姑娘真的皮肤白皙、金发碧眼?"

"你的双眼没有欺骗你。"我忠实的仆人比拿雅诚实地答道。

我派人去了解这个女人。我几乎喘不过气来,一步也不能动弹,呆呆地望着她把肥皂沫擦在她上身圆圆的小山上和舒展的峡谷里,而后又冲洗下去。她的动作是那么迷人。我已经渴望去这山上和谷里放牧了。我的的确确知道我很快就要在那上面吃草。她光着屁股站在陶制的盆里,馋得我直流口水。她一直挑战似的斜着眼睛凝视我。我从没见过这么美丽的女人,那以后我也没见过，甚至包括她本人。我的那个东西不知不觉硬了起来。我要用力把它插进那个上等白亚麻布夏裙里，把它插进这个不害臊的陌生女人的身体里。她是谁呢？在我等待结果的时候，我们长时间用淫荡的目光互送秋波，至于她是谁越来越不重要了。

那时拔示巴的一切都是奇妙的，具有刺激性的。她成了我的情妇，我能从近处仔细端详她之后，她的肉体还是那么诱人，使我久久迷恋。我以前从未见过这么别致的乳房：它们不大，乳头是粉红色的，而不是死树叶一般的褐色。她长了一双最奇怪的眼睛：它们是蓝色的。我从未见过这么独特的皮肤：它实际上是白色的。她的双腿更是与众不同：又长又细，标致迷人。她本人——我不知道应该怎样描述这惊人的现象——身材高大，几乎和我一样高。她的骨盆宽大，臀部丰满，身体健壮，一点也不像东欧人。她长了一个小巧、笔直、好看的鼻子，鼻尖稍稍翘起。尽管她身上有这么多与众不同之处，但并非让人看了不舒服。事实上她长得还挺妩媚的。她头发的颜色又古怪又不均匀，已经现出蜂蜜一样的淡白色，更漂亮些的辫子像干草一样是灰白色的，辫子里还掺杂了几缕黄色的头发。我们结婚后，有一天我碰见拔示巴正刻苦地搞试验，她想把珍珠菜和藏红花调制的颜料涂到头发上，把头发染成金黄色。我屏住气息琢磨拔示巴要搞什么名堂。拔示巴正努力把自己变成一只大蜜蜂！在娶米甲和拔示巴的这段时间里，我娶完了自己所有的妻妾。尽管亚希暖和米甲这两个妻子皮肤够黑的了，但我还是缺少一个地道的黑皮肤的妻子。

米甲是多么妒恨她呀！当时她那带褶皱的臀部和身体的其他特征，使别人不得不多看上几眼。她比别的女人更知道怎样使男人快活。毫无疑问，如果现在她自己愿意去做的话，她还会使男人高兴的。由于使用过度，她的两半屁股上都有伸缩后留下的痕迹。

米甲，还有那一大群同样住在我家中的妻妾，是多么痛恨和厌恶她呀！现在她们和米甲同样有权利住在这里。我的妻子、嫔妃和女仆的名单越来越长，我们相互嘲弄对方时从来也叫不全她们的名字。这个太吵闹了，那个气死人了，这个打呼噜了，那个不爱洗澡了，这个又洗得太勤太费水了。她多么讨厌呢。米甲嘲笑我那文雅的亚比该土里土气，不会生养。那些漂亮的贴身女仆生出孩子来，她都痛苦得不得了。亚比该的那些女仆是她带来伺候我们两人的。

"把种子扬到地下也比撒在娼妇的肚子里强。"这是她反复教授我的格言之一。

这句话说明她什么也不懂。

米甲总是不厌其烦地告诉我，因为我与其他像荡妇似的妻子在一起胡混，而不在她身上多花时间，她是多么鄙视我。她满腹牢骚，高声谴责我。她是多么渴望能生个孩子啊！她用力关门，两脚踩地，把镜子、胭脂罐和香水瓶打得粉碎，好像暴风雨般地发脾气就能生出孩子来似的。我一遍又一遍地告诉她怀不了孕，她跟两个男人结过婚还没有孩子，她可能不会生育了，可对她说这些又有什么用呢？

"我为什么不能怀个孩子？"她厉声说，"我和别人一模一样。我和你结婚的时间比别的妻子都长，对不对？我还是个国王的女儿呢。"

"你现在太老啦。"我和蔼地告诉她，尽管以前劝慰的效果都起了相反作用，但我还是希望能用温和的回答使她消气。"你在二三十年前就该更多地考虑这个问题，可那时你还不愿意一个月弄两次。"

"那与这事没关系，"她立刻反驳我，"我现在就和你同床。"

"现在太晚啦。你已经过了年岁。"

"撒拉怎么能生呢？她养孩子那年都九十多岁了，我现在和她那时没什么两样。"

我慢慢地摇了摇头。"上帝爱撒拉，亚伯拉罕爱撒拉。可没有人爱你，米甲，连喜欢你的人都没有。你以为我喜欢你吗？"

"我和她同样有被人喜欢的权利。她父亲是国王吗？"

"撒拉活泼，喜欢笑，"我开始争辩，"就在上帝给了她允诺之后，她还笑来着。因为这个才给孩子取名以撒——以撒的意思是'他欢笑玩耍'。她甚至还为这事开了个玩笑。你从来都不笑，也不玩，你连个笑脸都没有过。"

"有什么值得一笑呢？"米甲说，"我为什么要有笑脸？每次我四处找你，你就又和那个妓女弄到一起。她为什么弄出那么多声响？"

"不光和她有声响。"

"这事不用你说我都知道。"

乌利亚死后，孀妇拔示巴在我家中安顿下来，成了我公开宠爱的妻子。每次米甲在后宫一看到我，就像猫头鹰一样尖叫。我曾尽力劝说拔示巴待在宫外做我的情妇，可她不买账。

"我偏要做王后。"

"我们没有王后。你为什么要做我的妻子呢？我已经有七个了。做妃子进来吧。"

"做妃子不光彩。"

"你为什么偏要进宫呢？宫里臭气熏天，你没闻到吗？这里吵吵嚷嚷，尽是人。即使对我来说，住在这里也够糟糕了。你在外面会更好。"

"我想做国王的母亲。"

"这不可能。"

"我会做你最好的妻子。我要有自己的浴盆和宽敞的工作间。"

"待在原处吧。我会给你钱安顿住处的。你要什么有什么。"

"孩子怎么办？"

"在外面生吧。让他们以为你是个妓女。"

"这不行。"

"你一旦进了宫，就别想出去了，你不知道吗？你将永远别想和另一个男人性交。"

"永远吗？"

"嗯，差不多吧。"

"我要冒这个险，"她坚定地说，"我不喜欢和你秘密见面，好让你觉得我们的关系可耻。我要让所有的人都知道我是谁。"

"可是,偷来的水甜,在暗处吃面包……"

"请你别再和我说这个了!"

米甲所不能忍受的侮辱是,拔示巴进宫时已经怀了孕。我们的婴儿死了以后,她的肚子很快又鼓了起来。

拔示巴一进后宫就随随便便,像在自己家一样,她的到来确实使那里的一切活动呈现出欢快的气氛。米甲总是气得脸色铁青。现在我可以为此而大笑了。每当我设法从她们俩的眼皮底下溜过去,到别的妻子那里放荡一会儿时,她们就情绪激动,乱哄哄地跟我吵上一架。进后宫时,我要是被米甲发现了,就不得不用手指堵住耳朵,快速穿过她的房间。亚比该和我见面时,总是友好地说上几句话,彬彬有礼,为我送上一杯山羊奶,还有大麦面包和蜂蜜。我总是告诉她在我回去的时候我可能愿意和她在一起重新提提精神。亚希暖还是老样子,你不和她说话她也一声不吭。玛迦仍然一个希伯来字母都不认识。说到我其他的妻子,我从来也记不住谁是哈及谁是亚比她。我大多数妻子长得看上去都差不多。我好不容易走过这些妻子的房间,要是我还想到别的房间去,要是运气不好,没赶上拔示巴打盹或专心致志地染她的头发,或是聚精会神地干一件她称之为创造的冒险工作,我就不得不担风险了。她两手放在屁股上站在过道里,举止威严,以至于用不着挡我的去路。

"你知道自己在往哪里去吗?"她总是这样追问,"你立刻跟我进来。"

"真见鬼。"每次她半路拦住我时,我常常这样自语道。我知道在别处不会比在她那儿更痛快,我也知道接下来要发生的事情是我们又要快乐地喊叫着,激动地来上一次,让这个疯狂的野兽仰面躺倒,满足她两回。我也着实得到了乐趣。

她总是性欲旺盛,随唤随起,就像最地道的异教徒一样。月经不停,怀孕也不停。那时,除了在她分娩期间,我想我们没有一天不性交。直到最后有了所罗门,她才决定不再那么做了。谁知道发生了什么?当她做了母亲,着手她真正的事业,也是她一生的工作。做母后的时候,她的性欲完全消失了。现在的工作当然是当母后，保住她自己的性命。

出宫的时候，我怎么也躲不过米甲的恼怒，她在这时即使没见我进去，也听到了我和拔示巴的那特殊的喧嚷。"今天以色列的国王多么神气呀。"我会又一次听她这么奚落我。她总是毫不留情地申斥我，像个没被邀请参加洗礼仪式的可恶的女巫。"刚才你跟那个肮脏无耻的畜生一样的妓女一起干呀干呀的，你不知羞耻吗？好容易干完了，你还有点脸没有？你知道我是多么瞧不起你。从我这儿滚开吧，离我远远的，你让我作呕，令我生厌。你为什么不和我多待一会儿？你为什么从不到我的房间来，偏到别人的房间去呢？"她从来也没想过道歉、邀请，或诱惑我过去。

"太烦人了，米甲，"我教训她，但并不发脾气，"我怎么能和你在一起呢？你是个泼妇。你成天就是指责呀、喊叫呀，再不就是要这要那，牢骚不断，什么也不能使你高兴，什么也不能使你高兴太久。"

"我嫁给了你，"她理直气壮地答道，"要是丈夫干了妻子不赞成的事，妻子有权抱怨，不对吗？"

"米甲，米甲，"我试图耐心地解释，"我现在已经娶了十三、十四，可能是十五个妻子了。要是每个妻子稍有不满就发牢骚，我就没时间做国王了。"

噢，我把咒骂都倾泻到了推罗国王希兰的头上，因为他给我后宫提供了不实用的建筑方案——如果诅咒是煤的话，早就把这国王烧成灰了。当他们的建筑师把我后宫的设计图拿给他看的时候，他的脑袋哪儿去啦？在他的屁股上，这就是他脑袋待的地方。难道他自己没有后宫吗？他当然更了解后宫。你会感到惊讶，要去拿一块肥皂或打一盆清澈的水竟要走那么远。哪儿有不受打扰的安静居所呢？四处都是嘈杂的声响。我要在众目睽睽之下进进出出。许多次当我走出后宫时，聚在木栏大门后的妃子们都发出一阵女人特有的那种呐喊和哧哧的傻笑声，有时候是一阵充满热情的掌声，真令人尴尬。要是为了性交把拔示巴带进我的住宅，我会招致另一个危险。我一下子就从她身上发现了这一点——她一来就不想走了。在我宽敞的房间里拔示巴毫不羞耻地尽情享受。她喜爱那张大号的床。

"我至少可以在床上舒展双腿，来回打滚翻身啦。"她这么说着。像懒猫一样高兴地从喉咙里发出低沉连续的叫声，用手挠挠肋骨，再挠挠大腿根里面。"让我住在这吧。让我做你的王后。你不会后悔的。我要为你做这些事情——我也不知道这是些什么事。这些事会使你哼起调子，唱起来的。"

"把她接回来，"我命令，"我现在要唱歌啦。"

我可不是才出世的婴儿。

即使在开始的时候，那时我们还是在宫中我的房间里秘密相会，她张嘴就要没有先例的特权和奖赏。她要我公开爱她，要在与宫殿毗邻的一幢楼里为她自己建个工作室。我还没听说过这样的建筑格局。

"哦，大卫，你非常清楚我在说什么，"她不耐烦地指责说，"既然你知道了最美妙的性交是怎么回事，你是不会离开它的。"

"最美妙的性交吗？"

"就是你已经从我这得到的，"她冷冷地告诉我，"可别把它忘了，你会天天想见到我的。我们不在一起的时候，我就干自己的工作。"

这也是件新鲜事。什么工作呢？她什么都想试一试，想要独立地挣得一份收入。结果徒劳一场。她想织布，想写作，还想画画。

"画什么？"我确信能挑她的毛病就立刻指出，"我们是不许画画的。"

"画我的脚趾甲。"她说着，伸出脚来让我看。她想要许许多多的化妆品。"给我买一切一切。你不喜欢这种新颜色吗？这是我把朱砂红、品红、樱花红、猩红和酱紫色混在一起调出的颜色。我叫它红色。"

我当然给了她工作室。要是她坚持写作的话，我可能迟早会为她提供她急于得到的文字信息处理机。乌利亚死后，她作为我最新的妻子搬进了我的后宫——她到最后也不同意做我的妃子，也没有接受我的劝说，在宫外做我的情妇——我立刻给她提供了多余的房间做她的画室和工作间，或者二者兼之。她希望举办工艺品讲习班，可是其他女人没有一个对学习感兴趣。我给她买了一个陶工旋盘和一座室内小窑，因为她对陶瓷制品和景泰蓝产生了浓厚的兴趣。我把它们作为生日礼物送给她。她还要更多的东西：黄玉和蓝宝石。我又给她买了用来磨光钻石的工具。后来她发现自己生产的东西卖不出去，退一步说她也做不出什么了不起的东西，两只手还得整天劳累，忙个不停，而这些工作正在弄坏她的指甲，这样，她的兴趣就大大减弱了。她又开始琢磨着发明内衣了。

"什么是内衣？"

"先让我发明它再说。"

然而，她要了那间婚前工作室，这倒十分正确。我们把它当成了秘密相会的爱情巢穴。就像我常对她说的那样，偷来的水喝着香甜，偷着吃的面包更令人惬意。我担保那是我的亲身体验。我常常妒忌她的工作。我爱上了，摆脱不出来。分离产生妒忌，爱像死亡一样猛烈，忌妒像坟墓一样狠毒。

还有一件事情她也是正确的：一旦我意识到与她相爱了，一旦我从她那知道最美妙的性交是怎么回事，我确实每天都想见到她。我必须尝尝那最美妙的性交的滋味。那都是她的话，不是我的。她教会我怎么说，怎么想淫秽的事情。我那诱人的、恭维的、性感的、淫荡的恋人在爱的语言和爱的所有方式上是再自然不过了。对我来说，她的许多爱的言辞和方式都是了不起的发明创造。

"你愿意干我屁股吗？"有一天她正屁股朝上趴着，我的一条腿随便地跨在她身上。她这样请求，把我吓了一跳。

你可以相信，我被她吓坏了。"说这话可太可怕了！"我真不能相信，立刻发起火来。

"那是我不让你干的事，"她坚定地对我说，"我现在是在告诉你。"

"谁愿意干那事呢？"我追问道，"这是我听到过的最肮脏的事。"

"反正我也不想干那事。"

"这种事提也别提。你到底从哪儿学的这么下流堕落的主意？"

她一点也没不安。"从一个迦南女友那里，我知道她从前是个妓女。我们是好友,在一块儿长大。"

"想这种事儿,你真该替自己脸红。这事可太坏了。太坏了! 这种事如此肮脏,而我们却还没有限制它们的法律! 仅仅这个主意就是堕落!"

"按照你的路子来吧。"她懒洋洋地咕哝着。

我确实按照我的路子和她性交了,许多许多次。但主要是采取了教会规定的姿势,而且她使我认识到自己是响当当的男子汉,多亏她主动说出了这番贴心话。她说我有个粗大的家伙——实际上我的上身像个埃及人,阴茎像驴的一样,精液像马的一样。我庆幸一番之后,还得学习更多的东西。

"拔示巴,拔示巴,"我用满不在乎的口吻戏谑地问她,尽力掩饰内心的疑惑,"你从哪知道这么多埃及人的事儿?"

"我知道你是不会相信的,"拔示巴答道,"我是从另一个迦南女友那听来的,她也是妓女。"

"又是个妓女吗?"我嚷道,"你交这么多妓女朋友要干什么呢?"

"学习呗,"她答道,"谁还能比妓女更好呢? 妓女又怎样? 大卫,我知道,你如果和个妓女待在一起,要比和我这样的人待在一起更好。雇个妓女用一个面包就可以了,但是一个奸妇却是追着要男人命的。"

这话打动了我。"你从哪里弄来的这句至理名言?"

"我编出来的。我现在研究箴言了。"

"没写诗歌吗?"

"你说过我不是那块料。"

我很高兴终于把她从那块能发挥创造力的天地里赶出去了。她认为自己可以用左手敏捷地写出诗歌,这使我感到恼火。

"写诗歌甚至连押韵都用不着。"她曾经告诉我。

"上帝是我的牧者。"她第一次在我面前显示自己作品的时候,被我嘲弄了一番。"你疯了吗? 你还要怎样离奇古怪? 这是废话,拔示巴,纯粹是废话。你的比喻天赋到哪去了? 你把上帝变成了劳工,这实际上是亵渎。不要要什么? 你这是在提出问题,而不是回答问题。你至少要把'要'字去掉一个,省下一个音节。你以为我所有的诗歌都太长了吗?"

"有些诗歌是杰作,"她平心静气地说道,"但是,像你写的所有作品一样,过于冗长是它们的通病。"

这个不要脸的、傲慢的杂种。"说不要会更好一点。"我耐着性子,坚持客观地评价,"'他也不让一个人躺在绿色的草场上'。你究竟是从哪弄来的这些怪主意?"

"你在屋外睡过觉吗?"

"只是被迫的时候。我对迫使我在外面睡觉的人没有好感。"

"绵羊可在户外睡觉。"

"我们不是绵羊。整个概念就错在这儿。还有另外一个大错误。或者是'死亡之谷'或者是'死亡之影',不能二者同时出现。不能说'走过死亡之影之谷'。哦,别写啦,拔示巴,放弃吧。你没有创造诗歌的脑袋。你认为写诗是件容易的工作吗? 回去搞你的流苏花边去吧。"

"我能有一个雪花石膏浴盆吗?"

"你也愿意要个雪花石膏浴盆吗?"我在出后宫的路上顺便去看看亚比该时问道。

我必须承认,当亚比该婉言谢绝,对我温柔地说她已经够幸福了的时候,我的头脑里就有许多词组联翩而至,我的诗才很快就使我得出了具有独创性的命题:如果母牛能满足,那么绵羊和山羊也能满足。或许从我妻子拔示巴那些傲慢的杂乱无章的言语里能发现一个好主意的萌芽。我一直感谢拔示巴,因为她太不专注,对我们谈论上帝与牧者的细节一点也记不住。

就这样拔示巴没有再去写诗歌和箴言,而是搞起了内衣发明。与此同时,我的建设能力也被刺激得奔涌而出。这种能力常常是伴随爱情的喜悦而来,我也投身于自己的新的创造活动中去了。几乎没等你明白过来,我已经把圣堂里的音乐师们组成了行会,然后我又做了更多的事情:我把歌手安排在祭坛前面,这样她们的嗓子就会唱出甜美悦耳的歌曲,每天都唱出赞歌来。当拔示巴忙于发明内衣的同时,我发明了唱诗班。我建成唱诗班之后，立刻热情地工作起来，使唱诗班发挥作用。还不到两周的时间，我就创造了《B小调弥撒》、《莫扎特安魂曲》和《亨德尔弥赛曲》。一天，我急匆匆闯进拔示巴的房间，要用口哨吹给她听我新创作的、充满激情的《"哈利路亚"合唱曲》，但我并没有唱多少。当她抛掉外袍，露出她里面穿的紧贴皮肤的一件衬衣时，我停住了，目瞪口呆。那是一件去了上部、像浪涛一样晃动、肉皮色的衣服，质料相当薄，几乎透明。这件衣服系在腰间，在两条大腿根那儿绕了大半圈，垂下两个来回晃动的圆筒子，看上去又滑稽又荒唐。

"你喜欢吗？"她问我，摆出了一副诱惑人的姿态来显示自己。

"那是什么？"我问道，"你问我喜欢不喜欢，是什么意思？"

"内衣，"她告诉我，"我发明的。这是衣服。"

"男人穿的还是女人穿的？"

"这有什么不同呢？"

"不同之处多着呢，"我解释说，"男人永远不该穿属于女人的任何东西，反过来也一样。"

"谁说的？"

"《申命记》里说的。"

"我一点也不在乎它说什么，"她挖苦我说，"我会在这些内衣上赚一百万元。每个女人都会需要它们的。我将需要一千台缝纫机。"

"发明出来。要是我能发明内衣，你就能发明缝纫机。这些内衣不可爱吗？叫它们灯笼裤吧。"

"灯笼裤？"

"难道它们没使我焕发青春吗？"

"要这些灯笼裤干什么？"

"使我更性感，使女人更能吸引男人呀。我还有小一点的内衣，上面镶了花边，我叫它们紧身短裤。我把那边那些内衣叫做女子游泳衣。它们能不能吸引男人？"

"我怎么知道它们能不能吸引男人呢？把它们脱下来，让我们上床。"

"它们吸引男人了。"

她一分钱也没赚着，很快又要求别的东西了。但是她提出的任何物质要求都比不上她和我同床。第二次怀孕后她开始紧催我给她的东西。

"我们为什么不能指定这孩子做国王呢？"在行割礼的时候她又一次建议，显然是在欺骗我。

我们只是叫他所罗门。

当打探的人给我带回消息说，我一直渴望得到的这个女子是以连的女儿拔示巴，赫人乌利亚的妻子时，我第一天几乎不想和她睡觉了。乌利亚是我的忠实仆人，就在我与拔示巴见面的当天，他还在战场上为我打击亚扪人呢。赫人乌利亚？我该怎么办呢？你知道，我不是完全没有良心的人。我开始时的那股激情弱了下来。可是就在这时，魔鬼在上面说话了，要重新鼓起精神，这至少给了我一点鲁莽行事所需要的勇气，使我迎着这个鼓手的阵阵击鼓声冲上去。让我公平地对待魔鬼吧。

"去弄倒她。"我听出这命令里似乎含着嘲笑和讽刺。"占有她，你这个呆子。继续前进。把她的肚子弄起来。你不是想得到她吗？傻瓜，还等什么？你不是国王吗？"

"是你吗，上帝？"我胆怯地问道。

"我是梅菲斯特[1]。"

"哦，胡说，"我失望地咕哝着，"你要抽去我的灵魂吗？"

"我需要灵魂吗？"他嘲笑着回答，"我要恶作剧。我要的是大笑，乐趣。我要观看。把她带到这儿来。快点。在她擦干身子进屋之前，我只想看着那对奶头。哦哦，哦哦哦，哦哦哦哦！"

"这合适吗？我可以那样做吗？"

"你当然可以。你不是国王吗？"

---

1 《浮士德》中的魔鬼。

"法律上说没说不行？"

"要是法律禁止这事儿，这法律就是头傻驴。上帝创造了你们男女，对不对？"

"我该怎么办呢？"

"你需要什么？去吧，弄倒她。把你那个东西用力插进去，深深地插进去。"

我和谁去争辩呢？

谁能顶得住这么美妙的劝说？

就这样，我派人把她从侧门带进我宫中的一间屋子里。按照他们的吩咐，她戴了一块面纱，披了一块披肩。因为她已洗去了身上污秽的东西，我当天就和她躺到了一起。把她送回家后又思念她，所以我第二天又和她睡在一起。接下来一天又一天，因为她每离开一次，就加重一分我对她的思念，也就越想让她回来。她每次到我这儿来都洗去了污秽，我们都习以为常了。即便不这样我们也不在乎。干净，不干净，这有什么呢？不管怎么说我们是在干那种事。七天里我天天都跟她睡觉，接着我又和她睡了七天。就是这样，我不能不想她，或者说不能不想和她在一起，甚至也不能听不到她的声音。我渴望得到她。我不能把她从我的心里抹掉。在一整天所有的事务中，她总是闪动在我的大脑里。我的注意力在别的事情上怎么也集中不起来。

"我以前从没这种感觉。"我坦率地承认，像战败者一样叹了口气。

这样我每天早晨都派人把她接来，然后下午再接一次。因为我发现自己总想让她在我的手上，让她湿润的嘴唇贴在我的嘴上，让她温暖的呼吸吹到我的脖子上。像后来发生的那样，几乎是转眼间，她就向我索要以前任何女人都没要过的无数的东西。

"现在，大卫，"第一周还没过去，她就严肃地对我说，"我们要怎么办呢？你要决定一下。"

"关于什么？"我们面对面地站着，我一点也不明白她的意思。

"关于我们。你知道,你不想没有我。没有男人想过离开我。"

就像后来使我懊丧的那样,除了乌利亚,没有一个男人不想和她在一起。

"我将娶你做妃子。"

"我不当妃子。你忘了我是有夫之妇。乌利亚回来怎么办?"

"我封他为一百万人的统领,再把他派到外面去。"

"我还有一件不喜欢的事,每次把我带到这儿来的时候,你尽力把我当成陌生人,周围要是有别人,你从不摸我或吻我,除非我们单独在一起。你从来都不说爱我。"

"你疯了吗?"我嚷着,实际上我都不能相信我的耳朵了。"我是结了婚的男人! 我不想让米甲、亚比该、亚希暖、玛迦、哈及、亚比她或以格拉发现我们的事。"

"这有什么了不起的?"她气冲冲地辩驳说,"难道你认为其他人就不知道你为什么把我带到这儿来吗?"

"因为通奸,你可能会被石头砸死。"

"你也可能。"

"我是男人。而且我还是国王。我不想为这事儿有一句谣言。"

"那就给我个住处,你到那儿去见我。你会常常想和我待在一起的,就连你自己也会为此而惊讶。"

我常常想和她待在一起,我们两人中谁也想象不到我多么想和她待在一起。有时,她责备我不打招呼就闯进她的房间,打扰了她的工作。我想这是真的——在我遇见拔示巴之前,我喜欢我的女人们要胜过她们喜欢我,我同她们躺在一起得到的乐趣要比她们从我这儿得到的乐趣多。拔示巴性欲旺盛,她至少和我同样想性交。我很快发现了拔示巴身上别的古怪的东西:要是我的性欲高潮来得不能像我希望的那么快,她自己就像雌狐狸尾巴上系的一串鞭炮那样,在自己高潮到来时爆炸起来,还伴随着那些绝妙惊人的喊叫声,这喊叫声激动人心,谁也比不了,已经引起了邻居们的议论。

谁曾听到过这样的喊叫声呢？她说那是她的性欲亢进。我给她无数的东西，她却用针尖大小的东西来奖赏我。

"我和你在一起的时候，才弄出了这些声响。"她在极度疲劳中常常这么说，这种疲劳里还有困惑不解和心满意足的成分，她那白中透黄的脸上还挂着一片粉红色。"唔！"

她有使我舒服的窍门。这是女人身上的无价之宝，它给我们猛烈的性交中又增添了另外一种色彩，这也给我的表扬增添了光辉。她说我长得像个埃及人，有一个驴样大的阴茎，精液像马的一样。男人受到这样夸张的赞赏，可不是每天都有的事。

"我第一次看到它的时候是你在上帝面前跳舞的那天。"她承认说，这使我大为吃惊。"你在队伍的前面拼命地狂舞，在全世界面前裸露自己。我看得清清楚楚。我不得不相信你妻子是个幸运的女人。我嫉妒她。我忘不了你荡悠的那东西多么好。就是在那时我拿定了主意要见你。一个国王和他拥有的那些东西——谁能抗拒得了呢？所以我每个黄昏都在房顶上洗澡，以此吸引你。"毫无疑问在我把目光落到她身上的时候，她的身体在以色列是洗得最干净的。

在最初那些充满罪孽的任意放荡的幸福日子里，我们违反了许多法律。那么多时间，那么多次我们把自己的腰部弄得汗水淋漓，头发松散地垂着，全缠到了一起，油、汗水和香水也厚厚地粘到了一处。她的腹部就像明亮镶满蓝宝石的象牙，她的两颊如同撒满香料的苗圃和可爱的花朵，她的双唇好似百合花，这就是我的恋人，她使我认识了那么多东西，使我的灵魂中充满了难以描述的甜蜜——她教会我说"我爱你"而不做作，她教会我把手轻柔地放在她身上，也不管别人是不是在一旁看着。我永远也满足不了。当我们在一起的日子就要到来的时候，我抑制不住渴望的心情，急着要再次闯进她的花园，品尝她令人愉快的水果，我急着去狼吞虎咽，但从没吃得过量。她比我更惊诧地发现，她自己不久就成了更可能问这句话的人，"我什么时候再来见你？快点好吗？"

开始的时候几乎总是那么快。我从她身上得到的乐趣是我认识的其他女人不能给的。那时她清楚地意识到，她爱上我了，甚至现在她也不否认。我也爱着她。一想到我爱着她，我就产生了一种美好的感觉。对我来说，她的皮肤就已经是最美丽的奇迹，那布满细汗毛孔的光润薄膜为我描绘了她那无与伦比的特征。她的皮肤点缀着一些标记——痣、挠痕和丘疹——她与我那完美无瑕的亚比煞不同，亚比煞身上一个斑点也没有。这些都无关紧要，我崇拜的是她这个人。我喜欢触摸她。我一次次凝视她，她也深情地望着我作为回应，她的眼睛都快把我吸进去了。甚至连她的膝盖骨、弯曲的双胫和一双大脚也令人激动，仿佛这世界上只有她具有这些造型别致的优美的特点。我喜欢在她赤身裸体时凝视她。我喜爱端详她戴着眼镜，手指紧捏木箍，全神贯注地在睡衣或灯笼裤上刺绣。我最喜爱凝视她那张小巧的脸庞，凝视那双调皮、诡谲的蓝眼睛，我还喜爱专心致志地从她脸上露出的那下意识的似笑非笑的模糊不定的表情中，辨出细微的差别，看看她在算计些什么。我珍爱她撩人的圆圆的臀部。我不能相信或不习惯从她身上体验到那种软绵绵的情感。我的心中充满了对她的幻想。我每天清晨醒来后的第一个愿望就是给我宠爱的人打个电话，把我崇拜的和猥亵的爱恋话语留在她的答话机上。当然啦，我们那时还没有电话，也没有录音机。我整小时一口气不歇地把她搂在怀里，我要在一生中的任何一天按照自己的意志和她躺在一起，我以为这是天经地义的事，然而当女人的那种厄运来到她身上时，我只有失望地冲着厄运高声喊叫，因为我得停止与她性交，那不幸的一天终于来了。我无意识地对她的状况表现出一种厌恶，她起先对这些只是稍稍感到惊讶，接着她听我继续喊叫，就拿出一副幽默的嘲讽的表情对待我，别人通常用这种表情对待愚蠢的道学家。

"你想怎样就怎样。"她说。

她摆出了不屑一顾的架子。这架子真傲慢，竟使我感到自己拙嘴笨腮，被她赶到了防守的位置。"你会不舒服的。"我胆怯地辩解说。

"这又怎么样？"她说道。

"我们真的能那么干吗？"

"谁来阻挡我们？"

"要是有人发现了，我们会被隔离七天，不许见人。"

"谁能发现？要是有人发现，我们倒有更多的时间待在一起了。"

"真的行吗？"我天真地问道，"在你的月经期里？"

"就是不行，还有法律限制吗？"

"不粗俗吗？"

"不粗俗。"

"你以前干过吗？"

"每个人都过于谨慎吗？"

"要是你的脏东西沾到我身上怎么办？"

"用水洗掉。"

"我七天里就不干净了。"

"别四处嚷嚷。"

"我躺过的床可就不干净了。"

"这事也别四处嚷嚷。"

"我拿不定主意是干还是不干。"

"按照你自己的路子来吧。"她懒洋洋转过身子，剩下我傻乎乎的。

这一次我是按照她的路子来的，当然，又是以教会规定的姿态。只要一想到我在做什么我就感到那么快活——mirabile dictu[1]，我没被打死，也没被隔离——以至于我急不可待地盼望她的月经再转回来，好按照她的路子再来上一次。啊哈，没有如愿以偿，因为最妥善的计划也会出差错。逾越节到了，没有庆祝就过去了，信不信由你。然后，她的月经没有按期出现，却从她那里来了四个简短的字，这四个字即使在最乏味的婚前生活中也一定会引起惊人的反响。拔示巴捎信来说：

1　拉丁语，"说来倒也怪"。

"我怀孕了。"

"真她妈糟透了。"这就是我自己大声喊叫的方式。

——个怀了孕的女友粘到我手上了。流产当然是非法的,而拔示巴又不是那种富于自我牺牲精神的女人,会不顾自己的安危替我冒险。拔示巴和自己的丈夫已将近三个月没同床了。这比押尼珥被害还使我尴尬。我该如何是好呢?

"这一次,"我警告她说,"他们可真会用石头砸死你了,因为你犯了通奸罪。"

"他们也会砸死你的,"她答道,"你也犯了通奸罪,你甚至还觊觎你邻居的老婆。"

"我是男人。他们不会为这事用石头砸死男人。"

"你以为这就能帮你的忙吗?书上写着,一个男人与另一个男人的妻子犯了通奸罪,男奸犯与女奸犯都要被处死。那男奸犯指的就是你。"

"你怎么知道这么多呢?"

"你以为我不会到书上查吗?我喜欢了解自己的权利。你遇到的麻烦同我一样。要是一个男人与嫁了丈夫的女人一起睡觉,他们两个都该死。你在书上也能找到这话。你最好快点想出个主意来。"

"好吧,我还是国王,我决定谁该被砸死,谁不该被砸死。"

"你认为你能逃脱吗?"

"你不会点出我的名字。"

"别打这个赌!"

"把乌利亚给我找回来!"我不得不承认是我发出了这声喊叫。

因此,可怕的不幸事件像一部复辟闹剧似的不可避免地发生了,它不停地恶化,毫不留情地变成一片骚乱,接着演变成了一部悲剧,在这部悲剧中我被难以忍受的痛苦折磨着。我被迫屈从于最糟糕的现实,由于我的罪过,我刚出生的婴儿就得生病,注定要夭折。拿单就是这么说的。这可怜的小东西浑身发烫,干渴饥饿使他消瘦下去。他正在枯竭,就要剩一把骨头了。我看不下去了,就像一千年前夏甲不忍心看自己的孩子一样,她把自己的男孩以实玛利放在一片灌木丛下面,自己到一箭之外坐下来,因为她不能在旁边看着他死去。那时以实玛利都十三岁了,已经能嘲笑以撒了。可我的婴儿这么弱小,还发着高烧,那还没睁开的眼睛像没有用处的小肉球一样。七天里我的脑海中无数次回响着那位埃及女仆夏甲说的那些古老而动人的话。她因为年轻的儿子而被逐出亚伯拉罕的怀抱,被赶进了别是巴的荒野之中。她随身只带了几块面包和一瓶水,这瓶水很快也用光了。

"不要让我看见这孩子死去。"

但是上帝把生存作为礼物给了夏甲。

"起来,抱起这男孩,用你的胳膊抱住他,"上帝从天堂对夏甲喊道,"因为我要给他一个伟大的部落。"

上帝许诺了,一个伟大的部落,它的手将总是反对所有的人。

可对于我,祂连时间都不给。祂弄死了我的婴儿,又一次施展了神秘的手段。我怎能忘却呢?拿单告诉我上帝会忘记的。尽管我现在感到比以前更需要上帝,我对上帝的思念之情比我能告诉祂的还要深。但是,我还没有原谅祂杀死我的婴儿。我不相信祂已经把我给忘了。

我借口要了解前线的情况,差人传令约押,派乌利亚离开亚扪战场回来见我,我这么做毫无恶意。我想让乌利亚做的不过是与拔示巴睡觉。要是我能和拔示巴睡觉的话,他为什么不能?我打算像欢迎英雄一样欢迎他,用点葡萄酒撩起他的欲火,让他在他妻子,我激动人心的情妇身上放荡放荡。还有什么比这更宽厚的呢?我要通过这种办法,遮掩城里没去参战的人的耳目,不让他们知道我和拔示巴那令人尴尬的失礼行为,因为他们现在对我们这段韵事的真相还一无所知。除了乌利亚,这对任何人都是个顶好的主意。我那灵感中的谬论就是这自我欺骗的想法,这想法在初恋的男人中并不少见。其他一切喘气儿的男性都像我一样渴望得到发泄激情的目标,对性如饥似渴。可乌利亚偏不这样。去想想那情形吧。

他被领到我的面前时,要直接与他的目光接触我都觉得困难。"进来吧，我的朋友，进来，我的伙计。"我亲切热情地招呼他，我想用这满腔热情使他感到无拘无束。"进来吧，我的乌利亚，洗洗你的脚。把你找来我真有说不出的高兴。"这些话倒是真的。"把一切都告诉我，告诉我在亚扪的拉巴又发生了什么。需要我去吗？"我对我要求他描述的问题根本不关心，可他却滔滔不绝地告诉我，我们的人打得多么出色，尽管进展缓慢，可我们的运气正在变好。我几乎一句没听。送急件的信使带着消息一天往返好几次，就连安息日也没停止过。"好啊，好，好。"我催促他用更快的速度说完，因为我急着要把他抛到拔示巴的床上去，就像我自己那么经常地要和她在一起一样急切。"现在来点葡萄酒吧。你带来了我想听到的报告，你让我很高兴。现在休息一会，坐下休息。再洗洗脚吗？"

"我想它们已经够干净了。"

"我也是这么想的。现在回家去休息吧。快活快活。我要派人从我的厨房给你和你的妻子送去一大块肉，好好吃上一顿。"

"我不回去。"乌利亚坚定地说，这倒使我吃惊不小。

"为什么？"我喊道。

"在你的军中尽职的时候不能回去。"

"你只当自己这一夜从我的军中离职了，"我说道，不自然地笑了起来，"你爱喝这葡萄酒吗？再来点。把这一瓶都喝了。送肉的时候，我再派人多带上几瓶。乌利亚，现在回家吧。他们告诉我你的妻子很可爱。现在回家享受她去吧。给她好好来两下子。你有这权利。现在离开我，回家到你妻那儿去吧。"

你以为他会迫不及待地抓住这个机会吗？他又喝了些葡萄酒，终于迈着沉重缓慢的步子离开了我。好像是喝多了酒，走痛了脚一样，顺着风摇摇晃晃地走去。他走了之后，我松了口气，自己从瓶子里喝了不少葡萄酒。但是这个故意作对的杂种羔子没有离开宫殿，却在离一座城门不远的地上躺下来，要与在那里守卫的其他士兵一起过夜。我发现后，立刻向他奔去，再也不能那么过度为自己庆幸了。

"乌利亚，起来，回家去。"我开始用一种威严的命令口吻训斥他，但是说到第二个或第三个字的时候，这命令就完全变成了可怜的乱七八糟的请求了。"为什么要在这里，不会不舒服吗？"

他答话的时候，喷出一股酒气，胸脯一起一伏。"我的以色列和犹大的战友们正在住帐篷，我不能回家。"他宣布说。这使我感到惊愕。

"你睡在这儿对他们又有什么好处？"我和他讲道理，"回你的家去吧，回到松软漂亮的床上。回到你丰满、温暖的妻子的怀抱里。我已经派人送去了吃的和醇美的葡萄酒。为什么要做蠢人呢？"

"不行，"乌利亚模模糊糊宣布说，"我的大人约押，还有我主人的仆人们都在露天宿营呢。我应该回到自己的家——"

"对，回你的家去。"我答道。

"——去吃喝，去和我老婆睡觉吗？有你在上，"他发誓了，"有你的灵魂在上，我坚决不回去。"

"回去吧，请回去吧。"我恳求着，同时努力约束着自己，否则在这种无能为力的困境中就会紧紧抓住他的脖子，把他掐死，或者抓住自己浓密的头发，把它们都揪下来。"乌利亚，请回家去吧，"我低声说，"你的战友会希望你过得痛快的。因为除了吃喝快乐外，一个人就没有更好的事去干了。你不知道这些吗？再喝些酒吧。"他不听劝说，我最后只好送他回家了。

把他灌醉其实是大错特错了。我本该想起来的。就性而论，酒精可以加速欲望产生，但它却能削弱行动的力量。他又猛劲喝了一大口，然后咂咂嘴唇，我的心也颤动起来。他痛饮了第二口之后，快活地喊了一声，移动着身子跳起了东倒西歪的水手号笛舞[1]。他一边跳一边高兴地狂喊，一直到绊了自己的脚，差一点头朝下摔了一跤。我都要气疯了。他又喝了一大口，然后我发现这个麻木的傻瓜把和我有关的一切都忘到了九霄云外。我只能站在一旁看着他瘫在地上，嘴里唱着一首下流的跑了调的叙事曲子，什么某处

1　一种英国水手跳的舞。

有个姑娘,曾让他弹奏她的铃咚嘟。

"铃咚嘟?请问那是什么东西?"

但他已经醉过去了,剩下的我也不比他清醒。

我们这么背运也使拔示巴大为恼火。面对一个离开三个月左右却又不想与她睡觉的丈夫,一个火焰般性感的女人还能产生别的感觉吗?

"乌利亚是个异教徒。"这是她紧闭的嘴里迸出的报复性的责骂,她说话的时候,我仔细地在她的身上寻找我以前可能没注意到的缺陷,赫人乌利亚比我更熟悉她的身体,知道它们在哪里。"你想,他能在亚扪搞别的女人吗?我打赌他一定干了。"

"你可能说对了,"我欢快地答道,"他唱的歌里有个曾经让他玩她的铃咚嘟的姑娘。"

"那是我。"她简洁地答道。

我们决定要留他在耶路撒冷再待些时候,至少一个早晨,可是接下来的一天更令人恼火。我们开始时还算顺利,他前夜喝多了酒,一觉醒来,昏头昏脑,正处在没有记忆的状态中。

"哦,伙计,我一定很不得体。"他不安地咧嘴笑了笑,向我道歉,"我一点也记不住昨晚干了些什么,一件事也记不住了。"

我立刻有了希望。"什么也记不住了?"

"对,什么也记不住了,"赫人乌利亚使我放下心来。"我拿定主意要躺在你宫殿的地上,与那里的卫兵一起过夜,不回家去睡。那以后我干了什么事,我一点也记不住了,都忘了。"

现在我感到我的希望死去了。"但你却记住不回家睡觉了,是不是?"你这个喝醉了酒的王八蛋,我心里补了一句。我想不起来还有什么人使我这么沮丧。

"给我点酒来解解酒行吗?"

"乌利亚,现在回家吧。"我像父亲一样命令他,假装用力拽住他的肩膀,摆出在这个上帝的世界上最慈善的暴君的架子。"你家里有的是葡萄酒，是我昨天派人送的。回家去吧，立刻回去，马上走。洗洗脚，它们又脏了，你瞧瞧这脚。对我们二人来说，这已是长时间的战役了。我同意你回去纵情享受一番。是的，你得到我的批准了。我派人给你送去享受的东西——那些食品，那方子肉——要是你今天不享用的话，会变坏的。"他特别固执，就是不听我的恳求，像一根呆头呆脑的木桩子，站在那里一动也不动。"他们告诉我，你的妻子漂亮，漂亮着呢，"我开始换了个法子，"她正在家里渴望你回去呢，她身上穿了一件敞开的束腰外衣，里面衬了一条迷你超短裙。这短裙刚好悬在她性感的膝盖上面一点点。你睡觉的时候，她派人打听你了。她派人打听你许多次呢。她特别多情，他们告诉我，她在充满深情地等待你哪，噢，多么多情呀。难道你不喜欢她吗？"

"我爱我老婆。"

"那就回家跟她睡觉去吧。"

你这个讨厌、愚蠢的孽杂种，我暗自骂个不停。你为什么不帮我摆脱困境呢？

"绝不可能。"他自豪地高声宣布说，胸脯挺得老高，就像为禁欲和荣誉的生活光荣地奉献自己一样。"以色列和犹太的战友们住在帐篷里，在亚扪的野外宿营，我不能和老婆睡觉。我马上动身回到队伍里去。"这不可能！你别想回去！"不，我善良忠实的乌利亚，"我说，"你现在不能回去。我要你带上信件回去，这些信件明天才能写完。你必须再待上一天一夜。你只当自己在休假。你有这次机会，你的战友会希望你轻松一下，和你的妻子快乐快乐，别让他们失望。他们会为你喝彩的。如果你不和妻子睡觉，怎么有脸见他们？要是你不为这么迷人的女人尽一点男子汉的义务，你会给他们丢脸的。我听说你的妻子很迷人。别人告诉我她妩媚，充满了活力。她看上去热情奔放。哦哦，哦嗬哟嗬，哦哦嗬哟嗬，你个杂种！回家吧，乌利亚，马上回家，跑回去！按我告诉你的去做吧。现在回家到你妻子那儿去，回到她的铃咚嘟那儿去吧。"

"要是和她睡了觉，我就不干净了。"

"原来你是怕不干净。"

"要是和她睡了，我再过三天才能上战场。"

"为什么？你是个异教徒，你甚至也不是犹太人。"我用刺耳的声音提醒他。

"我最好的朋友中有几个是犹太人。"

"回家玩你老婆去！"我喊叫起来。

"有你在上，"他一边摇头，一边坚定地发誓说，"有你的灵魂在上——"

"我会宽恕你的。"我又控制住自己的脾气，对他微笑着许诺。你个讨厌的杂种，我心里咒骂他。"我会立刻允许你回去参加战斗的。"你这个卑鄙的杂种。"所以请你回家去吧。"我故意眨眨眼睛，凑近前去，直对着他的耳朵说："啊，我可以想象你的妻子正躺在床上，盼你回去呢。在你这么长时间离开她以后，她正在甜蜜地叹息，甜蜜地呼吸，想象着她渴望送给你的爱。哦，乌利亚，我多么嫉妒你，多希望能是你呀。"我真诚地引诱他。嘶嘶作响的毒蛇低声发出的声音也不会比这更具诱惑，伊阿古[1]也没这么邪恶地费尽心机。"我打赌，她的双唇像一丝红线。我能想象出她的样子。她的腹部像百合花边的一堆麦子。她大腿的结合点像手艺人精巧的工艺品，她的乳房像藤子上的串串葡萄。她美丽，你的爱，看哪，她多么美啊。我打赌她身上没一个斑点。"我知道她身上有许多斑点。"她的双眼就像水边鸽子的眼睛，用牛奶洗过的，均匀标致的眼睛。她的牙齿像整齐剪过毛的绵羊。快回去吧，乌利亚，快回去吧，因为你的爱人对于你来说如同一头狍鹿或是香料山上的小公鹿。"

"我还能喝点葡萄酒来解解酒吗？"

这又夺去了我的优势。我把瓶子递给了他。尽管我整天都不停地劝他回去，可我也快要气馁了。一点乐趣也没有。我甚至和他一起吃饭，一起喝酒，每吃一口饭就重复一句："乌利亚，回家吧。"——和他做伴同和所罗门做伴一样——所有劝说的话都无济于事，我甚至又把他灌醉了。"乌利亚，

1　莎士比亚剧本《奥赛罗》中的邪恶人物。

回家吧。"我缠住这倔强的傻瓜不放,直到嗓子都喊哑了。反复地劝说使我厌烦了,"乌利亚,乌利亚,回家干你老婆去吧。"可是黄昏来临,他离开我的时候,还是没有改变主意,他又去和我的卫兵一起睡在宫里,没有回家。我郁郁不乐,坐着喝起酒来,直到把屋里的葡萄酒都喝光了。

除了我已经做的,我还能对乌利亚做些什么呢?要是我能遮掩这个政府的丑闻,对国家的统一不是更好吗?谁能因为我努力做这种尝试而指责我呢?要是拿单对我说的是真话,上帝可以指责我,就像后来发生的那样。拿单总是不停地梦想一切,因此,在某些时候,某些事情上,他就得是正确的。拿单是我知道的唯一能梦见上帝的人。我们其他人睡觉时心里总压着更紧迫的事情。

我不知道是谁的主意,把乌利亚送到战场毁掉。让我们称它是魔鬼的伎俩吧,不过,拿单告诉我灾难即将来临的坏消息时,他对这个辩护不以为然,但到底是我让乌利亚带着信回到约押那里的。信上说:"把你的赫人乌利亚派到战斗最激烈的前线,然后你就撤退,这样他就可能被刺中而死掉。"约押遵命把乌利亚派到勇猛的士兵战斗的地方,在那里我的一些仆人倒下了,赫人乌利亚也死了。

就这样,在漫长的战争中,充满爱国激情的赫人乌利亚成了又一个为了他的国王和国家而捐躯的人。

刚刚祭奠完赫人乌利亚,他的怀了孕的孀妇就成了我的妻子,搬进了我的王宫。她自己在后宫里占用了最大的一套房子。当她听说我最近弄到了大量的雪花石膏石后,就立刻要求定做一个浴盆。

我的烦恼过去了。

它们才刚刚开始。

我做的这件事得罪了上帝,祂借惩罚的引子杀死了我的婴儿,尽管我永远也不能原谅祂,但我也不能说上帝这一行动是不公正的、惨无人道的。

在与拔示巴和她的前夫这段经历中,我所触犯的全部法律我记不住了,也放弃了记录它们的努力。我触犯了《利未记》中的几条法律。我希望不论是拿单还是上帝都不要知道我触犯过这些法律。在同拔示巴享受的无法想象的狂欢中，我不止一次地担心，我滥用了上帝的名义。伙计，我们有法律吗？——约束一切的法律。在我放弃记录我所触犯的法律之前，我数了六百一十三条戒律，对一个其语言中没有书写的元音，全部词汇仅有八十八个单词，而其中又有十七个单词可以被解释成上帝的同义词的社会来说，六百一十三条也是相当不小的数字了。

我引起了上帝的不快。当拿单露面告诉我即将来临的惩罚时，我感到怀疑，但并没有十分惊讶。我使上帝大失所望。但这与上帝不久就要采取的使我失望的手段则大不相同。

"上帝是怎么发现的？"我问道。

"祂有祂的办法。"

"上帝在该隐杀了亚伯以后，不知道亚伯在哪里，祂也不知道亚当吃了禁果以后，藏在了哪里。"

"这是些诓人的话题。"

"上帝用什么语言对你说话？"我问，这倒是我诓人的话题。

"当然是用意第绪语了，一个犹太上帝还能用别的语言说话吗？"

如果拿单说上帝用拉丁语说话，我就会知道他是在撒谎。他开始时讲了那个寓言——我厌恶他还有什么奇怪的吗？——一个穷人唯一的一只母羔羊被一个拥有大群羊的富人夺了去，用来款待一个来访的行人。听完后，我就先判了那个富人的死罪，这时拿单高兴地攻击我说：

"你就是那个富人！"

"这又会怎样？"我带着宿命论者的口吻问，"我想这是以不义对不义。是以眼还眼，以牙还牙吗？"

"差不多，"拿单说道，"上帝会让惩罚与所犯的罪过相称的。"

"他不能再宽容些吗？"[1]

1　这句话的直译是：(被人打一耳光后)再转过一面脸让人打。

"你别逼我发笑了。"拿单像我儿子所罗门一样，总是专横地对待我那些更简洁的俏皮话中所包含的双关的智慧，拿单现在正同所罗门结成联盟，这联盟也未必就是真的。"你是不是藐视了上帝的戒律，在他的眼前胡作非为了？"他晃了一下脑袋接着说，摆出了说教的样子，吐字时装出一副在牛津受过教育的样子。"你是不是夺了赫人乌利亚的老婆来做你的妻子，又借亚扪人的剑杀了他？所以现在，刀剑之光将永远不会离开你的家族。听着，这是上帝说的，我要从你自己的家里挑起邪恶反对你，我要从你眼前夺走你的妻子，把她们送给你的邻居。他会在光天化日之下与你的妻子胡来。因为你是秘密地跟他人之妻睡觉的，我要你的邻居和你的妻子在全体以色列人面前，在光天化日之下睡觉。因为你干的那事让亵渎上帝的敌人抓到了把柄。"

我做梦也没想到他说的是押沙龙。即使有人告诉我，他指的是押沙龙，我也不会相信的。为了少跟他啰唆，我承认自己犯了罪。

"但是，不要着急，不要着急嘛，"拿单又急着安慰我，"你本人不会遇上灾祸的。上帝会饶恕你的罪过。"

那倒是个安慰，我能躲过惩罚了。当拿单说拔示巴生下的孩子一定要死时，我的血都变成了冰。

在上帝的世界里，惩罚中的正义何在？哪怕是上帝把我杀死，也不会比这更使我痛苦。用无辜者的生命来报复罪恶吗？直到这惩罚到来的时候，我才让自己相信了这是真的。

"这婴儿还好吗？"拔示巴生产后我问。

"孩子还好。"这是他们告诉我的。

"孩子还好吗？"我每天早晨和晚上都在打听。

那一天很快就到来了，孩子不再好了，孩子病得很厉害。就像口渴的人盼水一样，我盼望上帝怜悯这个小男孩儿。"别让我看到这孩子死去。"我用夏甲那简洁明了的话语哀求上帝。我不忍心去做这罪恶的见证，我斋戒禁食，走进一间屋子，整夜在地上躺着。家族中的长者们来到我身边，要把我从地上扶起来，可我不让他扶。他们劝我吃饭时，我既不和他们一起吃面包，也不和任何人吃任何东西。我不停地悲叹，变得软弱不堪。七天里我整夜整夜地躺在地上，哀求上帝饶恕这孩子。我心里知道我的祷告无济于事，随着每一分钟的消逝，我在慢慢地失去我的婴儿和我的上帝。在第七天里这婴儿死去了。

在他们告诉我孩子的死讯之前，我就有种预感。我从屋外慌慌张张的低声低语中猜了出来。我的仆人们不敢告诉我，担心这消息会给我沉重的打击。他们看到小孩还活着的时候，我就多么悲痛。我又在地上躺了几分钟，默默地哭泣。然后我放弃了所有的希望，开始振作起来。为了使大家都好受些，我拿出一副满不在乎的样子。

"孩子死了吗？"我直截了当地问。

我的仆人们这才卸去了为我传送噩耗的重负，说："他死了。"

守夜终了，孩子死了，我独自清洗了一番，脱去了脏衣服，换上了干净的。接着我说我饿了，这使仆人们感到惊讶。我吩咐他们给我准备一顿适合国王吃的丰盛佳肴。

我恨上帝，也恨人类。我不明白宇宙为什么沉默不语。我想要整个世界的心都碎掉，让它悲伤地呜咽，为这无情的事件震怒。在无能为力的愤怒中，我渴望用自己的拳头撼动最高的山峰，声嘶力竭地叫喊："号叫吧，号叫吧，你们那些牧羊童，放声痛哭吧！"任何一个有良心、有感觉的人都不会对此无动于衷，不会认为害死我孩子的那种非常阴险的、充满欺诈的事情从没发生。"哦，你们这些铁石心肠的人！"

对于押沙龙后来的暴死，我知道我只得独自悲伤了。我没有愤怒，正义总是要伸张的。可这还是个刚刚出世的婴儿。拉结哭她的孩子，与我为我的两个孩子之死所遭受的痛苦相比她简直冷漠无情，因为拉结哭孩子只是个修辞上的比喻。

当我从地上爬起来，洗净身子涂完油，换上衣服，走到上帝的房间去奉拜时，我对这些感情只字未露。你可以猜想，我的心是多么虔诚，多么宽容。

我当时表现出来的举止现在已经成了传说的素材。我走回自己的房间，仆人在我面前摆上了面包、肉和刚摘的水果，我大吃大嚼起来。那时我真的饿坏了。我周围的一片沉默使人惊诧。那些恭顺的仆人们目瞪口呆地望着我，我粗鲁的举止暴露了我的反常，我又愉快地复原了，食欲猛增，这一切都使我的仆人们大为震惊。押尼珥死后我为他斋戒，禁食一天。我自己的孩子死了，我却吃起饭来。最后，一个仆人鼓起勇气问："你这是干什么？孩子活着的时候，你为他禁食哭泣，孩子死了，你却起来吃面包。"

　　在我解释之前，他们还认为我是鬼迷心窍了呢。我温和地微笑着回答。我不想在他们眼前垮下来。

　　"孩子活着时，"我说道，尽力稳定我的声音，"我禁食，我哭泣，因为我说过，谁能说准上帝会不会宽容我，使这个孩子活下来呢？可既然他已经死了，我为什么还要禁食呢？我能让孩子复活吗？万物归一，万物都来自尘土，还要复归于尘土之中。他活不了啦，永远，永远，永远也活不了。我可以随他去，可他却不会回到我这儿来。"

　　"上帝既赐予，上帝也拿去。"拿单假惺惺地吟诵着。我真想一拳砸在他眼睛上。

　　"阿门，"他的手下齐声唱道，"赞美上帝的名字。"

　　我低声地把他们诅咒了一通。他们口里说着伪善的"赞美上帝的名字"，我倒想要他们出生的那天就死掉。上帝连自己的名字都不让我知道，难道他们忘了这一点吗？

　　在孤寂中，我对上帝大发雷霆，嘲弄上帝的挑战使我热血沸腾。我摩拳擦掌要与祂拼搏一番。我真的压不住怒火了，想对着祂发泄出来。我准备好了，要诅咒上帝，然后死去。可上帝偏不与我较量。我想让祂为害死我的孩子提出祂的理由，可我从来也没得到。相反，我得到的是我最不希望得到的回答。

　　寂静。

　　从那以后，我再也没从祂那儿得到答复。

我本来愿意祂暴怒起来，我想听到祂在旋风中向我威严地怒吼，我渴望让自己看见祂做出反应。我向祂挑战，刺痛祂，让我听到祂的怒吼，祂全能的声音打破了空旷无际的沉寂，从高空中对我命令道：

"谁是这个一无所知，胡言乱语，使乱上加乱的人？现在拿出男子汉的气概准备行动吧。"

我就喜欢听祂对我说这些废话。我不会像约伯那样耐着性子回答。

"祢到底是谁？"我暴躁地问祂。

我激祂回答："我要问问祢是什么人，把祢的身份向我说明。我建造地球基础的时候，祢在哪里？说出来，要是祢能听懂的话。"

"那又有什么呢？"我能听到自己对祂的傲慢所做出的轻蔑的回答。

那么就让祂在旋风中回答我吧，让祂说："如果你知道的话，那么是谁建造了地球的地层，或者，是谁拉直了它上面的赤道？当海水喷涌而出，又是谁用大门关住了它？你生来可曾掌管过晨曦？你可曾体察地球的广袤？你可曾步入大雪的宝藏之中。或者，你见过冰雹的珍宝吗？从谁的子宫里出来的冰？天空中雪白的霜又是谁创造的？你能管束阿特拉斯那七个女儿的甜蜜影响吗，或者，你能解脱俄里翁的羁绊吗？[1]大隼是按照你的智慧飞翔，向南方展翼，或者，雄鹰是按照你的命令高飞，在高空建筑它的巢穴吗？你放下钩子能拖出海怪，撒出绳索能拽出他的舌头吗？又是谁为汹涌的大海分开水路，或者，为雷鸣闪电劈开道路，让大雨降到地球上？你回答我，要是你有悟性的话。"

"可这些都无所谓，"我会让我那全能的上帝心满意足，用嘲讽的回答指教祂，"难道祢看不见吗？那一点也不重要。"

我和拔示巴的关系要比和上帝的关系更亲密。在孩子死后，我和拔示巴相见了。在这柔情似水的相见中，拔示巴和我什么也没说，几乎一句话也

1　见希腊神话。俄里翁是猎人，曾在捕猎中追逐阿特拉斯的女儿。

没说。我们交换的那几句话，不过是听不清的几声低语。在我们长时间心心相印的沉默中，这几声低语如同引起怀念之情的挽词。孩子死后，我走进她的房间去安慰他，她正躺在床上，在她躺着的时候，我捧起了她的手，她默默地哭泣了一个多小时。她的泪水慢慢地滚落下来。

第十一章　所以就发生了……

她的嗓音甜美，容貌秀丽。接下来我进入她的里面。在我又一次和她同寝之后，拔示巴就给我生了另一个儿子。我们给他取名叫所罗门。据拔示巴说，上帝爱他，虽然我还不能推测出为什么。

"怎么会呢？"我以前就问过，我不得不感到奇怪。"你跟乌利亚一直没生孩子吗？在他之前，跟许多别的曾进入你那里面去的男人之中的任何一个呢？"

"我做了预防，"她告诉我，她正在专心致志地用孔雀石油膏把眼睛周围涂成青色，"我吃了避孕药。"

"那么你跟我怎么会有孩子呢？"

"有朝一日我想做个国王的母亲。这是我搬到这儿来的理由之一。"

"你想错了，"我告诉她，"你不可能做国王的母亲。"

"所罗门呢？"

"眼下他只是排行老末。"

"把他挪到前头来嘛。"

"那是不可能的，我的爱人，我的小鸽子——"

"那么就把你的手收回去，别动。"

"——我的小妹妹,我的纯洁的人儿。"

"在把这件事情彻底解决之前,我不想在我们之间再有性行为。"

"你真美,我的爱人,你真美。"

"让步吧,大卫。今天说那话也不管用。你知道我要什么,我要你把它给我。我要做王后。"

"我们没有王后。我必须再告诉你一遍吗?"

"那就让我做第一个吧。"她坚持说,"你想要做什么都能办得到。我希望出名。我希望有一天被写进《圣经》,甚至连你母亲的名字还没在《圣经》里出现呢。"

听到这,我不得不大笑起来,"在你和我一起对乌利亚做了那事之后,你真的以为你会被忘却吗?"我又大笑起来,"不要着急,你会上《圣经》的。你也许不喜欢《圣经》里关于你的那部分,但你会在那儿的。"

"乌利亚将比我更有名,"拔示巴悲叹地预测说,"他作为我的丈夫比我作为他的妻子或你的妻子,或所罗门的母亲要占据更大的篇幅。"

"如果你继续这么公开煽动,就是作为所罗门的母亲,你也不会知名太久了。我一死,这个孩子就要陷入险境,你也是如此。暗嫩自私而押沙龙傲慢。人们为了一丁点儿的小事就已经杀人了。"

"那么你现在就答应他做你的继承人吧。不管怎样,为了我你迟早要这么做的,所以你还不如现在就答应我。"

她的厚颜无耻真令人眼花缭乱,我咧开嘴笑了,"我为什么要那么做呢?"

"因为我会吸你的鸡巴,这就是原因。我能给你你所享受过的最美妙的性交。"

"现在就给我一些吧。"

"你得向我许诺。靠后别动,我说不行。不要碰我那儿,你竟敢那样搔挠我。大卫,我不是说着玩的,大卫,我确实是那意思。"

我承认,她自我夸耀的东西多数是真的,但并没有说到点子上。"你的小儿子所罗门做国王，连百万分之一的机会都没有，"我劝告她，"所以你现在也不要再想这事了，也不要再谈这事了。他前头已经有了暗嫩和押沙龙，然后是亚多尼雅，这只是带‘A’字开头的人。[1]所以躺下来吧，我的爱人，让我进入你的花园，让我品尝那可口的果实。在你前额上披落下来的头发中闪动着鸽子般温柔的目光，你的肚脐儿像一个圆圆的盛满液体的高脚杯，你的小腹像百合花边的一堆麦子，牙齿像被剪过毛的一群羊。"

"哦，大卫。不，大卫。"

"你的乳房像葡萄藤上的串串葡萄，你的大腿根的结合处像宝石，那是灵巧的手艺人双手创造的佳品，你的脖颈像一座象牙塔。我那飘扬在你上空的旗帜就是爱，让我把那个东西插进你那里面吧。"

"不，大卫，哦，大卫，哦，大卫，大卫——不，大卫。"她一边说着"不"，一边却同意了，而且后来也不感到懊悔。"大卫，"我们歇息时她带着满足的狂喜慨叹道，"这真是好透了。你从哪儿弄到的这么漂亮的言辞？"

"那纯属是虚构，"我告诉她，对那些话我自己感觉非常好，"亲爱的，你知道，我本来可以轻易地强行占有你的。"

"可是你会得到什么呢？"她嬉皮笑脸地回答，"为了那些给你的快乐，你也可能强行占有亚希暖或亚比该和亚比她的，那只是带着这个‘A’字头的。"[2]

"亚比该并不坏。"我被迫诚实地插了一句。

"但她能和我比吗？"她说，"听着，大卫，关于王位继承人的事。在撒母耳挑选你的时候，你并非恰好是最年长的，对不对？"

"撒母耳没有选我，"我向她透露，"他宁愿选我哥哥中的任何一个。撒母耳对我未必着迷，是上帝着迷。如果上帝对我说什么，我当然要照祂说的办。"

"那你就对祂说吧，"她要求道，"祂欠你的情，是不是？"

1　暗嫩（Amnon）、押沙龙（Absalom）和亚多尼雅（Adonijah），都以"A"开头。

2　亚希暖（Ahinoam）、亚比该（Abigail）和亚比她（Abital），都是以"A"开头。

"衪欠我的只是道歉，"我更正说，"你不明白这差别吗？"

"我不想明白。"

"衪不必偿还我，但衪必须赔礼道歉。在衪道歉之前，我不打算再跟衪讲话了。衪感到有话要说的时候，衪自己就会说出来的，不必为那事操心。如果暗嫩和押沙龙他俩活着，暗嫩第一个继承王位，他后头就是押沙龙。无论我指定谁为王储，如果他有头脑，他都会迅速地把另一个除掉的。"

"如果他俩都死了呢？"

"那接着就轮到亚多尼雅了。但为什么他们不该活着呢？你在打什么鬼主意呢，你个小狐狸精？"

"我会把针刺进他们的肖像里。"

"你敢！"

我那两个儿子是以那样令人吃惊的可怕结局被除掉了，以至于我不得不克制自己，甚至现在也不去猜想她可能干了这事。暗嫩捎信说他病了。我曾听说过，通过别针和普通的针、除虫粉和各种各样的邪恶魔法，当然了，还可以用毒药，人们就能造成别人身体的这种衰竭。但暗嫩是在装病，正像结果证明的那样——所以拔示巴是无罪的——而且他还使我成了一个轻易就被人愚弄的傻瓜，把我天真的女儿他玛，他的异母妹妹送到了他的屋里，送进了他的魔掌。拔示巴即使用她全部的奸诈和这个世界上所有的别针、普通针，也不能造出这样的情节来。我不得不排除她犯罪的可能，尽管它引诱人去抓住这一系列导致我家庭崩溃的所有解释，解释不会使我受到责难。过错在别处，因为我们每一个人——暗嫩、押沙龙和我——对于那个降临在我们身上的残酷的高潮，都是积极地做出贡献的人。暗嫩和押沙龙都死于剑下。

只有他玛是无辜的。

因为押沙龙的妹妹他玛长得非常漂亮，又是个处女，所以暗嫩认为通过合理的求爱跟她做那事是很难的。可他又想自己因为爱她生了病，被折磨得很痛苦。我的长子暗嫩英俊、懒散，又有优越的特权，是那些虚浮的青年人中的一员。对他们来说,那种最纯粹的任性才是最迫切的要求,而最轻微的拒绝都成了决定性的灾祸,使他们痛苦得不能忍受。因此,他就策划了这个肆无忌惮的阴谋来强奸他玛,而且我又为他这个阴谋赞助了鱼钩、线和钓丝坠子。由于舍不得管教,我把这个孩子给宠坏了;由于再一次的宽宥,我又为更糟的事情布置了舞台。也许这事我活该倒霉。在暗嫩对他玛做那件事之前,我从没和押沙龙为任何事争吵过。所以,我永远也结束不了我跟押沙龙的争吵,直到押沙龙的头被树挂住,身子悬空的时候,约押把三支镖刺进了他的心脏。然后他割下他来,像对待畜生一样抛进了林中一个污秽的坑里。对于传统的人类埋葬方法那是很不适宜的。锅中有致死的毒物。[1]

"我求求你,"暗嫩捎信来说他正在生病,当我来看他时,他向我请求,"让我的妹子他玛来照看我吧。"他使自己躺得真像个病人似的。

"大概是感染了病毒吧。"

他点点头,瞧起来非常虚弱和消沉。"让她在我面前做几个面包。能在她手里吃了面包,我会感到愉快的。"

做父母的怎么能说不行呢? 他们在孩提时就在一起玩耍。他的屋里有仆人,他们不会单独在一起的。

"现在就到你哥哥暗嫩家去,"我回到自己的住处,对他玛说,"给他做肉吃。他卧病在床,刚才他请你去陪他。"

所以他玛就到暗嫩家去了。她身上穿了一件五颜六色的衣服,那衣服就像我迷人的侍女亚比煞每天穿的那件浓艳华丽的袍子,光闪闪的,又鲜艳又漂亮。也许就是那件漂亮的处女穿的袍子,才使她成了暗嫩的不可抗拒的意中人,否则他后来对待她的那种方式就讲不通了。

当他玛进来时,暗嫩确信他躺好了,瞧上去哀婉动人。他玛挽起衣袖,像个骑兵似的去做她到这来要做的事。她取出面粉揉好面,在他眼前做成

---

1 语出《圣经·旧约·列王纪下》第4章,比喻隐蔽或暗藏的危险。

面包，又在他能看得见的地方把面包烤好。做好后她拿一个盘子，在他面前把面包倒进盘子里。但他摇摇头，拒绝吃。

"你不饿吗？"那个姑娘羞涩焦虑地询问。

"我饿，"他没精打采地回答，"但我太疲劳了。叫别的人都从我屋里出去，请吧。我感到非常虚弱。他们都要使我发疯了。"当所有的人都走了的时候，他对他玛说，"把肉带到我的房间里来，那儿那我有更大的房间，我可以在你手上吃。扶我一把，我的小妹妹，我想我能走，不过请你扶我起来。"

所以他玛就带着她做好的面包，把它们带到暗嫩的寝室，暗嫩躺在寝室他自己那张较大点的床上。他给他玛腾出一点地方，好让她坐在他旁边端着盘子喂他。但是当她从盘子里递他面包时，他却粗暴地用力紧抓住她，这力气和粗暴是她所想不到的。他说："我妹妹，你来与我同寝。"

这个大吃一惊的姑娘试图挣脱出去。他牢牢地抓着她。

"不，哥哥，"他玛惊恐地恳求他，"不要做这事。"

"请吧，"他粗暴地命令她，"我必须得到你。"

"不要玷辱我，"她请求道，"以色列人中不当这样行。"

"你不必难过。"

"你不要做这丑事。"

"我不愿让你拒绝。"

"若你玷辱了我，"她羞涩而又不顾一切地试图使他信服，"我何以掩盖我的羞耻呢？你在以色列中也成了愚妄人。你可以求王，他必不禁止我归你。"

她的建议倒是好的。自从《利未记》以来，一个男子就禁止跟他父亲的妻子的女儿同寝，但如果他的动机是高尚的，他请求娶她，我可能会同意的。这样的法律常常在违犯时比在遵奉时更受尊重。我会佯装不知其中的问题，并在他们的婚礼上跳舞的。但是暗嫩想的不是结婚。到那时他不再留心听她的话了，而是把她压在身子底下。

"不要大声哭喊，"他威胁说，"否则我的仆人也要知道我们的事了。"

因为他比她强壮，所以把她强按到床上，拉起她的裙子，强奸了她。

哎，他引起的这伤害，他带来的这毁灭呀。这对他自己也是如此，因为他玛并不是唯一的受害者。因为他，七年后，我为了活命逃出了耶路撒冷城。回首往事，时间过得太快了，不是吗？它似乎更像七秒钟。因为他占有了她，还有后来发生的事。他发泄完了以后就不再爱她，相反，他极端地嫌恶她，以至于他用比爱她时更强烈的厌恶来憎恶她。他不知道原因，也不去探究。他到底期望从一个处女那儿得到什么呢？

"起来滚吧。"他带着残酷、嘲弄和嫌恶命令她，把她从身边推开。

那个难堪的被污辱的姑娘快要垮了。"没有理由这么做，"她满面泪水地对他说，"把我赶走的这种罪比你刚才对我犯下的那种罪还要大。"

但是他现在不会再倾听她的诉说了，他喊回侍候他的仆人来进一步污辱她。她对他的话战战兢兢，这些话如同鞭子一样抽打在她的身上。可暗嫩却命令那个仆人："把这个女人从我这儿赶出去，她出去后把门闩上。如果她再来找我，不要让她进来。"

接着那个人，也就是暗嫩的仆人，斜眼瞥了他玛一眼，偷偷笑着，一句话不说就把她带出屋子，随后闩上了门。

暗嫩把她撵了出来。为什么？这么多的事情竟瞒过了注视的眼睛和倾听的耳朵。

被这么粗鲁驱逐的他玛，把灰撒在头上，把身上穿的衣服，也就是那件五颜六色的节日长袍撕了个粉碎，她这么做就好像是在哀悼一个死人。她手抱着头，一边哭一边走，一直哭到她哥哥押沙龙那儿。他从她心神错乱的表情里猜到了事情的全部真相，所以那时她不必说了。"你哥哥暗嫩已经污辱你了吗？现在先保持缄默，也不要告诉别人，"他指导她说，"因为他是你的哥哥。"她孤独凄凉地待在哥哥押沙龙家，不愿出来。

"这很好，押沙龙。"当押沙龙告诉我这事时，我夸奖他说。那压在我身上的最沉重的恐惧就是我现在陷入了深深的烦恼。我发现自己要做出一个棘手的决定。我的最阴郁的最使我消沉的悔恨首先是我的长子愚弄了我。

"你告诉她这么做,处理得很好嘛。"

"那么你将怎么做?"押沙龙一边问,一边等着我的回答,他目不转睛地看着我。

"对暗嫩吗?"

"要惩罚他。"

"他是我的儿子。"

"我妹妹是你的女儿。"

"她只是个女孩儿,而且她并没大声喊叫,是不是?"

"谁会来呢?暗嫩是国王的儿子。"

"那没什么关系。在这个城里,一个遭受到暴力却没有大声哭喊的黄花闺女就要受到和那个男的一样多的谴责。"

"真的吗?"押沙龙说,口气几乎不带感情。但他扬起了眉毛。

"是的,你可以去查查《圣经》。"

"魔鬼可以为他的目的引用《圣经》吗?"

"我不是魔鬼,押沙龙。你妹妹他玛还没订婚,现在确实没有反对强奸一个没订婚女子的法律。你知道这些吧?"

"你可以定一条法律出来,"押沙龙说,"也许我哥哥暗嫩做国王时将增加一条反对强奸的法律。"

我一直不知道他有这种莫测高深的讽刺天赋。我猜不出他正在想什么。

"你和暗嫩说话了吗?"我急着要查个明白。

"我对暗嫩什么也没说过,无论是好的还是坏的。"

"真是个好孩子。"我称赞他说。

"你这么夸我又有什么意义呢?"他的脸色仍旧让人琢磨不透,但他那能洞察人心的乌黑的眼睛却毫不动摇地仔细察看着我。"我只是想知道你怎么惩罚暗嫩。"

"那不会有什么意义的,暗嫩是你的哥哥。"

"而他玛只是我的妹妹。"我不能断定他是否在讽刺挖苦。

"是的。"

"你将要对暗嫩说吗?"押沙龙想要知道。

"我将非常生他的气,"我答道,"这我可以向你保证。"

"你想见她吗?"

"谁?"

"他玛。"

"为什么?"

"和她说话。"

"说什么呢?"

"她躲在我家里不愿出来。她和从前不同了。她不想再与任何人说话,再也不想。"

"那么我为什么应该跟她谈谈呢? 我能告诉她什么来帮助她呢?"

"是你派她到他那儿去的。"

"他说他病了。"

"他对你撒了谎。"

"我会谴责他这种行为的。"

"她孤独凄苦,待在我家里不断地哭泣。"

"我能安慰她吗?"

"她觉得以色列没有任何地方能遮掩她的耻辱。"

"我们可以把这事遮掩起来密而不宣。谁需要知道呢?"

"这事她能瞒过自己吗? 他让仆人把她从他的房间里驱逐出来,好像她是某种污秽可厌的东西。"

"我提出这个问题请你考虑,"我对他说,"我能对她说什么呢? 说我要让暗嫩娶她吗?"

"她现在不想要那样。"押沙龙回答。

"她想要什么?"

"她不想在以色列再露面了。"

"我把她送往何处呢？"

"我可以送她到我的外公基述王家里去吗？"

"我倒挺喜欢这个主意。"我马上同意，"你亲自带她到那儿去吗？"

"那么你将做什么呢？"

"对暗嫩吗？"这可是个难题。"留心听你老父亲的话吧，我的孩子。"我试图避免回答他的问题，我的态度像个教授。

"我正在听着呢，"押沙龙声明说，同时等待着，"我非常想知道。"

"那么就留心听你老父亲的这些话吧，她只是你的妹妹，押沙龙，又不是你的妻妾或女儿。"

"他玛是你的女儿。"

"我应该为一个女儿报仇，还是应该保全一个儿子？你告诉我，你是否认为那是非常容易的。"

"你将顾哪一个？"

"你真的希望我杀了他吗？"

当然了，除了毫无结果地吓唬吓唬我的儿子暗嫩，让他有点悔悟之心而外，我没做别的。有时佯装不知要容易得多。押沙龙从没原谅我。我现在明白了。他就是当时指责我，我也不会明白的。但是他希望我怎么惩处暗嫩呢？如果约押不替我做，我又怎么能惩罚押沙龙呢？让他戴上锁链吗？

当我单独跟暗嫩说话时，我确实对他非常恼怒——或者说是努力去恼怒——这么做都是为了他好。我谴责他，他竟无精打采、一副倦怠的样子，丝毫不在意。他想当然地认为我不会给他任何惩罚。在我申斥他时，他竟梳理起他的鬓发来。他的头发油光可鉴，戴的手镯比我现在留心看到的任何一个男人都多。他既不为强奸他玛的事忏悔，也不为把他的父亲和国王拖进这桩罪行当中而自我谴责——他使我成了淫乱的牵线人了——我因为他欺骗我而斥责他，但是这种犯罪并没有比另一种犯罪给他留下更深的印象。

"你不应该把我也搅进你的阴谋里。"我责备他,"你为什么要把我弄成这样一个笨蛋?"

我的训斥把他逗乐了。"我想要看看我能不能办得到。你不能当成个玩笑吗?你生我的气了,不是吗?我看得出来。"

"我非常生气。"

"我知道你生气了。我真不明白你气什么。我爱他玛,这种爱痛苦地折磨我,使我吃不下东西,一日一日地消瘦。当我得到她以后,我就不再爱她了。这真的那么难以理解吗?或者那么奇怪吗?你知道,她确实太该谴责了。你不会说她引诱我吗?如果她不想让我对她动粗,她就不该到我屋里来。"

我惊奇地张着大嘴注视他,"是我让她去你那儿的。"

"你不应该那么做。"他彬彬有礼地告诫我。

"是你告诉我那么做的。"

"她更不应该让自己跟我单独待在我的寝室里。"

"你把你的仆人都打发走了。"

"她没大声喊叫,是不是?我们是在这座城里,不是吗?她必须大声喊叫,否则她就该受到跟我一样多的谴责,而且会被石头砸死。"

"谁会来帮她呢?你是国王的儿子。"

"那没什么关系,"他辩解说,"在这座城里她必须大声哭喊。"

"那全是她的错了?"

"你为什么变得这么烦人?"暗嫩平静地说,"总有一天我将做国王,这就不会有什么关系了,不是吗?"

"这个姑娘被污辱了,暗嫩,"我试图给他的印象深一点,"她不停地哭泣,躺在屋里不愿出来。"

暗嫩耸了耸肩,"如果我要为每个被羞辱的姑娘操心的话,我可能就再也不强奸别的姑娘了。"

"你后来非得把她赶出来吗？"

"她让我生厌，父亲。别的我该做什么呢，我后来对她的憎恶比我对她的爱情更强烈，所以我想要她尽快地从我面前滚开，我再也忍受不了了。当你跟女人们睡觉后，你不常常遇到那种情形吗？"

"从来没有，"我告诉他，一边沉思着，又补充说，"除了有时她们没完没了地唠叨。"

"对我来说，她们不唠叨我也受不了，"他说，"我几乎总是忍受不了她们。那只是整个真正使我苦恼的事情的一部分。我可能遇上了难题。我一和女人们性交完，不知怎的，就突然厌恶她们。你为什么那样盯着我呀？"

"我觉得你当了国王以后，可能会因为妻妾而受苦。"我被迫告诉他说，"我要给你留下一个非常庞大的后宫。你也许不能在那儿性交。你将有一个宅子，里面装满了女人，她们自认为是你的妻子和情人。你告诉我，这些人将使你反感。你怎么承受得了呢？那就像生活在一个叽喳乱叫的鸟笼子里一样。你的后宫将是个地狱，你的妻妾妃嫔将是梦魇。"

"我就是担心那样，"他忧郁地吐露说，"我怀疑在我的心灵深处可能有什么不对头的东西，是否有某种神秘的东西，就像你跟约拿单都具有的那种东西。"

我冷酷地盯着他，"你说那话究竟是什么意思？"

"这个，你知道，"他有点不耐烦地说，"我不明白你对这事为什么这么敏感。我不是唯一谈论这事的人，你知道。"

"谈论什么？"我查问道，痛恨得浑身直颤。

"关于你和约拿单的那种友谊呀，"他回答，显得非常沉着平静，"那并不是什么秘密，你知道。甚至在你自己那首诗里你也泄露出来，谈到了它呢。你不是说比起女人的爱你更享受他对你的爱吗？"

"我没说这话。"我粗暴地否认。我发现突然间自己处于守势，一下子乱了方寸。"我说的是，"我咬文嚼字地说，"他对我的爱超过女人的爱，而不是更愉快有趣，那是完全不同的两码事。"

"谁信你的胡扯！"当他带着怀疑的目光看着我时，似乎在这么暗示。"不同在哪里呢？"

"我在抬高友情，"我费力地解释，"当你考虑到那时我亲近过的最好的女人是米甲、亚比该和亚希暖时，这就不显得那么过分了，不是吗？"

"你已经听到那些传闻了吧，不是吗？"

"它们是不足为信的。再读一遍，再仔细点读。我要说的就是约拿单一直是一个好朋友，对我来说就像亲兄弟一样亲密，如此而已。"

"就像押沙龙对我那样吗？"暗嫩带着假笑问，一边把外衣的袖子押平，坐立不安好像要离开一样。

"十分正确。"由于我们回到了原来讨论的话题上来，我才感到一双脚落到了坚实的地上。约拿单和我——我自己的儿子现在竟然会把这样的念头抛向我身上！"是的，正像押沙龙跟你似的。你弟弟押沙龙和你说话了吗？"

"我弟弟押沙龙？"在我看来，他似乎是在这种矫揉造作的厌倦中耍弄我。"说什么？"

"他的妹妹他玛。"

"他为什么要说呢？我弟弟押沙龙对我什么也没说，无论是好话还是坏话。"

"他看上去不生气吗？"

"他为什么应该看上去生气呢？"暗嫩说，"对妹妹谁还关心那么多呢？"

要是我能想到这件事的话，西缅和利未就是我可能做出的答复。雅各和利亚生的这两个凶狠任性的儿子把相思成疾的示剑王子和他城里的所有别的男人杀得一个不剩，以此来为他们的妹妹受辱复仇。当时机成熟时，西缅和利未就用宝剑大胆地袭击了这座城市，而那时示剑的人还忍受着集体割礼的痛苦，他们要行割礼是西缅、利未两人提出的虚假婚姻协定中的一部分，是为了让这里的男人无力保护自己。他们把示剑的人全杀了，无论是示剑王子还是他父亲都未得到宽恕。那个可怜的年迈的族长对他们的行为完全高兴不起来。"你们给我惹了麻烦,使我在这块土地上的居民当中臭名远扬。"他气愤地训斥西缅和利未,因为他预见的出逃现在是避免不了了,就吩咐拔起帐篷,聚拢牲畜,把耳环首饰带上,把他们的异神偶像藏在示剑的橡树底下。"我方人数少,他们将要聚集起来反对我、杀害我的,我就要被毁了,我,还有我的家也要被毁了呀。"[1]

所以就发生了这样的事,也就是雅各,我的受人尊敬的、遇上了麻烦的、劳累过度的祖先,又一次被迫为了活命而逃遁,但却不是像我一样为了逃避儿子,尽管他更早的时候曾逃避过他的哥哥以扫,他偷梁换柱得到了本该给他哥哥的祝福,又在以扫打猎归来饿得发昏,自己都认为可能要死了的时候,用一份肉菜汤换到了他哥哥的长子继承权。

押沙龙等待时机。毫无疑问,我对待暗嫩本应该更严厉。对一个罪恶行为的惩罚不迅速执行,也就等于间接地怂恿犯罪,使犯罪者更加肆无忌惮。至少押沙龙的情形就是如此。带着耐心、狡诈和自我约束这些只要是熟悉他的人都认为他不具备的品质,押沙龙微笑啊微笑,整整两年啊,一直到他成了一个坏蛋。他什么也不做,但在心里却恨透了暗嫩,因为他强奸了他的妹妹他玛。现在我才知道他也恨我。他知道我爱他。他肯定知道我爱他,因为他看到我盲目地溺爱他,他肯定越发痛恨我。当他从漫长的放逐中归来时,我热情地欢迎了他,在这一点上,他也一定知道我是爱他的。也许我使他离开得太久了:在基述三年,在耶路撒冷又是两年,都不让他见到我。或许这五年的分离太漫长了吧。

押沙龙请求我跟他的所有兄弟们一起去参加剪羊毛的庆祝仪式,就是那个他诱惑暗嫩参加而使他遭受致命伏击的仪式。我不知道他这么做心里想的是什么。一想到我要是没有拒绝参加,他可能会搞出的把戏来,我就毛

---

1 雅各的女儿底拿被希未人哈抹之子示剑给玷辱了,示剑要求娶底拿,底拿的哥哥西缅和利未就假装允婚,并要求城里人举行割礼。当他们正在忍受割礼的痛苦时,西缅和利未带人把城里的男人全杀了,雅各只得带全家人逃走。事见《圣经·旧约·创世记》第34、35章。

骨悚然。那个号叫着传入这座城里的第一个关于屠杀的报告十分恐怖：人们歇斯底里地发出尖声叫喊，说押沙龙屠杀了所有的王子，也就是他的所有兄弟，我的儿子们。我昏了过去，连呼吸都停止了。在城里大街上，人们的喊叫声渐渐逝去。接着我的其他儿子杂乱地蜂拥而至，带来那个可怕的消息，说我的儿子押沙龙把巨大的仇恨都倾泻在暗嫩一个人身上。信不信由你，与最初那些使人惊魂落魄、难以置信的大规模残杀兄弟的谣传相比，这就是好消息了。

押沙龙非常小心地布置的复仇计划只是对暗嫩来的，他秘密地命令他的仆人们，说："你们现在要留心什么时候暗嫩喝酒喝得微醉，当我对你们说'杀死暗嫩'，就把他杀了。不要害怕，要有勇气，要勇敢。我不是命令你们了吗？"

就在机会到来之时，押沙龙命令他们："杀了暗嫩！"他们就把暗嫩杀了。

所以暗嫩在酒醉中死去，甚至连试图弄明白原因的时间都没有。押沙龙逃往基述，他的外公是那儿的王。押沙龙在那一待就是三年。我没有追捕，也没派人去把这个逃亡者弄回来。引渡他的请求毫无疑问会给基述以殊荣，因为基述在亚兰，而整个亚兰又是对我称臣的。我让他待在那儿，让他活着。但是在一个正常的剪羊毛庆贺宴会上的可怕的片刻，我一下子失去了他们两个人。因为看到暗嫩已死，所以我很快就不去想他了，但是我的灵魂却渴望去押沙龙那里。约押知道。我每天都为失去那个存活下来的英俊出众的孩子而悲痛，我那么不可遏止地赞美这个儿子。我为他担忧，我生活在可怕的恐惧里，担心我可能再也见不到他了。

约押觉察出我的心飞向了押沙龙，他冒着危险，毅然出面处理僵局。我没试图隐瞒我想要他靠近点的想法。但是法律，我烦恼——法律啊。我怎么能无视我一个儿子谋害另一个儿子的事实呢？这个青年人杀害了在他前面作为王储的哥哥，我怎么能把他当作我的继承人带回来呢？相信约押吧，他能展示这事做起来是多么容易。

他借助提哥亚那个聪明妇人的帮助开始活动了。他先派她进来打破沉默，为他极力主张的那件事情铺平道路。他让她穿着丧服，打扮得像个寡妇似的进来见我。这个聪明的提哥亚妇人进来时，脸伏在地上向我致敬，然后用一个很有说服力的悲伤的故事来哀求我，这个似乎真实的故事在结尾处却变成了一个惹人恼怒的寓言。

"救救我吧，哦，国王啊。"她说。

我同情地对她说："什么使你痛苦了？"

接着她就以下面的方式打开了哑谜，她说："我的确是一个寡妇，我的丈夫死了。你的婢女我有两个儿子，他们在地里一起争斗，其中一个用剑刺了另一个，把他杀了。看哪，整个家族都起来反对我，他们要我把活着的这个交出来，他们可能会杀了他，为他杀的那个已经死了的哥哥报仇。他们将要扑灭我剩下来的唯一的香火。他们要把我丈夫在这个世界上的一切都夺去，无论是子嗣还是他们的姓名，死去的还会复活吗？"

我看到了她的要求的合理的一面，就有意表示同情。"回你的家里去吧，"我说，"我要负责关心你的。无论什么人逼迫你，就把他带到我这儿来，他就不会再碰你一根指头了。"

接着她说："那些人已经使我非常害怕了。我恳求你，让国王记起主记起上帝吧，你不会再忍受毁灭性的血腥复仇的，免得他们再毁了我另一个儿子。"

我保证说："愿上帝永在，你的儿子连一根头发丝儿都不会落到地上的。"

当时那个妇人继续往下说，好像要得到更多的东西："求你开恩，让你的婢女对我主我王再说点吧。"

我怎么能拒绝呢？"继续说吧。"

接着那个妇人就说："王不使那逃亡的人回来，王的这话，就是自证己错了！"当她听到我那吃惊的喘息时，她的脸上忽然闪过一丝恐惧。"我们都是必死的，"她急促地继续说，好像要先发制人阻止我对这惊人的假定可能表示的怒气，"如同水泼在地上。上帝并不夺取人的性命，但你看，正如我的遭遇，祂设法使一个父亲逃亡的儿子不至成为赶出回不来的。"这个女人终了说："现在让我主我王说吧。"

"谁唆使你到这儿来游说的？"我最后就是用这话做出反应的。她确信我无意伤害她，并不害怕。"我要问你一句话，你一点不要瞒我。你这些话莫非是约押的主意吗？"

这个聪明的提哥亚妇人娴熟地奉承我，确实够聪明的了，她这么回答我："愿你长寿，我主我王的智慧却如上帝使者的智慧，能知世上一切事。是王的仆人约押吩咐我的，这些话是他教导我的。"

"瞧吧现在，"当我放她走时我说，"告诉约押说你已经办了这事，把他带到我这儿来。顺便问一句，就是你个人的奇事。你没有一个杀了你另一个儿子的儿子吧？"

"没有，我主，我没有，我根本就不是个寡妇。"

"我开始明白了。"

跟约押本人在一起，我愿意屈从他提出的论点，从一开始我就希望这些论点是无可辩驳的。因为他那合乎实际的放之四海而皆准的箴言，我兴奋得无以复加。他的箴言说没有什么法律是合理的，因此也就没有犯罪这码事儿了。在他为我提出了那个著名的绝妙法则以后，我就不再跟他争辩了，基于这个法则，今天这个文明世界转向：

"对别人，永远做对你最有好处的事吧。"

我的任何进一步抗拒的可能都被一扫而光。"那么就去吧，"我宽宏大量表示同意，好像我是那个给他恩惠的人，"把那个青年人押沙龙带回家来吧。"

接着约押做了一件最令人吃惊的事，那事我一直没忘。为了那事可能他也始终不原谅他自己。他扑通跪倒，脸伏在地上，叩头鞠躬地感激我，甚至自称是我的仆人，称我是他的主和王。这一切都来自约押吗？时至今日我都不明白他当时中了什么邪。我为他这么坦率的出于虔诚的臣服感到特别惊讶,它使我差点流下热泪。退回到那时,我们真哭过呢。

"今天,"约押在这种最不可靠的感情倾泻里自我声称,"我主啊,哦,国王啊,既然国王已经满足了你的仆人的请求,那么,你的仆人就知道在你面前他蒙受了厚恩。"

过了一会儿我才从吃惊中恢复过来。我指示说:"但是要让他回他自己的家,不要让他来见我。让他知道当心,因为他将被人民所憎恶。"

于是约押站起身,到基述去了,把押沙龙领回耶路撒冷。只是到了后来,当我没精打采地从耶路撒冷逃往约旦时,我才想到约押这么苦苦哀求的动机并非完全出于仁慈。一旦犯了疑,就怎么也消除不了,而且我还倾向于怀疑他,要是押沙龙把大麦地都烧光了,我会消除对约押的疑心。

这样在三年的放逐之后,押沙龙返回了他自己的家,此后又有两年没见我的面。使我大为惊诧的是,他完全没有因为杀害自己的哥哥而遭到憎恶。事实上,在以色列,很快就没有人能像押沙龙那样大受赞美了,因为他的英俊美貌,他受到了欢呼喝彩,我享受了来自他的欢乐。押沙龙有了三个儿子——自然是我的孙子了——还有一个女儿,按她那名誉尽毁的姑姑,也就是我女儿的名字,他给她取名叫他玛。她也是一个容貌娇美的姑娘,但这帮不了她的忙,因为不管怎样,她不久就在战斗中失去了她的父亲。名叫他玛的女人在《圣经》里从不告别,是吗? 头一个是那个守了两次寡的迦南女人,她第二回是做她丈夫俄南的寡妇,俄南这个以不正当手段抢先的人,把精液空甩到地上,他不想让那个他讨厌的哥哥的妻子再怀孩子,以延续他哥哥的家系,因此上帝把俄南杀了。她不得不穿上妓女的服装,用纱巾蒙上脸,去诱使她的公公犹大来完成这个夫亡嫁叔者的婚姻,这是她应得的权利。使自己怀上孩子,这也是她应该得到的。第二个他玛就是我的他玛,她不幸被她的异母哥哥暗嫩给强奸了。还有这个小他玛,在以法莲森林之战中失去了父亲,然后就再也听不到她的消息了。

就这样,她的父亲押沙龙在耶路撒冷住了整两年,没见到我的面,甚至也没进我的宫殿。听说他深受人们的拥戴,我心里非常舒服。我特别想看到他的面庞和他一头漂亮的头发，所有见到他的人都觉得这头美发是个奇迹，它那么长，那么浓密，那么华美，而且像焦油一样乌黑闪亮。每次人们告诉我他渴望来见我，我都有趣地、不怀好意地认为那是正当的。我违反常情却又自以为公正地禁止他来见我，在使我们两人都灰心丧气的同时却能奇怪地觉出正直和道德。性情急躁的押沙龙在这两年的年末是难以控制的，都快要爆炸了。他派人请约押，让他到我这儿来，求得彻底地赦免他的罪过。但约押对他的传唤不理不睬。押沙龙第二次去请时，约押还是没来。因此，押沙龙就对他的仆人说："瞧，约押的田地正挨着我的，他地里种了大麦。去点把火儿把它烧了。"

然后约押起身来到押沙龙家，说："你的仆人为什么放火烧我的田地呢？"

勇敢的押沙龙连眼都不眨，回答我的这位全军统帅说："瞧，我派人到你那儿去，说'到这儿来'，可你不来。看吧，我叫你时你不来，我就要把你所有的田地都放火烧光。"

"你想要的是什么？"约押陷入了困境，他知道他的双手给束缚住了。

"去到我父亲那里，"押沙龙命令他，"代我请求他允许我去面见他。我对他来说是个陌生人吗？对他说，如果我不再是他的儿子了，为什么要把我从基述领回来呢？让我还在王宫那儿该多好啊。告诉他如果我身上有什么罪恶，就让他杀了我吧，否则就让我去见他。"

此时，事情已经开始变得明朗了，我的儿子押沙龙就像我想见他一样，也不顾一切地想见我，他会尽力做各种事情来达到那个期望重归于好的目的。当我听约押义愤填膺地述说发生的事情时，我心绪激动满面红光。看到我这位杰出的军事统帅大发其火真是太好了，我从没见过他这么受挫、这么紧张和这么恼怒。

"他发誓要放火烧了我所有的田地，"我的全军统帅和首领报告说，我不得不咧开大嘴放声大笑了。"如果你不让他见你的面，为什么把他从基述带回家来呢？我恳求你，和他和解吧。为了我们大家，让他还在这儿，这样比现在我们三人争吵个没完会更好。"

众所周知,我同意了。

我让他们带押沙龙来见我时,他连句恭维话都没说。他昂首挺胸大踏步地走了进来,好像他就是那个被伤害的当事人,而且,一点也没有感激道歉的言语或表情,没有在我面前脸伏在地,叩头鞠躬。我欣赏他自信而傲慢的神态。当他站起身时,我抓住他的肩头,抽抽噎噎地把他拥抱在怀里。我吻了他,又一次老泪纵横。他没吻我。

第十二章　草中蛇

在接下来的几个月中，我给了押沙龙许多荣誉和大量礼物。我们和好后不久，他就为自己备了战车、马匹和五十名在车前开道的人。现在亚多尼雅也这么干了。押沙龙成了当时城里的风云人物，像个英明、年轻的神，人民为他感到欢心鼓舞。他受到人们的吹捧，并以高雅的自信表现了旺盛的精力，我也为他感到高兴。他用忘我的献身精神全力以赴地帮我处理朝中那些烦人的事务。他勤奋耐劳，对民众的事非常热心。这后一点，不论是以前还是以后，都是我的其他儿子所不具备的，这些都为我自高自大提供了正确的依据。他太像他父亲了，我是在赞誉我们两个人。

押沙龙很快就发现自己具备一种治理国家的天才，而且他喜欢治理，这都是我生来就不具备的。他喜欢政治，如同鸭子见了水。当我观察到押沙龙这么心甘情愿、这么认真地帮我理政时，我高兴地笑了。我太幼稚了。约押当时没敢告诉我，在对待民众的问题上，押沙龙对我的所作所为，正是很久以前我对扫罗干的：收买人心，激起民众的爱戴。押沙龙每天早早起身，站到城门道上，他把这些视为自己的职责。这样，要是有人争吵或是含冤负屈，希望面见国王来裁断时，押沙龙就要喊住他说："你是哪个城的？"要是这人回答说："你的仆人是以色列一个部落的。"押沙龙接着就要奉承他几句,说:"瞧,你做的事出于一片好心,是正确的。可是,这里没有国王委派的人听你诉说,除了我之外,没有别人。我要担起这个职责来。"

其实,就像历史上众多的伟大领导人一样,那颠来倒去的施政细节很快就使我腻烦了。我的真正工作是战争,而不是统治。喜爱战争的人在和平时期,就像鱼儿离开了水。在大多数的时间里,我几乎都不知道干什么才好。哦,我不过是个肩负委派责任的模范人物。就像任何一个想得到什么就能得到什么的人一样,约押当上了我的全军统帅,比拿雅掌管由基利提人和比利提人组成的宫廷卫队,亚多兰掌管服苦的人,蹦蹦跳跳的约沙法是我的史官,撒督和亚比亚他是我的祭司长,我的儿子们都是主要的统治者,可他们向来不精通统治之道。在众多的建制中,我曾忽视了一个有效的司法系统。当我听说押沙龙正代替我应付那些喊冤的民众,把我解脱出来时,我倒是赞赏他的进取精神。

"哦,我被封为王国的法官了。"我高兴地听说,我儿押沙龙正在安慰所有含冤抱屈的人们。那些人穿过耶路撒冷的城门希望面见我,"每一个想要控告或是诉讼的人都可以到我这来,我要为他伸张正义! 多么遗憾,竟没有人替国王听你们诉说。我要借此机会为他断案。"

他想断案吗? 那就让他断吧,我太高兴了,我竟看不到我儿子代理我理政,在笼络人心上获得了那么大的成功。我不知道,他正通过这种方式有目的有计划地把我搞垮。即使有人警告我,我也不会理解他为什么要这么做。他不是我的第一继承人吗? 正是我这种爱子之心和马马虎虎的态度,使他羽翼丰满了。时至今日,我还是不能相信自己,像我这么世故和精明的人,竟被父爱诱入歧途,模仿起鸵鸟来了。这种笨拙的鸟站着,把脑袋钻进沙土,因为它不希望看到阳光下的善与恶。

我对待押沙龙就采取了鸵鸟的方式。不论谁走到他的身边向他致敬,他都要伸出一只手抱住来人,亲吻他,我看不出这对我有什么危害。所有来找国王裁断的人都受到了押沙龙的这种接待——这样押沙龙就巧妙地博得了以色列人的心。我默默为他喝彩,心里充满了慈父的快乐,得意扬扬,我那无与伦比的儿子给我带来了骄傲和快乐，他的所作所为和那翩翩风度，很受我的赏识。他窃取了以色列人的心，对我的心倒有益处，因为这个被我视为宠儿的儿子，是我的首要继承人，也因为他将要接替我做国王，将要受到人们的尊敬、赞扬和爱戴。

我怎么能料到他等不及了呢？我做梦也想不到这一点。确实，要是他毕恭毕敬地等待，他现在还得等着呢，这样一来，他也就不会那么年轻和具有超凡的魅力了。因为我活得太久了，就连亚多尼雅那样轻浮虚伪的人也因迟迟不能接受国王的遗产而焦躁不安，越来越不愿意被动地等待继承了，也不想被动地等待我的书念少女亚比煞了。

"你看不见亚多尼雅是怎么看她吗？"拔示巴继续含沙射影地说，"每次来见你，他都用淫荡的目光浑身打量她。你瞎了吗？"

他正继续筹备举行那次铺张的户外宴会，会上他要用丰盛的酒菜、奢侈的摆设以及声称自己将成为国王来炫耀吹捧自己。他好像感到没有必要先得到我的允许再举行宴会了。他选择的宴会地点是在城外的一片空地里，宴会上他要款待众多的宾朋，从城里和四周乡下来观看的人不计其数。约押和他决定邀请谁、不邀请谁。他邀请我去赴宴。他还没打算请所罗门或拔示巴。为什么还不请呢？他不喜欢他们，如果他愿意冒犯他们，那个理由倒也够合情合理的。为什么不邀请撒督？亚多尼雅已经有一个祭司了。是他选择了亚比亚他吗？是亚比亚他选择了他，他傻笑着回答。

与自我欣赏的人在一起是难以高兴起来的：一个人的服装、过分的笑声和走路的姿态，说明他是个什么样的人，而我就不喜欢他的装束、笑声和步态。我现在既没有精力，也不希望再走出我的宫殿了。亚多尼雅建议在公牛拉的四轮车上安一顶舒服的轿子，把我送去。即使我吃不了多少，我们也可以并排坐在餐桌上。他要在祝酒辞中赞美我。我将讲话，他要拍巴掌、吹口哨。

"我会冻僵的。"我拒绝说，这又使他想起了另一个请求。

"我可以娶亚比煞做我的妻子吗？"亚多尼雅的请求使我惊讶。

"难道你不知道，"我答道，紧紧盯住他的眼睛，"要求得到亚比煞，就是要求得到王国，约押没告诉你这一点吗？"

"你知道这王国迟早是我的，它不是我的吗？"

"要是它真的不是你的了，"我冷冷地对他说，"你再要求得到亚比煞，看看会发生什么。难道你连我死了，咽了最后一口气，跟我的父辈们去长眠都等不得了吗？"

"约押认为现在要亚比煞是个好主意。"

"你非常依赖约押吗？"

"我靠他维持和平。"

"你要邀请比拿雅吗？"

"约押说没必要。"

他从我窗下的大街上驶过，我听到他登上马车离去时车马发出的一片喧嚣和那五十个人装腔作势的吆喝声。他有五十人为他骑乘时开道。

"他自认为是押沙龙呢。"拔示巴嘲笑说，脸上一丝笑容也没有。

他在竭力效仿押沙龙，妄想得到我的黑发王子那如同熠熠磷光一样放射的魅力，可他却忽视了押沙龙那悲哀可怜的结局，这一结局把押沙龙抛进了林中肮脏的坑里，坑上面又压满了石头。

我现在不想看到发生另一场暴乱。押沙龙是以表面毫无害处的方式发动了他的叛乱，他提出了一个平常的请求，他对我说要到希伯仑去履行他在亚兰的基述居住时立下的誓言："我发过誓，要是上帝再次把我带回家去，我就用牲畜来祭奉他。"

"耶路撒冷就没有祭司吗？"我不解地高声问，其实是在迁就他。

"在希伯仑他们不满意我们，因为我们住在耶路撒冷。"[1] 押沙龙平时并没有这么敏锐的洞察力。我现在怀疑，那时亚希多弗，或者也许是约押，已经在帮他出谋划策了。"要是我们去见他们，他们就不大可能再和我们争

---

1 指在希伯仑的人不满大卫定都耶路撒冷。

辩,说我们抛弃了犹大。我的出使不仅有圣礼意义,还有外交意义。"

"祝你一路平安。"我说道,妥协了。

这样,押沙龙动身去了希伯仑,但是,他也随身带着叛乱计划。他要挑起战争,推翻我。

谁能料得到呢?他竟反对起我来了,我是一国之王,他的父亲,一个已经受到超过他应得的惩罚的国王和父亲。我爱他都胜过爱我自己了。谁又能料到,一个傲气十足、感情外露的青年人也会油嘴滑舌地欺骗,一个反复无常、粗心大意的人也能这么狡诈?我本该记住,我那英俊、黑眼睛的儿子心中复仇怒火埋藏的深度。整整两年,他迟迟没有杀死暗嫩,而且他从没有把心中积压的凶狠的复仇心暴露出来。当我的军师基罗人亚希多弗那狡猾的智慧还能被利用的时候,我就该和他更多地监察押沙龙。这个基罗人亚希多弗从来没有失算过——甚至在他骑驴回了家,料理完家事后上吊自缢,也没失算。他死了之后,下面这句话就成了格言:"那个亚希多弗,年纪轻轻就死了,可他从来没错过。"

唯有一次,他错误地设想我儿子会采纳他无懈可击的劝告。对他们二人来说,那都是虚荣。亚希多弗背叛了我,为押沙龙效力,尽管他一贯正确,但他却低估了这个浮华、贪掠的王子的能力。押沙龙本性自私自利,首次胜利使押沙龙忘乎所以,以为自己不会犯任何错误,于是自高自大起来。

押沙龙开始反对我时,暗中把密探派到以色列各个部落。这些探子对可能与他们同伙的人散布说:"你们一听到喇叭吹起来,就高声喊叫:'押沙龙统治了希伯仑。'"

押沙龙打点行装,去了希伯仑。碰巧,两百名不知内情的宗教旅行者也随他离开了耶路撒冷,这些人感到有义务与押沙龙在同一个喜庆的日子里敬奉上帝,而押沙龙不过是假装要参加那节日活动。他们单纯地与押沙龙前去,对别的一概不知。这些人一起和押沙龙到了那座城里,不久他们就发现自己也被算作支持押沙龙反对我的人了。接着,押沙龙就吹响了喇叭,宣布自己是国王。押沙龙又立刻派人请我的大军师,亚希多弗,离开他的城,甚至是基罗,来加入押沙龙的叛乱。当押沙龙等待音信,他的探子把政变的消息传向以色列各部落时,他为上帝祭献了牺牲。

基罗人亚希多弗投靠了押沙龙,这伙叛军声势大振,强大起来了。叛乱如同野火,越烧越旺。人们不断地倒向押沙龙,这使我感到惊疑不解。

谁会料到我竟得罪了这么多人?在我还不知道发生了什么之前,叛军的人数就超过了我军的人数,我被推翻了。

兴高采烈的叛党们,成群结队拿起了武器,从北面、南面和西面逼向耶路撒冷。这也使我选择逃跑的方向变得简单了。我只得向东逃进旷野平原中,到约旦另一面找个安身之处。从犹大,甚至到以色列,人民都跑到他那边去了。

"以色列人的心都向着押沙龙。"信使回报说,其后所有的报告,带来了更坏的消息。

我必须立刻出逃。

"准备好,我们逃出去,"我看到大势已去,命令在耶路撒冷跟随我的人们,"不然,我们就逃不出押沙龙的手了。迅速撤离,以防他从后面突然追上我们,伤害我们,以防他用刀剑血洗这座城。"

我谁也不相信了。谁会跟随我,谁会留下来?我的仆人们好像准备好了,我指向哪里,就跟我到哪里。

我迅速打起行装,以便有时间尽快撤退。我从宫中出来,奔向城东边的汲沦溪,我的全部家眷和仆人都跟随着我。我出逃那会儿,家眷队伍已经大得惊人,包括我所有的妻子,我积攒起来的妃子——妈的,这些妃子毫无用处,我现在烦透了她们——还有哭哭啼啼的孩子们。我留下了十个女人为我守房子,她们都是妃子。我严厉命令她们为房间通风,每天要在宫顶上晾晒床上的用品,不管谁住在那都要这么做,以备我迟早返回宫殿时用。我要尽快逃出去,对于我来说,在城外空旷的战场上打赢任何一场战斗的希望都比在城里开战取胜的希望要大。城里我不能发挥兵力的最佳优势,我也看不出谁忠于我,谁不忠于我。我已经失去了亚希多弗。我的外甥亚玛撒,我心爱的姐姐亚比该的儿子,投靠了押沙龙,做了全军统帅。我也看不到约押。我向东出发,奔向汲沦溪,我又一次为自己可怜的境遇伤心,我连个安全的栖身之处都没了。

我在溪水边停下来观察形势。我当然能看到自己并不是孤立的。我的情绪好转起来。比拿雅和所有的基利提和比利提士兵,忠诚地站在我一边,正从我身前涉过汲沦溪。我不知道自己会不会被人冷不防逮住,在第五根肋骨下挨上一剑。如果第五根肋骨是我的目标的话,扫罗就可能被我刺上一剑了。接着又走来了以太和他的迦特人,总共六百名战士,在我打败非利士人之后,他们就随我从迦特回来,到我的军中服役。他们从我身前走了过去。我已经多少有些部队了。当我看到以太和他率领的迦特人及时赶来时,一股感激之情都要使我的心碎了,我的感情脆弱了一分钟。我可能是过分自怜了吧。我替以太惋惜的同时,自己也难过起来。

"你为什么还跟我们走呢?"一种惋惜之情涌上心头,我脱口问道,"回到自己的地方去,与新国王待在一起吧,因为你是新来的,还是个背井离乡的人。我知道没有家意味着什么。你昨天才来,我今天怎么好让你随我颠沛流离,四处转战呢?我还不一定要走到哪里,你回去吧,带走你的兄弟们。愿怜悯与诚实与你同在。"

以太回答我说:"上帝在上,我主我王在上,不论我主我王走到哪里,不管是生是死,你的仆人都要跟随你。"

"去渡过溪水吧。"我对迦特人以太说着,几乎又要哭起来。我不知道,要是他接受了我的建议,我又会怎样。再痛哭一场。

迦特人以太带着他所有的士兵,还有跟随他的妻子和孩子们,涉过了溪水。所有的人都渡过了汲沦溪,随后我本人也渡了过去。这时,仿佛整座城、整个王国都失声痛哭起来了。我走向这座城和约旦平原之间的旷野。然后亚比筛带着勇猛顽强的表情,也赶到了,他还带来一大队久经沙场的勇士,他们来自我的正规军。不,我绝非孤立。

"你的哥哥约押,"我问亚比筛,"到哪儿去了?"

"我岂是看守我兄弟的吗?"他含糊地答道,"我在城里没看见他。"

比拿雅什么也没说,悄悄地在我和亚比筛之间派上了人来保护我。瞧,使我惊讶的是,我的祭司撒督,他身边所有的利未人,还有每一个祭司,也离开了耶路撒冷,他们还抬来了约柜。这些人把约柜放下来,等待我再度开始这可悲的旅程。然后,我的另一个祭司也加入了他们的行列。这次出逃成了一次比我料想的大得多的转移——一次不断膨胀的大撤退。幸运的是,我保住了脑袋。我让他们把约柜再抬回去。这些祭司还效忠我,真使我精神振奋,但是,他们回到城里假装效忠押沙龙,对我会更有益处。他们现在跟我在外面跋涉,倒是我的累赘。他们还得吃饭,又不能打仗。现在可不是搞游行仪式的时候。

"我是大卫,不是摩西,"我一定要让他们知道,"我还要回去的。要是上帝恩宠我的话,祂会再次保佑我的,再次把祂的约柜和住地送还给我。但是,要是上帝说祂不喜欢我,瞧着吧,我就在这里等着,让祂随意发落好了。不管怎样,约柜还要留在圣城里。另外,"我又对撒督和亚比亚他说,"你们二人不都是预言者吗?那么带上你们的两个儿子回城里去,看看能为我搞来什么情报。在你们送来消息,告诉我怎么行动之前,我要一直等候在旷野的平原里。"

撒督的儿子亚希玛斯和亚比亚他的儿子约拿单可以充当送信人。这样,撒督和亚比亚他又把约柜抬回了耶路撒冷。他们在城里假装虔诚敬神,安分守己,伺机为我打探消息。

在他们走后,我沿着橄榄山的山路向上走去,我双手捂住脸,赤着双脚,边走边哭。我沮丧地回想着,自从我像一颗来自伯利恒的小小星宿,第一次闪出光来到现在,桥下不知流过了多少水。我感到一切都付之东流了,我被这世界抛弃了,我的敌人剥夺了我的一切。直到我抬起头,发现我手下的人都捂着脸,上了橄榄山,在我的身后边走边哭时,我才消除了这种失落感。

在山上,一个仆人向我证实,亚希多弗到底投靠了押沙龙,与那一伙阴谋者同流合污去了。我听到后，吓得战栗起来。我仰望苍天，对上帝说道："哦，主啊，我恳求祢，将亚希多弗的主意变成废话吧。"

我不去指望这次祷告。我在山顶上祈祷上帝，看见亚基人户筛走上来见我。他衣衫褴褛，满头泥土，悲痛得不得了。他可能是来回答我的祷告的，因为我看到他的一瞬间，事情发生了转机，我想出了个大胆的主意来。亚基人户筛是我幕僚中的另一个重要人物——这个人注重实际，有远见卓识，我可以把心中的想法对他说出来。

我把他拉到一边，低声向他吐露说："你跟在我身边，只会成为我的负担，因为你不能打仗。要是你回到城里，对押沙龙说，'哦，陛下，因为我一直是你父亲的仆人，所以现在也要做你的仆人了'，这样，你就可能为我挫败亚希多弗的计策。不论你从新国王那里听到什么消息，都要转告祭司撒督和亚比亚他。注意，他们的两个儿子也同他们待在城里，你可以让他们的儿子把你听到的告诉我。"

这样，户筛就回到了城里，等候我儿押沙龙进入耶路撒冷。

翻过橄榄山的小山顶，我沿着一条蜿蜒的小路从山的另一侧继续走向旷野平原。当我经过巴户琳时，示每，那个讨厌卑鄙的家伙突然蹿了出来，他的突然出现很快就使以色列人忠于我、反对犹大暴乱的所有希望成了泡影。扫罗家族也在反对我。示每出来诅咒我，他来到近处时还不停地叫骂。就在我最痛苦的噩梦中，也想象不出像示每那么丑陋的形象来。他向我飞石块，向我身边的人飞石块，为了使我免遭石击，我右手一边的人和我左手一边的人把我紧紧地挡了起来。示每是这样咒骂我的：

"你这流人血的坏人哪，去吧，去吧！你流扫罗全家的血，接续他做王，耶和华把这罪归在你身上，将这国交给你儿子押沙龙。现在你自取其祸，因为你是流人血的人。"

你认为我完全明白他说的是什么吗？谴责詹姆斯一世的那些翻译家去吧。这番幸灾乐祸的嘲骂激怒了洗鲁雅的儿子亚比筛，他高声对我说：

"这死狗岂可咒骂我主我王呢？求你容我过去，割下他的头来。"

我果断地拒绝了。我对亚比筛说："亚比筛,你一张口就要摘人的脑袋。你告诉我,你哥哥约押哪去了?"

"我知道吗?"

"让他咒骂,"我对自己的处境完全了解,"因为是耶和华吩咐他说:'你要咒骂大卫。'如此,谁敢说你为什么这样行呢? 让他活着吧,或者耶和华见我遭难,为我今日被这人咒骂,就施恩与我。"

我和我的人忧心忡忡,继续艰难地向下走去,示每也沿着山脚跟我来了,他边走边骂,向我飞石块,甚至扬泥土。我们走出好远,把他抛到了后面,他才停下来。我们疲惫不堪,吃力地下了山,来到平原上休息。在我们休息时,押沙龙和他的追随者们迈着胜利的步伐进入了我放弃的那座城。叛徒亚希多弗随押沙龙进城了。我坐在地上,又想起了我以前的恩人扫罗。他在最后的日子里被上帝和撒母耳抛弃了。我真想用诗来唱唱国王之死,可我的仆人们太劳累,都没心听了。我想再一次歌唱阿喀琉斯的愤怒,可我又觉得自己唱不好。

与此同时,我的内线亚基人户筛正站在耶路撒冷的王道上,向进城的押沙龙欢呼着,迎接他:"上帝保佑国王,上帝保佑国王。"

押沙龙认出户筛时便停了下来。"这是你对朋友的友谊吗?"[1]他辛辣地问道,"你为什么没跟我父亲一起走呢?"

狡猾的户筛回答说:"不,我要做上帝和祂的百姓、全体以色列人所选择的那个人的仆人,我要同他在一起。"户筛继续往下说:"另外,现在你是国王,我不为你效力,为谁效力呢? 因为我在你父亲面前侍候过,所以我也将在他儿子面前侍候。"

押沙龙被这番恭维话蒙骗住了,考虑到户筛过去在我手下发挥过很重要的作用,就让户筛做了他的谋士。当押沙龙为下一步行动寻求计谋时,户筛彬彬有礼、保持沉默。狡诈的亚希多弗建议说:"操你父亲留下看守宫殿

1　朋友指大卫。

的妃子。"户筛对此没有提出反对意见。

"十个都操吗?"

"每一个都操。"

"她们是他最下等的妃子。"

"可到那时,所有以色列人都会听说你父亲厌恶你,"亚希多弗解释说,"你手下的人将明白你失败会给他们带来厄运,因此会勇猛作战的。女人是国王的财产,人民将知道,你父亲的一切都属于你了。"

"上帝保佑国王。"阿基人户筛说。

这样,他们在宫殿的顶上为押沙龙支起了帐篷,押沙龙在光天化日之下,当着全体以色列人,以近似拿单预言的那种方式,奸污了他父亲的妃子。在他弄完第七个以后,下面一大群围观的人,疯狂地为他喝起彩来,狂吼着怂恿他继续弄完剩下的妃子。人群里带头喝彩的还有姑娘们。

"让我们给他一个A呀!"她们一起喊着。

毫不奇怪,当他弄完了十个妃子之后,已经气喘吁吁了。性欲亢进之后的极度疲倦使他衰弱无力,这就为拯救我埋下了种子。

"下一步怎么办?"押沙龙软绵绵地问道,主要是问亚希多弗。在那些日子里,亚希多弗使押沙龙对他的主意言听计从,就像事先求问了上帝的圣言一样。"我一点劲儿也没了。"

亚希多弗很快就想出了一个明智的建议。"那么让我选出一万二千人,"他主动对押沙龙提出,"我今晚亲自去追捕大卫。士兵就在这里,我们立刻就能启程。"户筛后来告诉我说,当他听到这个主意,看出了其中的智谋时,感到心脏的跳动都变弱了。亚希多弗继续说道:"我要趁他疲惫,无力抵抗的时候,扑上去打他个措手不及。跟随他的人会在混乱中逃走。我专杀国王,其他人看到没有别的国王可以效忠了,就会投向你。这样我会把所有的人都带到你这来,他们都会平安无事的。"

这个计谋在押沙龙和周围其他人眼里,与在户筛的眼里一样是有见识的,亚基人户筛焦急万分,担心这个计谋会马上付诸实践。这可是考验人的时刻，户筛并没使我失望。

　　"亚希多弗出的计谋在这个时候并不适宜，很抱歉，我不得不说。"当押沙龙让他发表意见时，他小心谨慎地说着，一边提出异议，一边用力点头。他装出关心的样子，策略性地阐述了为什么那个计谋不适宜，他还精心地把道理和奉承话掺到一起，就像个制药师在搅和止痛药膏。"你了解你父亲和他手下的人，他们都是勇士，你父亲是能征善战的人。他不会和百姓住在一起的。"——我正是那么做的——"也许他正藏在某个低洼处的灌木丛中，或别的地方等着你呢。战斗一开始，你的人免不了要被杀死。不论谁听到这个消息都会说，'跟随押沙龙的人被杀了'，心里都将充满恐惧。即使勇敢的人，有一颗狮子般的心，也会完全软下来的，因为整个以色列都知道你父亲是个勇士，跟随他的人个个英勇善战。因此，我劝你等待，等待所有的以色列人都归向你，从但直到别是巴，就像大海边不计其数的沙粒一样。你到那时再亲自率军出征。所有的以色列人都在你的周围，谁还能抵挡得了你？这样，我们发现他的踪迹后，就扑向他，如同露水落到地上，突然降临在他头上。他和跟随他的人会被杀得一个不剩。此外，要是他进了一座城的话，所有的以色列人会拿上绳索到那儿去，把这座城拖进河里，直到一块石头都不剩。"

　　押沙龙正沉浸在对自己的想象之中，他正走在户筛为了使他快乐而凭空捏造出来的雄伟的队伍前面，所有的以色列人都跟在他后面。押沙龙断定，亚基人户筛的计策比亚希多弗的好。从不冒险的户筛差人告诉撒督和亚比亚他迅速派人送信，要他们的儿子亚希玛斯和约拿单给我报警，说我的敌人要下手了，催我火速在那天夜里远离耶路撒冷，能走多远走多远。这两个青年人刚一上路就被押沙龙的哨兵发现了，很快他们自己也成了被追逐的猎物。他们迅速跑开，最后拐下大路，躲进巴户琳的一户人家。这家的男人是我这一边的，他的庭院里有一口水井，他们藏到了井里。这家的女人用盖子把井口盖了起来，又在井口四周堆放了麦子，蒙骗追捕的一小队人马。这一小队人被女主人错指了路，在女主人指的路上他们没发现任何踪迹，空手返回了耶路撒冷。道路畅通之后，亚希玛斯和那个青年人约拿单从井里出来，继续在布满星星的夜里赶路，最后，他们来到了我歇息的地方。

"哨兵，夜里有什么动静？"我听到营地一个哨位骚动起来，便警觉地问道。我在四处布了哨兵，与扫罗不同，我可从来没有在地上小睡的时候被我那样的人逮着过。

"两个信使，"我的卫兵回报说，"亚希玛斯来了，约拿单也来了。"

他们二人都跑得热乎乎的，浑身大汗淋漓。我先认出了撒督的儿子亚希玛斯，便严肃地问他。

"过去住满人的城里怎么冷冷清清的呢？"

"城里又住满人了。"亚希玛斯的回答使我失望。接着他详细讲述了我们出逃后发生的事件，他讲了可恶的亚希多弗，讲了户筛那紧迫、可怕、催我火速渡河的警报。用户筛的原话说，"今晚不要在旷野的平原上过夜，立刻渡河，不然，你，连同跟随你的人，就会被吞掉"。

谁站在我一边，谁呀？就像扫罗落入凶暴的疯狂之渊一样，在忧伤和失望中，我真想放声痛哭一场。要是我真的哭上一通，可就傻透了。因为我周围的人都是我这一边的，约押很快也来到了我身边，还率领一队他召集起来的士兵。我的力量随时都在壮大：我很快就有整编军队的时间了。然而，叛徒亚希多弗见自己的计策没被采纳，便骑上驴子奔向他的基罗城，回家去了，安排好家务之后，就自缢了。聪明的亚希多弗在我之前就料到了结果会是什么样子。他看到自己将无路可走。在户筛警告的催促下，我迈着沉重的步子向河边走去。晨光出来之前，我手下的人都渡过了约旦河。

我们脱险了。我的危险过去了，可我并没有扬扬自得。我心情沉重，步步逼近的悲剧，使我深深地垂下了头。我知道押沙龙会来追赶我，我知道他将死掉。他播下了恶种，将收获恶果。

我现在告诉你，是什么使我伤心。"我专杀国王。"押沙龙听了亚希多弗的劝告。然而我发布的命令却是："看在我的分上，不要虐待那个年轻人押沙龙。"我问你，一个孩子竟然穷追不舍地要他父亲的性命，而那个父亲却千方百计保护他儿子的性命，这对不对呢？他们告诉我，当亚希多弗说要杀死我，户筛说要像露水落到地上一样突然扑向我，说要把我避身的城池全拖到河里，连一块小石头都不剩时，押沙龙竟高兴得容光焕发起来。当他还小的时候，我的儿子，他总不让我睡觉。现在，他又不让我活了。

　　清晨，我们伴着第一声鸟啼爬起身来，一直向北跋涉，到了基列的玛哈念，也就是押尼珥和我交战时，他和伊施波设建立大本营的那座城。正是在那座基列边远的城里，我受到了忠诚善良的百姓的接济，我本应该从离家更近的犹大和以色列的居民那里更好地享受这些礼遇。

　　我们停下来休息、洗澡、吃饭、喝水，与此同时，押沙龙率领他匆忙招募起来的由神职人员组成的民军进了约旦。这些人就像参加庆祝活动似的来参加战斗，他们簇拥在他的旗帜下，如同跳舞的人们观看斩首示众和加冕典礼一样，要在基列和我交战。押沙龙任命亚玛撒为他的全军统帅，而我，感谢上帝，有约押为我督统全军。他们没有战斗经验，这一点从一开始就明显地暴露出来了。他们背靠以法莲的一片树林，在基列的一块空地上扎下营寨，如果他们想向后收兵，不可能灵活地调开军队，撤入林中。或者，如果他们不得不撤退的话，也不能有秩序地退到林子里去。他们兵力很多，本该在我们两翼扎营。我们奇怪，他们为什么偏要把自己限制在那个地方，限制在以法莲树林的前面，而树林的前面还有一片无路可行的密林，要穿过这片密林逃走是不大可能的。这种情况真的发生了，在他们的阵列被冲破之后，被这林子吞噬的人与死于刀剑之下的人一样多。他们没留下一兵一卒来钳制我们的侧翼。我带着种矛盾的心情看着他们犯下这些显而易见的错误。他们不知道自己在干些什么。我不想看到我儿子失败。我不想看到我那些跟随押沙龙的同胞被打垮。我把军队分成三队，敌人被吓傻了。他们不知道怎么对付我们，不知道怎么进攻，怎么防守。

　　甚至在他们还没有进入阵地之前，我就查点了手下的士兵，把他们分成人数平均的三支队伍，三分之一由约押率领，三分之一由亚比筛率领，剩下的三分之一归迦特人以太指挥。我打算像过去一样，同约押一起冲锋。可那天我的将领们根本不让我出战，坚持说，对于敌人来说，我顶得上一千人，他们杀了我一个就会毁掉全军，他们会不顾一切向我扑来。我同意待在两扇城门内等候消息。我伫立在城门旁，我的士兵一队队开向战场打击押沙龙。我经历的紧张情绪是可怕的。我感到心都提到嗓子眼儿了。

"看在我的分上，不要虐待那个年轻人押沙龙。"我用恳求的口吻命令着，先是命令约押，然后是亚比筛和以太。"谁也不许碰那个年轻人押沙龙。"

为了绝对保证那天参加战斗的人都熟悉我向统领们下达的这一命令，我恳切地把这些话重复了上千遍。那个不知名的战士，第一个看见押沙龙的脑袋卡在橡树杈上。他还记得我的希望，他不顾惹起约押暴怒的后果，拒绝在国王的儿子吊在那里时伤害他。

"你看见押沙龙，还没杀他吗？"因为约押还有许多残敌要肃清，他就简短狂怒地说了几句，"你要是把他砍到地下来，我会奖你三十舍客勒银子的。"

这个有勇气的男子汉对约押答道："就是给我一千舍客勒银子，我也不会伤害国王的儿子。因为我们听到国王命令你、亚比筛和以太，说'谁也不许碰那个年轻人押沙龙'。不然的话，我就是拿我的生命进行欺骗了。什么事也瞒不过国王，你本人也会对我翻脸的。"有多少次我希望约押记下了这个人的名字。

"带我到他那儿去，"约押命令，"我没工夫争论。"

这人把他带到那里，押沙龙的脑袋正挂在那棵树上，悬着身子。约押没有耽搁，用他手里的三支飞镖很快就了结了这件事。在押沙龙活着吊在橡树上时，约押用自己的飞镖穿透了押沙龙的心。后来约押到我的房间里轻蔑地非难我，要帮我振作起来，因为我听到了我儿子押沙龙的死讯，这毁灭性的消息使我完全崩溃了。然而，约押对我一点也没有掩盖那些骇人听闻的细节。

"然后，"当我停住哭泣，有气无力地坐在那里，呆呆地凝视约押时，他说道，"我命令那十个为我抬盔甲的年轻人，把押沙龙围了起来，刺他，砍他，就怕他死不了。"

"约押……饶了我吧。"我无力地抬起手。

"然后我把他割下来，扔进了林中的一个大坑里。"

"请你不要说了……我恳求你了。"

"又在他身上压了一大堆石头。"

"我的儿子，我的儿子。"

"别再喊你的儿子了。"

"没有葬礼吗？没有祈祷词吗？"

"他起兵造反，反对上帝的涂油者。"

"别说了，我恳求你，可别说了。"

可这是在从战场上回来的信使造成了小小混乱之后的事。他们第一次传来的消息使我产生了一种错觉，我以为接下来的消息都是非常好的消息呢。约押精明地选择了别人，而不是亚希玛斯，来告诉我最坏的消息。

战斗本身几乎是潦潦草草的。押沙龙的人很快就被击溃了，以法莲树林四周的乡间到处是溃逃的士兵。押沙龙遇到我的仆人们之后也逃跑了。他慌慌张张骑上了一头驴，这头驴从一棵高大的、伸展出密枝的橡树下走过，押沙龙的脑袋卡到了橡树杈上，他自己悬到了空中，屁股底下的驴继续赶路，留下他挂在那棵树上，虽然没有死，可也无能为力，直到约押赶到那里，用手里的那三枚飞镖结果了他。押沙龙死了。可我还什么也不知道。

然后，撒督的儿子亚希玛斯急切地对约押说道："让我跑去向国王报告胜利的消息吧，告诉他上帝是怎样替他向他的敌人复仇的。"

约押这时倒很理智，他本能地猜到，不该派这个年轻人向我报告全部真相。"你今天不能去报捷，"约押冷冷地对亚希玛斯说，"但你明天可以去。你今天不能去是因为国王的儿子死了，你不该带着这消息去见他。"

他另派了古示人跑到我这儿，把他看到的告诉我。可亚希玛斯等不及了，又一次请求尾随在古示人的后面见我，他要报告他的消息。

约押说："你手里还没准备好新的捷报，我的孩子，你为什么要跑去报告呢？"

"不管怎样，"这激动的年轻人精神饱满，热情积极地恳求说，"也让我跑去报告吧。国王离开耶路撒冷时我给他带去了悲伤的消息，现在让我给国王送去好消息吧。"

约押宽厚起来了。"去吧。"约押同意了，他肯定那个古示人将第一个把那糟糕的消息带给我。

可是亚希玛斯跑得更快，他选择了平原上更近的路，超过了古示人，把胜利的消息带来了。

我正坐在两扇大门之间的一张凳子上，城门顶上的哨兵向下面的守门人喊叫，说他看到一个人正朝我们跑来。为了尽快看清来者，我从凳子上跳起来，几乎摔倒在地，因为我的一条腿已经麻木，两个膝关节绷得僵硬。我不再年轻了。但我也没有我们那受人尊敬的士师，胖子以利那么衰老，我长时间坐在凳子上等待的时候，不禁想起老胖子以利，以色列倒数第二的士师，撒母耳忠诚的朋友，感谢上帝，他不是我的祖先。我记得，胖子以利也坐在城门前的凳子上，等待战场的消息，当他听说他们败给了非利士人、上帝的约柜也被掠走、以色列人都跑回自己的帐篷里的时候，他惊得从凳子上仰身倒下，折断了颈骨，死了。那时，以利九十八岁高龄，而且非常笨重，眼力也衰弱。我比他年轻，更有理由来期望胜利。我身体摇晃是因为更重要的事情。

"要是只有他一个人，"我望着急急跑来的信使，高声推断说，"他的嘴里就能有好消息。"接着哨兵又向下喊，说他看到了第二个人。我暗自想，他的嘴里也能有好消息，他们不可能带来失败的消息，不然，他们会成群结队跑来的。接下来哨兵又向下喊叫，说他看跑在前面的像撒督的儿子亚希玛斯，我听到后，大声嚷了起来，松了口气。

"那么，一定是好消息了！"我高兴地喊着，"因为亚希玛斯是善良的人，给我带来的只能是好消息。"

我看着他跑近时,他那欢快的样子好像证实了我乐观的期望是正确的,因为他正向我叫喊,他仰着头,瘦长、树褐色的胸脯一起一伏的,"一切都好,一切都好。"

"一切都好吗?"

对我来说那是最幸运的奇迹了:确实有一个上帝,祂回答祈求。我心底深处唯一的希望到底实现了:胜利是我的,押沙龙还活着!我四肢不住地颤抖,不禁潸然泪下。我在紊乱的歇斯底里的状态中,发出了阵阵大笑。甚至当亚希玛斯跌跌撞撞地在我面前停住,倒身跪下,脸朝地向我鞠躬时,我就想抱住这个可爱的男孩的脸,紧紧拥抱他。

"祝福主,你的上帝,"我命令他起身时,他上气不接下气地喊着,"他把反叛国王陛下的人消灭了。他们死的死,逃的逃。"

"那个年轻人押沙龙平安吗?"我问道。那才是我想知道的。

他的脸拉长了。他的脸色变得像鬼魂那么苍白,我感到喘不过气来。他带着内疚的神色,把目光移向了右边,接着又结巴起来。我凭直觉可以知道,不论他给我什么答复,都不会是直率坦诚的。"约押派我来的时候,"他说,"我看到人们乱哄哄的,但我不知道原委。"

我惶恐得不得了,命令他站到一边,给下一个跑来的人让路。第二个人刚冲到大门口,我急忙跑上去听他的消息。我几乎控制不住自己先去问个究竟,甚至在他还没说话的时候,就要打断他的话。

"消息,我的国王陛下,"送信人古示人气喘吁吁地向我喊着,"上帝今天向所有反叛你的人复仇了。"

我冲着他的脸尖声叫道:"那个年轻人押沙龙平安吗?"我真想用双手抓住他,把他的回答快点摇晃出来。

这个古示人,对我们那感情外露的表达方式不太熟悉,热心地答道:"愿国王陛下的敌人、所有起来伤害你的人,都像押沙龙一样吧。"

我太激动了,一句话也说不出来。我哽咽着转过身去,走上城楼,喊了起来。甚至在我上城楼时，我就听到了自己的哭声越来越大，很快我就失声痛哭起来，我听到了自己的哀诉："哦，我儿押沙龙，我的儿子啊，我的儿子押沙龙啊！上帝让我替你去死该多好啊，哦，押沙龙，我的儿啊，我的儿！"

我不停地哭喊。

我万分沮丧地哭着。我止不住哭喊。我也不想止住。就是永远哭下去，我也不在乎。我感到继续痛哭比做任何别的事情都容易得多。

我只顾哭喊，悲痛中我忘了，我那悲哀的举止正在降低为我战斗的人们的身份，正在把我们那天的胜利变成一出悲剧。城里的人们都听说了我是怎样在昏暗的城楼上为押沙龙的死而悲痛不已的。

"哦，我的儿子，我儿押沙龙啊！哦，押沙龙，我的儿子，我的儿子啊！"

我的士兵连续不断地从战场上返回，他们像羞愧的逃兵一样，悄悄地带着耻辱溜了回来。经过城门的人还没来到近处就能听到我的哭声，因为我是扯着嗓子哭号的，我用双手捂住脸，"哦，我儿押沙龙啊！哦，押沙龙，我的儿子，我的儿子啊！"

我每次都用更大的声音又哭又喊，我每次都感到悲伤的痛苦在减缓，停止哭泣的想法占据了我。除了悲哀之外，我什么也听不见，什么也没留意，直到几小时后，我听到底下有人清楚地说道：

"他还在哭吗？"

我听出这是约押的声音。

"他就是不停地哭。"

他们派人到战场上告诉约押我是怎样为押沙龙痛哭的。我曾命令门旁的人堵住房门，可约押还是晃着膀子闯了进来，他没说一句安慰话，或者同情地沉默一秒钟，他对我粗声粗气地说："大卫，已经够了。住嘴吧。"

"我的儿子，约押。我儿押沙龙，哦，我的儿子——"

"你自己在出洋相呢。"

"你不明白。"我尽力解释，"我失去了我的儿子，我的儿子押沙龙。"

"是你不明白，"他冷酷地打断我的话，"你正在失去一支军队。你的士兵感到羞耻。"他猛地把脸凑近。"就是这样,你使你的士兵感到羞耻,为他们自己感到耻辱,为你感到耻辱。"

"什么耻辱?"

"今天你侮辱了你所有的仆人,"他苛刻地非难我,嘴上露出了讥笑,"他们今天救了你的命和你儿女妻妾的命。可现在你却侮辱这些士兵。你像对待那些邪恶的、犯下罪行的人一样,对待这些士兵。"

他粗野的架势和古怪的言辞使我突然停住了哭声。我不知道他在说些什么。我停止哭泣了好一段时间,想弄明白他在说什么。我把积满污垢的泪水从眼睛和两颊擦去,又从鼻子下擦去了鼻涕。

"我怎么侮辱他们了?"我说话的声音有气无力。

"今天你又哭又喊,"约押赶紧回答,"说明你爱敌人,恨朋友,说明你没把你的王子们,或仆人们放在心上。我今天感到,要是押沙龙活着,我们大家都死了,你反而会高兴的。你不会像哭押沙龙那样,哭我们大家的,对不对?"

我含着泪水怯懦地承认说:"你说得对。"

"让我们把这件事当成秘密吧。"约押用温和一点的口气说。

"他是我的儿子,约押。他死了。"

"不然,他会把你我都宰了,大卫。你忘了吗?他们没告诉你吗?亚希多弗说要杀死你,押沙龙听了脸都放出光来了,他是多么愿意接受这建议呀!"

"那是怎么发生的?我先前没问这事。告诉我事情的详细经过。"我现在能更好地控制自己的感情了。

"依照你的计谋,我们分三路慢慢推进,各路之间隔一大段距离,我们等着他们进攻。"

"我是问押沙龙是怎么死的,"我插了一句,"告诉我他是怎么死的。"

他刚一开始讲诉,我就后悔不该问他,我恳求他停下来。他像个虐待狂一样津津有味地讲着,他不想掩饰或淡化那种残忍的乐趣,他煞费苦心讲起了我儿子被杀的细节,那头驴和那棵橡树、他手中的飞镖、林子里的坑,还有刀劈剑戳的尸体上那一大堆石头,一直说得我紧闭双眼,又要啜泣了。

"对,为我抬盔甲的十个年轻人围在前后,刺击押沙龙,砍他,把他从橡树上割下来,又扔进林子里的那个大坑。"

"我求你,"我央求说,"别说了,别说了。发发慈悲,怜悯吧,同情吧。"

"等你洗了脸,"约押说,"穿上干净的衣服,到外面祝贺那些为你战斗、为你献身的人,我再住嘴。他们今天是给你做了件坏事吗?你让他们看你的脸子?把他们赢得的奖赏给他们,允许他们对你欢呼庆祝。"

"庆祝什么?"我痛心地问。

"哎,大卫呀,大卫,你是个傻瓜——"

"庆祝我儿子的死吗?"

"——你是自私的白痴,你是笨蛋。你到什么候才能学会做国王呢?你忘了自己今天打赢了一场战斗,重新赢得了王国的统治权吗?大卫,我们不得人心,我们并不像自己偏要相信的那么得人心。这次叛乱还没告诉你吗?我们在北方从来都不得人心,结果说明押沙龙在犹大比我们受人喜欢。哎,大卫呀,大卫——舅父,舅父——你为什么那么瞎,看不出押沙龙为了笼络人心而施展的那些狡猾的欺骗呢?你当初对扫罗就是这么干的。派他出去安抚那些不满的人——他要做的不过是扭一扭手[1],动动舌头,就能得到一个反对你的人。他甚至连一个非利士人都不用杀。"

"你以前为什么不提醒我?"

"你能听吗?"

"约押,告诉我,我一直不明白,你为什么不跟着押沙龙走呢?"

"他会失败的。"

"你怎么知道?"

"我们有经验。"

---

[1] 表示失望或悲哀的动作。押沙龙曾在耶路撒冷城门口接见告状诉苦的人时这么做过,以此表示同情和难过。

"你是可以给他提供经验的。"

"我忠于你。"

"你为什么要忠于我呢?"

"我和你待惯了。我们互相了解。"

"就这些吗?"

"和押沙龙在一起会争吵的。他目中无人。统治者的位置只有一个。"

"在耶路撒冷,现在谁是统治者呢?"

"你可以是统治者,"约押说,"但我是左右全局的人。只要我是有权威、有力量贯彻法律的人,你就可以制定法律。押沙龙会两者都要的——他青春的精力太旺盛了——那样的话,这里就可能不需要法律了。"

"约押,你为什么杀了押沙龙?"我像执迷不悟的人,使自己冷酷起来。我不得不问。"我们已经打赢了,你为什么非得杀死我儿子呢?"

"你想做杀他的人吗?"他答道。

"没有别的惩罚了吗?"

"举个例子吧。"

"这真是进退两难,对不对?"我反问了一句。

"戴王冠的脑袋躺着不舒服。"约押毫无表情地说。

"扫罗过去总这么说。"

"你戴着王冠我感到满意,这也是其中的一个原因,"约押说着,脸上露出了微笑,"大卫,大卫,别糊涂啦。我们今天是打了一场仗,不是家庭纠纷。"

"对我来说,"我诚实地对他说,"这是家庭纠纷。"

"那么也把这当成我们的秘密吧,"约押说,"要不然,各地都会造起反来,你将得不到一兵一卒来帮你平定叛乱了。"

"约押,我的儿子,我的儿子押沙龙——"

"别来这个啦。"

"你没有感情吗?"

"让我告诉你实情吧，"他答道，"我对着上帝发誓，要是你现在不起来洗脸，换上干净的袍子，带着笑脸去见那些要见你的人，今天夜里，你身边的人就会走光的，你的军队也会走光。接着就是比你从年轻到现在所经历的灾难还要大的灾难。"

"比押沙龙死的这一天还要坏吗？比他死在我自己的士兵手里还要坏吗？"

"那只不过是一条命，"约押几乎是在说废话，"你到底为什么要这样大惊小怪呢？"

"为我儿子也是大惊小怪吗？"

"那又有什么了不起的？上帝从那只杯子里倒掉了和将要倒掉无数个像我们这样的水泡。"

"我们还能成为朋友吗？"他的话逻辑严密，无懈可击，我一时间找不到更好的话来回答，我承认我现在也找不到。

"那你现在就得起来，下楼去，对那些为你出过力的人痛痛快快地讲话。"约押是在讨价还价。

接下来是沉默。我按照约押说的，洗脸，梳头，换了新装，坐到城门里让所有的人看我，来到我面前，完成这件事要比我先前担心的容易多了。我过去憎恨约押还奇怪吗？我现在恨他还奇怪吗？

太阳落山的时候，公羊角发出了阵阵悲哀的乐曲，我们为死者举行了小规模的私人悼念仪式。祭司唱了哀祷词。拿单傲慢地发表了演说，他提到我们都来自泥土——他说这话已不止一次了——所有来自泥土的东西都将回到泥土中去，来自水的东西必定要到大海。要不是约押打断了他的话，他还会就泥土与水的问题再说上一阵的。甚至在那时，约押就和拿单发生争吵了。在接下来一分钟的默祷里，我低下头，为我儿子押沙龙的复活而祷告。我知道他是活不过来的。然后，我恳求上帝给我另一个约押，来帮我除掉这个约押。

我从我外甥亚玛撒身上看到了我想得到的那个约押的影子。我委派他去追捕消灭反叛者示巴。可亚玛撒很晚才动身，我知道自己又失算了。在这个糊里糊涂的傻家伙出现的时候，亚比筛已带着我派给他的一队人马上路了，约押计划在基便的巨石边截杀亚玛撒。

另外，打败押沙龙之后，一切都非常顺利，我重登王位是轻而易举的事。我认为自己把对押沙龙的悲痛很好地掩饰起来了。亚比该可以窥见我的感情深处，可她已随她的先辈们长眠地下了。拔示巴每天都要求见我，既然只剩下亚多尼雅挡在她的所罗门继承王位的路上，她便开始贪婪地利用对她有利的政治时机。她那时又搞起了占星学和炼金术。那时，我还不想考虑王位继承的问题。我把她远远安置在大车队里，不和她接近。我不想和她亲近。书念女孩亚比煞才一岁。

四分五裂的政治形势中蕴含着可怕的混乱，我现在不得不收拾这残局。为了给人民返回家园创造时间，让他们意识到，不管愿不愿意我将作为他们的国王返回耶路撒冷，我有意从容地拔营起寨。押沙龙死了，他们也没有别的国王可拥护。

我的特使向我报告说，北方以色列部落的人民，最先看出了恢复我的王位是明智之举，他们相互传说，是我把他们从敌人手中救了出来，从非利士人的手里解脱出来，现在他们涂油的押沙龙在战斗中死了，为什么大家还不请我回来做他们的国王呢？这倒不错。他们告诉我后，我由衷地高兴。

"犹大还没请求我做国王吗？"

还没有接到来自犹大的表示妥协的消息。我现在尝到了一种叫人恼火的酸味，过去上帝对付这些直脖子的百姓时，就抱怨过。我派人把强硬的言辞送到耶路撒冷我的祭司撒督和亚比亚他那里，让他们告诉长老们，质问犹大百姓为什么不在以色列之后请求我作为他们的统治者返回耶路撒冷。我和他们的亲缘关系还不够近吗？

"告诉他们，"我严厉地下达命令，"他们都是我的兄弟，都是我的骨头我的肉。你们也要告诉亚玛撒，说他是我的骨头我的肉，告诉他上帝对我就是这么做的，再对他说，他会在我面前代替约押继续做军队的统帅，只要现在就宣布拥护我。把这些都告诉他。"

我知道这最后一项条件有些草率。但我又会失去什么呢？像后来发生的那样，亚玛撒的一条命而已。

我给亚玛撒的好处是他所不能拒绝的。他很快便接受了我的建议，以色列和犹大不久便为了各自的目的，像猫和狗一样争吵起来，为的是赢得最卑下、最早归顺我的那种奴性的荣誉。以色列的长老们声称，他们有更大的权力，因为他们有十个部落，那是我王国的十个组成部分。我们不知在哪里还丢了一个部落，可我并不惋惜。犹大人回答以色列人说，他们在亲缘上离我更近。他们的竞争使我欣慰。

我悠然自得地穿过基列奔向约旦河的渡口，我对控制王国充满了信心，曾几何时，我就是从这里逃到约旦的。然而，我心里还有另一番思绪。我总也弄不清楚，我率领的人马是凯旋的队伍呢，还是送葬的队伍。与年高德劭的基列人巴西莱愉快地同行，使我心境平和。巴西莱可不是只能同享乐，不能共患难的人——在玛哈念，在慷慨无畏地帮助我的人当中，就有他一个。像香甜的葡萄酒一样，他也是难得的好人。他和蔼可亲，上了年岁，但既不啰里啰唆地唠叨，又不健忘，而且他的耳朵也听得非常清楚。打完仗后，他从罗基琳过来，提出要陪我走出约旦，一直到他看见我平安地受到欢迎，才停下来。我邀请他继续陪我到耶路撒冷，到那儿居住，我答应他自由出入宫殿，像国王一样生活。他摇动斑白的头，低声笑着。

"带上我的仆人金罕吧，"他亲切地谢绝了，"你看怎么好就怎么对待他，让他享受生活中的那些乐趣吧。"

"你为什么不去呢？"

他浑浊的黄眼睛里闪出光来。"我还能活多久，"他镇静地答道，"还要和陛下到耶路撒冷去？我今年都八十岁啦。你的仆人我还能品尝美酒佳肴吗？我还能听到男女歌手的歌声吗？"

"你的听力比你想的要好。"

"你的仆人我怎么能做国王大人的累赘呢？让你的仆人在约旦稍稍送

你一程,直到人们平安地向你致敬,欢迎你。然后我要恳求你,让你的仆人回去,死在自己的家里,埋在我父母的墓旁。"

酒是陈的好,朋友是老的好。"不论你提出什么请求,我都满足你。"

我知道基列人巴西莱绝不会提什么要求,因为他已八十岁了,他要回去平平安安地死在自己的城里,葬在他父母的墓旁。一个人享尽天年后,还有什么希冀的呢?走出约旦后,我们道了别。我吻了我的同胞巴西莱,为他祝福,让他回家去了。

"愿你很快就从失去爱子的悲伤中摆脱出来。"临别时,他安慰我说。

"愿你的服装永远洁白,"我用赞美来回答他,"愿你的头上永不缺油膏。"

他没能亲眼看见那可恶的、与他截然相反的人物,就是那个摇尾乞怜的势利小人示每——他拼命挤过严密的卫兵防线,成了第一个请求我宽恕的忏悔者。无数虔诚的人们挤在河边。当我到达吉甲时,犹大的人已经到那里迎接我了,并要送我出约旦。护送我的还有一千名便雅悯人。一条渡船在河上来回穿行,把我家中的一切都渡过了河,并随时听我的吩咐。突然间,那个唾沫四溅、侮辱人的白痴,基拉的儿子示每,从河对岸向我猛冲过来,他像动物一样边跑边叫,他扑倒在我的脚下,嘴里流着口涎,狂乱地恳求我饶恕他对我的侮辱。我背运时,丢了王位,狼狈地逃出耶路撒冷,他曾用一大堆恶语咒骂过我。我认出这个瘦骨嶙峋、令人厌恶、长着一双罗圈腿、发育不全的小矮子时,恶心得直打哆嗦,我沮丧地感到他可能要触摸我。

"我的主人,可不要把惩罚降到我的头上,"这个奴颜婢膝、品质恶劣的杂种又一次哭着请求,在他先前跪着的地上不住地伸伸缩缩,一副惊恐的样子。除了惩罚他,他妈的还指望我给他什么呢?"我的国王大人离开耶路撒冷的那天,你的仆人误入歧途所做的事,陛下不要放在心上。因为你的仆人现在确实知罪了。你看,正因为这样,在整个约瑟家族中,我才第一个出来迎接我的国王大人。"

妙极了,我心里说着,紧锁眉头,咬着嘴唇的内侧,寻思怎样才能最好地处置这个无赖。依靠我姐姐洗鲁雅的儿子们那极端的行为来帮我拿主意！这一次是亚比筛把宝剑握在手中了。

"示每这条狗诅咒上帝的涂油者，还不该杀了他吗？让我摘下他的脑袋。"

"又要摘他的脑袋吗？"我斥责道。从对亚比筛的回答中我意识到，我需要的是感激我的臣民们，而不是掉了脑袋的尸体。

"应该让他活着吗？"

"今天在以色列应该杀人吗？"我用神圣的口吻说，立刻把自己变成了布施善行的化身。"哦，亚比筛呀，亚比筛，"我挖苦说，"我怎么做好呢，我姐姐洗鲁雅的这些儿子们，你们今天应该和我作对吗？难道我不知道今天是我在以色列重登王位的日子吗？"

示每急切地重复说着："祝福我主我王。"

"示每，"我公正地对他说道，"你今天不该死。"我停下想了一会儿，又狡猾地补了一句："我当着上帝对你起誓，我不用我的剑杀死你。"

我在誓言中巧妙地留下一个漏洞。尽管我试了很多次，把这里的奥秘点给所罗门，可他对此仍然困惑不解。由于他的愚笨，察觉不出这个漏洞，我又不知把他母亲训斥了多少遍。如果我明确地命令他杀了示每，我就会违反誓言。

"我知道我指的是什么，"我又一次抱怨拔示巴，"你也知道，亚比煞也知道。他为什么就不知道呢？"

"我会告诉他的。"

"只有从黄口小儿的嘴里，才能有充满智慧的词句，表示出上帝规定的力量。"我说道。

"哦，大卫，大卫，"她嚷着，"这话可太美了。我真想永远听下去。"

"能激起你的性欲吗？"

"不管怎样，接着说吧。"

"我他妈的为什么从他嘴里就得不到一句有常识的话呢！"

"我会告诉他的，"她保证，"如果你答应让他做国王。"

"我不知给他解释了多少次。别把示每看作无辜的人，让他的灰白的头带着血进入坟墓。他甚至连什么是灰白的头都记不住。"

"我会坐在他右边解释的。"

"他能知道怎么去做吗？"

"比拿雅会替他干的。要是你封所罗门为国王，我就向你做这个保证。但是，现在就得指定他是国王。亚多尼雅太忙，城里又紧张。"

"城里的百姓不会马马虎虎的。"

"他们只是谈论亚多尼雅和他的宴会。我感到害怕。问问拿单，问问你的祭司撒督，甚至比拿雅。我们都害怕！"

害怕亚多尼雅，更害怕约押。要是我给约押暗示，他会立刻明白我要怎么处治示每，并毫不犹豫地完成我希望他干的事。然而，约押是我早就要杀掉的人中的幸存者，我不能指望约押干掉自己，能吗？这真是进退两难，我心里想。我几乎也不在乎这些，因为我将不久于人世了，除了孩子和王国外，身后什么也留不下。建个圣殿倒不错，可拿单不同意。一颗以我的名字命名的星宿也没什么可炫耀的。如果再说一句，我没留下什么虚荣，说这话的本身就又是虚荣了。要是我能把自尊放到一边，再次去寻求上帝旨意的话，我可能把自己进退两难的困境说给上帝，因为我在虚幻中能听到上帝的裁断。

"我应该答应亚多尼雅，把这王国给他吗？"我会这样问上帝。

祂会对我说："答应亚多尼雅。"

"可我该不该答应所罗门，把王国也给他呢？"

"为什么不应该呢？"上帝会这么回答，"告诉所罗门，你也要让他做国王。"

说到这儿我发现自己呆呆地默想了一会儿，若有所思地挠挠脑袋。"可是，如果我答应亚多尼雅做国王，同时也答应所罗门做国王，我会不会对这一个，或那一个失信呢？"

"是这样吗?"上帝说道,"你会失信的。"

我们过去像这样相处得满不错,祂和我。

令人烦恼的是,尽管我平定了押沙龙的叛乱,可我返回耶路撒冷后却不能随心所欲了。从那以后,我就再也不是强有力的统治者了。我感到在我离开之后,王国很快就会分崩离析。

是在我胜利归来,重践王位,完全掌握了军队之后,我还得忍受那次几乎要掀起来的叛乱。所有的犹大人,加上一半以色列人,把我从约旦送到吉甲,双方争着向我献媚。他们都为押沙龙抛弃过我,现在又你争我夺,将功补过。平分权势不会使任何一方满意,我又想不出有效的办法来消除他们之间的分歧。甚至在我的臣民间的矛盾不断深化,越来越敌视对方时,我还是想着押沙龙的背叛与死,这事比别的事情更紧地缠着我。犹大人的话比以色列人的话更令人难以忍受——他们干得比便雅悯人还坏——我几乎还没回到宫殿,比基利的儿子示巴,也是个便雅悯人,就无耻地吹响了喇叭,号召全体以色列人起来造反,不要跟我走,并扬言:"我们和大卫没关系,我们在耶西的儿子那里也没有继承权。大家都回自己的家去吧,哦,以色列。"

哦,以色列的人民开始离开我,跟他去了。他们真把我从忧郁中惊醒了。我要抓住看到的机会,把亚玛撒推到约押前面去。我限亚玛撒三日内集合起犹大的人马,并带着他们追击示巴。然而第四天还没见到亚玛撒的影子。这小子到哪儿去了?

"他们说他快到了。"我的史官约沙法说。

"圣诞节还快到了呢!"我反驳说,我命令亚比筛立刻出发。"不然的话,比基利的儿子示巴给我们带来的危害会比押沙龙的还要大。你带上我的人马追击他,别叫他窜进有护城设施的城里,别叫他逃出我们的手心。"

接着我又在亚比筛之后派出了约押,命令他察看我们可能没预见到的更不利的因素,并回禀我。当我那笨拙的外甥亚玛撒最后拖拖拉拉返回城里的时候,竟忘了穿一件可身的袍子,忘了带上自己的佩剑。我开始泄气了,预感到看错了人。我把约押的袍子和佩剑给了他。这两样东西对他来说都太大太重了——他像个小丑一样，蹒跚着走了出去。我命令他追上约押和亚比筛，接过指挥权。我不放心，又给他写了一道圣旨。

我时睡时醒。在那个死亡之夜，我被一场活灵活现的梦突然惊得坐起来，习惯地叫一声："太糟糕了！"

我的仆人们亮着长剑和短剑涌进屋来。我传了史官和书记。我清楚地知道自己在无意中做了些什么。"给我拍份电报！"我嚷道。

"我们没有电报。"耶何沙法为我喊回了仆人。

就像我不祥的直觉预见的那样，到了第二天中午，一切都晚了。

"我的弟弟，你身体可好？"约押和亚玛撒在基便的巨石边相遇后，口蜜腹剑的约押带着慈父般的微笑问候了亚玛撒，同时抓过亚玛撒的胡子亲吻他。约押一直在巨石边等着亚玛撒，就像命运诱惑他一样。

"哥哥，我在这儿见到你真高兴，"亚玛撒匆匆地答道，"他们朝哪走了？"

"让我帮你一把。"约押亲切地说着，用剑刺透了亚玛撒的第五根肋骨，亚玛撒的肠子淌了一地，约押也用不着刺第二剑了。

"我拿他如何是好呢？"我听到亚玛撒遇刺的消息后，回到家中与比拿雅说。

无计可施。约押是犹大的雄狮了，亚比拉的人民在伯玛迦割下了示巴的人头，抛给了约押，他平定了以色列疆土上所有的叛乱，胜利回师耶路撒冷。我是国王，可他是赫赫有名的英雄。实际上，他成了左右全局的人物，我反而觉得自己不太像个国王了。我早就知道像个英雄一样的人会有什么感觉，我也不在乎有没有那种感觉了。

自从我妻子亚比该去世，我儿子押沙龙叛乱被杀之后，我真的对什么都不太关心了。我仍然不知道，押沙龙的叛乱和押沙龙的死，哪个使我更伤心。那次令人沮丧的胜利之后，我从玛哈念返回的途中，就没感到自己像个胜利者。相反，我感到自己像个逃犯，我现在还有这种感觉，像一个被无法制服的、看不见的恶魔长期追逐的逃犯。在断断续续的睡眠的间歇里，我感到自己像个精疲力竭、穷途末路的猎物。随着死亡一天天逼近，我想起了基列人巴西莱，产生了羡慕之情。当他死期将临，享尽天年后，他能从一种平静的自然完结的感觉中得到乐趣，而我就没有这种感觉。我渴望亚比煞时就召唤她，她每次都来。可是我从她身上得不到热量，她离开后，我又回到了从前的孤寂之中。然而，我知道，我爱她。我的后背上有只甩不掉的猴子，我现在知道那猴子是谁了：他的名字叫上帝。我一直看着祂的脸色活着：祂戴着厚厚的眼镜，不仅把我们引向诱惑，还引向许多错误。征服祂许给亚伯拉罕的迦南，不是我最大的胜利；把以色列人从他们的敌人手中摆脱出来，也不是我最大的胜利。不。对我来说，在战斗中打败自己的儿子是更重要的，因为那种胜利是失败，我仍然有这种感觉。上帝知道我指的是什么。当我落入痛苦的深渊时，我感到离上帝近了。那是我知道他又靠近了的时候，现在我渴望用亚哈在拿伯的葡萄园对以利亚说的话，向我的全能的上帝呼喊出我一直要对祂说的话："哦，我的敌人，你找到我了吗？"

可亚哈为巴力建了祭坛，屠杀耶和华真诚的信徒。亚哈与他妻子耶洗别犯下了不计其数的罪孽，上帝因此而憎恨他和他的妻子。而我做的不过是操了一个女人。

"还把她的丈夫派去送死。"要是我和上帝能像过去那样说话，我会听到祂改正我的话。

"魔鬼迫使我干的。"我会提醒祂，也是为自己辩护。

"不存在魔鬼。"祂会争辩着回答。

"伊甸园里没有吗？"

祂会对我说："那是一条蛇。你可以去查查。"

我知道错误不在我的命运里，而在我自身。我学了那么多对我没用的东西。人类的大脑自有固定的看法。

第十三章 在麦比拉洞里

　　但我想把纷纭复杂的事情都告诉拔示巴。"有神灵在设计着我们的结局。"出于为别人着想，我这样解释。我知道，那令人沮丧的事是没法避免了，我想减轻她的惆怅。"我们愿意怎样，就怎样来安排吧。况且，我们昨天的一切就已经给傻瓜们指明了通向死亡的路。"

　　她借口我说得含糊不清，执意用另一种无益的方式企图劝我支持所罗门。"两虎相斗，不能两存。"当我们从玛哈念返回耶路撒冷时，她这样乐观地估计局面。

　　"我希望你，"现在她恳求我，"别管亚多尼雅了，就确定所罗门做你的继承人吧。趁眼下人们还看重你，在亚多尼雅设宴之前，我就要你把这事办了，也免得你死后他们争来争去。"

　　"拔示巴，拔示巴，"我哄骗她说，"究竟因为什么我现在必须同意那么做呢？"

　　她回答得很诚实："就因为我要你那么做呀。"

　　"没有更好的理由吗？"

　　"请不要逼我了。"

　　对我能否同意立所罗门为王，她还没有把握，但这颗悬着的心已经被新的恐惧占据了，因为她已经看出我越来越近于无用，并且看到了亚多尼雅在鲁莽大胆地扩张自己，我收缩掉的地盘他全部占为己有。我听到越来越多的人在谈论着他将在城外不远的小山脚下举行野外宴会，时间已定，还告诉我他要上肉食。我说了不要那样，我现在几乎懊悔了。这是要举行一次野外宴会了。长方形木桌正在打制，为了避雨，还要搭起黄白两色条纹相间的帐篷。经常可以听到街上有越来越多的人在欢呼："亚多尼雅万岁！"他们的喊声就像被他雇来在战车前鸣锣开道的那五十个人的声音那么响。可那又有什么错？我就要跟我的父辈们一样长眠地下了，还管他万不万岁干什么？我自己左思右想，不知他们能否尊重我的意愿，能否把我埋在希伯仑幔利的麦比拉洞，同我的祖先亚伯拉罕和撒拉、以撒和利百加、雅各和利亚他们冥路相伴。要是能和他们安息在一起那可太好了，不是吗？——那又是一次殊荣，虽然我感觉不到了。这种荣耀仍然会使我无比快慰。

有那么一段时间，拔示巴公开求助于亚比煞来影响我，后来她才明白这个年轻迷人的侍女什么忙也帮不上。

"所罗门不能做国王。"我再一次宣布说，也希望这是最后一次。作为一只无尾猴，所罗门会起到更好的作用。亚多尼雅可以是一只孔雀。"所罗门是个蠢家伙，拔示巴，他是个笨蛋。他连一分钟都维持不了。"

"我会坐在他的右边为他出谋划策。"

"你知不知道我上次和他谈话时他说了些什么？你不会相信！"

"他告诉我你不让他解释。"

"他要建立一支海军。"

"建一支海军又有什么不对的？"

"谈到统治国家，你的聪明跟他差不多。他一点儿头脑都没有。"

"如果达到了统治国家的目的，"她问道，"有没有头脑又怎么样？"

当然，她胜了我一筹。但我抓住我们的要点不放。

"向亚多尼雅致敬吧，"我忠告她，也是在警告她，"向他欢呼，为他效劳。"

"我宁愿去擦地板。"

"我一死,他就是国王。"

"那你还是活着的好。"

这使我大笑起来。

在我最后的统治里,事情发生得如此迅疾,使我无暇再一次考虑。

第十四章 列王

"好了，一切都结束了，不是吗？"我说。书念的少女亚比煞静静地听着，面部表情严肃沉静，让人难于捉摸。她的身上散发着茉莉花和肥皂的馨香，手指上带着一股很好闻的芫荽味儿。夜里她把我修饰打扮得干净整洁，轻柔地为我梳理花白的头发，用甘油和从潮热的白羊毛布上挤下的水来清洗我的眼角。她侍候我既沉静又周到。当我躺到床上时，她就给我盖上衣服，然后，她重新净体，涂上油膏，洒上香水，脱得赤条条的在我面前站上一会儿，我们用凝视的目光来传达彼此的心情，这以后她在我旁边蜷起身子，躺进我的怀里。这听起来不错，是不是？然而我得不到热量。况且我也不会跟她过性生活的。我又一次渴望着拔示巴，可她还在将我拒之门外。

"不管怎么说，我不是帮了你那么多忙吗？"

"我没空儿。"

拔示巴现在是母后了，坐在她儿子的右边。她承认她另外找的那个拒绝跟我性交的借口是不合适的。所罗门赢了，亚多尼雅输了。犹豫不决的氛围一去不复返了。所罗门坐上我的宝座顶替了我。亚多尼雅逃到圣殿，紧紧抓住祭坛的角，乞求不要用剑杀死他，他说保证做个顺民。所罗门完全根据自己的意思派人去对亚多尼雅说，如果他能表明自己有价值，就不会杀他。这使我感到意外。人民又振奋起来,因为内战没有了,他们又走上街头四处欢呼,这回喊的是:"国王万岁!上帝保佑所罗门王。"尽管这些话在我听来有点奇怪,我好像永远也习惯不了,但我其实满不在乎。事情结果怎么成了这个样子,有点不可思议,甚至我也感到很蒙。我知道理智跟这事没多大关系。我没有选择这个儿子而放弃了另一个,没有认为软弱无用的这个比浅薄放荡的那个强多少,后者举止像个舞星,满肚子男盗女娼。跟你说实话吧,我对谁也不喜欢。说真的,我是赌气这么做的,也是为了爱才这么做的。为了拔示巴我决定这么做,因为在我的一生中曾经有那么几年拔示巴使我快乐和幸福。除她之外,使我幸福的就只有亚比该。

我不愿意看见她一副担惊受怕的样子。

她一生中就说过一次真话,那是在亚多尼雅举行宴会那天,拿单意识到危机就要成为现实,真的感到害怕了之后,怂恿她说的。

所有被亚多尼雅邀请的人都到了那儿准备出席宴会。亚多尼雅在靠近隐罗结的琐希列磐石边,杀了许多牛羊。长长的桌子已经安放停当,桌上铺着蓝色的布和紫色的遮饰,黄白两色条纹的帐篷也支起来了。这听起来非常漂亮非常时髦,但你却想不出拔示巴有多么痛苦。亚多尼雅跟洗鲁雅的儿子约押和我的老祭司亚比亚他曾经商量过,这两个人都是从开始就追随他。现在还在帮他。我的年轻祭司撒督、先知拿单和耶何耶大的儿子比拿雅没有参加亚多尼雅的宴会,他们没被邀请,那些仍然效忠我的勇士们也没一个被邀请,因为他们不支持亚多尼雅。由于拿单先前就没出场,他就在后面反对亚多尼雅。开始看起来似乎是老的反对新的。亚多尼雅把他所有别的兄弟和国王所有别的儿子们都邀去参加野外宴会。但是他却没有请他的弟弟所罗门,这个有意的疏漏对许多人来说都兆示着严重罪恶的开始。正因为这样,拿单才对拔示巴说她或许能挽救她自己和她儿子所罗门的性命,并让她进来见我,指示她屈身下拜向我致敬,把所发生的事件的每一个细节都详细地告诉我。

他教她说:"我主我王啊,你不是曾经向你的奴婢我发过誓,坚定地说在你百年之后,让你儿所罗门君临天下,登上你的宝座吗?"

我说:"不要把这事跟我唠叨个没完,我没保证过这样的事,从来没有。"

"没有,但是,"稍有点紧张,带着愤怒的情绪,她尖锐地反驳说,"你保证过你还活着的时候就让你的儿子亚多尼雅把你取而代之、僭越王位了吗?"

"像这样的事,我没许诺过。你为什么发抖?你这么心烦意乱是怎么了?"

"你没向亚多尼雅许诺过?"她嘲弄道,不过她显然在努力控制着紧张情绪,否则她脸上就装不出那种充满嘲讽和故作惊愕的表情,"那么为什么亚多尼雅统治了国家?"

"你说什么?"我追问道,自己也吓了一跳。

"你没听到吗?"她嘲笑说。

"听到亚多尼雅统治国家?"

"你没听到哈及的儿子亚多尼雅今天统治了耶路撒冷吗?"

"胡说!这是真的吗?"

"我的主大卫王还不知道吗?问问你的先知拿单吧,他在门外等着呢。如果你认为不会这样,就派比拿雅去打听打听。"

比拿雅是我信任的人,他正在点头,表示他听到的传言确实是这样。

"他已经宰杀了许多的牛羊,"我妻子拔示巴赶紧接着说,她满脸的焦虑也打动了我,"他邀请了国王所有的儿子参加他的宴会,祭司亚比亚他和全军统帅约押都参加了。我自己倒不在乎——他没想请女人。但是你的仆人所罗门他却不请,他是唯一没有赴宴的王子。他不请你的祭司撒督,也不请你的先知拿单和仆人比拿雅。"她下面要说的不过是在加油添醋,"你,我主我王啊,所有耶路撒冷的眼睛都在盯着你哪。今天你该告诉他们谁在你之后做国王。要不然当我主我王与他的父辈们长眠地下时,我担心我和我的儿子所罗门就会因为效忠你而被当成罪犯,这肯定会发生的。"

"我可不信你那一套！"我大叫起来，感到迷惑不解。

"问拿单吧，派比拿雅打探去吧。"

"出去，叫拿单进来。别编造他妈的狗屁寓言！"我那位忐忑不安的先知急匆匆进来时我大声咆哮着警告他。

拿单冷酷无情。对他来说，这可算得上爽快了，因为他直截了当地谈到了正题："我主我王，"他开始说，"你说过亚多尼雅在你之后登上你的宝座君临天下吗？你没这么做吗？我的主啊，你没告示你的仆人，或者你的祭司撒督，其或是比拿雅和那些仍属于你的勇士们，让我们应该知道现在该为他效劳吗？"

"当然没有！"我用带着斥责的喊声回答，"究竟为什么你们猜测我这么做了？"

"因为他今天已经受到了人们的欢迎，"拿单回答，他跟我同样感到惊讶，"他还宰杀了许多公牛、肥牛犊和绵羊，把国王所有的儿子都叫了去，还叫了全军统帅和祭司亚比亚他。但是我，甚至你的仆人我，祭司撒督，耶何耶大的儿子比拿雅，你的仆人所罗门，他却没有叫。这还不能说明问题吗？问问比拿雅吧，招唤鬼魂吧。你需要先知告诉你正在发生什么吗？因为这个才进行庆祝的。看哪，他们现在正在他面前大嚼痛饮，还说，上帝保佑国王！"

"那么说有什么错？"

"他们是说'上帝保佑亚多尼雅国王！'"

这一下使我完全清醒过来，"什么国王？"

"亚多尼雅国王。"

"根本就没有什么亚多尼雅国王！"我大声喊道。

"有的，我主我王，除非你宣布没有。如果你现在不这么宣布，以色列今天就不会再有大卫王了。让我给你讲个故事吧。"

"别扯你的故事了。把比拿雅叫回来。"

到这时比拿雅已获悉了全部事实真相。我被废黜，没有异议，也不经过讨论同意就顺当当地让我退位,我正在被弃置一旁,要我保持中立支持亚多尼雅,我不喜欢这个主意。我更不愿意拔示巴被监禁,与世隔绝。可以说,就从那时开始,我用不了多久就要采取行动了。

"给我喊回拔示巴,"我命令道,"等一等——告诉她,我现在想起来了,我向她发誓许诺过。"她进来就双膝跪下,仍然战战兢兢,再一次向我鞠躬致敬。"我现在清晰地记得我给你的许诺,"我不眨眼地说,双手捧着她的脸安慰她,"我确实说过你的儿子所罗门在我死后为王,他将代替我坐上我的宝座,甚至我打算今天就这么做。"我用我的唇特别殷勤有礼地吻了她。

"愿上帝永在,"她开始感谢我,声音哽咽住了——在我的一生中,这是我第二次看到我妻子拔示巴哭泣,这一次她流下的是高兴的眼泪——"愿上帝永在,你拯救我的灵魂脱离了苦海。"

现在我真的控制了局势。亚多尼雅国王?那个狗杂种!我会给他亚多尼雅国王的,那个无聊的家伙,那个废物!

"把祭司撒督也给我叫来,"我命令道,"他和拿单、比拿雅以及比拿雅手下的勇士们都到前面来。"

拔示巴已经恢复了她原来的自信,说:"把所罗门也叫进来。"

"不许叫他进来!"我严厉地回答,"现在还不要叫他进来,不要这样。"我不想马上见到他。"让我儿所罗门骑上我的骡子,带他到基训去,让祭司撒督和先知拿单在那儿给他涂油。把你们的喇叭吹响,说:'上帝保佑所罗门国王。'在基训找一个让亚多尼雅的众宾客都听得见的地方做这件事。"我想,这真是一个非常巧妙的手腕。"然后,"我继续说,"你们便随他回来,他可以坐在我的王位上,因为他将接替我为王,我已经指令他做耶路撒冷和犹大的君主了。"

耶何耶大之子比拿雅,那个对名利特别淡薄、沉默寡言的人听了我这些话,深深地发出一声叹息,说道:"阿门,因为上帝与我主我王同在,愿他也与所罗门同在,使他的统治比我主大卫王更伟大。"

我在听取了一些反应之后,断定我这个做法真的无可挑剔了。

于是祭司撒督、先知拿单、耶何耶大之子比拿雅和基利提人、比利提人一同去了，叫所罗门骑上我的骡子，带他去了基训。撒督从圣殿拿出一支盛油的角来为所罗门行了涂油礼。然后他们吹起了喇叭。喇叭声久久不绝，所有的人都说："上帝保佑所罗门王。"人们又都随他返回耶路撒冷城。大家吹奏起管乐，高兴得狂喊起来，那声音震天动地。

　　亚多尼雅和所有同他在一起的客人都听到了这响声，这时他们刚刚结束宴会。约押听到了喇叭声，接着又听到整个城里一片喧嚣，他高声问道："城里为什么这样吵闹？"

　　就在他还这么说的时候，祭司亚比亚他之子，那个行动迅捷的约拿单跑了进来，到亚多尼雅跟前报告那些消息："我主大卫王真的让所罗门做国王了！"

　　不必说，亚多尼雅已惊得呆若木鸡："所罗门？我的弟弟所罗门，就是想要建一支海军的那个所罗门吗？"

　　"所罗门已经登上了王国的宝座，"约拿单答道，"你听到的吵闹就是欢呼，他们从基训欢庆而归，所以欢呼声又一次响彻全城，而且，国王的仆人们来祝福我们的大卫王，说：'上帝使所罗门的名字比你的更好，使他的王位比你的更牢固。'听他们这么说，国王便跪下来，在病榻上亲自躬身表示敬意。"

　　你可以毫不犹豫地断定那个宴会很快便解散了，跟亚多尼雅在一起的客人们一个个惊恐万分，约押也一样，赶紧起身，所有的人都急匆匆地寻路而去。亚多尼雅更怕所罗门要他的命，逃窜到圣殿里紧紧抓住祭坛上的角，如果新国王不保证不杀他，他就死也不离开。这时到处都是比拿雅的兵，他们把亚多尼雅说的话转告给我们："让国王所罗门今天向我发誓，他决不用剑杀害他的仆人。"

　　所罗门答道："如果他自己表明他是个有价值的人，那么他的一根头发丝儿都不会掉到地上。但是如果在他身上发现了邪恶的东西，他就必须死。"比拿雅全副武装的信使带着他的答复从我屋里冲出去的同时，所罗门转向我询问道:"我那样说好吗?"

"你真要建一支海军吗?"

"建一支海军能有什么害处呢?"

"你已经以所罗门的智慧说过了。"拔示巴称许道。我的告别辞比雅各临死时的告别辞好得多,他的告别辞用来祝福是不适宜的,而且内容也莫名其妙,说这样的告别辞是出于什么原因,当雅各喋喋不休地讲述时,在场的十二个儿子一定不止一次地问过自己,尽管他们中有几个人的智力水平毫无疑问还处在原始状态。我作的告别辞至少是有作用的。

"这就是我要你做的,"我说,"你要亲自处置基拉之子示每,那个巴户琳的便雅悯人,在我去玛哈念避难的那天,他曾用令人无法忍受的刻毒诅咒骂我。你知道我不是心怀妒忌的人,但我要复仇。我对上帝发过誓,我不用剑杀他。"

"我想我现在明白花白头是什么了。"所罗门急切地打断我的话插进了一句,一边翻阅着记录。

我没理他,"你切不可因为他对我的所作所为而杀他,我已向上帝发誓赦免了他。所以你必须找点别的借口把他干掉。你可以将他置于他必须违犯的约束之中,然后就以他违背了你的命令的罪名杀他。你真明白了吗?你母亲会给你解释的。对祭司亚比亚他要宽宏仁慈,尽管他转向了亚多尼雅一边,因为从前无论何时何地,我一旦处于磨难他便与我生死与共,让他平平安安地回他自己的家园亚拿突去吧,他是个有用的人。要款待基列人巴西莱的儿子们,让他们在你的桌边用餐,因为当我逃避你哥哥押沙龙的叛乱时他们也来拥护我。现在,我们要谈到最后但同样重要的一个,就是我的侄子约押,洗鲁雅生的那个儿子。"我咳嗽一声,清了清嗓子,这时亚比煞听出我嗓子干了,便体贴周到地用陶制的杯子给我端来了水,让我润一润喉。这个少女漂亮到了极点,各方面都是出类拔萃的。拔示巴坐在所罗门右边我们为她安置的座位上,身子前倾,一副特别担忧的样子。"你知道洗鲁雅的儿子约押对我干了些什么吗?"我非常阴沉地说,又停下来,想弄准他是不是完全理解了我的意思。

"我以后会向你解释的。"拔示巴匆匆插进来向所罗门说。

"并且你也知道他对以色列军的两位统帅尼珥之子押尼珥和益帖之子亚玛撒是怎么做的,他把他们全杀了,在和平的日子里流下了战乱的血,那血洒在他缠腰的布带上,洒进了他双脚所穿的鞋子。除掉他是因为他对他们的杀戮,而不是因为他对我做了什么,"我毫不含糊地表示我所渴望的正是这个一报还一报,"所以你就根据自己的智慧来处置他吧。"

"我想你在试图告诉我,"所罗门眉梢紧锁地推测道,"不要让约押的花白头太太平平地进入坟墓。"

"忘了那个花白头吧!"我极力地耐着性子答道,然后提高了嗓门儿近喊叫,"我要你杀了约押,你不明白吗?把那个狗杂种干掉!"

"他想要你把那个杂种杀了。"拔示巴带着非常甜蜜的微笑,以母性特有的无尽的宽容和忍让向所罗门解释说。

"我现在肯定明白他的意思了。"

"我要你今天就去办这事。"

他还没明白我要这么做也是为了他的缘故。

坏消息传播得快。连约押都知道了,当他刚听到一点风声,他就逃进了上帝的圣殿里避难,紧紧抓住了祭坛上的角。比拿雅命他向前来,约押不肯,宁愿死也不出去。所罗门瞧着我,让我决断。

"那就按他说的办吧,"我微笑着建议道,"就在那儿把他杀了。"

"那就按他说的办吧,在那儿把他杀了。"所罗门鹦鹉学舌般地命令比拿雅,开始赢得了睿智和幽默的美名,那些却又实在是从我这儿获得的。

我从拔示巴那里得到的只不过是匆忙仓促的祝福和在我前额上草草的一吻。"让我主大卫王长生不死。"这就是她对我的感谢。

"现在你这么说是非常容易的了。"我刻薄地应道。"今晚跟我一块儿睡吧,"我请求她,"让我再一次快乐幸福。"

"那事还是用亚比煞吧。"

"我在请求你，愿上帝做我的最高审判者，我发誓在死前至少跟你再睡上一次。"

"大卫，大卫，"她说道，对我失去了兴趣，开始关注起自己来，"你现在说话活像个小孩子。"

"我记得你的爱比酒还醇美，"我真诚地告诉她，"你真漂亮，哦，我的拔示巴呀，你是关了的花园，你是闭了的喷泉，你是堵了的溪水。请你再跟我待在一起吧，直到天亮，直到黑夜的暗影消失。在你前额披落下来的头发后面有着鸽子般温柔的目光。"

"我想我在过去的几个礼拜准是增加了三十磅体重，"她板着面孔说，略略转了转身子显露给我看，"我不知道那多出的三十磅是从哪儿来的，不过你现在能看见它跑到什么地方去了。我过去有一个那么漂亮的屁股，是不是？"

我闷闷不乐地向她表示认输。她吻了我一下就走了。上帝又让我失望了。"来得容易去得快"，这是一种有嘲讽意味的顺从哲学，我注视着拔示巴离开，我试图用这话来自慰自娱。这时已经是睡觉的时候了，我要设法睡一觉。

书念的少女亚比煞给我收拾完了，便去洗浴，然后擦干净，开始涂上油，洒上香水，一边准备好和我同寝。我的灯点亮了。她的双唇就像蜂窝一样滴着蜜，我感到她的鼻子的香味就像苹果的清香。她的舌下含着蜂蜜和奶油，她的上颚像美酒一样芬芳。那最好的薰香散发出芳香四溢、令人心醉的幔雾，弥漫在整个房间，薰香的雾里混杂着香料、瓜香、古篷香脂和乳香的气味。我本人宁愿在混合剂里多一点乳香，但是我的嗅觉却远不如过去了。书念的少女亚比煞一言不发地坐在她深蓝色的袍襹上，那袍襹从她双肩下来，沿着她的腰部和双腿，形成一道道闪光的涟漪。她伸出手臂放在流动的药液里洗一洗，也把洗液抹到长有紫色乳头的双乳上。她纤巧的双足长得完美无瑕，在她身上没有丝毫瑕疵。我老了，幸运的是有个像书念少女亚比煞这样非常可爱的美人每日里侍候我。再过一两分钟，亚比煞就准备好了，到我的床前来，我要珍爱她的温暖和甜蜜。你以为那会使我愉快吗？你以为我现在跟我的造物主言归于好了吗？完全不是那么回事儿。我现在正想起了上帝，想起了扫罗，想起每次我去扫罗的宫殿为他弹奏时他那无声的抑郁痛苦的样子。书念的少女亚比煞拿镜子给我看，我看到了自己那张痛苦的脸庞，我发现在自己的记忆中从没见过比这更凄苦的面容了。

　　几乎又到夜晚了。荒野的天空变成了黑褐色。在远处屋角的那盏慢慢燃烧着的油灯的暗影里，我看到一个幻影缓缓地显露出形状。我看见了一个热情洋溢的年轻人，闪着一双明亮的眼睛，坐在那儿的一个木凳子上，后来他光着的一条腿跪到地上，怀中抱着一把八弦竖琴。这个幽灵前来为我弹奏。他满面红光，长着一副漂亮的面孔，看上去令人喜爱。他的脖颈就像一座象牙塔，满头浓密的头发乌黑发亮，头就像最纯的金子。我当然认识他，就在我认出的一刹那，就在我从那张本是我的脸上看到了活泼、健壮和成年人的英俊时，一阵恐惧袭上心来。我不能再等待了。他开始用非常清脆纯真的歌喉唱一支我从前熟悉的歌，那声音比姑娘还甜美，比小伙子还清脆。他的音乐减缓也抚慰着我的痛苦，几乎神妙无比。在听他开始弹奏歌唱之前我从来没有这么欣慰过。然后我在身旁找了一支标枪，对准他的脑袋猛投过去。亚比煞，我的天使，从椅子上站起身，只披着一件鲜艳夺目的披巾，无声无息地走向前来。她的眼睛黑得就像基达的帐幕。我想要我的上帝回来，而他们给了我一个姑娘。